GIORGIO FALETTI

Fürchte dich nicht

Buch

Ein Comiczeichner findet einen Bleistift und einen Radiergummi, die ihm die Macht verleihen, Menschen durch das Zeichnen und das anschließende Ausradieren ihrer Porträts zu töten. Eine Touristin auf Elba reist mit einer Schaufensterpuppe und gibt vor, diese sei ihr verstorbener Mann, der in Wahrheit noch lebe. Und dann steht ihr Mann tatsächlich eines Nachts als Lebender wieder vor ihr. Ein eher mäßig erfolgreicher Journalist hält den Schlüssel zu einem Coup in der Hand: Er weiß als Einziger, wo sich ein auf ominöse Weise verschwundener Fernseh-Entertainer aufhält. Als er aber den wahren Grund für dessen Verschwinden aufdeckt, wünscht er sich, er hätte nie davon erfahren. Und beim Dreh zu einem Horrorfilm spielt sich der Horror nicht am Set, sondern nach Drehschluss ab, als ein Schauspieler plötzlich ein ganz anderer ist, als er vorgab zu sein.

Hintergründig, voller Spannung und immer fesselnd – jede der sieben hier versammelten Geschichten durchbricht gekonnt die Realität und entwickelt einen Sog, dem man sich nicht entziehen kann. Alle sind wie eine Reise ins Ungewisse, zu einem Ort, der im Dunkeln liegt und den doch jeder von uns tief in seinem Inneren birgt. Doch dringt an die Oberfläche, was wir zu verbergen suchen, übersteigen die Folgen oft unsere Vorstellungskraft. Und manchmal sind sie sogar tödlich …

Autor

Giorgio Faletti, geb. 1950 im italienischen Asti, ist gelernter Jurist und machte sich als Moderator und Komiker in legendären italienischen Fernsehshows einen Namen. Danach wandte er sich der Musik zu und gewann 1994 beim Festival von San Remo den zweiten Platz. 2002 erschien sein Debütroman »Ich töte«, mit dem er monatelang Italiens Bestsellerlisten besetzte und so viele Bücher verkaufte wie kein italienischer Romancier vor ihm. Auch seine beiden folgenden Romane, »Im Augenblick des Todes« und »Im Namen des Mörders«, und der hier vorliegende Erzählungsband setzten den sensationellen Erfolg fort. Der Autor lebt mit seiner Frau auf Elba. Weitere Informationen unter www.giorgiofaletti.net.

Von Giorgio Faletti außerdem lieferbar

Ich töte. Roman (45758)
Im Augenblick des Todes. Roman (46096)
Im Namen des Mörders. Roman (46651)

Giorgio Faletti

Fürchte dich nicht

Erzählungen

Deutsch
von Helmut Splinter

GOLDMANN

Die Originalausgabe erschien 2008
unter dem Titel »Pochi Inutili Nascondigli«
bei Baldini Castoldi Dalai, Milano

Die als Motto zitierte Strophe des Gedichts »Die Dichtung«
von Pablo Neruda wurde folgender Ausgabe entnommen:
Pablo Neruda, *Das lyrische Werk 3*,
ins Deutsche übertragen von Erich Arendt.

FSC
Mix
Produktgruppe aus vorbildlich
bewirtschafteten Wäldern und
anderen kontrollierten Herkünften

Zert.-Nr. SGS-COC-1940
www.fsc.org

Verlagsgruppe Random House FSC-DEU-0100
Das FSC-zertifizierte Papier *München Super* für dieses Buch
liefert Arctic Paper Mochenwangen GmbH.

1. Auflage
Deutsche Erstveröffentlichung August 2009

Umschlaggestaltung: UNO Werbeagentur, München
Umschlagmotiv: Getty Images / Don Farrall
Redaktion: Claudia Franz
IK · Herstellung: Str.
Druck und Bindung: GGP Media GmbH, Pößneck
Printed in Germany
ISBN: 978-3-442-47052-5

www.goldmann-verlag.de

Für Bebe, Cesare, Enrico und Marco,
die der lebende Beweis dafür sind,
dass Freundschaft keine Utopie ist

Inhalt

Und ich, ein winziges Menschenwesen,
trunken von der großen gestirnten Leere,
ihr ähnlich, ein Ebenbild
des Geheimnisses,
ich fühlte mich
des Abgrundes reiner Teil,
rollte mit den Sternen dahin,
los stürmte mein Herz in den Wind.

Pablo Neruda

Kurzes Vorwort des Autors

Hier bin ich.

Auch wenn ich hundert Jahre alt werde, dank meiner geistigen und emotionalen Beschaffenheit wird für mich jedes Mal auch ein erstes Mal sein. Mein Leben ist von vielen ersten Malen geprägt, die zum Glück keine nackten Zahlen in einer Liste, sondern liebevolle Erinnerungen in einer bedeutsamen Ecke meines Gedächtnisses sind. Diese Sorge ist heute noch viel stärker, wenn ich mich der Öffentlichkeit mit auf Papier gedruckten Worten stelle. Geschriebene Worte sind schwarze Zeichen, die über ein weißes Blatt laufen, sie sind Ameisen, die hintereinander, Seite um Seite, auf einen Ort zugehen, den niemand kennt. Die Aufgabe eines Autors ist es, die Leser davon zu überzeugen, den Ameisen zu folgen und zu erfahren, wie und wo ihr Marsch endet.

Jede der sieben Erzählungen in diesem Buch entspringt nicht nur einem Teil meiner Fantasie, sondern auch einem wichtigen Teil meines Lebens. Folglich stelle ich sie dem Urteil des Lesers mit doppelter Sorge anheim und hoffe, dass er beim Lesen die gleichen Gefühle erlebt, die ich erlebt und beschrieben habe.

Einschließlich der glücklichen, unwiederbringlichen Spannung eines jeden ersten Mals.

Ein Radiergummi und ein Bleistift

Das Haus ist ziemlich seltsam, aber der Ausblick ist traumhaft!«

Marco wandte sich auf der Schwelle zu seiner Schwester um. Sie stand an der Klippe, die etwa zwanzig Meter hinter dem kleinen, von einer weißen Mauer begrenzten Garten senkrecht zum Meer hin abfiel.

Ihr Pullover hob sich als grellroter Fleck vom kobaltblauen Hintergrund der Ägäis ab.

Sie drehte sich um und ging mit verschränkten Armen auf ihn zu. Ihr Haar war vom Wind zerzaust, den Blick hatte sie nach unten gerichtet, als wollte sie ihre Schuhe inspizieren.

Marco kannte seine Schwester zu gut, um nicht zu wissen, wann sie nervös war.

Sie beschloss, ihn erst anzublicken, als sie die vier Steinstufen zum Tor hinaufstieg.

»Bist du sicher, dass du es hier ganz alleine aushältst?«

Ihrer Stimme war die Sorge kaum anzumerken, dafür umso mehr ihrem Blick.

Von einem inneren Drang getrieben, nahm er Martina zärtlich in die Arme. Sie legte ihren Kopf an seine Schulter. Von weitem betrachtet, wirkten sie eher wie ein Liebespaar und nicht wie Bruder und Schwester.

»Mach dir keine Sorgen, mir wird es bestens gehen. Das hier ist genau das, was ich gesucht habe.«

Er legte zwei Finger unter ihr Kinn und hob ihren Kopf.

»Wenn es für alles ein Heilmittel gibt, dann spüre ich, dass ich meines hier finde, an diesem Ort. Ich weiß zwar nicht, woher ich diese Überzeugung nehme, aber es ist so. Und mehr brauche ich im Moment nicht.«

Er drehte sie so, dass sie seitlich neben ihm stand, und legte einen Arm um ihre Schulter. Seine Stimme bekam einen scherzhaften Ton.

»Komm, schauen wir mal, ob wir uns einen Kaffee machen können. Vielleicht erinnert hier drinnen ja irgendetwas an eine Kaffeemaschine.«

Arm in Arm überschritten sie die Schwelle ins Haus.

Sie hatten in einem kleinen Restaurant, einer alten Windmühle auf dem Berg mit Blick über den Hafen, zu Abend gegessen. Die Mühle war scheinbar genau an der richtigen Stelle errichtet worden. Innen hatten sie den Wind durch die Spalten der Flügel pfeifen hören, die mittlerweile nur noch als Wahrzeichen dienten.

Gegen Abend hatte der Wind zugenommen. Das alte Holz vibrierte und ächzte unter der Kraft der heftigen Böen, die vom Meer hereinwehten und den Hügel und das Dorf unter ihnen durchpusteten. Die Wellen wurden durch die Hafenöffnung getrieben und von einem Betonarm ausgebremst, der ins Meer hineinragte, um den Anlegeplatz zu schützen. Und über allem lag wie der Schein eines Hochofens das Licht des Sonnenuntergangs.

Spiros, den Besitzer, schmückte ein riesiger gezwirbelter Schnauzer. Mit seiner kräftigen Matrosenstatur schien der Mann direkt einem Abenteuerroman entsprungen. Er trug ein blauweiß geringeltes T-Shirt und eine selbstgestrickte blaue Wollmütze.

Tadellose Erscheinung, stellte Marco fest.

Auf seinem rechten Arm prangte auf der Höhe des Bizeps ein tätowierter Pelikan. Vielleicht gab es eine Geschichte hinter dieser Tätowierung, vielleicht betrachtete Spiros den Pelikan auch als seinen Glücksbringer, da er sein Restaurant »Pelekanos« nannte und ein echtes Exemplar als lebendiges Hinweisschild diente.

Der Pelikan stand draußen auf einem Felsen, den Blick seiner Triefaugen aufs Meer gerichtet. Und wenn er mit seinen breiten Füßen tollpatschig um die weiß gekalkten Mauern der Mühle herumwatschelte, schaukelte der Kehlsack unter seinem langen Schnabel hin und her. Marco und Martina fragten sich, wie bei der Geschichte mit dem Huhn und dem Ei, ob es zuerst das Restaurant oder zuerst den Pelikan gegeben hatte.

Ansonsten galten Spiros und sein Pelikan als das Traumpaar des Dorfs. Wenn Spiros ihn wie einen Sohn aus einem Eimer voller kleiner Fische fütterte, frotzelten die Alten, die vor der Taverne bei ihrem Ouzo in der Sonne saßen, dass er den Vogel mehr liebe als seinen eigenen Piepmatz.

Dann zogen sie die Zigarren aus ihren zahnlosen Mündern und lachten, aber nur kurz, weil das Lachen in einen gurgelnden Hustenkrampf überging.

Marco und Martina aßen, was ihnen Spiros' Ehefrau zubereitete, echte griechische Küche. Die korpulente Frau mit dem leichten Bartschatten auf der Oberlippe hantierte geschäftig zwischen den Öfen herum und überschüttete ihren Mann jedes Mal, wenn er die Küche betrat, mit einem Schwall klangvoller griechischer Schimpfworte.

Spiros schien ihr gar nicht zuzuhören, zumal sie den Eindruck vermittelte, als spräche sie eher aus Gewohnheit und hörte sich selbst auch nicht zu.

Nach dem Essen servierte Spiros ihnen einen starken, süßen türkischen Kaffee. Sie nippten daran, während sie aus dem Fenster blickten. Nach dem perfekten Abgang der Sonne von der Bühne erinnerte nur noch ein kristallenes, dunkelblaues Leuchten an ihre Kraft.

Martina zündete sich eine Zigarette an und atmete gleichzeitig Rauch und Worte aus.

»Was hast du jetzt vor?«

»Das, was du machst. Mir eine Zigarette anzünden und rauchen.«

Martina wurde ungeduldig, was normal ist in einer solchen Situation. Wenn Marco so anfing, lag er …

»Falsch.«

»Was ist falsch?«

»Deine Einstellung.«

Marco schien durch Martina hindurchzusehen. Sie reckte ihren Arm über den Tisch und berührte seine Hand.

»Hallo, erinnerst du dich an mich? Ich bin deine Schwester Martina. Wir sind in Griechenland, auf Mykonos, und ich habe Himmel und Hölle in Bewegung gesetzt, um dich davon zu überzeugen, dich zu rasieren und mich zum Abendessen in eine alte Mühle auszuführen, wo ein Pelikan den Oberkellner spielt.«

»Entschuldige. Was hast du gefragt?«

»Mir ist es lieber, du siehst etwas schlampiger aus, bist dafür aber etwas gesprächiger. Was wirst du jetzt tun?«

»Weiß ich nicht. Ich werde weitersuchen, denke ich. Das habe ich immer getan.«

Er hob die geöffneten Hände.

»Mit meinen Händen ist nichts, also werde ich noch zeichnen können. Irgendetwas Neues wird sich schon ergeben, es ist nur eine Frage der Zeit.«

Die beiden blickten sich an. Sie hatten dieselben Augen, aus denen derselbe Schmerz sprach.

Spiros brachte ihnen zwei Gläser Ouzo. Martina schlürfte Anis und Erinnerungen in sich hinein.

»Als wir klein waren, warst du für mich ein Zauberer.« Martina nahm einen Schluck und wartete einen Moment, bis sie die passenden Worte gefunden hatte.

»Du warst für mich die Verbindung zwischen Fantasie und Wirklichkeit. Mit allem, was mir in den Sinn kam, konnte ich zu dir kommen. Du brauchtest nur ein Blatt Papier und einen Bleistift, um es wahr werden zu lassen. Ich glaube, eine Weile war ich sogar davon überzeugt, direkt in deinem Kopf träumen zu können. Jedes Mal hielt ich die Luft an, um zu sehen, ob sich das Wunder wiederholt.«

Marco lächelte.

»Erinnerst du dich, als ich dieses Gespenst gemalt habe? Du hattest es selbst erfunden, aber es hat dir eine solche Angst eingejagt, dass du das Bild zerrissen hast.«

Wehmütig dachte Martina an die Gespenster, die ihrer kindlichen Fantasie entsprungen waren. Die Wirklichkeit zeichnet manchmal viel schlimmere Gespenster, doch wenn das geschieht, lassen sich die Blätter nicht einfach zerreißen, damit alles ein Ende hat.

Es hatte eine Zeit gegeben, in der alles in seiner Perfektion unveränderlich erschienen war, als wäre die Zeit nicht in Bewegung, sondern als Abbild eines glücklichen Sommers auf eine Postkarte gebannt. Das Haus, die Eltern, die Beziehung zu Manuel, dem älteren Bruder, der fast schon erwachsen gewesen war. Und dann sie beide, die Kinder, ihre Spiele, ihre Komplizenschaft, Marcos Zauber und sein Talent, Dinge zu zeichnen

(Schlachten und Blumen und seltsame Personen)
und das Gefühl, dass alles für immer so bleiben würde.

»Wenn du mir nicht sagen willst, wo du bist, schick mir wenigstens eine Postkarte.«

Marcos Stimme riss sie aus ihren Gedanken. Lächelnd wandte sie sich wieder ihren kleinen Kindheitsgespenstern zu.

»Klar, wie hieß dieses schreckliche Wesen?«

»Ich erinnere mich nicht mehr. Allerdings weiß ich noch, wie es aussah. Wenn du willst, male ich es dir heute Abend noch einmal, und dann schauen wir, ob es genauso auf dich wirkt wie damals.«

»Um Himmels willen, nein. Das Risiko will ich nicht eingehen.«

»Angst?«

»Schlimmer wäre es, festzustellen, dass ich mich überhaupt nicht verändert habe und mich dieses Bild immer noch in Angst und Schrecken versetzt. Weißt du, was für eine Schmach das für einen reifen Menschen wäre?«

Sie alberten herum, waren sich aber letztlich bewusst, dass jeder von ihnen einen hohen Preis bezahlt hatte, um sich diese kindliche Seite, die sich vor Gespenstern fürchtet und an Zauberei glaubt, zu bewahren.

Spiros brachte die Rechnung, machte in seinem kaum als solches erkennbaren Englisch ein paar Witze und begleitete sie zur Tür. Eine besondere Wärme schwang in seiner Stimme mit, als er den beiden Gästen, die es am Ende der Saison noch hierher verschlagen hatte, auf Griechisch eine gute Nacht wünschte.

»*Kalinicta.*«

Spiros blieb einen Moment an der Tür stehen, eine mächtige Gestalt im Gegenlicht, und blickte ihnen hinterher, wie sie in der ungewissen Dunkelheit verschwanden. Der vom Meer heraufwehende Wind zerzauste ihnen die Haare und trieb sie mit ungeduldigem Rauschen nach Hause.

Schweigend gingen sie die Schotterstraße hinauf, sogen den Wind in sich auf, der den Geruch von Meer und den harzigen Duft der griechischen Nacht herbeitrug. Als sie die Abzweigung erreichten, hatten sie immer noch kein Wort gewechselt. Die Stille enthielt stets auch die Gegenwart des anderen. Sie bogen nach links ab, und der Wind traf sie von der Seite. Martinas Haar schien sich im Rhythmus der Wellen zu bewegen, die sich unter ihnen lautstark an den Klippen brachen.

Oben, über ihren Köpfen, leuchteten Millionen von Sternen wie Katzenaugen am ansonsten dunklen Himmel dieser Neumondnacht.

Nach einer Biegung der Straße tauchte das Haus vor ihnen auf.

Bevor sie gegangen waren, hatten sie das Licht über der Haustür und im oberen Stockwerk brennen lassen. Jetzt starrten ihnen die Fenster wie zwei überraschte, in der Dunkelheit weit aufgerissene Augen entgegen.

Martina blieb stehen.

»In diesem Haus fühle ich mich nicht wohl. Es macht mir Angst.«

Sie wandte sich Marco zu, ihre Augen glänzten im Halbschatten. Der Widerschein der Sterne verwandelte sich in ihren Pupillen in ein Sternbild des Mitleids.

»Ich glaube, hier würde ich nicht gern alleine bleiben.«

Marco wusste, dass es ein Angebot war, dass seine Schwester ihm einen Ausweg aus der Einsamkeit zeigte. Martina konnte nicht zeichnen, doch in ihrer überbordenden Fantasie malte sie sich bereits aus, wie ihr Bruder durchs Haus wanderte, um sich dem zu stellen, was er mit sich herumtrug.

Marco nahm Zuflucht zum Scherz, um die Spannung zu lindern. Wenn Martina nur wüsste, was geschehen war, als er das Foto von diesem Haus gesehen hatte.

»Seltsam, dass dir ein so unscheinbares Haus eine solche Angst einjagt. Dabei habe ich es nicht einmal selbst gezeichnet.«

Er legte einen Arm um Martinas Schulter und zog sie an sich, um sie durch die Berührung von ihrer Sorge zu befreien, die sich auch auf ihn übertrug.

»Mir wird es hier bestens gehen. Ich werde keine Angst haben, weil es keinen Grund dazu gibt. Und weißt du, was ich vor der Abreise tun werde?«

»Nein, was?«

»Ich werde ins Dorf hinuntergehen, mich ins Restaurant von Spiros setzen und ihn fragen, ob er mir seinen Pelikan brät.«

»Ich glaube, er würde dir lieber seine Frau servieren als seinen Vogel.«

Sie rissen Witze über Spiros' Frau

(hatte sie oder der Pelikan das dickere Fell?)

und betraten das Haus. Die Nacht überließen sie ihrem Wind- und Sternenspiel.

Später, ausgestreckt auf dem Bett, fixierte Marco einen dunklen Fleck an der Decke und dachte nach.

Ivana.

Er schloss die Augen und fand eine andere Dunkelheit und in dieser Dunkelheit andere Erinnerungen.

Ivana.

Er biss die Zähne aufeinander, bis sein Kiefer schmerzte. Die Gedanken umklammerten das Innere seines Schädels mit eiskalten Klauen und hinterließen tiefe, blutige Kratzer, wenn er versuchte, sie fortzureißen. Die Zeit würde alle Wunden heilen. Die Zeit würde Schnee oder Asche in die Leere fallen lassen, die er in sich trug, und würde ihn ausfüllen

(kommt Zeit, kommt Rat)

er brauchte nur zu warten und zu versuchen, nicht zu sterben, und zuzulassen, dass die Zeit

(alles braucht seine Zeit)

ihre Arbeit tat und …

Ivana …

Es reicht!

Er streckte die Hand aus und tastete nach den Zigaretten auf dem mit Intarsien verzierten Tischchen neben seinem Bett, ließ das Feuerzeug aufflackern, zündete sich eine an und wartete, bis die gelbliche Flamme vor seinen aufgerissenen Augen erloschen war.

Er lag in der Dunkelheit, rauchte seine bittere Zigarette, stieß Rauch aus, den er nicht sehen konnte.

Ivana.

Was ist mit deinem Mund, Ivana?

Wo sind die Nächte, die wir mit so vielen Sternen und so viel Mondlicht verbracht haben, obwohl der Himmel weder vom Mond noch von Sternen erleuchtet war? Was ist mit deinem Haar und deinen dreißig Silberlingen und den Zeichnungen die du in meiner Hand und in meinem Kopf warst was ist daraus geworden sag mir wo und wann ich angefangen habe dich zu verlieren wo und wann du angefangen hast mich zu verlieren wo und wann wenn nicht hier auf diesem Dornenbett in einem Haus das ich nicht kenne und dem zu lauschen ich mich nicht traue wäh-

rend es mit meinem Atem atmet wo und wann Ivana werde ich wieder schlafen können ohne dir immer und immer und immer wieder zu begegnen…

Wo und wann werde ich aufhören können dich umzubringen um wieder leben zu können?

Vor den schlaflosen Fenstern in den weiß gekalkten Mauern das Morgengrauen.

Am Morgen begleitete er Martina in einem der klapprigen Taxis, die auf der Insel Dienst taten, zum kleinen Flughafen. Die Asphaltpiste wirkte wie ein Schmutzfleck auf dem roten, felsigen Gesicht der Hochebene in der Mitte der Insel.

Einige kleinere Flugzeuge mit dem Logo von Olympic Airways, die zwischen der Insel und Athen verkehrt, träumten am Rande der Piste zwischen den wenigen Spuren der kümmerlichen Vegetation vor sich hin.

Martina gab ihr Gepäck auf und erhielt die Bordkarte von einer braungebrannten Angestellten mit ausladendem Busen, über dem ihre Bluse zu platzen drohte. Das Mädchen beobachtete Marco, und als sich ihre Blicke kreuzten, blitzten in einem augenzwinkernden Lächeln seine strahlend weißen Zähne auf.

Martina bemerkte es und versuchte, die Mondäne zu spielen.

»Ganz der Eroberer. Mir scheint, du wirst der König der Insel sein.«

Als sie in ihrem Rucksack die Zigaretten gefunden hatte, war das Frivole der Situation bereits erloschen.

»Ich kann nicht anders, aber ich habe ein schlechtes Gewissen.«

»Wieso?«

»Ich habe dich noch nie in dieser Weise alleine gelassen, auch nicht, wenn wir uns ganz lange weder gesehen noch voneinander gehört haben. Jetzt habe ich den Eindruck, ich lasse dich im Stich.«

Marco blickte mit seinen hellen Augen in die gleichen hellen Augen.

Und log.

»Es wird keinen Schiffbruch geben, kein Boot, das untergeht, keinen Kapitän, der mit ihm sinken wird. Ich muss einfach allein sein. Daran ist nichts Schlimmes, wenn ich hier finde, wonach ich suche, hier an diesem Ort, den ich genau dafür ausgewählt habe.«

(Martina, Martina, lass mich einfach allein, damit ich von Gespenstern träumen und sie zeichnen kann, lass zu, dass sie mich verschlingen, wenn sie Hunger auf mich und meine Ruhe haben, ich *kann* dir nicht sagen, wie viel, ich *will* dir nicht sagen, wie viel, ich *darf* dir nicht sagen, wie viel Hass in mir steckt und wie viel Angst selbst die Gespenster haben müssen, vor denen ich Ang…)

Martina, die immer die passenden Worte fand, weil sie nicht nach ihnen suchte, sprach jene aus, die sie in sich trug.

»Ich hab dich lieb, Marco.«

Marco zerzauste ihr mit der Hand das Haar und schob sie zum Geländer der Brücke. Er tat, als sähe er ihre feuchten Augen nicht und sorgte dafür, dass sie die seinen nicht sah.

»Los, sonst fliegen sie ohne dich.«

Sie drehte sich um und ging einen Schritt vorwärts, wurde aber von Marcos Stimme aufgehalten.

»Martina …«

»Ja.«

»Ich hab dich auch lieb.«

Und Martina wurde zum roten Fleck ihres Pullovers, der über die Brücke davoneilte …

(was ist mit deinem roten Blut, Ivana, und mit meinem Blut, das in den Venen und in unseren aneinandergeklebten Körpern brodelte, was ist mit …)

und ein letzter Blick und eine nervös winkende Hand, bevor sie ins Flugzeug stieg.

Er stellte sie sich vor, eingeschlossen in den leuchtenden Fleck ihres Pullovers und den schwarzen Sicherheitsgurt, geschützt vom spiegelnden Plexiglasfenster, hinter dem sie, endlich frei, weinen konnte.

Das winzige sechssitzige Flugzeug kämpfte gegen den Wind an, um sich in die Luft zu erheben und gleich darauf zu einem immer kleiner werdenden Punkt am blauen Septemberhimmel zusammenzuschrumpfen.

Marco blieb, bis nur noch das Blau des Himmels und die hoch stehende Sonne und er selbst übrig waren, er, der starb, mit jeder Sekunde ein Stück mehr.

Nun war er allein.

Einen Moment lang blieb er im Agaven-Garten stehen. Der Wind hatte sich etwas beruhigt, das Haus lag vor ihm.

Er bewunderte die Konstruktion, die Schlichtheit des quadratischen Grundrisses. Es war so weiß, wie es nur die Häuser in Griechenland sein können, und umgab sich unter der gleißenden Sonne mit einer Aura aus Licht. Die Farben waren klar, trocken, entschieden. Weiß, Kobaltblau, rote Erde, nackter Fels, und über allem das unbarmherzige Azurblau des Himmels.

Es hatte ihm auf Anhieb gefallen, als er die Fotos von

der Agentur gesehen hatte. Er war nachdenklich geworden, beeindruckt von der vollkommenen Abgeschiedenheit des Hauses, und überrascht hatte er festgestellt, dass sein Atem plötzlich schneller ging. Dann war etwas passiert. Er hatte den Eindruck gehabt, dass sich, während er das Bild in den Händen hielt, die Umrisse auf dem Foto auflösten. Die klaren Konturen der Tür und der Fenster hatten sich zu Schlangenlinien verzogen, so wie im Sommer in der vom Asphalt aufsteigenden Hitze der Hintergrund verschwimmt und alles zu vibrieren scheint

(da war das Echo, es kam von weit, weit her wie die Stimme, die einen nach und nach aus einem tiefen Traum weckt, wenn man erst im letzten Moment merkt, dass sie den eigenen Namen ruft)

und in dem Moment hatte Marco gewusst, dass er den Ort gefunden hatte, den er suchte und an dem er allein sein konnte, um sich wieder zusammenzuflicken, nachdem Ivana …

Er ging den Steinweg entlang, der durch den Garten führte, stieg die Stufen zum Tor mit den geschwungenen Flügeln hinauf und lief durch den Bogengang, in den die Umgebungsmauer überging.

Er drückte das Tor auf und betrat den Hof. Er hatte nicht abgeschlossen, weil es auf der Insel keine Diebe und im Haus nichts zu stehlen gab. Das Haus selbst war für westlichen Geschmack seltsam aufgeteilt und entsprach eher den Vorstellungen der griechischen und türkischen Architektur.

Der weitläufige, rechteckige Hof, mit Steinen unterschiedlicher Farbe zu einem geometrischen Muster aufgepflastert, war von einer Mauer umgeben, an der rechts und links jeweils ein niedriges Gebäude stand.

Im linken war das Bad untergebracht. Im Innern trennte eine Zwischenwand die Toilette von den Waschbecken und von der in die weiße Wand eingelassenen Badewanne, die mit Steinen und himmelblauen Mosaiken geschmückt war.

Im rechten Gebäude befand sich die Küche, ein langer, enger Raum, dessen schlichte Möbel ebenfalls himmelblau angemalt waren, mit dicken, sorglosen Pinselstrichen. Die altmodischen Küchengeräte hatten wohl schon einiges erlebt und hatten Marco und Martina irgendwie an die Atmosphäre im Bauernhaus ihrer Großeltern erinnert.

Dieser Teil des Hauses zeigte Spuren einer oberflächlichen Renovierung, bei der darauf Wert gelegt worden war, den gleichermaßen ursprünglichen wie funktionalen Charakter eines vor allem in den Ferien genutzten Hauses zu erhalten. Davon zeugte auch ein Holztisch, der gleich vor der Küche unter einem großen Feigenbaum stand und im Sommer als Esstisch diente.

Der Rest war nicht verändert worden, wenn man von den regelmäßig frisch gekalkten Wänden mal absah. Eine kurze Treppe führte auf die einige Meter breite dunkle Holzterrasse, die sich über die gesamte Hausfront erstreckte. Sie dominierte den Hof und gab den Blick aufs Meer frei.

Von der Terrasse gelangte man ins Erdgeschoss, das als Wohnbereich diente.

Der Boden war mit unregelmäßigen Tonfliesen ausgelegt, die dunkelrot gestrichen und voller Risse waren. An den gekalkten Wänden hingen Teppiche in orientalischem Stil, und die niedrigen Intarsienmöbel und die Kissen auf dem Boden verwandelten das Haus in das Szenenbild eines alten in einer arabischen Zitadelle spielenden Films.

Rundbögen und Fransenvorhänge zwischen den Zimmern betonten diese Atmosphäre noch.

Den einzigen Anachronismus bildeten der Fernseher mit seiner skelettförmigen Antenne und der Satellitenschüssel und das schwarze, altmodische Telefon an der Wand rechts von der Treppe, die in den ersten Stock führte, wo ein weiteres Badezimmer und die Schlafzimmer lagen.

Einen Moment blieb er am Eingang stehen, gleich am Rand zum Hof, als es erneut passierte.

Er spürte, wie von weitem eine Angst auf ihn zurollte

(wieder das weit, weit entfernte Echo einer undeutlichen Stimme, die Dinge sagte, die er nicht entschlüsseln konnte)

und das weißlich reflektierte Licht begann zu vibrieren beim Keuchen seines plötzlich beschleunigten Atems. Langsam verschwammen die Umrisse, und das Flimmern verschleierte seinen Blick. Es war, als stiege zischende, feuchte Luft aus dem Boden auf, als befände sich unter dem Hof eine riesige dampfende Blase, die versuchte, sich einen Weg durch die unzähligen blutigen Risse zu bahnen, unzählige kleine Geysire, die sich mit dem Blau des Himmels zu vereinen suchten.

Er sah, wie sich die Fenster und Türen leicht nach links neigten, während ein Teil in ihm sich daran klammerte, dass nichts von dem, was er sah oder spürte, tatsächlich passierte

(das Echo stärker die Stimme nah aber gedämpft und immer stärker in seinem Kopf in seinen Ohren die Stimme sagte …)

Es endete, wie es angefangen hatte.

Keuchend beobachtete er das regungslose, weiße Haus, das höhnisch zurückschaute, und lauschte auf seinen Atem.

Er berührte mit der Hand seine Stirn, die feucht vom Schweiß war.

Ivana.

Er musste fort von dem, was sie gewesen war und ihm angetan hatte. Er verdiente es nicht, so zu leiden, und noch weniger verdiente er den Wahnsinn, falls er wahnsinnig werden würde oder es nicht schon längst geworden war …

Er stieg die Stufen zum Haus hinauf.

Die Vernunft murmelte einen Fluch, den das Herz nicht teilen mochte.

Er packte den Rest der wenigen Sachen aus, die er mitgebracht hatte. Hungrig war er nicht. Er zog sich eine kurze Hose und ein T-Shirt an, schob einen Sessel auf die Terrasse und beobachtete fast den gesamten Vormittag das Meer.

Er sah die Wellen, die sich unter dem Wind kräuselten. Die Farben veränderten sich langsam in der sich dem Horizont zuneigenden Sonne, in dem Licht, das der Tag nach und nach auslöschte und das seine Trostlosigkeit schon längst ausgelöscht hatte.

Zum ersten Mal in seinem Leben spürte er nicht das geringste Verlangen zu zeichnen.

Schon als kleiner Junge hatte Marco alle mit seinem natürlichen Talent begeistert.

Jedem Kind ist die Liebe zu Buntstiften und weißen Blättern angeboren, das Staunen über Farben, das sich verbindet mit dem Verlangen, die Erwachsenen nachzuahmen. In jedem Menschen steckt der Instinkt, seine Welt wiederzugeben, und diese automatische Beziehung zwischen Auge und Blatt schlägt sich in der Praxis fast immer in der Urzeichnung Haus-Wiese-Sonne-Wolken-Mensch nieder.

Bei Marco war das anders gewesen.

Seine Bilder waren viel komplexer und kreativer gewesen. Das Gefühl für Perspektive war ihm angeboren, und er hatte auf Kleinigkeiten geachtet, die ein Kind seines Alters für gewöhnlich noch gar nicht wahrnimmt.

Das erste Mal zeigte sich sein Talent, als er kaum vier Jahre alt war. Ihr größerer Bruder, der wegen der Vorliebe ihrer Eltern für Namen mit »M« Manuel hieß, machte seine Hausaufgaben immer am Küchentisch. Seine Mutter bat ihn jedes Mal, sie in seinem Zimmer zu erledigen, doch da war nichts zu wollen. Manuel zog es vor, dort zu lernen, wo er, so seltsam es auch war, sich scheinbar besser konzentrieren konnte als in seinem ruhigen Zimmer.

Manuel telefonierte gerade mit einem seiner Freunde. Auf dem Tisch lagen Hefte, Stifte und ein Zeichenblock. Marco reichte kaum bis zum Tisch hinauf, weswegen er sich erst auf einen Stuhl kniete, bevor er zu Blatt und Stift griff und Penelope zeichnete, ihren seltsamen, nach einer Frau benannten Kater, der auf dem Fenstersims schlief.

Als Manuel zurückkam, war er fertig. Mit dem Blatt in der Hand suchte er in dem großen Haus nach seiner Mutter und zeigte ihr voller Stolz seine Zeichnung.

Die Mutter blickte ihren Sohn nachdenklich an.

»Hat das Manuel für dich gemacht?«

Marco schüttelte wortlos den Kopf.

»Hast du das gemacht?«

Diesmal nickte Marco.

Die Mutter umarmte ihn und nahm ihn bei der Hand. Am Abend zeigte sie ihrem Mann die Zeichnung. Auch jetzt noch, nach all den Jahren, erinnerte sich Marco an die begeisterten Bemerkungen der Familie, auch wenn die Sache zunächst als angenehme Überraschung abgetan wurde, mehr nicht, eine sympathische Nebensache für ein Kind, das bald in die Schule gehen und all das tun würde, was ein Kind seines Alters normalerweise tut.

Doch Marcos Talent schien sich aus sich selbst heraus zu nähren. Offenbar verfügte er über die Begabung, aus seinen Fehlern zu lernen und dank harter Arbeit und unglaublicher Sorgfalt mit schwindelerregender Geschwindigkeit zu wachsen.

Schon in der Grundschule war Marco eine kleine Legende.

In den anderen Fächern war er, sowohl was seinen Eifer als auch was seine Leistungen betraf, völlig normal. Für die Schule tat er gerade so viel, dass ihn seine Eltern an den Nachmittagen und Abenden nicht vom Zeichnen abhalten konnten. Sie hegten die Sorge, seine Liebe könnte zur Manie werden

(Marco der nicht Ball spielte Marco der keine Platten kaufte Marco der nicht fernsah außer Zeichentrickfilme und Tierfilme Marco *der nicht*)

doch bald schon zeigte sich, dass es sich nicht nur um eine angenehme Eigenschaft handelte. Zeichnen war ihm Bedürfnis und Lebensinhalt.

Die zwei Jahre jüngere Martina war seine hartnäckigste Anhängerin und zeigte ihren Freundinnen die Zeichnungen ihres Bruders mit einem Stolz, als entstammten sie ihrer eigenen Hand.

Auf Rat seiner Lehrer wechselte er nach der achten Klasse, wie konnte es anders sein, auf die höhere Kunstschule und von dort auf die Akademie der Bildenden Künste von Brera. Hier trat Lewis Martin in sein Leben.

Das Arte Centro, eine Galerie, die oft mit der Akademie zusammenarbeitete, organisierte eine Ausstellung für die besten Schüler des letzten Jahres. Dies war zu einem Brauch geworden, der durch den Verkauf von Bildern oder Zeichnungen mitunter etwas Geld in die fast immer gähnend leeren Taschen der Studenten spülte. Marco stellte einige Illustrationen aus, zu denen ihn Shakespeares Tragödien inspiriert und die seine Lehrer als »sehr interessant und innovativ von der Anlage her« bezeichnet hatten.

Bei der Eröffnung herrschte ein gewisses Chaos. Die Lehrer waren anwesend, außerdem die Studenten, ihre Eltern und ihre Freunde. Die Leiterin der Galerie, Giovanna Del Buono, eine kleine, braunhaarige, üppige Frau mittleren Alters, die seine Arbeiten bewunderte, lief wie eine unermüdliche Ameise zwischen den Gruppen hin und her. Ihre Begeisterung war auf allen ihren Vernissagen ungebrochen.

Marco unterhielt sich mit einem Mädchen aus dem zweiten Jahr mit langen Beinen und kastanienbraunem Haar. Er hatte eine kurze Affäre mit ihr gehabt, aber in stillschweigendem Einvernehmen hatte man die Sache nicht weiterverfolgt.

Irgendwann bemerkte er einen hochgewachsenen, braungebrannten Mann mit grau meliertem Haar, der in einem eleganten stahlgrauen Anzug durch den Raum streifte und sich die Bilder anschaute. Er sah dem Mann hinterher, bis der vor einer seiner Zeichnungen stehen blieb und sie aufmerksam betrachtete.

Dann ging der Mann entschlossen auf Giovanna zu.

Sie wurde von anderen Gästen verdeckt, und Marco war vom Geschwätz des Mädchens abgelenkt. Zum Glück wurde sie in diesem Moment von einer Gruppe von Freunden herbeigerufen, und er blieb allein zurück.

»Giovanna sagt, Sie hätten Talent, und Giovanna irrt sich nie.«

Die mit starkem englischem Akzent gesprochenen Worte zwangen Marco, sich umzudrehen. Vor ihm stand der Mann mit dem grau melierten Haar und einem herzlichen Lächeln und streckte ihm die Hand entgegen.

Marco erwiderte das Lächeln und den Handschlag.

»Ich hoffe, dass sie nicht ausgerechnet bei mir anfängt, sich ihren Ruf zu ruinieren.«

»Dann wären wir schon zwei, die ihn sich ruinieren, weil ich genau das Gleiche denke wie sie. Ich heiße Lewis Martin. Ihre Zeichnungen sind meiner Meinung nach, wie soll ich sagen, äußerst einzigartig. Messen Sie dem nicht allzu großen Wert bei, aber in Anbetracht dessen, dass mein Rat nichts kostet, hören Sie ihn sich einfach an: Gehen Sie diesen Weg weiter, und wenn Sie zufällig Arbeit brauchen, besuchen Sie mich.«

Er reichte Marco seine Visitenkarte und ging.

Arbeit brauchte Marco, also besuchte er ihn.

So begann seine Zusammenarbeit mit Sonnen & Smith, einem kleinen amerikanischen Verlag, bei dem er sich nach und nach einen kleinen Namen in der großen Welt der Grafiker machte.

Er fing an, Bücher von Sciencefiction- und Fantasy-Autoren zu illustrieren, und bald schon wurde sein Name in einem Atemzug mit den großen Illustratoren genannt, sogar mit den Mythen Moebius und Karel Thole.

Schon im Alter von achtundzwanzig Jahren wurde er der Begründer einer neuen Richtung. Nach einer Phase, in der die lateinamerikanischen Meister der Illustration und des Comics den Ton angegeben hatten, leitete er durch seinen besonderen Stil eine europäische Phase ein.

Er verdiente gut, und sein Lebensstandard und sein Kontostand machten sich prächtig.

Schließlich traten die Smokies, Ivana und Greg in sein Leben. In dieser Reihenfolge.

Er aß allein in einem Restaurant am Hafen.

Der Wind hatte sich fast vollständig gelegt, und Marco gab sich der gelassenen Melancholie dieses späten Septemberabends hin. Eine einzelne Wolke in der Ferne verdeckte die Sonne an seinem zweiten Sonnenuntergang auf dieser Insel.

Er erinnerte sich an die Zeilen aus Brechts Liebesgedicht

(An jenem Tag im blauen Mond September
Still unter einem jungen Pflaumenbaum
Da hielt ich sie, die stille bleiche Liebe
In meinem Arm wie einen holden Traum.)

und überlegte, dass Träume nur so lange süß sind, solange sie Träume bleiben und nicht Wirklichkeit werden. Und wenn sie es tun, dann nur als Albtraum.

Von seinem Tisch aus beobachtete er, ohne etwas wahrzunehmen, das Kommen und Gehen der wenigen Touristen auf der Asphaltpromenade des Hafens.

Er dankte dem Himmel, dass seine Arbeit nicht dazu angetan war, sein Gesicht bekannt zu machen. Im Moment spürte er kein Verlangen danach, mit der Welt zu kommunizieren. Er erinnerte sich daran, was er erlebt hatte, als er mit Ivana umhergezogen war

(Sie ist glaube ich ein Model Gott ist sie schön ich habe sie glaube ich schon auf einem Titelblatt gesehen … nein ihn den kenne ich nicht)

und der Gedanke wandelte sich plötzlich und wieder

einmal zu einem schmerzhaften Stechen in Magen und Seele.

»Sie fehlt Ihnen, stimmt's?«

Überrascht über die auf Italienisch an ihn gerichteten Worte drehte er sich um. Am Tisch nebenan saß das Mädchen vom Flughafen, die Angestellte mit dem freundlichen Lächeln. Sie hatte die Uniform der Olympic Airways gegen eine schwarze Jeans und ein schwarzes T-Shirt eingetauscht, das ihrem üppigen Busen etwas die Schärfe nahm und den Blick auf ihre dunkle Haut lenkte. Wahrscheinlich hatte sie Komplexe wegen ihres Busens, wer weiß, wie oft sie die verdammte weiße Uniformbluse schon verflucht hatte.

Am Flughafen hatte er es nicht bemerkt, doch das Mädchen trug mit äußerster Unbekümmertheit – exakt diese Beschreibung kam ihm in den Sinn – zwei fantastische grüne Augen und viele lustige Sommersprossen auf der Nase zur Schau.

Er hatte nicht gesehen, wie sie gekommen war, sich an den Tisch gesetzt hatte und so weiter und so fort. Er war viel zu sehr in das brutale Und-so-weiter-und-so-fort seiner Vergangenheit eingetaucht gewesen, um sich der Gegenwart gewahr zu werden.

Er fürchtete, die Frage nicht verstanden zu haben.

»Mir fehlt ... was?«

»Wenn eine Frau abgereist ist, rennen die Männer normalerweise gleich los, um sich eine andere zu suchen. Es kommt selten vor, dass jemand einfach dasitzt und mit traurigen Augen das Meer anschaut. Sie haben meinen vollsten Respekt.«

Marco konnte sich ein Lächeln nicht verkneifen und klärte das Missverständnis auf.

»Ach so, nein. Die Frau, die ich zum Flughafen gebracht habe, war nicht meine Freundin, sondern meine Schwester.«

Das Mädchen entspannte sich fast unmerklich, aber für Marco gerade noch wahrnehmbar. Verwirrt betrachtete sie ihr beschlagenes Weinglas und fuhr mit dem Finger über das eingravierte Blumenmuster.

»Gut, damit wahre ich auch meinen Respekt mir gegenüber. Heute am Flughafen habe ich Ihnen einen Blick zugeworfen, bei dem ich mich in Anbetracht der Umstände wie eine Nutte gefühlt habe. Es kommt praktisch nie vor, dass mir ein Mensch auf den ersten Blick gefällt. Bei Ihnen ist es mir so gegangen.«

Als sie Marco mit ihren leuchtend grünen Augen anblickte, stellte er sich keinen Moment lang die Frage, ob so viel Offenheit zu so viel Ehrlichkeit passte.

Es interessierte ihn schlichtweg nicht. Sie war eine Frau, er war ein Mann, und wenn hier ein Spiel gespielt wurde, wollte er nicht mitspielen, weder jetzt noch ein andermal. Wie er bereits zu Martina gesagt hatte, er wollte nicht der König der Insel werden.

Doch die Frau neben ihm war höflich und freundlich, und Marco, *der nie*

(Marco der nie Quatsch erzählte Marco der sich nie für Fußball interessierte Marco der nie jemanden schlecht behandelte Marco der nie unhöflich war)

Marco hatte keine Lust, anders zu sein als sonst.

Die Frau bemerkte seine Ratlosigkeit und lächelte.

»Normalerweise bin ich nicht so forsch, glauben Sie mir. Zumindest stelle ich mich vor, bevor ich es werde.«

»Aha«, erwiderte Marco. »Ich vermute, das tun Menschen von Welt immer, selbst in Griechenland.«

»Ich heiße Yoanna, Yoanna Xidakis. Ich weiß, mein Nachname muss für Sie wie eine Steuernummer klingen, aber in Griechenland gibt es noch schlimmere …«

»Ich heiße Marco«, schnitt er ihr das Wort ab.

Wahrscheinlich würde sein Nachname für sie wie der eines amerikanischen Footballspielers klingen, doch er wollte auf jeden Fall vermeiden, dass sie in ihm den berühmten Trickfilmzeichner erkannte.

Yoanna deutete auf das Essen, das unberührt vor Marco auf dem Tisch stand.

»Mir scheint, Sie mögen die griechische Küche nicht.«

»Doch, das Essen ist hervorragend. Ich habe nur keinen Hunger.«

»Auch das beruhigt mich. Das Restaurant gehört meinem Vater. Wenn ich mich also an Ihren Tisch setze, wird das nicht als Annäherungsversuch, sondern als PR-Maßnahme gedeutet werden.«

Die Frau erhob sich und setzte sich Marco gegenüber. Genau in diesem Moment überfiel ihn erneut das Gefühl der Leere, schneller und stärker als die anderen Male.

Zuerst die Angst und das schnelle Atmen, dann das Vibrieren, diesmal anders, als würde alles, was er sah, plötzlich in einen Kokon aus vibrierendem Licht eingeschlossen, und die Stimme in der Ferne

(die Worte Gott was sagst du da für Worte erkläre es mir ich werde noch verrückt was sagst du da was sagst du was sagst du)

und das Lächeln des Menschen vor ihm wurde entstellt zu einem Grinsen, eine weiße Spinne klammerte sich über ihrem Mund an ihrer gebräunten Haut fest, die flüsternde Stimme näherte sich, doch bevor er verstand, was sie sagte, war wieder alles normal.

Yoanna beobachtete ihn besorgt mit ihren grünen Augen, die Spinne auf ihrem Mund war verschwunden.

»Geht's dir nicht gut?«

»Doch, doch, es ist nichts. Es ist schon wieder vorbei.«

Er schloss die Augen und spürte die kühle Abendluft auf seiner schweißnassen Stirn. Er atmete tief durch. Vielleicht sollte er zu einem Arzt gehen, vielleicht waren seine Nerven zerrüttet, und er musste sich wirklich behandeln lassen, vielleicht…

»Meinst du, ein Spaziergang könnte dir guttun?«

»Wie?«

»Hast du Lust, ein bisschen spazieren zu gehen?«

»Ja, ich glaube, das ist eine gute Idee.«

Marco erhob sich und winkte den Kellner herbei, um zu bezahlen, doch Yoanna hielt ihn mit einer Geste auf.

»Diesmal geht es aufs Haus.«

Sie reagierte mit einem Lächeln auf sein fragendes Gesicht.

»Ich will nicht großspurig erscheinen. Du darfst dich mit Austern und Champagner revanchieren.«

Sie machten sich auf den Weg, und nach und nach ging es Marco besser. Das, was ihm passiert war, hatte keine körperliche Ursache, es hatte mit dem Kopf zu tun. Dieser letzte Anfall war so stark gewesen, dass er ihn vollständig überwältigt hatte, und zum ersten Mal hatte er sich gefürchtet.

Sie gingen Seite an Seite durchs Dorf, durch die mit großen, flachen Steinen gepflasterten Gassen. Sie liefen zwischen den weißen Häusern hindurch und spähten in die Geschäfte, in denen überall die gleiche touristische Einheitsware der einheimischen Kunsthandwerker feilgeboten wurde.

Sie kamen an Lokalen vorbei, in denen Musik gespielt wurde. Licht und Qualm und der Lärm von Menschen drang hervor. Marco musste zugeben, dass diese Menschen, diese Musik, dieses Licht ihm mehr Angst machten als das fremdartige Rattern des Zugs, mit dem er reiste.

Yoanna war sympathisch, witzig und schön. Schweigend ging sie neben ihm her. Sie verhielt sich nicht mehr wie eine emanzipierte Frau, die sich nahm, was sie wollte, und das sofort. Nachdem sie ihr Ziel erreicht zu haben schien, genoss sie entspannt und ruhig den Spaziergang mit diesem Mann, der ihr, wie sie selbst gesagt hatte, gefiel.

Marco war überzeugt, dass Yoannas Gesellschaft für viele das Nonplusultra wäre.

Ich bin anders, stellte Marco verzweifelt fest.

Ich ging umher und dachte, ich hätte ein Leben, ich sei ein glücklicher Mensch, ich glaubte, ich sei ein glücklicher Mensch, und jetzt ...

Jetzt muss *ich nach Hause zurück.*

Dieser Gedanke durchzuckte sein Gehirn so schnell und intensiv wie der Blitz eines Fotoapparats.

Und »nach Hause« war nicht irgendwo auf der Welt. Sein Zuhause war hier, auf dieser Insel, jenseits der Biegung der Schotterstraße, dieses unbekannte Haus, das ihn mit erleuchteten und in der Dunkelheit wie Augen aufgerissenen Fenstern erwartete.

Yoanna bemerkte seinen Stimmungswandel.

»Alles in Ordnung?«

»Ja, aber ich bin etwas müde. Ich glaube, ich gehe nach Hause, wenn es dir nichts ausmacht.«

»Wo wohnst du?«

Sie dachte, dass er in einem Hotel wohnte oder bei einer Familie, die Zimmer vermietete, wie es fast alle auf der Insel taten. Deshalb war sie überrascht, als er sagte, er habe das Haus auf den Klippen außerhalb des Dorfes gemietet.

»Ach ja, das alte Haus der Familie Yermades. Ich wusste, dass sie es hergerichtet haben, hätte aber nicht gedacht, dass es bereits bewohnbar ist. Wie kommst du dorthin?«

»Zu Fuß, denke ich.«

Yoanna lächelte.

»Hier zu wohnen und ein Restaurant zu haben, bringt einige Vorteile mit sich. Wenn du willst, fahre ich dich im Auto hin.«

Marco nahm das Angebot an, weil es ihn nach Hause zog. Er konnte nicht erklären, warum, doch er wollte so schnell wie möglich, jetzt sofort, zwischen diesen Mauern sein.

»Vielen Dank, das ist nett von dir.«

Gekonnt lenkte sie einen alten, roten Jeep über die Schotterstraße. Der Wagen hatte in einer Gasse hinter dem Restaurant geparkt. Sie fuhren schweigend, Yoanna konzentrierte sich auf die holprige Straße, die im gelben Scheinwerferlicht erschreckt vor ihnen aufleuchtete.

Marco hätte sie gerne zur Eile angetrieben, hätte gerne …

Nach der Biegung, als er das Haus sah, beruhigte er sich.

Wie dumm! Was hast du dir nur eingebildet? Hast du befürchtet, jemand könnte es klauen? Hast du befürchtet, jemand oder etwas könnte es forttragen? Man klaut keine Häuser. Man klaut Frauen, Geld, das Leben, nicht wahr, Greg? Aber Häuser kann man nicht wegnehmen wie ein Auto.

Seine Fahrerin bremste sanft vor dem Gartentor. Der Wind war stärker geworden und zerzauste ihr Haar. Ihre grünen Augen funkelten im Licht der Schweinwerfer, mehr noch als ihr Lächeln.

»So, geschafft.«

Marco blickte sie an.

»Vielen Dank.«

Er stieg aus. Yoanna lächelte jetzt nicht mehr.

»Wie lange bleibst du?«

Marco deutete mit dem Kopf auf das Haus.

»Ich habe es für einen Monat gemietet.«

»Gut, dann sehen wir uns wieder. Ich habe noch ein Abendessen mit Austern und Champagner bei dir gut.«

Sie blickte ihm hinterher, bis er verschwand, nachdem er ihr vom Tor aus ein letztes Mal zugewinkt hatte.

Hätte er versucht, sie zu küssen, hätte sie sich nicht gesträubt, doch sie hatte gewusst, dass er es nicht versuchen würde.

Sie kannte den Grund nicht, wusste aber, dass es einen Grund gab.

Und dieser Grund hatte das Gesicht einer Frau.

Marco betrat das Haus, ohne die Lichter im Erdgeschoss einzuschalten.

Ihm genügte das zarte Licht, das über die Treppe vom oberen Stockwerk herabfiel. Fast sofort stellte sich eine weitere Krise ein, diesmal jedoch, anders als zuvor, ohne den Angstschweiß auf der Stirn. Es war ein sanftes Gefühl, ein Vibrieren, als würde man die Füße auf die Trittfläche eines Elektromassagegeräts stellen, kein Vibrieren des Körpers, sondern eines des Geistes.

Es war, als wollte ihn das Haus willkommen heißen und gleichzeitig sein Bedauern ausdrücken, dass er so lange fort gewesen war.

Marco fühlte sich als Teil dieses Hauses, wie er sich einst als Teil von etwas gefühlt hatte, das ihm nicht mehr gehörte.

Wie lange war das her?

Er sank auf die Kissenlandschaft nieder und blieb dort liegen, den Blick auf einen Punkt gerichtet, den er nicht sah, und ließ zu, dass die Erinnerungen kamen, ohne sich von Grenzen, von Hindernissen aufhalten zu lassen. Diesmal, dachte er, würden sie ihm keinen Schaden zufügen können.

Diesmal würde das Haus ihn schützen.

Wie alle genialen Dinge waren die Smokies durch Zufall geboren worden.

Sie wohnten im Haus von Manuel, der bereits mehr als verheiratet war, der Einzige, der eine ordentliche Familie gegründet hatte, während Marco und Martina noch durch und durch »Singles« waren.

Sie fühlten sich einander verbunden wie gesunde Menschen in einer gesunden Familie, sie schützten einander, so sehr sie sich auch voneinander unterschieden und folglich andere Wege eingeschlagen hatten.

Manuel war für die Sicherheitsanlage einer Bank mit vielen Filialen in ganz Italien verantwortlich, während sich Martina um die Öffentlichkeitsarbeit eines großen Modeschöpfers kümmerte.

Paradoxerweise war der ruhige, mathematisch begabte Stubenhocker Manuel ständig auf Achse, während die unruhige, reise- und abenteuerlustige Martina nie aus Mailand herauskam, auch wenn die Marke, die sie vertrat, in der ganzen Welt bekannt war.

Sie hatten oft Witze darüber gemacht und gelacht und sogar überlegt, ihre Arbeit zu tauschen.

An jenem Abend hielt Marco Manuels jüngeren Sohn im Arm, der Matteo hieß, um, sehr zur Freude der Großeltern, die Tradition mit dem Buchstaben fortzuführen. Wie üblich zeichnete er, worum der Kleine ihn bat.

Als sich Martina eine Zigarette anzündete, beobachtete der Junge die Rauchwolken, die aus ihrem Mund quollen, sich im Zimmer ausbreiteten und an die Decke stiegen.

Einen Moment lang dachte er nach, bis er mit seiner ängstlichen Stimme eine Frage stellte.

»Onkel, kannst du einen Mann malen, der aus Rauch besteht?«

Lachend erfüllte ihm Marco seinen Wunsch. Aus seinem Stift floss nicht nur ein Mann, sondern er zauberte mehrere Männer mit ihren Frauen und Kindern und Häusern aufs Blatt, alles aus Rauch.

Marcos Fantasie schien nie zu versiegen. Die Figuren tauchten aus dem Nichts auf, nahmen unter den ungläubigen Blicken der Anwesenden Gestalt an, eine nach der anderen, und erzählten die unendliche Geschichte der Smokies und ihrer unerbittlichen Feinde, der schrecklichen Rauchfresser. Dort, in diesem Zimmer, wurde auch Snorth geboren, der freundliche Wind, der die Smokies kreuz und quer durch ihre Welt aus Rauch trug.

Die Intuition, geboren aus den Worten eines Kinds und von Marco grafisch umgesetzt, gelangte nach kurzer Überarbeitung in die Welt von Sonnen & Smith und hatte eine durchschlagende Wirkung.

Lewis Martin mit seinem herausgeberischen Gespür, das ihn nie verließ, lag auch diesmal nicht verkehrt mit seinen Ahnungen.

Binnen Kürze erstürmten die Figuren die Gipfel eines unglaublichen Erfolgs und wurden berühmt wie die

Peanuts, die Schlümpfe und die Figuren von Walt Disney.

Sie wurden ein Massenphänomen, wurden in alle Sprachen übersetzt und von Soziologen der ganzen Welt analysiert, die ihren Erfolg wissenschaftlich zu erklären versuchten. Der Merchandising-Kult um die Figuren herum brachte unterdessen säckeweise Geld ein.

Aus steuerlichen Gründen und auf Empfehlung eines Beraters der Bank, bei der Manuel arbeitete, übertrug Marco alle Rechte an den Smokies einem irischen Unternehmen, einer Limited, deren Vermögen ausschließlich auf einem Aktientitel beruhte, einem Dokument nämlich, das auf seinen Namen ausgestellt und im Schließfach einer Schweizer Bank hinterlegt war.

Auf diese Weise war er nicht der Schöpfer der Figuren, sondern nur ein Zeichner, der den Auftrag hatte, sich um die grafische Umsetzung zu kümmern. Dafür erhielt er ein gutes, aber im Vergleich zu den gigantischen Zahlen, die der weltweite Erfolg der Smokies einbrachte, lächerlich geringes Gehalt.

Das irische Unternehmen hatte seinerseits dem Verlag Sonnen & Smith gegen die Zahlung von fünfzig Prozent der Einkünfte aus Merchandising und Verlagsrechten die Nutzungsrechte übertragen.

Damit erzielte er gigantische Einnahmen bei minimalem Steuersatz, doch sein Leben war nicht davon betroffen.

Wie zuvor lebte er allein, und das wollte er auch weiterhin so halten. Er war nicht schwach wie alle anderen, er war nicht stark wie viele andere, er hatte seine fantastische Welt, er war freundlich, er hatte nicht das *Bedürfnis* zu lieben. Ja genau, das war es, was er dachte.

Vor der Fensterfront seines Ateliers, dem Teil seines Hauses, in dem er am meisten Zeit verbrachte, erstreckte sich die Landschaft, doch er hatte kein Auge dafür, sondern zeichnete stundenlang, was in seinem Kopf lebte. In seiner Fantasie schwirrten so viele Farben und Ideen umher, dass die realen Eindrücke sowieso nicht mitkamen.

Die Arbeit und die Anstrengungen, die ihm die Smokies abverlangten, waren gigantisch und nahmen seine gesamte Zeit in Anspruch. Er arbeitete wie immer allein und wies Lewis Martins Angebot, ihm Assistenten zur Seite zu stellen, zurück.

Für ihn schien die Welt, die echte Welt, aus seinen einzigartigen Figuren aus Rauch zu bestehen und nicht aus den Frauen und Männern aus Fleisch und Blut, die sich hinter der grünen Mauer der Landschaft tummelten.

Er bemerkte nicht einmal die Putzfrau mit ihrem Staubsaugerlärm und den Kaffee, den sie ihm ungefragt hinstellte. Und oft zündete er sich eine Zigarette an, während eine andere noch im Aschenbecher vor sich hinqualmte.

Bis ihn eines Abends Martina anrief.

Er hörte ihre Stimme auf dem Anrufbeantworter, mit dem er die unerwünschten Anrufe herausfilterte.

»Hallo, du interessanter Mensch. Hier ist deine vernachlässigte Schwester. Falls du dich zufällig fragen solltest, seit wann wir uns nicht gesehen haben, musst du nicht auf die Uhr, sondern in den Kalender schauen. Bist du zu Hause? Geh ran, du Wurm, und versteck dich nicht im Schrank.«

Lachend griff er zum Hörer.

»Ich bin nicht im Schrank, aber wenn du mich weiterhin einen Wurm nennst, werde ich zukünftig in einem Apfel leben müssen.«

»Okay, ich will nichts tun oder sagen, was dich dazu

treibt, dich noch mehr einzuschließen. Genau deswegen rufe ich an, mein träumender und zeichnender Eremit.«

Martina hatte ein wahres Talent für Worte. Einige Male hatte er versucht, sie zum Schreiben zu animieren

(nein danke aber zum Schreiben braucht man Geduld und für mich ist schon das Schreiben einer Postkarte eine Qual)

und erinnerte sich noch immer an ihre lächelnde Weigerung.

»Soll heißen?«, fragte er, während er sich eine Zigarette anzündete.

»Am Donnerstag wird auf der Messe die neue Kollektion präsentiert. Mein wahnsinniger Chef ist verrückt nach dir, er stüüüürbt vor Sehnsucht, dich kennen zu lernen und unter den VIPs begrüßen zu dürfen.«

Martina hatte Manolo Cripezzi, den Modeschöpfer, für den sie arbeitete, perfekt nachgeahmt.

»Martina, du weißt, dass …«

»Eine Ablehnung würde ich als sehr undankbar empfinden. Wenn damals an dem Abend meine Zigarette nicht gewesen wäre, würdest du immer noch Aufkleber für Putzmittelflaschen zeichnen. Du bist es mir schuldig. Und bitte keine Ausreden.«

Marco wusste, dass ihre eigentliche Absicht war, ihn für ein paar Stunden hinter seinem Zeichentisch hervorzulocken. Sie mochte ihn und sorgte sich um ihn.

»Schon gut, schon gut, du hast gewonnen. Ich werde auf der Modenschau weniger leiden, als du es tust, wenn ich absage. Apropos …«

»Apropos was?«

»Wenn ein Wurm zum Militär geht, meinst du, sie stecken ihn in die Wehrmacht?«

Er legte auf, während seine Schwester noch lachte, und erschien getreu seiner Zusage, aber mit der Begeisterung eines Soldaten, der sich bei seiner Einheit zurückmeldet, am Donnerstag darauf zur Modenschau.

Und begegnete Ivana.

Deine Augen.

Marco schreckte aus dem Schlaf hoch und hatte Mühe, sich zu orientieren.

Er hatte ganz eindeutig die Stimme gehört, ohne zu verstehen, ob sie echt oder Teil seines Traums war. Diese Stimme hatte ihn geweckt und in den Halbschatten des Hauses zurückgebracht, das er, wie er glaubte, ausgewählt hatte. Dabei war es das Haus, das ihn ausgewählt hatte.

Deine Augen deine Augen deine Aug…

Das Gefühl, eine Stimme zu hören, kehrte zurück, eine Stimme, die direkt in seinem Kopf war, als hätte jemand oder etwas endlich die Sprache gefunden, um sich verständlich zu machen, die Frequenz, um mit ihm kommunizieren zu können.

Er erhob sich mit schmerzenden Muskeln und einem leichten Schwindel im Kopf. Zu seiner Überraschung wurde ihm bewusst, dass, seit er in diesem Haus war, das Bedürfnis zu rauchen fast vollkommmen verschwunden war.

Das seltsame Gefühl kehrte zurück und umschlang ihn wie eine Spirale. Diesmal blieb trotz des Zitterns, das alles verschwimmen ließ, ein Abschnitt seines Blickfelds klar und unverändert. Das schien ihm eine Spur zu sein, der er, wie eingehüllt in einen farblosen Nebel, die Treppe nach oben folgte.

Sobald er versuchte, die Richtung zu wechseln oder auch

nur woanders hinzuschauen, blickte er auf eine flimmernde Wand wie auf das geschliffene Glas einer Tür.

Oben folgte er dem Streifen den Korridor entlang, bis er vor einer Tür stand, die in derselben Farbe gestrichen war wie die Wand. Vielleicht hatte er sie deswegen noch nicht bemerkt, oder vielleicht …

Deine Augen deine Augen deine Augen …

Er öffnete die Tür. Dahinter befand sich eine Treppe, die im Dunkeln endete. Er stieg die ersten Stufen hinauf, ohne nach einem Lichtschalter zu suchen. Er wusste, er würde keinen finden, und ohne es sich erklären zu können, wusste er, dass er kein Licht brauchen würde.

Die Erregung selbst schenkte ihm das Licht, das ihm den Weg wies. Am Ende der Treppe ging es über einen Holzboden weiter. Die Dielen quietschten unter seinen Schritten

meine vielleicht?

und er ging auf ein seltsames Möbelstück zu, das in der Mitte des Zimmers stand, ein Zylinder aus hellem, glänzendem Holz, der mit einem schwarzweißen Mosaik verziert war. Weder Türen noch Schubfächer waren zu sehen.

Doch es gab welche, und das Möbelstück war nicht rund, sondern eckig

wer hat rund gesagt?

und es gab ein Schubfach. Er streckte die Hand aus, umfasste den Griff und zog.

Mit einem seltsamen Geräusch und trotzdem geräuschlos öffnete sich das Schubfach, und Marco sah sie.

Auf dem Boden des duftenden Holzes lagen ein Radiergummi und ein Bleistift.

Marco beobachtete seine Hand, die sich zitternd um die

beiden Dinge schloss, noch immer die zufrieden flüsternde Stimme in seinem Kopf

deine Augen deine Augen deine Augen …

und hielt, während er die Treppe nach unten ging und das Licht nach und nach schwächer wurde und alles in ihm vibrierte, den Radiergummi und den Bleistift fest in seiner Hand und trat zitternd durch eine Tür, die es nie gegeben hatte.

Als das Vibrieren aufhörte, vernebelte eine schwarze Wolke seinen Blick.

In diese dunkle Welt verlor sich Marco, und die Dunkelheit empfing ihn, weil er bereits Teil von ihr war.

»Ist niemand zu Hause?«

Die Stimme hallte die Treppe hoch.

Marco öffnete die Augen und schloss sie sofort wieder. Das Licht, das durch die Fensterläden drang, verriet, dass die Sonne bereits hoch stand

(draußen die heiße Sonne die heiße Luft und das Blau des Himmels und das Blau des Meeres)

und er lag noch auf dem Bett, zwischen den weiß gekalkten Mauern des Zimmers, angezogen und benommen. Mühsam richtete er sich auf.

In seiner Hand hielt er noch immer den Radiergummi und den Bleistift.

Die Hand öffnete sich vor seinen Augen wie eine Muschel, er starrte die beiden Gegenstände an, so banale und gleichzeitig so seltsame Gegenstände, bedachte man die Stelle, an der er sie gefunden hatte.

»Ist niemand zu Hause?«

Er öffnete eine Schublade der Kommode und legte den Radiergummi und den Bleistift hinein. Hatten sie nicht bereits in einer Schublade gelegen, hier oder woanders? Er verließ das Zimmer, folgte der Stimme, die ihn von unten rief.

An der Treppe stand Yoanna. Barfuß ging er leise hinunter, und als sie sich umdrehte und ihn erblickte, zuckte sie zusammen.

Sie starrte ihn verlegen an, weil er sie überrascht hatte und sie in sein Haus eingedrungen war.

Marco nahm die unangenehme Situation mit Humor.

»Ich habe mir nie eingebildet, besonders hübsch zu sein, aber diese Reaktion kommt mir doch übertrieben vor.«

»Entschuldige, aber ich habe dich nicht gehört. Du hast dich angeschlichen wie ein Gespenst.«

Er schaute zur Seite

(wie nah du der Wahrheit bist Yoanna du weißt nicht wie nah)

und aus dem Spiegel an der Wand blickte ihm ein Bild entgegen, das er nicht kannte.

Er betrachtete die Ringe unter seinen Augen, das abgemagerte, gelbliche Gesicht und fuhr sich mit der Hand über die kratzigen Bartstoppeln.

»Hm, jetzt, wo ich mich sehe, muss ich dir leider Recht geben. Ich bin kein hübscher Anblick.«

»Ich glaube, wenn du duschst und dich rasierst, könnte ich mein Urteil revidieren.«

Marco lächelte finster in sich hinein.

Die Welt schien voller Frauen zu sein, die die Absicht hatten, sich um ihn zu kümmern. Im Gegenzug verlangten sie nur, dass er sich rasierte.

Martina Yoanna und wer weiß wer noch.

Jetzt, wo er sich leer fühlte, jetzt, wo er unfruchtbaren Boden in sich vorfand, auf dem niemand etwas zum Wachsen bringen würde, war er von Menschen umgeben, die es versuchen wollten.

Vielleicht war genau das der Fehler. Es war der Fehler, den alle Männer begingen. Sich stark und verächtlich zu geben, sich als Sieger zu präsentieren, statt einfach den Mut aufzubringen, das Haupt zu senken und zu sagen: Ich habe Angst.

Wenn es nur so einfach wäre, wenn tatsächlich alles so einfach wäre …

»Soll ich dir einen Kaffee kochen?«

»Wie spät ist es?«

»Zu spät zum Frühstücken und zu früh zum Mittagessen. Ein Kaffee wäre genau richtig, sofern in diesem Haus der entsprechende Rohstoff vorhanden ist.«

»Ich denke schon. Meine Schwester verreist nie ohne Kaffee.«

Gemeinsam gingen sie in den Hof hinab. In perfektem Timing trat Yoanna im selben Moment mit einem Tablett und zwei dampfenden Tassen aus der Küche, als Marco aus dem Bad trat und sich die Haare trocken rubbelte.

Sie tranken den Kaffee an dem großen Holztisch unter dem Feigenbaum.

Es war Yoanna, die schließlich das Schweigen brach.

»Ich muss mich bei dir entschuldigen.«

»Weswegen?«

»Wegen meiner Aufdringlichkeit gestern. Und wegen meiner Aufdringlichkeit heute. Aber gestern wollte ich dich unbedingt kennenlernen, und heute wollte ich dich unbedingt wiedersehen. Als ich hierherkam, stand die Tür offen.«

»Das ist nicht besonders schlimm.«

»Doch.«

Sie schien eher mit sich selbst als mit ihm geredet zu haben. Ihr Gesichtsausdruck veränderte sich, und sie wurde wieder zu der Frau mit dem strahlenden Lächeln.

»Heute ist mein freier Tag. Wenn du magst, kann ich dir die Insel zeigen.«

Seufzend wandte Marco den Blick ab.

Warum, Yoanna?

Warum, Ivana?

Weil das ganze Leben aus diesem ewigen Verfolgen besteht, ohne sich jemals zu bekommen, und weil niemand jemals den richtigen Menschen liebt oder verfolgt und es für jeden Marco eine Ivana gibt, die entschlüpft, und eine Frau mit grünen Augen, zu der man fliehen kann?

Warum ist alles so schwierig?

»Hör mal, Yoanna …«

Sie fiel ihm sogleich ins Wort.

»Sag es nicht. Es ist sinnlos. Das hilft weder dir noch mir. Ich weiß nicht, worin dein Problem besteht, und wenn du nicht darüber reden willst, interessiert es mich auch nicht. Vielleicht bin ich nicht die Lösung, aber ein Übel bin ich auch nicht.«

Sie blickte ihn mit smaragdgrünen Augen an.

»Ich bin nur eine Frau, und du bist ein einsamer Mann.«

Marco schwieg, ließ seinen Blick über den Garten gleiten, die Augen wegen der strahlenden Sonne halb geschlossen. Er hatte Mitleid mit sich und seinem Leben und mit allen Dingen, die ihm irgendjemand irgendwo gestohlen hatte. Oder vielleicht hatte er sie nie besessen, und dieser Jemand war nur gekommen, um ihm das klarzumachen.

Er hatte Mitleid und litt, weil es diese Frau hier gab und er nie in der Lage sein würde, Verlangen nach ihr zu empfinden.

Oben, in einer Schublade in einem Zimmer in einem

Haus auf einer Insel, lagen ein Radiergummi und ein Bleistift, und Marco konnte an nichts anderes denken.

Nach der Modenschau

(schöne Frauen schöne Kleider schöne Leute schön langweilig)

begleitete er Martina zum rituellen Abendessen, eine Massenwanderung von der Messe zu einem Restaurant im Zentrum, wo er bereits einmal mit Lewis und einigen seiner japanischen Kunden gegessen hatte. Die hatten ihn kennenlernen wollen, nachdem sie einen Vertrag für die japanische Ausgabe der Smokies abgeschlossen hatten.

Er ertrug die überaus gesitteten Übergriffe von Manolo, dem Modeschöpfer

(nein Martina den hättest du aber nicht so lange vor mir verstecken dürfen der ist ja soooo nett)

er schüttelte Hände und blickte in Gesichter und hielt ein Glas Wein in der Hand, ohne es zu wollen.

Schließlich setzten sie sich an ihren Tisch, wo er sich den Blick auf die Uhr nicht verkneifen konnte. Mit demselben Lächeln, mit dem sie die anderen Gäste anstrahlte, zischte Martina ihm zu: »Das wirst du mir büßen, du Arsch!«

»Was werde ich büßen?«

»Dieses widerliche angewiderte Gesicht, das du seit ein paar Stunden zur Schau stellst. Und den Höhepunkt eben, den Blick auf die Uhr.«

Er lachte herzlich.

»Wenn ich ehrlich sein soll: Auge um Auge, Zahn um Zahn. Dann wirst du mir das alles hier auch büßen.«

Er deutete mit einem Nicken in den Saal.

»Um mich von dieser Veranstaltung zu erholen, werde ich Jahre brauchen.«

Martina gab lachend nach.

»Und ich, die ich das ständig mitmachen muss? Ich glaube nicht, dass ich fliehen kann.«

Die weiteren Plätze an ihrem Tisch wurden eingenommen, und das Abendessen wurde serviert. Marco betrachtete den einzigen freien Platz, der sich genau gegenüber von ihm befand, und fragte sich, wer …

»Entschuldigt bitte die Verspätung.«

In der Entschuldigung schwang die Selbstverständlichkeit eines Menschen mit, der nicht den geringsten Zweifel hatte, dass ihrer Bitte Folge geleistet werden würde. Marco beobachtete die Frau, die ihren Platz am Tisch mit derselben natürlichen Anmut einnahm, wie sie es mit ihrem Platz in seinem Leben tat.

Überrascht bemerkte Martina in Marcos Augen Interesse aufblitzen.

»Marco, das ist Ivana Resi. Du hast sie vielleicht auf der Modenschau bemerkt. Ivana gehört zu unseren besten Models.«

Ehrlich gesagt, hätte Marco sie nie und nimmer wiedererkannt, wenn Martina es nicht gesagt hätte. Manolo hatte für alle Models ein Make-up verlangt, das sie wie Geishas aussehen ließ, und die Gesichter hatten einander unter der schweren weißen Schminke stark geglichen.

Hätte er Ivana kommen sehen, hätte er sie vielleicht an ihrem Gang wiedererkannt. Sie war die Einzige, die ihm wirklich aufgefallen war, weil sie auf dem Laufsteg die Kleider aufwertete, ohne sich unsichtbar zu machen. Jetzt, als sie Marco gegenübersaß, war er sich sicher, dass sie es war, auch wenn ihm der Beweis fehlte.

»Dann sind Sie also Marco, Martinas geheimnisvoller Bruder.«

»Na, davon gibt's noch einen, der genauso geheimnisvoll und zurückhaltend ist. Zu Hause nennt man ihn den ›maskierten Pantoffel‹.«

Ivana warf den Kopf nach hinten und lachte. Mit ihrem Lachen ließ sie die Welt an ihrer Gegenwart und Fröhlichkeit teilhaben.

Fassungslos beobachtete Martina, wie sich die Laune ihres Bruders schlagartig änderte. Den Rest des Abends redete und witzelte und lachte er und hatte nur noch Augen für Ivana.

Sechs Monate später waren sie verheiratet.

Sie verließen das Haus nicht.

Yoanna war ins Dorf geeilt, um etwas zu essen zu besorgen, wonach Marco nicht das geringste Verlangen hatte. Sie blieben zu Hause, und nach dem Essen

(gefüttert von Yoanna wie ein Kind ein Happen für Mama und noch einen bitte)

legten sie sich zum Sonnen auf die Terrasse, spürten in den Haaren den Wind, der vom Meer heraufzog.

Yoanna zog sich völlig nackt aus und bewegte sich dabei mit einer Natürlichkeit, in der Marco keinerlei sexuelle Provokation erkennen konnte.

Wahrscheinlich war sie es gewohnt, sich so in die Sonne zu legen, weil auf ihrer Haut keine Bikinistreifen zu sehen waren.

Mit halb geschlossenen Augen beobachtete er den jungen Körper dieser Frau, die neben ihm in der Sonne schlummerte, ihre straffen, festen Brüste, die vor Kraft zu explodieren schienen, ihre braune Haut, die geschmeidig und zart war, ihre Hüften, diese feinen Linien, die zum dichten Schamhaar einer südländischen Frau zusammenliefen.

Er stellte sich ihre grünen Augen hinter dem Schleier ihrer Augenlider vor, ihre weißen Zähne, die sich hinter ihren feuchten Lippen versteckten, stellte sich das Innere dieser Frau vor, feuchtwarm und voller Leben, doch seine Gedanken blieben träge, trocken, eisig.

Er würde sich wünschen, dass etwas in ihm schmelzen würde, würde sich ihr gerne nähern, sie aus ihrer Trägheit wecken, ihre Lippen mit seinen Lippen und ihren Körper mit seinem Körper suchen. Er wäre gerne von neuem ein Mann, ein neuer Mann in ihren Armen.

Marco wusste, dass diese Gedanken Teil einer *logischen* Seite in ihm waren. Es war, als klammerte sich ein letzter Funken Leben verzweifelt an jeden Halt, an jeden kleinen Vorsprung über dem Abgrund, damit er nicht in die Tiefe stürzte, nicht starb.

Er wurde sich bewusst, dass er Yoanna wie ein Mann anblickte, dessen Verlangen längst erloschen war und nie wieder zum Leben erweckt werden würde.

Auch er hatte sich vollständig ausgezogen, hatte ein Handtuch ausgebreitet und sich auf den Rücken gelegt. Die Wärme des Holzes drang durch den Chenillestoff hindurch.

In der Wärme und der Sonne war er eingeschlummert.

Ein Schatten, der seinen Körper wie ein brennendes Tuch einhüllte, weckte ihn.

Er öffnete die Augen. Über ihm schwebte Yoannas Gesicht, ihr Haar hing wie ein brauner Regen herab, und die Hitze ihres schweren Körpers, die Hitze einer jungen Frau, durchströmte ihn.

Sie senkte ihre Lippen und suchte die seinen, die er ihr zu einem kläglichen, sterilen, leblosen Kuss darbot.

Yoanna löste sich von ihm, blickte ihn an und bekam eine

Gänsehaut, als ihr Blick nun in den tiefen Brunnen seiner Verzweiflung fiel.

Ihre Augen füllten sich mit Tränen.

Sie legte den Kopf in die Rundung zwischen seinem Hals und seiner Schulter, rutschte an seine Seite und presste sich mit einer schmerzhaften Umarmung an ihn.

»Armer Marco, was hat man dir angetan?«

Als Marco wieder allein war, stieg er die Treppe zum Schlafzimmer hinauf.

Er ging auf die Kommode zu, hielt den Atem an und zog mit einer Hand, die nicht seine eigene zu sein schien, die Schublade auf.

Der Radiergummi und der Bleistift erwarteten ihn.

Der Radiergummi war rechteckig, Zeit und Gebrauch hatten die Ecken abgerundet und das weiße Material grau gefärbt. Von diesen Radiergummis hatte er schon viele gesehen und verbraucht. Der Bleistift war normal, außen gelb, ohne Aufschrift oder Hinweis auf den Härtegrad der Mine.

Ihm fiel auf, dass der Radiergummi ziemlich alt, der Bleistift aber neu zu sein schien, weil die Beschichtung noch glänzte und er kaum an Länge verloren hatte. Die Mine war spitz, das Holz um die Spitze herum frisch.

Ein Radiergummi und ein Bleistift. Nichts anderes als ein banaler, äußerst gewöhnlicher Radiergummi und ein ebenso banaler, gewöhnlicher Bleistift.

Als Marco sich aufs Bett setzte, wurde er einen Moment lang von der Angst erfasst, dass sein Körper schwerelos sein könnte und sich die Matratze unter ihm nicht absenken würde. Doch die Metallfedern quietschten, und sein Körper drückte sich an der Stelle, wo er saß, in die Matratze ein.

Alles normal.

Jemand oder etwas hatte versucht, Kontakt mit ihm aufzunehmen. Am Anfang waren die Zeichen skizzenhaft gewesen, nun aber wurden sie immer deutlicher. Das fast unmerkliche Gefühl in dem Moment, in dem er die Fotos gesehen hatte, die immer heftigeren Anfälle, als er allein in dem großen, weißen Haus geblieben war. Am Abend zuvor dann die Vision mit der Stimme in seinem Kopf, dem Zimmer im oberen Stock und der Tür in einem Flur, wo nie eine Tür gewesen war.

Bis jemand oder etwas mit seinen Versuchen Erfolg gehabt und Marco die Botschaft erhalten hatte.

Und jetzt, nachdem er sie erhalten hatte, konnte er sie nicht entziffern.

Ohne den Radiergummi und den Bleistift hätte er denken können, dass alles nur eine Halluzination gewesen sei, ein Streich seiner Nerven, die dem Druck nicht mehr standhielten, ein Ergebnis seiner fast manischen Depression.

Doch da lagen sie in seiner Hand, berührbar und echt, farbig und aus festem Material. Sie waren der Beweis dafür, dass alles tatsächlich passiert und nicht nur eine Wahnvorstellung seines kranken Hirns gewesen war.

Er erhob sich wieder, nahm einen Zeichenblock aus seiner Reisetasche, die auf dem Boden stand, und ging mit dem Radiergummi und dem Bleistift nach unten.

Er trat hinaus auf die Terrasse, setzte sich in einen Sessel und wartete unentschlossen, bevor er den Block aufklappen und ein weißes Blatt erscheinen lassen würde.

Seit wann hatte er es schon nicht mehr getan?

Seit wann hatte er Angst vor dem, was ihm bis vor kurzem noch Freude und Lebensinhalt gewesen war?

Nie hätte er einem Laien erklären können, was ein weißes Blatt für einen Zeichner bedeutete, wie stark die Hoffnung jedes Mal war, wenn er sich vor diese riesige, leere, makellose Fläche setzte, die es mit Zeichen, Träumen, Farben und Ideen zu füllen galt.

Vielleicht hatte Gott, wenn es ihn gab, es genauso getan. Am Anfang war das Universum ein riesiges, kosmisches weißes Blatt gewesen, und mit der gleichen Hoffnung und Fantasie hatte er einen Moment die Augen geschlossen, bevor er sich an die Arbeit gemacht und alles gezeichnet hatte.

Er klappte das Deckblatt nach hinten. Nun lag auch vor ihm sein kleines Universum, das er erschaffen musste.

Er lehnte sich zurück, nahm den Bleistift in die Hand und ließ seinen Blick über die Welt um ihn herum schweifen.

Er begann zu zeichnen, was er vor sich sah. Die fehlende Übung machte sich bemerkbar, und sein Strich kam ihm zögerlich, kindlich vor. Je mehr er jedoch zeichnete, desto sicherer wurde er. Sein angeborenes Talent brach hervor und floss durch seine Hand und den Bleistift auf das Papier, wurde zum Horizont, der die Bucht links, die roten, spitzen Felsen am Meer und die Klippen, die am Rande des Gartens steil abfielen, vom Himmel trennte.

Es wurde zu seiner Perspektive auf das Haus, vor dem der dichte Feigenbaum wie ein Vorhang in den Vordergrund rückte und hinten rechts den Blick auf die weißen Räder der Windmühlen vor dem Hintergrund der dunklen, tief hängenden Wolken freigab.

Immer schneller und sicherer raste seine Hand über das Blatt, und wenn Marco weniger von seiner Zeichnung in Bann gezogen worden wäre, hätte er bemerkt, dass ungeachtet der vielen Zeichen und Schatten und Schraffierungen, die er aufs Papier brachte, die Mine sich kein bisschen abnutzte.

Doch in diesem Moment war Marco woanders, war er damit beschäftigt, sein Talent aus dem Käfig zu befreien, in dem es eingesperrt gewesen war.

Die Zeichnung war fast fertig, vom Motiv her alles in allem ziemlich banal, und doch von überragender Bedeutung, weil Marco seit viel zu langer Zeit schon nicht mehr die Lust und die Befriedigung verspürt hatte, die ihm durch das Zeichnen immer zuteil geworden war.

Alles wäre ganz normal gewesen, wenn nicht die Möwe gekommen wäre.

Sie flog nach links, senkte sich plötzlich vom Himmel herab und setzte sich mitten auf den Bogen über dem Gartentor.

Marco verglich die Zeichnung mit dem Original

(Spieglein, Spieglein meiner Gier)

als er sah, wie sich die Möwe elegant auf der Mauer niederließ und den Kopf nach rechts und nach links drehte, um sicherzugehen, dass ihre Ankunft auf keinen Fall unbeobachtet blieb.

In der metaphysischen Strenge des Panoramas erschien die Ankunft der Möwe fast wie eine Huldigung an den Künstler, als hätte sie von oben sein Werk gesehen und wollte nun fragen, ob sie als Teil des Originals nicht auch Teil der Zeichnung werden könne.

Mit wenigen genialen Strichen umriss Marco die Silhouette der Möwe und des Schattens, den ihr Körper im Licht des Sonnenuntergangs auf die Mauer warf.

Er war fast mit dem Möwenkopf fertig, als seine Hand abrutschte. Ihm war nicht klar, wie das passieren konnte, aber es war, als wäre der Bleistift auf eine vereiste Stelle geraten, wie ein Eisläufer gestürzt und über die glatte Fläche geschlittert.

Ein schwarzer Strich verunstaltete das perfekte, mit sicherer Hand gezeichnete Abbild des Möwenkopfes.

Er griff zum Radiergummi und radierte den Kopf aus, den er soeben zerstört hatte. Als er wieder nach oben blickte, war die Möwe verschwunden.

Wahrscheinlich war sie fortgeflogen, während er seinen Fehler ausradiert hatte. Doch auf der Mauer war etwas: Genau an der Stelle, an der soeben noch die Möwe gesessen hatte, befand sich ein roter Fleck.

Deine Augen deine Augen deine Augen …

Plötzlich ertönte in seinem Kopf wieder die Stimme. Sie klang ungeduldig wie die eines Menschen, der Angst hat, nicht verstanden zu werden

(sagte Worte sprach von Augen aber wollte sagen: geh, bitte geh, geh, bitte, bitte, geh)

und Marco war überrascht, weil er nach den Vorkommnissen der letzten Nacht und nachdem er Radiergummi und Bleistift gefunden hatte, davon ausgegangen war, dass er die Stimme nie wieder hören würde.

Er erhob sich vom Sessel und legte seinen Zeichenblock und seine Utensilien darauf. Dann ging er die Stufen in der Mitte der Terrasse hinab und überquerte den Hof. Die Kieselsteine drückten sich in die Sohlen seiner nackten Füße. Am Torbogen angekommen, sah er an der Mauer hoch, konnte aber von dort, wo er stand, nichts erkennen. Er griff nach der Klinke des Tors, drückte es auf und trat hinaus.

Die Möwe war tot.

Sie lag etwa einen Meter von der Mauer entfernt mit ausgebreiteten Flügeln auf dem staubigen Boden. Die Federn waren blutbefleckt. Marco ging auf die Möwe zu und sah, dass ihr Kopf fehlte. Er ließ den Blick umherschweifen, konnte ihn aber nirgends entdecken

deine Augen deine Augen deine …

während die Stimme in seinem Kopf jubelte wie ein Krieger, der den Skalp des getöteten Feinds hochhält.

Marco hatte das Gefühl, ohnmächtig zu werden.

Plötzlich wurde die Wärme des Sonnenuntergangs durch einen kalten Windhauch ausgelöscht, sein Blut schien zu erkalten wie das der leblosen Möwe auf der roten Erde.

Wie im Rausch und mit klappernden Zähnen kehrte er in den Hof zurück, ging rückwärts auf das Haus zu, mit unsicheren Schritten und in der Angst, dass seine zitternden Beine ihren Dienst versagen könnten. Er stieg die Treppe hinauf, klammerte sich am Geländer fest, um nicht zu fallen, und überquerte, ohne zu wissen wie, die Terrasse, deren Dielen unter seinen unrhythmischen Schritten knarrten.

Vor dem Sessel fiel er auf die Knie, hielt sich an der Armlehne fest, um nicht ganz zu Boden zu rutschen.

Keuchend und mit schweißnasser Stirn kämpfte er gegen die Übelkeit an.

Das ist nicht möglich. Das ist nicht möglich.

Als sich der Nebel vor seinen Augen lichtete und sich der Atem in seiner trockenen Kehle wieder normalisierte, hob er den Kopf. Auf dem Sessel, wenige Zentimeter von seinen glasigen Augen entfernt, lagen auf der abgewetzten Sitzfläche der Radiergummi und der Bleistift.

Der Radiergummi war blutbefleckt.

In seinem Kopf hob die Stimme wieder zu ihrem nicht enden wollenden Triumphgeschrei an

deine Augen deine Augen deine Augen deine Augen deine Augen deine Augen …

Yoanna hielt mit ihrem roten Jeep auf dem kleinen Platz vor dem Haus der Familie Yermades. Als sie den Schlüssel herumdrehte, erstarb der betagte Motor mit einem Brummen.

Sie blieb hinter dem Steuer sitzen und blickte aufs Meer hinaus, lauschte ihren Gedanken und dem Wind in ihrem Haar. Aufgereiht wie Soldaten und die Schaumkronen wie Fahnen nach oben gereckt, jagten die Wellen einander hinterher. Bei dem hohen Seegang waren keine Fischerboote ausgelaufen, doch Yoanna dachte, dass weder Sturm noch schlechtes Wetter die Restaurantbesitzer davon abhalten konnten, einen hübschen Fisch aus einem gut bestückten Eisschrank zu angeln.

Für einen Touristen war die Wahrscheinlichkeit, zu Hause frisch gefangenen Fisch zu essen, höher als hier auf diesem vom Meer umgebenen Stück Land.

Sie stieg aus. Der Wind wirbelte die rote Erde um ihre Füße herum auf. Beides, Wind und Staub, nahm sie als Vorwand für ihre glitzernden Augen.

Sie verstand nicht, was mit ihr los war.

Nein, das war gelogen.

Sie wusste es sehr wohl, auch wenn es ihr nicht gefiel.

Schon zwei Tage hatte sie Marco nicht gesehen. Sie war nicht zu ihm hinaufgefahren, so stark ihr Verlangen nach ihm auch war, und er war nicht ins Dorf gekommen. Falls doch, hatte er sie nicht besucht.

Es gibt Menschen, die kommen und gehen und sofort durch andere austauschbar sind.

Marco war anders. Marco war von Anfang an eine unausweichliche Gegenwart gewesen. Ein Blick, ein Geruch, ein Schritt, ein mit klarer, vertrauter, wenn auch in einer Fremdsprache geschriebener Brief.

Marco war … Hm, was war Marco?

Was trug er in sich, was hätte ihn davor retten können, sich im Kreis zu drehen, was hätte ihn vor der Flucht vor etwas bewahren können, vor dem er davonlief und dem er gleichzeitig hinterherlief?

Wenn sie es nicht herausfand, würde sie ihm nicht helfen können, und Marco würde sich und auch sie zerstören.

Sie kannte ihn erst seit einigen Tagen, hatte aber jetzt schon nicht mehr die Kraft, sich von diesem Wagnis fernzuhalten.

Als sie sich vom Auto entfernte, wurde sie vom Wind erfasst, er presste ihre Kleider an ihren Körper und ließ ihr Haar vor ihren Augen tanzen. Sie schob es mit den Fingern zur Seite, um den Blick frei zu haben. Wie von einer unsichtbaren Hand wurde sie durch den Garten geschoben. Kurz vor dem Tor, als sie den Kopf nach links drehte, um sich vor einer Staubwolke zu schützen, entdeckte sie den bräunlichen Streifen Blut, der an der Mauer hinablief. Sie folgte der Blutspur bis zu der enthaupteten Taube auf dem Boden, die von einem Schwarm Fliegen bedeckt war. Die Federn eines Flügels flatterten in dem verzweifelten, höhnischen Versuch, sich wieder in die Luft zu erheben und den Himmel zu erobern, den sie verloren hatte.

Dieser Tod und dieser Flügel, der sich nicht mehr aus eigener Kraft bewegte, hatten etwas Unnatürliches, das eine nicht zu beschreibende Angst in Yoanna auslöste.

Sie öffnete das Tor und betrat den Hof.

»Marco …«

Glatte Kieselsteine, das weiße Licht des Hauses, Fenster in der Mauer wie argwöhnische Augen, das Rauschen des Windes in den grünen Blättern des Feigenbaums.

»Marco …«

Stille.

»Marco ...«

Eilig durchquerte sie den Hof, spurtete die Treppe hinauf und die Terrasse entlang, lief durch die offene Tür und ins obere Stockwerk hoch, wo ihr ebenfalls nichts als Stille entgegenschlug. In Marcos Zimmer war das Bett nicht gemacht, eine Schranktür stand offen, seine Reisetasche war verschwunden. Die Hoffnung siegte über die Gewissheit, und sie warf noch einen Blick in die übrigen Zimmer.

Das Haus war leer.

In der Luft lag etwas von der Atmosphäre eines unbewohnten Hauses.

Marco war abgereist.

Als die Klingel ertönte, warf Ivana Resi verärgert ihr Buch auf den Glastisch. Das Hausmädchen war eben erst gegangen, hatte aber bestimmt etwas vergessen, wie immer. Sie würde sich Luciana gegenüber anders verhalten müssen, wo doch selbst der Volksmund sagt, dass übermäßige Vertrauensseligkeit den Respekt zerstört. Sie nahm ihre schwarze Lesebrille ab und legte sie neben das Buch.

In ihrer ganz eigenen Manier, die den Betrachter an vieles erinnert und ihn vieles vergessen macht, ging sie zur Tür.

Sie ließ den Riegel zurückschnappen und riss die Tür auf.

»Was haben Sie diesmal wieder verge...«

Das Wort blieb ihr im Halse stecken, als sie Martina erblickte, die regungslos vor ihr stand.

»Hallo, Martina.«

Es entstand eine Pause, ein Spannungsmoment, der aus

der Zeit fiel, weil irgendein Regisseur ihn im Film und auf seiner Uhr anhalten wollte.

Der Moment dauerte weniger als eine Sekunde, dann sprach Martina, und das Wasser schien wieder zu fließen.

»Darf ich reinkommen?«

Als Ivana zur Seite trat, hatte Martina den Eindruck, sie würde leicht rot im Gesicht. Doch auch dieser Moment dauerte nur kurz, weil Ivana sich sofort wieder unter Kontrolle hatte.

»Sicher, mach's dir bequem.«

Martina folgte ihr zu den Sofas. Sie konnte nicht anders als die Eleganz, die Schönheit und die angeborene Klasse zu bewundern, die Ivanas Glück und der Untergang ihres Bruders waren.

In jeder Hinsicht.

Sie setzten sich einander gegenüber.

Die kalte, listige Ivana mit ihrem langen, dunklen Haar, dem schmalen Gesicht und ihrem Stolz auf ihre statuenhafte Schönheit. Die sanfte Martina, die zarte, sanfte, beschützende Martina mit den blauen Augen, dem melierten Pagenkopf und der sympathischen Ausstrahlung, die ihr wie ein treuer Diener vorauseilte, um ihr alle Türen zu öffnen.

Ihre Zerbrechlichkeit entsprach allerdings nicht der Wirklichkeit, das wusste Ivana sehr wohl, und da sie nicht die Absicht hatte, sich zu verteidigen, ging sie zum Angriff über.

»Was verschafft mir die Ehre?«

»Ich denke, du kannst dir vorstellen, wie gerne ich auf diese Ehre verzichtet hätte, aber ich habe ein Problem. Oder vielmehr, wir haben ein Problem …«

Ivana hob eine Augenbraue.

»Wir?«

»Marco ist verschwunden.«

Ivana schaute sich mit undurchdringlicher Miene in ihrem Zimmer um.

»Und du suchst ihn hier?«

Martina konnte nicht anders, als Ivanas Kälte zu bewundern. Sie erhob sich abrupt. Einen Augenblick lang hatte Ivana den Eindruck, Martina würde sie angreifen, doch auch diesen Schreck ließ sie sich mit keinem Wimpernschlag anmerken.

»Marco war in Griechenland, auf Mykonos. Er hatte sich dorthin verkrochen, nachdem du …

Martina knetete nervös ihre Hände.

»Nachdem du und Greg …«

»Such nicht umständlich nach Worten für das, was sich ganz einfach definieren lässt. Nachdem Marco entdeckt hatte, dass Greg und ich ein Liebespaar sind.«

»Ja, so ausgedrückt, klingt das viel klarer, fast schon banal. Und dazu passt auch, dass du alles in Besitz genommen hast, was Marco gehörte.«

Ivana blickte sie herausfordernd an wie ein Falschspieler, der schon weiß, dass er gewonnen hat, während er die Karten austeilt.

»Wenn du dir so sicher bist, warum gehst du nicht zur Polizei und zeigst mich an?«

Martina lächelte bitter.

»Du weißt genau, warum …«

Sie setzte sich wieder aufs Sofa, um der Versuchung zu widerstehen, Ivana etwas anzutun.

»Das gesamte Vermögen meines Bruders war an den Besitz dieser irischen Gesellschaft gekoppelt, an den Besitz des Aktienzertifikats. Wer dieses Zertifikat in den Händen hält, besitzt alles, und jetzt hast du es. Du hast es dir verschaffen können, weil Marco dir blind vertraut hat. Er hat dir die Zeichnungsvollmacht für alle Banken und die vollständige Vertretung seiner Interessen übertragen. Du wusstest ganz genau, dass alles nur steuerlichen Zwecken diente. Würde ich dich anzeigen, würde ich gleichzeitig meinen Bruder anzeigen.«

Ivana erhob sich und ging zum Fenster, distanzierte sich von der mit kalter Verachtung vorgebrachten Anklage.

Plötzlich drehte sie sich wieder um, ihre Augen funkelten vor Zorn, und jedes ihrer Worte zischte wie ein Peitschenhieb hernieder.

»Ja, es stimmt. Die Dinge sind genauso gelaufen, wie du gesagt hast, Wort für Wort. Ich habe mir das Geld und alles andere genommen. Und das ist wenig für all die Jahre, die ich Marco geopfert habe, um ihm Mutter, Frau und Freundin zu sein, um für ihn den Kontakt zur Außenwelt herzustellen. Für all die Jahre, in denen ich den Kopf in ein Zimmer gesteckt und nur einen über einen Zeichentisch gebeugten Rücken gesehen habe. Für die Augen, die mich angeschaut haben, ohne mich wirklich zu sehen, weil sie im selben Moment auf eine Welt aus Figuren aus Rauch gerichtet waren.«

Fast ohne es zu merken, entzog sich Martina der Gewalt, mit der Ivana diese Worte gesprochen hatte.

»Ich hätte es nicht für möglich gehalten, aber du schaffst es, im gleichen Maße böse zu sein, wie Marco dich geliebt hat.«

Erst jetzt sprühten Ivanas Augen vor Hass.

»Wenn du wüsstest, wie sehr ich euch gehasst habe, dich und Marco und Manuel, euch drei mit eurer pathetischen Geschwisterliebe, dieses Bild voller Zärtlichkeit, das für euch vielleicht eine Familie symbolisierte, für mich aber immer nur eines bedeutet hat: Langeweile.«

Das letzte Wort kam in einzelnen Silben über Ivanas Lippen wie eine immense Beleidigung.

»Du bist in einem Umfeld aufgewachsen, in dem du alles hattest, Stärke und Freundschaft, ein Wort, wenn du eines brauchtest, einen Pullover oder einen Rock, wenn er dir gefallen hat. Was weißt du schon davon, wie es ist, in der Welt zurechtzukommen, wenn man mit nichts anderem ausgestattet ist als mit dem, was man am Leibe trägt, wenn Schönheit die einzige Waffe ist und in deinem Kopf ein Wort herumspukt, das du bis zu einem gewissen Punkt deines Lebens nur allzu oft gehört hast, das Wörtchen ›Nein‹ nämlich. Sicher, ich wollte Marco und habe ihn mir genommen, ich wollte sein Geld und habe es mir genommen, ich wollte Greg und habe ihn mir genommen, und so werde ich es auch weiterhin tun, mit allen Mitteln und bei allem, was mir gefällt und was ich haben will. Ich bin nicht wie du, und ich bin nicht wie Marco. Ich habe keine Träume, sondern nur Wünsche, weil Träume ein Luxus sind, den ich mir nie erlauben konnte.«

Martina fand keine Worte angesichts dieser abgrundtiefen Schäbigkeit. Es war, als würde sie einen von der Sonne gewärmten Stein anheben und ein Schlangennest darunter entdecken. Sie konnte nicht verstehen, wieso niemand das Elend dieser Seele bemerkt hatte. Marco war wie ein Wahnsinniger in diese Frau verliebt gewesen, und in seinem Innern hatte er sie nicht gezeichnet, wie sie war, sondern wie er sie haben wollte. Aber sie, Martina, hätte objektiver sein, hätte die Sache verstehen müssen. Vielleicht war Marcos Liebe so groß gewesen, dass er auch die anderen blind gemacht hatte.

Ivana setzte sich wieder aufs Sofa. Ihre Wut schien sich gelegt zu haben. Sie faltete ihre Hände im Schoß und richtete ihre schönen Augen, die so dunkel waren wie ihre Seele, auf Martina.

»Du musst gar nicht erst mit diesem Gehabe der makellosen, furchtlosen Frau, der die Verachtung ins Gesicht geschrieben steht, hier anrücken und mir erklären, dass wir ein Problem hätten. Deine Verachtung lässt mich kalt, und dein Problem interessiert mich nicht, weil es nicht *unser* Problem ist, sondern *deins* …«

Martina erhob sich und blickte Ivana in die Augen.

»Hör mir mal gut zu, du Nutte …«

Die geflüsterte Beleidigung hallte wie eine Explosion zwischen den Mauern wider.

»… ich weiß nicht, was mit meinem Bruder passiert ist, und ich weiß nicht, wo er steckt, aber ich werde alles daran setzen, um das in Erfahrung zu bringen. In der Zwischenzeit kannst du zu deinen erbärmlichen Göttern beten, dass ihm nichts Schlimmes passiert ist, denn andernfalls garantiere ich dir, dass mein Problem, wie du es nennst, nichts ist im Vergleich zu dem, was du von mir zu erwarten hast.«

»Muss ich das als Drohung auffassen?«

»Nein«, antwortete Martina. »Du musst das als Gewissheit auffassen.«

Sie ging zur Tür, gefolgt von Ivana, die ihr eine Hand auf den Arm legte, um sie aufzuhalten.

Wortlos blickte Martina zuerst auf die Hand, dann in Ivanas Augen. Ihre Gesichter waren sich so nahe, dass sie ihren warmen Atem spürte.

Ivanas Stimme klang gleichzeitig messerscharf und honigsüß.

»Weißt du, was dein wahres Problem ist, Martina?«

»Nein, sag du es mir.«

»Dein Problem ist, dass du eifersüchtig bist. Das warst

du schon immer. Wer weiß, wie oft du an meiner Stelle sein wolltest und die Tatsache verflucht hast, dass Marco nur dein Bruder ist.«

Die Ohrfeige, die Martina ihr versetzte, brachte sie zum Schweigen. Ein roter Fleck prangte auf ihrer Wange, und ihr Kopf wurde von der Wucht zur Seite geschleudert, doch sie lächelte Martina triumphierend an.

»Ich habe also ins Schwarze getroffen. Letztlich weißt du selbst, dass ich Recht habe, wenn ich hier dein Problem vermute. Das ...«

Sie fuhr sich mit der Hand über ihre gerötete Wange.

»... das sehe ich dir nach, weil ich in jedem Fall gewonnen habe, und du hast verloren.«

Sie schob Martina nach draußen, schloss die Tür und blieb allein in ihrem erstarrten Universum, zu dem niemand Zutritt hatte.

»Tschüss, Marika.«

»Tschüss, Ivana, wir sehen uns Donnerstag.«

Vor der Tür zum Sportstudio verabschiedete sich Ivana von ihrer Trainerin, setzte den Rucksack auf und ging über den Hof. Wie fast alle Menschen, die mit ihrem Körper Geld verdienen, war auch sie besessen davon, sich in Form zu halten. Die Gewohnheit war ihr geblieben, auch wenn sie nicht mehr über den Laufsteg ging. Sie war Vegetarierin, rauchte nicht, trank keinen Alkohol und lief mindestens drei Mal die Woche etwa zehn Kilometer. Im Moment trug sie einen Trainingsanzug und Sportschuhe, doch auch das konnte nicht von ihrer Schönheit und ihrem sinnlichen Gang ablenken. Sie überquerte den Hof, trat durchs Tor und bog nach links ab zum Parkplatz, wo ihr Wagen stand.

Zwei Jungs in bunter Hip-Hop-Kleidung kamen ihr entgegen. Ihre Jacken waren mindestens zwei Nummern zu groß, und ihre weiten Hosen warfen Ziehharmonikafalten über ihren schweren Timberland-Stiefeln. Auf dem Kopf trugen sie Rapper-Mützen, einer hatte ein Piercing in der Nase.

Sie beäugten Ivana mit jungen Wolfsaugen, als sie auf ihrer Höhe waren.

»Geile Alte«, bemerkte einer.

Ivana lächelte. Trotz der Derbheit des Kompliments wurde ihre grenzenlose Bedürftigkeit befriedigt. Die ordinäre Anmache eines Lastwagenfahrers ärgerte sie vielleicht, doch wenn jemand vorbeifuhr, ohne sie anzumachen, empfand sie das als viel schlimmer. Viele ihrer Freundinnen konnten sich nicht mit ihrem Alter abfinden und liefen als wandelnde Broschüre des Chirurgen, der sie überarbeitet hatte, durch die Gegend. Sie betrachtete sich im Schaufenster. Nein, das hatte sie eindeutig noch nicht nötig.

Auf dem Parkplatz ging sie an den im Fischgrätmuster geparkten Wagen vorbei und blickte verblüfft auf die Stelle, wo sie ihren Wagen abgestellt hatte.

Er war verschwunden.

Sie blickte sich um, ob sie sich vielleicht geirrt und den Wagen woanders geparkt haben könnte. Nein, sie erinnerte sich noch gut an den metallicfarbenen Renault mit der Einrichtungszeitschrift auf dem Rücksitz.

Ihr Auto war gestohlen worden.

Und zwar erst vor kurzem, weil der kurze Regenschauer, der eine halbe Stunde zuvor über die Stadt gezogen war, an ihrer Parkbucht einen rechteckigen, trockenen Fleck hinterlassen hatte.

»Scheiße!«

Verärgert stampfte sie mit dem Fuß auf. Sie hasste solche Dinge, allerdings nicht so sehr wegen des materiellen Verlusts als wegen der Zeit. Zeit ist das Einzige, was einem niemand zurückgeben kann, und Ivana fand es ärgerlich, auch nur eine Minute mit Diebstahlsanzeige und Schreibkram verlieren zu müssen. Und der Gedanke, dass ein anderer Mensch etwas von ihr in den Händen hielt, ließ sie sprichwörtlich zum Tier werden.

Sie stellte ihre Tasche auf den Boden, zog das Mobiltelefon heraus und wählte die Nummer des Funktaxiunternehmens. Nach ein paar Sekunden Hintergrundmusik meldete sich eine unpersönliche Stimme.

»Funktaxi, was kann ich für Sie tun …«

»Piazzale Brescia, bitte, an der Ecke Viale Ranzoni.«

»Telefonnummer?«

»Ich rufe vom Handy aus an. Wollen Sie die Nummer?«

»Ist nicht wichtig. Moment.«

Wieder ertönte die Musik im Telefon, während die Frau über Funk ein Taxi in der Nähe suchte.

»Piazzale Brescia?«, fragte sie nach wenigen Sekunden nach.

»Ja?«

»Wagen 11, in drei Minuten.«

Ivana beendete die Verbindung. Als sie sich bückte, um ihre Tasche aufzuheben, verzogen sich ihre empfindlichen Gesichtszüge erneut zu einer wütenden Grimasse.

Die Tasche, die sie kurz zuvor auf dem Boden abgestellt hatte, stand nicht mehr dort.

»Verdammt, was soll denn das?«

Sie blickte sich verwirrt um. In unmittelbarer Nähe war niemand zu sehen. Hinter ihr öffnete sich das schwarze

Loch einer Tür. Vielleicht war von dort jemand herausgeschlichen, während sie durch das Telefonat abgelenkt gewesen war, hatte sich ihre Tasche geschnappt und war wieder dort hinein verschwunden. Eine andere Erklärung gab es nicht. Vorsichtig näherte sie sich der Tür. Trotz ihrer Wut schlug ihr Herz etwas zu heftig, als sie das Treppenhaus erreichte. Es gab keine Pförtnerloge, so dass ihr niemand sagen konnte, ob der Gauner tatsächlich hier durchgekommen war. Sie wollte schon die Treppe hinaufschleichen, besann sich aber eines Besseren. Wegen ein paar Sportklamotten noch größeres Übel zu erleiden, war das Risiko nicht wert. Fluchend trat sie genau in dem Moment wieder auf die Straße, als das Taxi vor der Durchfahrt hielt.

Sie stieg hinten ein, während sie mit fast wütender Stimme dem Fahrer ihre Adresse nannte. Das Taxi setzte sich in Bewegung, musste aber am Ende des Platzes an der roten Ampel wieder halten. Als es sich in den Verkehr einfädelte, klingelte Ivanas Telefon. Gereizt zog sie es aus ihrer Jackentasche und drückte die grüne Taste.

»Hallo?«

»Hallo, Signora Ivana?«

»Ja?«

»Hier ist Rosa, Signora.«

Sie erkannte die Stimme der Hausmeisterin aus Oreno, dem Dorf in der Brianza, wo sie und Marco die meiste Zeit gewohnt hatten. Rosa und ihr Mann Gigi waren die Hausmeister und Gärtner und Bediensteten des Hauses, das jetzt ihr gehörte, in dem sie allerdings schon lange nicht mehr wohnte. Sie fand das Landleben langweilig und hatte sich bei der erstbesten Gelegenheit die Wohnung in der Stadt gekauft, wo sie endlich allein lebte. Eigentlich hatte Greg nach ihrer Trennung von Marco vorgeschlagen, sich eine gemeinsame Wohnung zu nehmen, doch Ivana hatte höflich, aber bestimmt abgelehnt. Greg gefiel ihr, er war nett und ein außergewöhnlicher Liebhaber, doch sie hatte nicht die Absicht, sich vom Regen in die Traufe zu begeben.

»Signora?«

Ivana merkte, dass sie ihren Gedanken nachgehangen und einen Moment zu lange geschwiegen hatte.

»Ja, Rosa, um was geht's?«

»Sind Sie in Mailand, Signora?«

Angesichts der zaghaften Stimme der Haushälterin verlor sie beinahe die Geduld. Rosa wusste genau, dass Ivana sie nicht mochte, was auf Gegenseitigkeit beruhte. Ivana hatte sie und ihren Mann geduldet, weil sie schon lange für Marco gearbeitet hatten und er sie mochte. Doch jetzt, da Marco nicht mehr da war – wer weiß, wo er steckte –, sollte sie den beiden mal ordentlich den Marsch blasen.

»Natürlich, wo soll ich denn sonst sein?«, fragte sie kühl zurück. »Warum?«

»Sie müssten herkommen, Signora.«

»Jetzt?«

»Das wäre gut.«

»Nein, Rosa, auf keinen Fall. Heute passt es mir wirklich nicht, glauben Sie mir. Sagen Sie mir doch am Telefon, um was es geht.«

Rosa redete weiter, als hätte sie nicht zugehört.

»Wir suchen Sie schon den ganzen Tag. Ich habe Ihnen zwei Nachrichten auf dem Anrufbeantworter hinterlassen, und Ihr Handy war immer ausgeschaltet.«

Klar. Nach Martinas Besuch und ihrem Streit war sie wütend durch die Wohnung geirrt. Sie hatte das Telefon klingeln und den Anrufbeantworter ein paarmal anspringen hören, hatte aber weder Lust noch Geduld gehabt, die Nachrichten abzuhören. Sie war viel zu nervös gewesen. Sie hatte beschlossen, ins Sportstudio zu gehen, um sich abzureagieren, und hatte ihr Handy ausgeschaltet.

Rosas beharrliche und seltsam aufgeregte Stimme weckte Ivanas Neugier.

»Signora, die Carabinieri von Vimercate sind hier. Auch der Feldwebel, er sagt, es sei besser, wenn Sie sofort kämen.«

O Gott, nein, für heute reicht's mit Überraschungen, dachte Ivana.

»Warum, was ist denn passiert?«

»Es ist besser, wenn Sie herkommen. Der Feldwebel hat gesagt, dass wir hier auf Sie warten.«

Nach der lakonischen Antwort beendete Rosa das Gespräch. Ivana sank ein Stück tiefer in das weiche, schwarze Leder der Rückbank.

»Verdammte Scheiße«, zischte sie durch ihre halb geöffneten Lippen.

Der Fahrer drehte sich um.

»Bitte, Signora?«

»Nichts, ich habe meine Meinung geändert. Fahren Sie mich zum Corso Venezia, Nummer 32.«

Sie rief Rosanna Cigna an, ihre Anwältin und Freundin. Rosanna hatte ihr während der Scheidung geholfen und war recht bald ihre Vertraute geworden.

»Hallo, Roxy, hier ist Ivana. Könntest du mir einen Gefallen tun?«

»Schieß los.«

»Mir wurde der Wagen geklaut, und ich muss aufs Land, nach Oreno. Kannst du mir deinen Wagen leihen?«

»Klar, kein Problem.«

»Ich weiß aber nicht, wann ich zurückkomme. Wahrscheinlich spät.«

»Das macht nichts. Ich muss gleich zu einer Besprechung und lasse mich anschließend direkt nach Hause fahren. Du kannst vorbeikommen, wann du willst, ich hinterlege den Schlüssel beim Pförtner.«

»Gut, vielen Dank.«

»Keine Ursache. Melde dich hinterher.«

Sie hörte ihrer Freundin die Eile an. Zudem war sie selbst nicht in der Verfassung, Erklärungen abzugeben. Sie beendete das Gespräch und betrachtete, ohne wirklich etwas zu sehen, die grauen Straßen von Mailand, die vor ihrem Fenster vorbeizogen. Das Taxi hielt vor dem Haus, in dem sich Rosannas Büro befand. Sie gab dem Taxifahrer das Geld, stieg aus und trat durch den Eingang.

Von einem Pförtner in Uniform, der einem Werbespot entsprungen zu sein schien, nahm sie den Wagenschlüssel in Empfang. Auf dem mit gepflegten Beeten geschmückten Parkplatz fand sie den metallicfarbenen Audi. Sie öffnete die Fahrertür, stieg ein, startete den Motor und wartete, bis sich die rotweiß gestreifte Schranke hob. Dann fädelte sie sich in den Verkehr ein und schaltete das Radio an, ohne auf die Musik zu hören.

Ungeduldig über die Verkehrshindernisse schimpfend, verließ sie die Stadt, nahm die Autobahn Richtung Venedig und verließ sie an der Ausfahrt Agrate wieder. Nun fuhr sie Richtung Vimercate. Eine seltsame Unruhe, gepaart mit Neugier, drängte sie, so schnell wie möglich ihr Landhaus zu erreichen. Rosa hatte sehr besorgt geklungen, vielleicht vor allem wegen der Carabinieri. Ivana verließ die Schnellstraße und fuhr durch Oreno hindurch, zu dem ihr Haus gerade noch gehörte.

Wenige Kilometer außerhalb des Dorfs bog sie von der Landstraße rechts in einen Schotterweg ein. Am Ende warteten zwei Autos vor dem Tor.

Eines davon gehörte den Carabinieri.

Ein Obergefreiter stand an der offenen Fahrertür und sah zu einer anderen Person hinab, vielleicht zum Feldwebel, der auf dem Beifahrersitz saß und ins Funkgerät sprach. Als er hörte, dass sich ein Fahrzeug näherte, drehte er sich um.

Das zweite Auto gehörte Gigi und Rosa, ein alter Opel Kombi, der schon bessere Zeiten gesehen hatte. Die beiden standen mit betretener Miene vor dem Kofferraum.

Die Erleichterung, die nun in ihre Gesichter trat, verstärkte Ivanas ohnehin schon brennende Angst.

Sie hielt an und stieg gleichzeitig mit dem Feldwebel aus. Gigi und Rosa kamen auf sie zu und begrüßten sie, dann streckte ihr der Feldwebel die Hand entgegen.

»Guten Tag, Signora.«

»Guten Tag, Herr Feldwebel. Darf ich fragen, was hier los ist? Und warum diese Eile?«

Der Feldwebel und der Obergefreite warfen sich einen verlegenen Blick zu. Die gleiche Verlegenheit zeigte sich auf dem Gesicht von Rosa und ihrem Mann. Ivana spürte die Lust, alle miteinander auf den Mond zu schießen. Sie hatte das Gefühl, nur von Idioten umgeben zu sein.

»Vielleicht ist es besser, wenn Sie es mit eigenen Augen sehen.«

Zu Fuß traten sie durchs Tor und gingen über den Kiesweg, der zum Haus führte. Bäume schützten es vor neugierigen Blicken von der Straße her. Schweigend ließen sie das einstöckige Haus, in dem Rosa und ihr Mann wohnten, hinter sich und gingen durch den gepflegten Garten weiter. Auf halbem Weg merkte Ivana, dass etwas nicht stimmte.

An dieser Stelle hätte hinter den beiden Pinien, die an der Kurve in die Höhe ragten, der Dachgiebel hervorschauen müssen.

Nach der Rechtskurve hatten sie freien Blick – und Ivana blieb die Luft weg. Sie traute ihren Augen nicht. Jetzt verstand sie das Verhalten von Rosa und Gigi und den beiden Carabinieri.

Das Haus war verschwunden. Es hatte sich in Luft aufgelöst, als hätte es nie existiert.

Die kleine Anhöhe, auf der das Haus gestanden hatte, sah aus, als hätte es jemand mit einem riesigen Messer flach abgeschnitten und als Ganzes fortgetragen, mit allem Drum und Dran, wie ein kleines Modellhaus. Spuren von Schutt oder Geröll waren nicht zu sehen, keine Reste, die an das Haus, das hier gestanden hatte, erinnern würden.

Ivana drehte sich erstaunt zum Feldwebel um.

»Aber ... wie ist das möglich?«

Der Feldwebel zuckte mit den Schultern.

Diese Geste drückte die Sorge eines Menschen aus, der sich mit etwas konfrontiert sah, das weit größer war als er, etwas, das sich jeglicher logischen Erklärung, und sei sie auch noch so radikal, entzog.

»Ehrlich gesagt, weiß ich nicht, was ich denken soll, Signora. Dieselbe Frage könnte ich Ihnen auch stellen. Als die Herrschaften ...«

Er deutete mit dem Kopf auf Gigi und Rosa, die mit bedrückter Miene abseits standen, als fühlten sie sich verantwortlich für das, was geschehen war.

»Als sie zu mir kamen, dachte ich, dass sie mich auf den Arm nehmen wollen. Schließlich haben wir uns doch hier eingefunden, und seit dem Moment verstehe ich die Welt nicht mehr. Eine Explosion war das mit Sicherheit nicht.«

Der Carabiniere sprach nun von etwas, das er kannte und das in den Bereich seiner persönlichen Erfahrung gehörte. Automatisch klang seine Stimme selbstsicherer.

»Jedenfalls würde, um ein solches Ergebnis zu erzielen, eine solche Menge an Sprengstoff notwendig sein, dass es im Umkreis von mehreren Kilometern alle Scheiben bersten lassen würde. Dergleichen hat hier niemand gehört. Jedenfalls gibt es keine Hinweise, die diese Hypothese bestärken würden.«

Er schaute auf die leere Stelle, als würde ihm der Anblick des Unerklärlichen noch einmal die Bestätigung dafür liefern, dass er keinerlei plausible Erklärung formulieren konnte.

Ivana wandte sich an Rosa und stellte ihr eine Frage, auf die Rosa wahrscheinlich bereits mehrmals geantwortet hatte.

»Habt ihr denn nichts gehört?«

»Nein, Signora, überhaupt nichts«, antwortete Gigi, ihr Mann, an ihrer statt. »Wir haben ferngesehen und sind gegen Mitternacht ins Bett gegangen. Nachdem ich das Licht gelöscht hatte, hörte ich, wie sich die automatische Bewässerungsanlage einschaltet. Sie ist auf diese Uhrzeit eingestellt. Ich dachte, dass es sich nicht mehr lohnt, sie eingeschaltet zu lassen, deswegen bin ich heute Vormittag heraufgekommen, um sie auszuschalten. Als ich hier ankam, sah ich …«

Er deutete mit einer vagen Geste etwas an, für das er noch keine Worte gefunden hatte.

»… sah ich das hier.«

Ivana war sprachlos. Brennende Fragen brachten ihre gewohnte Eiseskälte zum Schmelzen. Wie war es möglich, dass sich ein Haus in Luft auflöste, ohne Spuren zu hinterlassen, anhand derer auf seinen Verbleib geschlossen werden konnte? Zum ersten Mal in ihrem Leben spürte sie das Bedürfnis, sich helfen zu lassen.

»Entschuldigen Sie mich bitte, Herr Feldwebel.«

Sie zog ihr Telefon aus der Tasche und rief Greg im Büro an. Sie benutzte zwar die Durchwahl, war aber überrascht, dass sich gleich nach dem ersten Klingeln die Sekretärin meldete.

»Guten Tag, hier ist Ivana Resi. Ich würde gerne mit Signor Martin sprechen.«

Die sonst unpersönliche Stimme der Sekretärin hatte etwas Leidendes.

»Tut mir leid, Signora, im Moment ist Signor Martin nicht im Büro.«

»Können Sie ihm, sobald Sie ihn sehen, ausrichten, dass er mich sofort auf meinem Handy zurückrufen soll?«

Eine Pause entstand.

»Es gibt ein Problem, Signora Resi. Wir haben Signor Martin schon seit vier Tagen nicht mehr gesehen. Wir haben die Polizei verständigt.«

Ivana beendete das Gespräch und betrachtete schweigend die schweigenden Menschen neben sich. Ein leicht bitterer Geschmack machte sich in ihrem Mund breit. Sie kannte ihn nicht, weil ihr der Geschmack von Angst bisher fremd gewesen war.

Kommissar Valente und sein Gehilfe Caronni stiegen vor dem Haupteingang des eleganten Hauses, in dem fast ausschließlich Büros untergebracht waren, aus dem Wagen. Sie wurden von einem großen, etwa fünfunddreißigjährigen Mann erwartet, der einen schlichten, blauen Anzug und eine Schildpattbrille trug. Mit gewichtiger Miene reichte er dem Kommissar die Hand.

»Kommissar Valente.«

»Freut mich, Sie kennen zu lernen. Claudio Fabiani. Ich bin der Vertriebsleiter und die rechte Hand von Signor Martin. Ich war es auch, der beschlossen hat, die Polizei anzurufen, nachdem Greg, ich meine Signor Martin, verschwunden ist.«

Sie traten durch die Tür, an der eine Reihe Kupferschilder hingen. Auf einem stand »Sonnen & Smith«. Nach der Pförtnerloge durchquerten sie die tadellos gepflegte Eingangshalle und folgten den roten Zeichen zum Fahrstuhl. Noch während sie warteten, begann der Kommissar mit seiner Arbeit.

»Können Sie mir schon einige Informationen über Greg Martin geben?«

»Also, er ist der Sohn von Lewis Martin, dem Vorsitzenden und größten Aktionär von Sonnen & Smith, einem amerikanischen Verlag. Als beschlossen wurde, in Italien, also hier in Mailand, eine europäische Niederlassung zu eröffnen, wurde Greg die Geschäftsleitung übertragen.«

Fabiani öffnete die Tür zum Fahrstuhl, bemerkte aber den Gesichtsausdruck des Kommissars.

»Ich kann mir vorstellen, was Sie denken, aber ich muss sagen, dass Sie sich irren. Signor Martin senior ist als Geschäftsmann viel zu besonnen, um in die Falle der Vetternwirtschaft zu tappen. Sein Sohn ist ein angesehener Manager, hat in Harvard studiert und seinen Master in New York gemacht. Außerdem spricht er fließend drei Sprachen, unter anderem Italienisch. Lewis' erste Frau, seine Mutter, stammt aus Florenz.«

»Seit wann haben Sie von Signor Martin nichts mehr gehört?«

Fabiani fuhr sich mit der Hand durch sein dichtes, dunkles, kurz geschnittenes Haar. Er schien sich unwohl zu fühlen.

»Seit vier Tagen, würde ich sagen. Vorsichtshalber haben wir auch in seiner Apartmentanlage angerufen, aber auch dort hat man ihn nicht mehr gesehen, seit er Freitagvormittag das Haus verlassen hat.«

»Könnte er nicht irgendwohin gegangen sein, ohne jemanden davon zu unterrichten? ›*Cherchez la femme*‹, lautet oft genug die Devise.«

Dem Kommissar war die Provokation über die Lippen gerutscht, ohne dass er vorher nachgedacht hätte, doch er wusste, dass in neunzig Prozent der Fälle das Verschwinden eines Mannes mit einer Frau in Zusammenhang steht.

Fabiani reagierte instinktiv und völlig neutral.

»Das passt nicht zum Verhalten von Signor Martin. Es gibt da auch etwas, von dem ich Ihnen bisher noch nichts erzählt habe, Kommissar …«

»Nämlich?«

Ein bisher kaum erkennbarer Ausdruck in Fabianis Gesicht nahm konkrete Formen an.

»Ich weiß, es mag verrückt klingen, aber Signor Martin ist innerhalb seines Büros verschwunden.«

»Was soll das heißen, innerhalb seines Büros verschwunden?«

»Ich erkläre es Ihnen.«

Der Fahrstuhl hatte sein Ziel erreicht. Doktor Fabiani gab auf einer Tastatur eine Zahlenfolge ein, um die Glastür zu entriegeln. Sie gingen an einer Telefonistin vorbei, die an einem Schreibtisch saß, und durchquerten den sorgfältig eingerichteten und beleuchteten Vorraum bis zu einer Treppe. Fabiani schien sich mit seiner Erklärung Zeit zu lassen.

»Die Firma Sonnen & Smith hat die gesamte sechste und die oberste Etage gemietet. Hier unten befinden sich die Büros der Mitarbeiter, oben die Büros der Geschäftsleitung und das Besprechungszimmer.«

Als sie die Treppe hinaufgingen, hakte der Kommissar noch einmal nach.

»Entschuldigen Sie, wenn ich Sie unterbreche, Doktor Fabiani, aber ich hätte gerne vorher gewusst, was Sie damit meinen, ›innerhalb seines Büros verschwunden‹.«

Der Kommissar betonte die letzten Worte seiner Frage. Fabiani wandte sich um und blickte ihn an, als könnte er seiner eigenen Formulierung nicht trauen.

»Das bedeutet, dass Signor Greg Martin am Freitagmorgen um neun Uhr hier eingetroffen ist, dass er Signora D'Urso, die Dame am Telefon, begrüßt hat, dann genau wie wir jetzt die Treppe hinauf in sein Büro gegangen ist und …«

»Und …?«, ermunterte ihn der Kommissar.

»Und ab diesem Moment von niemandem mehr gesehen wurde«, antwortete Fabiani erleichtert, als hätte man ein schweres Gewicht von seinen Schultern genommen.

Der Kommissar war verblüfft.

»Gibt es einen anderen Ausgang?«

»Nein, man muss auf jeden Fall an Signora D'Urso vorbei, und so lange sie hier war, hat er das Büro nicht verlassen. Sofern er sich nicht durchs Fenster abgeseilt hat.«

Der Kommissar blieb stehen und deutete mit einer vagen Geste in den Raum.

»Und er könnte sich nicht aus irgendeinem Grund versteckt haben und später gegangen sein?«

»Nein, weil am späten Freitagnachmittag immer die Reinigungskräfte kommen. Sie haben Signora D'Urso praktisch abgelöst. Ich weiß nicht, wie viele es waren, aber in jedem Fall waren es genug, um in alle Ecken des Büros einen Blick geworfen zu haben. Auch sie haben Signor Martin nirgendwo gesehen.«

»Und wieso haben Sie bis jetzt gewartet, um uns zu verständigen?«

Fabiani konnte seine Verlegenheit nicht verbergen.

»Na ja, es war Wochenende, und, ehrlich gesagt, dachte ich, dass sich die Angelegenheit in Luft auflöst. Aber wie gesagt, als ich heute ins Büro kam und von Greg immer noch keine Spur zu sehen war, habe ich beschlossen, die Polizei zu verständigen.«

Und da ist sie, die Polizei, dachte der Kommissar, *und steht genauso verblüfft wie der verblüffte Bürger vor dieser Wand, durch die wie üblich kein Durchkommen ist.*

»Würden Sie mir bitte das Büro von Signor Martin zeigen?«

»Sicher, folgen Sie mir.«

Fabiani ging den Flur entlang bis zu einer Tür.

»Hier, bitte.«

Er ging dem Kommissar und Caronni voran ins Büro. Die Glasfront links gab die Sicht auf den Himmel über Mailand frei, der im Moment allerdings keinen schönen Anblick bot. Ein Nebelschleier legte sich über das allgemeine Grau in Grau und machte diesen Tag zu einem weiteren Armutszeugnis für die Stadt. So sehr sich Valente auch anstrengte, konnte er in diesem Klima nicht den mindesten Reiz entdecken.

Er blickte sich um.

Greg Martins Büro war mit derselben gewissenhaften, eleganten Nüchternheit eingerichtet wie der Rest auch. Dahinter steckte wahrscheinlich der Kopf eines hochkarätigen Architekten, der sein Handwerk versteht. Nichts, was aus dem Rahmen fiel, aber auch kein Prunk und keine Zurschaustellung. Die modernen, nicht überkandidelten Ledersessel vor dem Schreibtisch, die wenigen niedrigen Möbel an den Wänden, das große und mit Sicherheit echte abstrakte Gemälde links an der Wand.

Alles tadellos und perfekt.

Aber nichts, was darauf schließen ließ, wo Greg Martin steckte.

Es lag allerdings etwas Seltsames in der Luft, etwas, das der Kommissar nicht benennen konnte, so sehr er sich auch bemühte. Während sie den Raum durchsuchten, spürte er eine grundlose Unruhe in sich aufsteigen.

Er öffnete die Tür zum Badezimmer.

Alles war normal, aufgeräumt und sauber. Der Kommissar fragte sich, was hier so seltsam war und was ihm seine wenig erwachsene Angst mitteilen wollte. Zudem lag ein Geruch in der Luft, ein seltsamer, leichter Geruch, der …

Er kehrte ins Büro zurück, wo Caronni vor einer Reihe Fotos an der rechten Wand stand und die Nase nach oben streckte. Er stellte sich daneben und betrachtete die Bilder ebenfalls.

Eines zeigte drei Personen auf einer Party oder bei einer öffentlichen Veranstaltung. Der große, vornehme, weißhaarige Mann in der Mitte hielt sein Glas in die Kamera, wahrscheinlich Champagner. Der Mann links von ihm war jünger, braunes Haar, sonnengebräunt. Er wirkte sportlich und schien sehr viel Wert auf seine Erscheinung zu legen.

Der dritte Mann war mehr oder weniger im gleichen Alter. Er hatte hellbraunes Haar und blaue Augen, stand leicht abseits und lächelte verlegen wie jemand, der sich fragt, warum er eigentlich dort ist.

Doktor Fabiani kam der Frage des Kommissars zuvor.

»Der in der Mitte ist Lewis Martin, der Vorsitzende von Sonnen & Smith. Links von ihm, das ist sein Sohn Greg. Der Dritte ist Barison.«

Valente kannte den Namen, konnte ihn aber nicht zuordnen.

»Wer ist dieser Barison?«

»Marco Barison ist Trickzeichner. Er arbeitet für uns seit ...«

Plötzlich erinnerte sich der Kommissar.

»Zeichnet er zufällig die Smokies?«

»Ja. Kennen Sie ihn?«

»Nicht persönlich. Bis jetzt wusste ich nicht einmal, wie er aussieht, aber das Zimmer meines Sohns ist voll mit Postern und Figuren der Smokies. Sie wissen ja, wie Kinder sind ...«

Doktor Fabiani lächelte. Offensichtlich wusste er es, vielleicht weil diese Kinder sein Gehalt zahlten.

Der Kommissar deutete auf das Foto.

»Ich verstehe zwar nicht viel davon, aber dieser Barison muss ein wichtiger Pfeiler von Sonnen & Smith sein, wenn man den Erfolg der Smokies in Betracht zieht. Die Martins wissen ihn sicher sehr zu schätzen.«

Schlagartig erstarb das Lächeln auf Fabianis Gesicht.

»Ja, sicher, aber ...«, bemerkte er ausweichend.

»Aber was?«

Doktor Fabiani gab sich einen Ruck.

»Ich kann es Ihnen genauso gut gleich erzählen, Sie würden es ohnehin erfahren. Es gab einen, sagen wir mal, unangenehmen Vorfall zwischen Marco und Greg. Etwas, das das Verhältnis zwischen den beiden und in der Folge zwischen Marco und dem Unternehmen empfindlich gestört hat. Greg und Ivana, Marcos Frau. Ich weiß nicht, ob ich mich verständlich ausdrücke.«

Kommissar Valente ging ein Licht auf, während er einer Geschichte lauschte, die er schon oft gehört hatte, wenn auch mit den Namen und den Gesichtern anderer Personen. Die Geschichte war immer dieselbe, eine Geschichte, die so alt war wie die Welt. Und wie alles Alte war auch diese Geschichte von Spinnweben und Düsternis umgeben.

»Und könnte Marco Barison Ihres Wissens ein Typ sein, der nach einem unangenehmen Vorfall, wie Sie es nennen, übertrieben reagiert?«

»Ehrlich gesagt, weiß ich es nicht. Soweit ich ihn kenne, scheint er der unaggressivste Mensch der Welt zu sein, aber man hat ja auf dieser Erde schon vieles erlebt, das sich dann doch als das Gegenteil herausgestellt hat.«

Das brauchst du mir nicht zu sagen, dachte der Kommissar.

Wie viele unschuldig wirkende Menschen waren verantwortlich für wahre Massaker? Wenn das Hirn eines Menschen unter Druck gesetzt wird, kann es platzen und ohne Vorwarnung eine Karnickelnatur in ein blutrünstiges Raubtier verwandeln.

Er war froh, diesen armseligen Vergleich nicht geäußert zu haben, auch wenn er der Wahrheit entsprach.

»Wenn es Ihnen nichts ausmacht, würde ich Signora D'Urso gerne ein paar Fragen stellen.«

Kommissar Valente strahlte, anders als es seine Rolle eigentlich erfordern würde, kein bisschen Autorität aus. Das war in der Regel ein großer Vorteil. Die Menschen, mit denen er zu tun hatte, fühlten sich in seiner Gegenwart wohl, weshalb sie sich eher öffneten und sich ihm gegenüber vollkommen natürlich verhielten. Manchmal konnte eine unbedachte Geste oder ein unüberlegtes Wort mehr, viel mehr erzählen …

»Sicher, ich hole sie sofort.«

Als Signora D'Urso das Büro betrat, lehnte Kommissar Valente am Schreibtisch. Caronni stand mit undurchdringlicher Miene hinter ihm am Fenster. Fabiani schloss die Tür von außen. Er gehörte mit Sicherheit zu den Menschen, die immer wussten, was um sie herum geschah.

»Treten Sie näher, Signora.«

Der Kommissar bemerkte, wie nervös Signora D'Urso war. Sie blieb in der Mitte des Büros stehen und verschränkte ihre Hände. Einige Dinge kennen normale Menschen nur aus den Fernsehnachrichten, die sie ausblenden oder ignorieren können, indem sie mit der Fernbedienung auf einen anderen Sender schalten. Wenn sie merken, dass die Fernbedienung nicht in jedem Fall als Waffe taugt, um sich zu verteidigen, ist es zu spät.

Lächelnd blickte er die Frau vor sich an. Er bemühte sich, sie nicht noch mehr zu erschrecken.

»Wann haben Sie Signor Martin das letzte Mal gesehen?«

»Vor vier Tagen, glaube ich …«

Signora D'Urso dachte einen Moment nach.

»Ja, vor vier Tagen.«

Sie sah zu Boden.

»Fahren Sie fort, Signora«, drängte Kommissar Valente sie freundlich, aber bestimmt.

»Ich kann nicht viel sagen. Am Freitag kam Signor Martin um neun Uhr ins Büro, etwas später als sonst. Oft ist er schon vor uns hier.«

»Und dann?«

»Er hat mich gebeten, keine Telefonate durchzustellen, bis er mir Bescheid geben würde.«

»Und Sie sind sich ganz sicher, dass Sie Signor Martin nie das Büro haben verlassen sehen?«

»Solange ich hier war, ist er ganz bestimmt nicht gegangen. Ich verlasse das Büro nämlich nicht zur Mittagspause. Da ich ständig Diät mache, esse ich für gewöhnlich nur einen Joghurt.«

Der Kommissar unterdrückte ein Lächeln, um Missverständnisse zu vermeiden. Es war offensichtlich, dass Signora D'Urso regelmäßig als Verliererin aus dem Kampf gegen die überflüssigen Pfunde hervorging. Das Gespräch schien sie allerdings lockerer zu machen, so dass er glaubte, nicht mehr ganz so behutsam mit ihr umgehen zu müssen.

»Und wie haben Sie gemerkt, dass Signor Martin nicht mehr in seinem Büro ist?«

»Freitag am frühen Nachmittag hat sein Vater aus Amerika angerufen. Für gewöhnlich benutzt er die Durchwahl, doch die Anrufe werden automatisch an die Zentrale umgeleitet, wenn sich niemand meldet. Signor Lewis musste dringend mit seinem Sohn sprechen, also bin ich hier heraufgekommen. Signor Martin hat auf mein Klopfen nicht reagiert, deswegen bin ich eingetreten. Das Büro war leer. Ich habe ihn überall gesucht und alle nach ihm gefragt, aber es hatte ihn den ganzen Tag über niemand gesehen. Mir kam das komisch vor, und ich habe unten beim Pförtner angerufen, doch auch der hatte ihn nicht hinausgehen sehen. Schließlich habe ich Doktor Fabiani verständigt, der wiederum Sie verständigt hat.«

Was sie ihm gerade erzählt hatte, war nicht mehr und nicht weniger als das, was er bereits von Fabiani wusste. Er schlug einen anderen Weg ein.

»Darf ich Ihnen eine Frage stellen, Signora? Bitte glauben Sie mir, dass mich mehr die Meinung einer Frau als die einer Sekretärin interessiert.«

Valente merkte, dass sie auf Abwehr schaltete, und wollte ihr mögliche Hindernisse aus dem Weg räumen.

»Ich kann Ihnen versichern, dass das, was hier gesagt wird, dieses Zimmer nicht verlässt.«

Er hatte sein Ziel erreicht, was er der Erleichterung ansah, die sich auf ihrem Gesicht zeigte. Wahrscheinlich fürchtete sie Repressalien irgendeiner Art, wenn sie etwas sagte, das die Geschäftsführung für unangemessen hielt. Sie stand sicherlich kurz vor der Rente und wollte sich die wenigen Jahre, die ihr in diesem Unternehmen noch blieben, nicht verderben.

»Was halten Sie von dieser Geschichte zwischen Signor Martin und Signor Barison?«, fragte er in vertraulichem Ton. »Was für Typen sind das?«

Signora D'Urso dachte einen Moment nach, bevor sie sprach, als suchte sie nach Worten.

»Beide sind im Grunde genommen hervorragende Menschen. Signor Martin ist mit Sicherheit der, wie soll ich sagen, weltmännischere Charakter. Sie wissen schon, diese forschen Typen … Wie nennt man die noch?«

»Yuppies?«, schlug Valente vor.

»Genau so einer. Effizient bei der Arbeit, schiebt nie eine ruhige Kugel. Er ist nicht der klassische Sohn, der nur ins Büro kommt, um den Stuhl anzuwärmen, wenn Sie verstehen, was ich meine. Aber was die Frauen betrifft, da liefen die Telefondrähte heiß. Manchmal kam die eine oder andere sogar ins Büro. Alles Frauen wie diese, die man im Film sieht, so dünne Heringe ... ich weiß nicht, ob Sie verstehen, was ich meine.«

Kommissar Valente konnte nachempfinden, was die Arme fühlen musste, wenn sie ständig diesen wandelnden Endzielen ihrer Diäten über den Weg lief, und gestattete sich jetzt doch ein Lächeln, eines der Solidarität.

»Ich verstehe ganz genau, was Sie meinen, Signora. Erzählen Sie weiter.«

»Marco ist ganz anders.«

Kommissar Valente war überrascht, dass die Sekretärin Barisons Vornamen verwendete. Er betrachtete sie etwas genauer. Sie war eher an die sechzig als an die fünfzig und hatte ein unauffälliges, aber sympathisches Gesicht. Wahrscheinlich setzte sie ihre professionelle Miene nur widerwillig auf und legte sie sofort wieder ab, wenn sie das Büro verließ. Unter jungen Leuten fühlte sie sich bestimmt wohler als unter älteren.

»Marco ist allen auf Anhieb sympathisch«, fuhr sie mit ihrer Analyse fort. »Er wirkt hilflos, unschuldig. Wahrscheinlich ist er es wirklich, weil er meiner Meinung nach oft instinktiv handelt, nicht berechnend. Und was seine Arbeit betrifft, ist er ein echtes Genie, aber das lässt er seine Umwelt nicht spüren. Im Büro wird er von allen bewundert.«

»Und was können Sie mir über seine Frau sagen?«

»Ich kann nicht sagen, dass ich sie gut kenne. Ins Büro kam sie nur selten, und wenn, dann in Begleitung von Marco. Schön wie eine Madonna, aber kalt wie Marmor. Immer elegant, stets perfekt frisiert. Zwei Personen, bei denen man sich nur schwer vorstellen konnte, dass sie zusammenpassen, obwohl man ihm seine Verliebtheit schon von weitem angesehen hat. Schließlich hat sie immer öfter hier angerufen und nach Signor Martin gefragt …«

»Und was haben Sie gedacht?«

»Darf ich offen sprechen?«

»Sie müssen offen sprechen, Signora D'Urso.«

»Ich dachte, dass diese Frau keinen Mann wie Marco Barison verdient und Signor Martin sich wahrscheinlich noch die Zähne an ihr ausbeißen wird.«

Valente überlegte einen Moment. Sein berufliches Interesse wuchs, doch er wollte auch »diese Frau« näher kennenlernen. Und mit Marco Barison einen Plausch halten. Schließlich widmete er seine Aufmerksamkeit wieder der Sekretärin, die, Schweißflecken unter den Achseln, immer noch in der Mitte des Büros stand.

»Gut, Signora, im Moment wäre das alles. Es könnte sein, dass ich später noch einmal Ihre Meinung einholen muss.«

Er machte eine Pause.

»Selbstverständlich unter demselben Siegel der Verschwiegenheit.«

Endlich gestattete sich Signora D'Urso ein Lächeln, beflügelt von der Idee, sich zurückziehen zu dürfen.

»Ich stehe Ihnen zur Verfügung, Herr Kommissar. Guten Abend.«

»Guten Abend, Signora.«

Valente entließ die Person, die Greg Martin als Letzte lebend gesehen hatte. Als die Sekretärin die Tür hinter sich schloss, fragte er sich, warum er »lebend« gedacht hatte, wo es doch keinerlei Hinweise darauf gab, dass Greg Martin tot war.

Er blieb in der Mitte des Büros stehen, erfüllt von diesem seltsamen Gefühl, ging dann erneut zum Bad und öffnete die Tür. Auch jetzt war alles normal, obwohl er sich fragte, was ihm so seltsam vorkam, was sich ihm mitteilen wollte, sobald er das Badezimmer betrat. Was war hier so seltsam, was …

Und plötzlich hatte er verstanden.

Der seltsame Geruch hatte ganz leicht zugenommen. Er drehte sich um und schnupperte, während Caronni ihn von der Türschwelle aus mit der immer gleichen undurchdringlichen Miene beobachtete. Die Badewanne. Er ging darauf zu, beugte sich zum Ausguss vor und verzog das Gesicht. Der Geruch, den er nicht deuten konnte, kam von hier, und jetzt wusste er auch, was er roch. Es war nicht der übliche abgestandene Geruch, der mitunter aus den Rohrleitungen alter Häuser stieg. Dieser Geruch hier war anders.

Aus dem Abfluss stieg der saure Gestank der Verwesung.

Sie riefen den Hausmeister und ließen ihn den Verschlussdeckel abschrauben. Der hatte keine weitere Funktion und diente auch nicht dazu, kleine Gegenstände, die in der Wanne landeten, aufzufangen. Zu diesem Zweck war etwas weiter unten im Rohr ein rundes Gitter eingesetzt. Der Hausmeister zog den kleinen Metallzylinder heraus, rümpfte die Nase und reichte ihn an Valente weiter.

Der untersuchte den Zylinder. Ohne Arzt zu sein, erkannte er sofort, was sich darin befand.

Auf einer dünnen Schicht Haare, die in den Ausguss geflutscht waren, lag ein Fingernagel. Das Fleisch, das noch daran haftete, war sauber von einem menschlichen Finger abgetrennt worden.

Die Fernsehkamera auf der Schulter fing den Blick auf den Hügel ein, während die Stimme des Kommentators aus dem Off die Bilder beschrieb.

»Für das seltsame Verschwinden haben die verblüfften Ermittler keinerlei Erklärung, vor allem, wenn man bedenkt, was hier abhanden gekommen ist. Es ist das erste Mal, dass ein Haus gestohlen wurde, sofern man das, was hier geschehen ist, als Diebstahl bezeichnen kann. Das Haus gehörte Marco Barison, dem berühmten Zeichner der Smokies. Von ihm fehlt zur Zeit jede Spur ...«

Es folgten Informationen über Marco, die man aus irgendeinem Archiv ausgegraben hatte. Ivana nahm die Fernbedienung, um den Fernseher leiser zu stellen. Sie erhob sich vom Sessel wie ein Mensch, der von einer schweren Qual befreit wird, und ging ins Wohnzimmer hinüber, wo zwei Lampen die Möbel in kontrastreiches Licht tauchten. Ivana hasste die Dunkelheit, sie hasste es, eine Tür zu öffnen oder eine Türschwelle zu überschreiten, wenn sich dahinter eine dunkle Wand befand, selbst wenn es sich nur um den kurzen Moment handelte, bis das Licht eingeschaltet war. In der Wohnung, in der sie lebte, waren fast immer alle Lichter an, auch in den Zimmern, in denen sie sich nicht aufhielt.

Wider ihre Gewohnheiten trat sie an die Bar, schenkte sich einen Whisky ein und trank einen Schluck, ohne etwas zu schmecken. Nebenan der Fernseher war ein offenes Fenster zur Welt, der sie sich im Moment nicht aussetzen wollte.

Was war hier los?

Wer oder vielmehr was hatte ihr Auto, ihre Handtasche, ihr Haus verschwinden lassen? Wo steckte Greg, der sich sonst immer mindestens zweimal am Tag per Telefon meldete? Und wo steckte Marco, dieser arme, dumme, unfähige Marco, der glaubte, eine Welt aus Rauch erfunden zu haben, ohne sich bewusst zu werden, dass er nur seine eigene reproduzierte?

Plötzlich drang die gedämpfte Stimme eines anderen Sprechers aus dem Nebenzimmer. Ivanas Herz schlug bis zum Hals. Sie rannte zum Fernseher und schnappte sich die Fernbedienung, wie ein Ertrinkender nach dem Rettungsring schnappt.

In der Hektik drehte sie die Lautstärke vollständig auf.

»... wie gesagt, in einer Züricher Bank. Wie wir soeben erfahren haben, sind Unbekannte in den Tresorraum der Crédit de la Confédération eingedrungen, in dem sich die Schließfächer befinden. Mit einer Technik, die eines Sciencefiction würdig wäre, haben sich die Verbrecher Zutritt zum Tresorraum verschafft, obwohl der, wie sich von selbst versteht, gepanzert und mit ausgeklügelten Alarmsystemen gesichert ist. Noch mehr allerdings verwundert, dass auf den ersten Blick nichts aus den vielen geöffneten Schließfächern gestohlen worden zu sein scheint. Die Ermittlungsbehörden und die Verantwortlichen der Bank üben sich bisher in äußerster Zurückhaltung, was nicht zuletzt mit dem Bankgeheimnis zu tun hat, das die Schweizer Banken seit jeher ihren Kunden zusichern. Wir geben jetzt weiter ...«

Ivana schaltete den Fernseher aus und starrte auf den schwarzen Bildschirm. Plötzlich schienen unzählige Raben herumzuflattern und die Zimmerdecke zu verdunkeln. In der Zürcher Crédit de la Confédération lag das Wertpapier, das sie zur Inhaberin von Marcos gesamtem Vermögen machte.

Viele Schließfächer waren geöffnet worden.

Vielleicht auch ihres, vielleicht ...

Sie erhob sich, um eine Reisetasche zu packen, ihren Mantel zu nehmen und sofort nach Zürich aufzubrechen. Am nächsten Morgen, wenn die Bank öffnete, wollte sie bereits dort sein. Als sie ins Wohnzimmer zurückkehrte, blieb sie wie versteinert auf der Türschwelle stehen.

Beängstigend wie ein Gespenst, stand Marco mitten im Zimmer.

Von dort, wo Marco in diesem unbekannten Zimmer stand, sah er sie

(die Augen diese Augen der Mund und der Duft der ihm entgegenströmte der Duft und Geruch einer Frau den er immer noch in sich trug)

und plötzlich wurde das Zimmer allein deswegen zu einem vertrauten Ort, weil Ivana da war.

Sie blickte ihm in die Augen.

Zum ersten Mal, seit Marco sie kannte, wurde ihr undurchdringliches Gesicht vom düsteren Gewölk ihrer Gedanken überschattet, zeichneten sich Furcht, Unsicherheit und Neugier darauf ab. Um Zeit zu gewinnen, ging sie zur Bar und schenkte sich nach. Sie drehte den Kopf wieder in seine Richtung, doch diesmal hob sich ihr Mundwinkel unmerklich zu einem schmutzigen, selbstsicheren Lächeln, ein Lächeln, das Marco mit Blut besudelte

(es ist nicht mehr wie du glaubst Ivana es ist nicht mehr so einfach wie du glaubst jetzt wo du deine Augen und deinen Mund und deinen Körper hast denn ich habe einen Radiergummi und einen Bleistift und du nicht)

und er versuchte, ihr Lächeln durch ein gleiches Lächeln zu erwidern.

»Wie bist du hereingekommen?«

Marco deutete gleichgültig zur Tür auf der anderen Seite des Wohnzimmers.

»Es war nicht abgeschlossen.«

Die Erklärung schien ihr zu genügen. Marco hatte den

Eindruck, dass sie ihre Sicherheit zurückgewonnen hatte, ihre Kälte. Sie zeigte keine Anzeichen von Verlegenheit angesichts dessen, was zwischen ihnen gewesen war, nicht einmal den Anflug eines Unbehagens, und noch immer erschauderte er vor Bewunderung, als würde er eine Schlange beobachten, die gleichmütig ihre Beute verschlingt.

Ivana deutete auf die Sofas.

»Mach's dir bequem, ich komme gleich.«

Marco setzte sich und blickte sich um. Die Wohnung war geschmackvoll eingerichtet und zeugte von der Magie, die Ivana immer allem verlieh, der gleichen Magie, die sich in ihren Gesten, ihren Bewegungen, ihrem Tonfall ausdrückte.

Deine Augen.

Er spürte, wie sich sein Atem beschleunigte und sein Blick sich leicht vernebelte. Er schob eine Hand in seine Jackentasche, und als er den Radiergummi und den Bleistift berührte, beruhigte er sich wieder

(die Stimme das Echo erregte ihn nicht mehr da er jetzt die Worte verstand und wusste was er tun musste was er sagen musste was er …)

»Entschuldige, aber ich habe es in diesen Kleidern nicht mehr ausgehalten.«

Ivana hatte sich ein leichtes Kleid angezogen, eine fließende Tunika von orientalischem Zuschnitt mit einem langen Schlitz an der Seite, der die Erinnerung an den freien, beweglichen, flinken Körper darunter wachrief.

Ivana, Ivana.

Es geschieht nicht mehr das was geschehen ist es ist nicht mehr so einfach dein Körper reicht nicht mehr ebenso wenig wie dieses dünne Kleid unter dem dein Duft und dein Sirenengesang hervorströmen unter dem sich deine Brustwarzen aufrichten wie

Finger die auf mich zeigen sie reichen jetzt nicht mehr das Jetzt ist vergangen nachdem ich Worte verstanden habe jetzt nachdem ich alles über meine Augen weiß jetzt nachdem ich alles über deine Augen weiß …

»Kein Problem, ich habe Zeit.«

Ivana setzte sich aufs Sofa ihm gegenüber und winkelte die Beine an. Das Kleid öffnete sich und zeigte ihre Knie und den Ansatz ihrer wohlgeformten Schenkel, doch sie tat nichts, um sie zu bedecken.

Gleichmütig.

»Was willst du?«

Marco zog eine Augenbraue hoch und blickte sie an.

»Was will ich denn deiner Meinung nach?«

»Man antwortet auf eine Frage nicht mit einer Gegenfrage. Ich stelle die Fragen, und du antwortest. Zumindest solange wir hier in meiner Wohnung sind.«

Marco blickte sich um.

»Deine?«

»Sag nicht, dass du plötzlich eine ironische Ader bekommen hast, der Schock wäre zu groß.«

Marco blickte ihr in die Augen, und diesmal ließ er zu, dass ein befreiendes Lächeln aus den Tiefen, in denen es verborgen gewesen war, an die Oberfläche stieg.

»Menschen ändern sich, Ivana. Zeiten und Unwetter verändern einen Menschen. Ich bin nicht anders als der Rest der Welt. Allerdings wollte ich mich nicht ändern. Du hast mich dazu gezwungen. Niemand bleibt derselbe, der er einmal war, wenn ihm alles genommen wird.«

Ivana reagierte unmittelbar auf die versteckte Anklage. Ihr Oberkörper wurde steif, und sie warf Marco einen messerscharfen Blick zu.

»Du hast nichts gehabt, Marco, nicht einmal mich.«

Sie erhob sich und lief, das Gesicht von ihm abgewandt, im Zimmer umher.

»Du hattest nur deine Welt im Kopf, eine Welt aus Wolken, zu der niemand, auch ich nicht, jemals Zutritt hatte. In dir gab es nichts Irdisches außer Geld. Und das habe ich mir genommen.«

Marco erhob sich und ging auf sie zu. Noch immer war ihr Blick undurchdringlich. Ihre Augen waren zwei glühende Kohlen, mit denen sie die seinen versengen wollte, sie ließen keinerlei Angst erkennen.

»Zu viele Dinge sind passiert, Ivana, zu viele auf einmal. Auch dumme Menschen wie ich lernen mit der Zeit dazu. Du kannst mich nicht mehr mit einer einzigen Handbewegung herumschubsen, wie du es früher getan hast …«

Ivana lächelte und legte ihre Hand sanft wie einen Schmetterling auf seine Hose. »Das spüre ich.«

Deine Augen deine Augen deine Augen deine …

Plötzlich packte Marco sie am Kleid und zog sie zu sich herüber. Die Nähte gaben nach. Er zerrte, bis der leichte Stoff wie Seidenpapier zerriss.

Er entblößte Ivanas Brüste. Sie wirkte überrascht, erregt, sinnlich, aber noch immer nicht ängstlich. Und noch immer lag ihre Hand an seinem Schoß.

»Was ist mit dir los, Marco? Gibt es etwas, das du mir sagen willst, das du mir zu verstehen geben willst?«

Marco zerrte an ihrem Kleid, bis sie vollständig nackt war, und zog sich mit der gleichen Hektik aus. Die Knöpfe seiner Jacke sprangen ab, der Stoff zerriss.

Er drückte Ivana aufs Sofa, warf sich auf sie und drang in sie ein. Er war nicht überrascht, dass sie feucht war, dass diese schäbige, armselige Szene sie erregt hatte. Ohne

Zärtlichkeit und Liebe fiel er über sie her und bewegte sich in ihr

(was ist aus der Zärtlichkeit geworden Ivana und aus der Liebe die ich spürte und den Farben die ich in meinem Kopf sah bevor ich die Stimme hörte bevor ich die Worte verstand als in dich einzudringen wie das Betreten einer Kirche war als …)

bis er spürte, wie sie sich zusammenzog und durch ihre Nase Luft ausstieß und sich ein unterdrückter Schrei aus ihrer Kehle löste. Bis er in ihr die lange Zeit ohne Frau, die lange Zeit ohne sie entlud, die ganze verdammte, unnütze Zeit ohne sie. Sie blieben die ganze Nacht zusammen.

Aneinandergeklammert wie zwei gierige Wilde, kratzten sie sich und liebten sich, indem sie sich nahmen, ohne sich dem anderen hinzugeben, und sich bis aufs Blut verletzten und sich darüber freuten, und mit Händen, Zungen und Worten den anderen erforschten. Zum ersten Mal war Marco ihr ebenbürtig, er stöberte sie in jeder Spalte auf, in jedem Winkel ihres Körpers und ihres Geistes, in den sie sich zurückziehen konnte, um nicht ihm zu gehören. Er nahm sie und ließ sich nehmen und beobachtete die Vereinigung von oben, als gehörte der Körper, der den Beischlaf vollzog, nicht ihm.

Und immer noch die Stimme

deine Augen deine Augen deine Aug…

vermischt mit Ivanas Stimme, die brach, die nur noch ein Hauch über seinem Gesicht war.

»Was ist mit dir passiert, Marco. Wer bist du, was willst du von mir?«

Jetzt zeigte sich Angst in ihren Augen, sie erwachte wie die aufgehende Sonne im Morgengrauen, wenn der Himmel sich langsam blau färbt

(Ivana was ist mit deiner Sicherheit deinem geübten Gang auf der Straße und in meinem Leben was ist jetzt da dein Körper mir gehört und mir vielleicht zum ersten Mal auch dein Verstand gehört Ivana was ist damit was ist …)

und schließlich erfüllt das Licht die Welt, und es ist wieder Tag.

Er hatte nichts gesagt, hatte eine Hand auf ihre Brust gelegt, die sich gehoben und gesenkt hatte, und sie nach unten gedrückt. Sie hatte den Kopf aufs Kissen gelegt. Er hatte sie ein weiteres Mal genommen, hatte ihren bebenden Busen an seiner Brust gespürt, bis sich ihre heiseren Atemzüge zu einem Schrei gesteigert hatten, einem Freudenschrei, vielleicht aber auch einem Ausdruck ihres Todeskampfs.

Er erwachte, als sie noch schlief. Draußen war es dunkel. Durch die Rollläden drang kein Licht. Er betrachtete Ivana im gelben Schein der Lampe, die auf der Kommode brannte. Mit den Augen

deine Augen deine Augen deine Aug…

fuhr er über ihren nackten Körper, während in ihm etwas zerriss und er die Fetzen dessen zurückbehielt, was einmal seine Liebe zu Ivana gewesen war. Er stieg aus dem Bett und ging durch den kleinen Flur ins andere Zimmer. Im Halbschatten des Lichts, das aus dem Schlafzimmer herüberdrang, suchte er in dem wirren Kleiderhaufen auf dem Boden seine Jacke.

Aus der Tasche nahm er den Radiergummi und den Bleistift heraus. Die Stimme in seinem Kopf schmeichelte ihm mit einem zufriedenen Flüstern, das seinen Lippen ein ungewohntes, nicht zu entzifferndes Lächeln entlockte. Aus der Innentasche zog er leere Blätter, die verdammten leeren, feindlichen Blätter, die mit Zeichen und Zeichnungen zu füllen waren, auch wenn keine Ideen kamen. Jetzt dienten sie ihm als Verbündete für seine Rache.

Leise kehrte er ins Schlafzimmer zurück, setzte sich nackt in den Sessel in der Ecke und betrachtete lange den Körper der schlafenden Ivana im gelben Licht. Einst hätte er es mit der Freude eines Seemanns getan, der vom Meer aus das vertraute Land erblickt. Jetzt war Ivana nicht mehr die Rückkehr, sie war nicht mehr sein Zuhause, sie war nichts mehr.

Nur noch ein schlafender Körper auf einem zerwühlten Bett.

Er legte ein Blatt bereit und begann zu zeichnen.

Geübt wie immer, glitt seine Hand über das Papier, während der Bleistift auf magische Weise das reale Bild dem Gedächtnis des Papiers einprägte. Nach und nach wurde die auf dem Bett schlafende Ivana zur schlafenden Frau auf dem Blatt, genauso verlassen, genauso glatt, genauso sinnlich. Es schien sogar, als unterstützte ihn die Frau, als bliebe sie ruhig, um seine Arbeit nicht zu stören und zu zerstören.

Nur die Farbe unterschied sich von der Wirklichkeit.

Verblüfft betrachtete Marco das Bild

deine Augen deine Augen deine Augen …

bevor er den Radiergummi in die Hand nahm und sanft mit dem Daumen über das raue Material strich.

Entschlossen fuhr er mit dem Radiergummi über die Augen auf der Zeichnung

(was ist mit deinen Augen, Ivana?)

und ein markerschütternder Schrei erklang. Ivana erwachte plötzlich, von Schmerzen gepackt. Blind wand sie sich auf dem Bett, verunstaltet von einem spitzen Dolch, der ihr Gesicht durchbohrte, dieser Maske aus Blut, das aus den leeren Höhlen lief.

Mit derselben entschiedenen Bewegung fuhr Marco mit dem Radiergummi über den Mund

(was mit deinem Mund, Ivana?)

und der Schrei erstarb zu einem unbestimmten Winseln, zu einem schmerzhaften Winseln, das den Schmerz ergänzte, zu einem schrecklichen Winseln, das den Schrecken ergänzte, es zerfloss zu einem Bach zwischen den Brüsten und besudelte das Bett.

Sich vor Schmerzen windend, streckte Ivana eine Hand nach ihm aus

(was ist mit deiner Hand, Ivana?)

und Marco radierte sie aus der Zeichnung aus und von Ivanas Arm fort. Einen Moment lang konnte er sehen, wie der weißliche Knochen aus dem Stumpf hervorragte, bevor ein Blutschwall alles verwischte und sich ein neuer Schmerzensschrei mit dem Schrei von eben vermischte.

Teilnahmslos beobachtete Marco Ivanas Todeskampf. Er beobachtete, wie das Blut das Laken durchtränkte, wie es den Boden und die Mauern rot färbte. Bis zu ihm spritzten die Tropfen herüber, beschmutzten sein Gesicht und das Blatt mit der Zeichnung, als wollte es dieses mit der Vorlage abgleichen.

Marco drückte den Radiergummi dem Abbild auf die Brust

(was ist mit deinem Herzen, Ivana?)

und drehte ihn einmal kräftig im Kreis. Ivanas Brust schien zu explodieren. Sie fiel rücklings aufs Bett, während Stimme und Blut in ihrem Hals gurgelten, sie zuckte noch einmal, und noch einmal, und ein letztes Mal und … aus. Der Todesengel hatte ihren Körper fast in der Position der Zeichnung erstarren lassen, als hätte ein Künstler das Bild erst nach dem Gemetzel zu Papier gebracht.

Unbeweglich beobachtete Marco die Frau, die er geliebt hatte und die er ermordet hatte, weil sie ihn ermordet hatte. Eine scheinbar unendliche Zeit verharrte er so, während die zufriedene Stimme in ihm flüsterte

deine Augen deine …

und die Wärme in dieser Stimme war seine Kälte.

Er erhob sich, ging ins Bad und nahm eine Dusche, um die Spuren vom Sex und von Ivanas Blut abzuwaschen. Die Wärme und die Kälte, das Leben und den Tod. Ivanas Leben und Tod, *sein* Leben und *seinen* Tod. In aller Ruhe trocknete er sich ab und zog sich an, und mit der gleichen grausamen Ruhe putzte er alles ab, was er berührt hatte, um keine Fingerabdrücke zu hinterlassen. Durch die Fenster drang das Licht des Morgengrauens herein, bleierne Schlieren und Wolken, hinter denen sich die Sonne verbarg. Nach einem letzten Blick in das Schlafzimmer, wo die Leiche der Frau lag, die sein Leben ausradiert hatte und die er nun auch ausradiert hatte aus seinem Leben, öffnete er die Tür.

Hinter sich schloss er sie wieder und ging.

Erst auf der Straße, in der sonnenlosen Kälte des Morgens, wurde ihm klar, dass der Schmerz nicht vergangen war.

Als Kommissar Valente die Wohnung betrat, war die Spurensicherung bereits bei der Arbeit. Caronni, sein Assistent, erwartete ihn an der Tür und folgte ihm hinein. Sogleich bemerkte er den schweren Geruch nach Blut. Alles war so, wie er es bereits viele Male erlebt hatte. Art und Einrichtung der Wohnung zählten nicht, es gab etwas, das alle Orte, an denen ein Mord verübt worden war, miteinander verband und sie einander gleich machte.

»Wer hat die Tote gefunden?«

Obwohl er schon lange für die Polizei arbeitete, brachte er das Wort Leiche nicht über die Lippen.

»Das Verbrechen wurde von der Putzfrau entdeckt, die jeden Morgen um acht kommt.«

»Hat die Putzfrau einen Schlüssel?«

»Ja, aber …«

»Aber was?«

»Das Holz rund um das Schloss wurde sauber abgetrennt. So ist der Mörder in die Wohnung gelangt.«

Valente fuhr sich mit der Hand durchs Haar. Wenn es sich bei dem Täter um einen Einbrecher handelte, der während der Tat überrascht worden war, würde er viel schwerer zu fassen sein. Sofern es kein Versuch war, die Ermittlungen in die Irre zu leiten.

Derzeit war noch jede Erklärung möglich.

»Wo ist die Putzfrau jetzt?«

»Im Moment ist sie nicht zu sprechen. Sie steht unter Schock und wurde ins Krankenhaus eingeliefert, wo sie Beruhigungsmittel bekommen hat.«

Caronni deutete mit dem Kopf Richtung Flur auf der anderen Seite des großen Wohnzimmers.

»Als sie die Gräueltat gesehen hat, ist sie beinahe selbst dabei draufgegangen.«

Valente vermeinte, einen Riss in der undurchdringlichen Mauer zu sehen, mit der sich Caronni für gewöhnlich umgab.

»Also gut. Schauen wir uns die Sache mal an.«

»Kommen Sie. Die Tote ist da hinten, im Schlafzimmer.«

Valente folgte seinem uniformierten Kollegen durch den kleinen Flur. Als er das Schlafzimmer betrat, hatte er das

Gefühl, seine Gedärme würden sich verknoten. In Fällen wie diesen dachte er stets, den falschen Beruf gewählt zu haben.

»Gütiger Himmel, was für ein Gemetzel.«

Der Anblick war grauenhaft. Überall war Blut, auf dem Boden, an den Wänden, auf den Möbeln. Doktor Crisa, der Gerichtsmediziner, stand neben dem Bett und beugte sich über die Tote, die einmal eine Frau gewesen war. Als er Valente hörte, der immer noch in der Tür stand, unterbrach er seine Untersuchungen und ging auf ihn zu.

»Was ist hier passiert?«

»Ich verstehe es nicht.«

Valente merkte, wie verblüfft der Arzt war.

»Was verstehen Sie nicht?«

Crisa ließ seinen Blick durch das Zimmer gleiten, unbehaglich.

»Hm, einige Punkte sind ziemlich eindeutig. Einer vorläufigen Einschätzung nach trat der Tod vor drei, vier Stunden ein. Ich glaube, das Opfer hatte vor seinem Tod Geschlechtsverkehr, Sperma ist ausreichend vorhanden. Aber nach der Autopsie und der DNS-Untersuchung wissen wir mehr.«

»Gewalt?«

»Es gibt keine Blutergüsse oder Anzeichen, die auf Gewalt hindeuten, nur einige Kratzer hinten am Hals …«

»Im anderen Zimmer wurde das Kleid gefunden, das die Frau wahrscheinlich trug, als das Verbrechen begangen wurde«, meldete sich Caronni zu Wort. »Es ist vorne zerrissen.«

Kommissar Valente fuhr sich mit der Hand über sein bärtiges Gesicht.

»Das will nichts heißen. Es könnte Teil eines Spiels gewesen sein, ein Moment der Leidenschaft, der zum Äußersten führte. Ein bezeichnendes Detail, das aber nicht viel bedeutet. Allerdings könnte es mehr oder weniger darauf hinweisen, dass das Opfer seinen Mörder gekannt hat, was wiederum dem herausgetrennten Schloss widerspricht.«

Kommissar Valente merkte, dass das Gespräch vom eigentlichen Thema abwich.

Er wandte sich wieder an Crisa, den Gerichtsmediziner.

»Was macht Sie so ratlos?«

Crisa ging, gefolgt von Valente, zum Bett und deutete auf das blutdurchtränkte Laken und das arme Etwas, das ein menschliches Wesen gewesen war.

»Im Grunde zwei Dinge. Der Mörder hat sich an der Frau vergangen und einige Teile entfernt. Zuerst die Augen, den Mund und eine Hand. Schließlich hat er den Brustkorb geöffnet und das Herz herausgerissen. Das ist nichts Neues. Viele vom Wahn getriebene Mörder haben sich ihren Opfern gegenüber schon so verhalten. Es ist eine Art Fetischismus, makaber, klar, aber im Lichte einer psychischen Veränderung durchaus verständlich. In diesem Fall allerdings …«

Crisa schien nach den passenden Worten zu suchen.

»Was ich nicht verstehe, ist, wie und womit die Verstümmelung durchgeführt wurde. Die Technik und vor allem das perfekte Ergebnis sind überwältigend. Instrumente und Schneidwerkzeuge hinterlassen immer eindeutige Spuren am Gewebe, vor allem an den Knochen und Knorpeln. In diesem Fall scheint es aber, als hätten sich die fehlenden Teile aufgelöst. Es ist, als wären …«

Er machte eine Pause, bevor er aussprach, was er nur mühsam glauben konnte.

»… als wären sie nie da gewesen. Ich weiß nicht, was für

ein Gerät der Mörder verwendet hat, um dies hier anzurichten.«

Crisa deutete mit einer Hand auf die Leiche.

»Als Mediziner würde ich es wirklich gerne wissen und mir das Instrument, das er verwendet hat, zumindest einmal anschauen wollen.«

Kommissar Valente hatte die glasklare Vision, wie irgendwo irgendjemand Kartoffeln kochte und sie ihm heiß in die Hand drückte. Seine Laune sank schlagartig in den Keller.

Er drehte sich zu Caronni um, der hinter ihm aufgetaucht war.

»Üble Sache. Wir müssen sobald wie möglich ein Wörtchen mit der Putzfrau und mit ...«

Das Funkgerät an Caronnis Gürtel signalisierte den Eingang eines Gesprächs. Er nahm es und drückte eine Taste.

»Caronni.«

»Hier ist De Cesari aus der Zentrale. Ist Kommissar Valente bei dir?«

Ohne ein weiteres Wort reichte Caronni das Funkgerät an Valente weiter.

»Hier Valente, was gibt's?«

»Lewis Martin hat angerufen, der Vater des Vermissten. Er ist soeben aus Amerika eingetroffen ...«

Valente schnaubte. Ein besorgter Elternteil fehlte gerade noch, um die Ermittlungen noch komplizierter zu machen.

»Was will er?«

»Er hat gesagt, wenn du die Freundlichkeit hättest, bei ihm im Büro vorbeizuschauen, glaubt er, etwas zu haben, was den Ermittlungen dienen könnte.«

Martina hielt mit ihrem Kleinwagen vor dem Tor und drückte auf die Fernbedienung. Die Flügel öffneten sich langsam, und auf dem rechten Pfosten begann ein gelbes Licht zu blinken. Gleichzeitig hob sich am Ende des Gartens das Garagentor. Sie wartete nicht, bis sich das Tor vollständig geöffnet hatte, weil der rote Wagen auch so hindurchpasste. Sie fuhr über den Kiesweg in die Garage und öffnete die Wagentür ein Stück, damit die Innenbeleuchtung ansprang und sie die Sachen zusammensuchen konnte, die sie auf den Rücksitz gelegt hatte.

Mit der Fernbedienung schloss sie gleichzeitig Gartentor und Garage und durchquerte dann den winzigen Garten Richtung Eingangstür.

Ihr Haus war nicht sehr groß, bot aber den Vorteil, dass es allein stand. Martina bezeichnete es als Bonsai-Haus und liebte es über alles. Sie hatte ihre gesamten Ersparnisse in den Umbau investiert, hatte es eingerichtet und verhätschelt, bis es genauso war, wie sie es haben wollte. Ein Ort, mit dem man sich identifizieren und an dem man sich verkriechen und bei Bedarf seine Batterien wieder aufladen konnte.

Das hatte sie in letzter Zeit viel zu oft tun müssen.

Nach Marcos Verschwinden schienen die Tage viel länger zu sein als vierundzwanzig Stunden. Ihr Bruder hatte nichts von sich hören lassen, auf keine menschenmögliche Weise. Martina stand unter Hochspannung, und obwohl sie und Manuel beschlossen hatten, noch eine Weile zu warten, bevor sie die Polizei verständigten, hatte sie am Morgen entschieden, ihre Freundin Claudia Comelli aufzusuchen, die Kommissarin bei der Mordkommission in der Via Fatebenefratelli war. Mit ihr würde sie das weitere Vorgehen besprechen.

Als ihr die Begegnung mit Ivana einfiel, verkrampfte sich ihr Unterkiefer vor Wut. Sie hasste diese Frau, hasste sie wegen ihres Egoismus, wegen ihrer Kälte, wegen ihrer Schönheit. Sie hasste sie wegen all des Bösen, das sie Marco angetan hatte.

Und jetzt hasste sie sie noch mehr, weil sie durchschaut hatte …

Sie erreichte die Metalltür mit den einbruchsicheren Scheiben, die den Blick auf den Garten freigaben, und kramte in ihrer Handtasche nach dem Schlüssel. Sie ging die drei niedrigen Stufen hinauf und blieb einen Moment unter dem Vordach stehen, wo sie ein Bein anwinkelte, die Handtasche darauf abstützte und die Öffnung ins Licht hielt.

»Hallo, Martina.«

Wie aus dem Nichts ertönte die Stimme hinter ihr. Obwohl sie ihr vertraut vorkam, zuckte sie zusammen. Sie drehte sich um, und aus dem Schatten trat eine Gestalt. Martina spürte, wie sich ihr Herz zusammenzog. Salzige Tränen rannen über ihr Gesicht und ließen ihre Lippen feucht werden.

In schmutzigen, verknitterten Kleidern, blass, abgemagert, müde und mit eingefallenen Augen stand vor ihr ein vages Abbild des Mannes, der früher Marco gewesen war.

»Marco, endlich.«

Schmerz und Verwunderung drückten sich in ihrer Stimme aus. Sie rannte die Stufen hinab und auf Marco zu, nahm ihn in die Arme, spürte an ihrem Gesicht den Stoff seiner Jacke. Er war da, wohlauf, was zählte mehr? Jetzt würde sie ihm nicht mehr erlauben, der Grund für ihre quälende Einsamkeit und die Stille um sie herum zu sein.

»Wie geht's dir?«

Als Marco sie anblickte, bewegte sich etwas in seinen Augen, wie dunkle Algen auf tiefem Grund, der von einem ewigen Strom überspült wird.

»Gut.«

Jede Antwort hätte wegen der Stimme, mit der er sprach, unwirklich geklungen.

»Manuel und ich hatten eine Todesangst. Wir waren schon fast so weit, die Polizei zu verständigen. Wo warst du die ganze Zeit?«

Marco machte eine vage Geste.

»Unterwegs. Es gibt keinen Grund, sich Sorgen zu machen. Ich kann mich um mich selbst kümmern.«

Marcos Stimme klang ungewohnt hart. Ihre Sorge, weil sie nicht gewusst hatte, wo er steckte, wandelte sich in Sorge über seinen Zustand. Es war, als hätte sein inneres Leid endlich einen Weg nach außen gefunden, ein Gesicht, eine Gestalt, die alles zerstörte, was sich ihr in dem Weg stellte. Martina wusste, dass Marco nicht schwach war, sie wusste aber gleichzeitig, dass seine Stärke, so groß sie auch sein mochte, von dem, was er erlebt hatte, aufgezehrt worden war.

»Komm rein. Wir müssen uns doch nicht hier draußen unterhalten.«

Martina kramte wieder in ihrer Tasche, und als sie den Schlüssel gefunden hatte, öffnete sie die Haustür. Sie trat ein und betätigte den Schalter, um die Schatten zu vertreiben, die im schwachen Licht aus dem Garten das Zimmer bevölkerten. Sie blieb neben der Tür stehen, um Marco eintreten zu lassen, und sperrte dann die ersten Sonnenstrahlen hinter sich aus.

»Hast du Hunger? Komm in die Küche, ich mache Frühstück.«

»Nein danke, ich habe schon gefrühstückt«, log Marco.

»Möchtest du einen Kaffee?«

Diese besorgte Martina, die nur ein Kaffee beruhigen konnte, würde verzweifelt diesen anderen Marco brauchen, der nicht mehr da war, jenen, dem sich einst das Herz zugeschnürt hätte, hätte er sie in diesem Zustand gesehen.

»Ein Kaffee wäre gut.«

In der Küche schaltete Martina die Maschine ein und nahm, während sie warteten, zwei Tassen und zwei Pads für den Espresso heraus.

»Ich habe heute Nacht bei Manuel geschlafen. Ich bin gestern Abend zu ihm gegangen, und wir haben bis spät in die Nacht über deine …«

Ein Moment Pause, vielleicht, um die richtigen Worte zu finden.

»… über deine Abwesenheit geredet. Wärst du jetzt nicht aufgetaucht, hätte ich meine Freundin Claudia gebeten, das FBI auf dich anzusetzen.«

Martina lächelte. Sie versuchte, Witze zu machen, um Marco nicht ihre Angst, sondern ihre Erleichterung zu zeigen.

»Und erklär mir nicht, du hättest die ganze Nacht vor dem Haus gewartet.«

Marco blickte sie einen Moment lang schweigend an

(Martina, was sorgst du dich, du weißt nicht, dass ich überall ohne Schlüssel hinein- und hinausgehen kann, weil mich der Geist der Wunderlampe begleitet, den nur ich in einem Bleistift und einem Radiergummi sehen kann)

bis er antwortete, als hätte er erst im Nachhinein den Sinn ihrer Frage verstanden.

»Nein, ich bin gerade erst gekommen. Ich wusste nicht, ob ich klingeln soll, weil ich dich nicht wecken wollte, aber dann habe ich den Wagen gesehen und bin hinter dir durchs Tor gehuscht.«

»Wo hast du geschlafen?«

Wieder machte Marco eine vage Geste.

»Bei einer Freundin.«

Martina wusste, dass Marco log, und er wusste, dass sie es wusste.

Beide gingen sie nicht weiter darauf ein.

Sie stellte ihm eine dampfende Tasse Kaffee hin.

»Jetzt trink, und dann komm nach oben. Ich lasse dir Badewasser ein. Du wäschst dich und ziehst dir was Anständiges an. Ich weigere mich, mit einem Penner zu reden. Deine Kleider würden gut auf ein Ziehharmonikakonzert passen.«

Wenn Marco in Mailand war, übernachtete er normalerweise in dem winzigen Gästezimmer seiner Schwester, wo er für verschiedene Anlässe Kleider deponiert hatte. Ohne seine Antwort abzuwarten, ließ ihn Martina allein und ging nach oben. In der Stille des Hauses hörte Marco, wie sie den Wasserhahn für das Badewasser aufdrehte.

Nachdem er den Kaffee ausgetrunken hatte, ging er langsam hoch.

Er hörte, wie Martina hinter der Milchglasscheibe mit dem Wasser herumplätscherte. Als er die Tür öffnete, waberte eine Dampfwolke heraus wie ein verängstigter Geist. Martina kam auf Marco zu und zog ihn an der Hand hinein.

»Also gut, schöner Samurai. Jetzt runter mit diesen Klamotten, die bestimmt schon von allein in der Ecke stehen. Willst du so die Ehre des Kaisers retten?«

Marco lächelte, obwohl ihm nicht danach war, und ließ sich von seiner Schwester ausziehen. Zwischen ihnen hatte es nie übertriebene Schamgefühle gegeben, und als kleines

Mädchen war Martina auch ins Bad gegangen, wenn er und Manuel geduscht hatten. Als sie jetzt sah, wie abgemagert er war, schnürte sich ihr die Kehle zu.

Wieder nahm sie ihn wie ein Kind bei der Hand und führte ihn zur Badewanne, wo der weiße Schaum aufquoll. Marco stieg ins warme Wasser, setzte sich und ließ sich entspannt nach hinten sinken. Endlich lösten sich die roten Flecken von Ivanas Blut vor seinen Augen auf

(was wird jetzt mit deinem Körper sein, Ivana?)

und als er sie schloss, sah er nur noch beruhigende Dunkelheit.

Während Martina ihn wusch, traten Müdigkeit und Erinnerung aus allen Poren und schienen auf dem Schaum forttzutreiben. Mit sanften Händen massierte sie seine Schultern.

In diesen Berührungen, in dieser Vertrautheit, in dieser unschuldigen Promiskuität lag der Sinn ihrer vergangenen Existenz. Beide wussten, dass sie die Welt, in der sie gelebt hatten, das, was sie miteinander geteilt hatten, das, was Teil ihres Lebens gewesen war, für immer verloren hatten.

Die schmerzliche Erkenntnis überwältigte Martina und raubte ihr alle Kraft. Sie glitt auf die Knie und verharrte so, den Oberkörper über die Wanne gebeugt, die Augen geschlossen, und vermeinte zu sterben.

Als sie ihre Augen wieder öffnete, waren sie voller Tränen.

Sie hob den Kopf und blickte Marco ins Gesicht.

Was sie dort sah, bestätigte ihr, dass der Abstand zwischen ihnen, aller Zuneigung zum Trotz, unüberwindlich geworden war, ein langer Meeresarm, in dem sich eine so gleißende Sonne spiegelte, dass man sich nicht mehr sehen konnte.

Wortlos erhob sich Marco und stieg aus der Wanne. Martina blieb auf dem Boden sitzen wie eine Marionette. Ihre Tränen tropften auf den Boden, nahmen den Duft des Badewassers an. So sehr sie sich auch anstrengte, fand sie nicht die Kraft aufzustehen. Sie hörte, wie Marco ein Handtuch aus dem Regal nahm, sich einen Bademantel überstreifte und ins Gästezimmer ging. Dort öffnete er den Schrank, in dem die Kleider lagen, die er seit langer Zeit hier aufbewahrte. Nach einer Pause, die Martina endlos vorkam, kehrte Marco ins Badezimmer zurück

(Schritte, die sie erkannte, aber nicht mehr kannte)

und kniete sich neben sie.

Als bestünde sie aus zerbrechlichem Porzellan, hob er sanft ihren Kopf an und ließ seinen Blick auf ihren noch immer tränennassen Augen treiben.

Sein Lächeln schien ihm Schmerzen zu bereiten.

»Ich muss jetzt gehen. Ich habe im Gästezimmer etwas auf die Kommode gelegt. Es ist für dich und Manuel und eure Kinder.«

Ohne eine Antwort abzuwarten, drückte er seine Lippen auf ihre Stirn, richtete sich auf und ging hinaus.

Erst als Martina hörte, wie die Tür geschlossen wurde, hatte sie das Gefühl, dass sie ihn nie wiedersehen würde. Sie erhob sich schwerfällig und ging wie ein Roboter ins Gästezimmer, wo sie vor der Empirekommode stehen blieb. Auf der grauweißen Marmorplatte lag ein rosa Hefter. Sie öffnete ihn. Er enthielt ein Dokument, das sie nie zuvor gesehen hatte, doch sie wusste, dass es das Zertifikat war, das Ivana ihm nach jahrelanger Täuschung entrissen hatte.

Geistesabwesend und verständnislos starrte sie auf das Dokument.

Die ganze Zeit über hatte sie keinen Moment zu weinen aufgehört.

Kommissar Valente betrat das Büro, das er bereits kannte. Alles war noch genauso wie vorher, bis auf den weißhaarigen Mann, der hinter dem Schreibtisch saß und sich erhob, als Valente eintrat.

Der Händedruck, den der andere erwiderte, war fest und entschlossen, aber nicht übermäßig kräftig. Der Händedruck eines Mannes, der seinen Wert kennt, es aber nicht nötig hat, es jemand anderem außer sich selbst zu beweisen.

»Guten Tag, Herr Kommissar. Ich bin Lewis Martin.«

Valente blickte ihm in die Augen und beschloss, dass der Mann ihm sympathisch war.

»Guten Tag, Signor Martin. Tut mir leid, dass ich Sie unter diesen unerfreulichen Umständen kennen lerne.«

Lewis ging wieder hinter den Schreibtisch und deutete auf einen der beiden Sessel auf der anderen Seite.

»Nehmen Sie Platz, Doktor Valente. Ich bin aus Amerika gekommen, sobald mich Doktor Fabiani über das Verschwinden meines Sohns und das, was anschließend passiert ist, unterrichtet hat.«

Valente dachte, dass er sicher auch von dem Fingerstumpf erfahren hatte, der im Ausguss gefunden worden war. Lewis Martin ließ kein Wort darüber fallen, als wollte er alle bösen Vorahnungen über das Schicksal seines Sohns ausklammern.

»Ich glaube, dass ich etwas zur Auflösung dieses Geheimnisses beitragen kann, wenn uns das Glück hold ist.«

Valente wartete. Hinter der augenscheinlichen Zielstrebigkeit nahm er den versteckten Schmerz des Vaters wahr.

Er fragte sich, wie viel Schmerz wohl nötig war, um die Mauer der Sicherheit einzureißen. Er hatte Mitleid mit diesem erfolgreichen, wohlhabenden Mann, der alles geben würde, um seinen Sohn wiederzubekommen.

»Aus Gründen, die Sie sicher nachvollziehen können, sind das Büro meines Sohns und das Besprechungszimmer mit einer Videoüberwachungsanlage ausgestattet, von der nur mein Sohn und ich Kenntnis haben.«

Er deutete mit dem Daumen auf einen Leuchter an der Wand.

»In diesem Büro ist die Minikamera in der Wandlampe dort versteckt. Sie ist mit einem Videorekorder verbunden, der sich in einem Geheimfach der Kommode darunter befindet. Diese Minikamera, wie sie auch für Aufnahmen mit versteckter Kamera verwendet wird, funktioniert selbst bei schwacher Beleuchtung. Allerdings ist die Aufnahmequalität für den Zweck, für den sie verwendet wird, nicht entscheidend.«

Er öffnete den Deckel eines silbernen, mit Elfenbein verzierten Kästchens, das vor ihm auf dem Schreibtisch stand.

»Hier ist die Fernbedienung, mit der die Aufzeichnung gestartet wird.«

Valente spürte ein Brennen am Ende der Speiseröhre, als ihm klar wurde, was dieser Mann ihm soeben erzählt hatte. Lewis Martins Stimme mit dem unverkennbar amerikanischen Akzent kippte leicht. Er schloss die Augen und drückte mit Daumen und Zeigefinger auf seine Nasenwurzel. Als er weitersprach, merkte ihm Valente von seinem Schwächeanfall nichts mehr an. Auch jetzt konnte er nur voller Bewunderung feststellen, mit welcher Kraft Lewis Martin die Situation meisterte.

»Ich hoffe, dass mein Sohn bei dem, was auch immer in diesem Zimmer passiert ist, die Zeit hatte oder so geistesgegenwärtig war, die Überwachungskamera einzuschalten. Ich habe das Fach noch nicht geöffnet, weil ich es erst in Ihrer Gegenwart tun wollte.«

»Sehr gut, Signor Martin. Sie haben sich vorbildlich verhalten, zumal man sich leicht vorstellen kann, wie gerne Sie sich aus Sorge um Ihren Sohn die Kassette angesehen hätten.«

Valente wusste, dass Lewis Martin noch einen anderen Grund für seine Zurückhaltung gehabt hatte, nämlich die Angst, sich anzusehen, was auf dem Band war. Den Moment der Wahrheit hatte er mehr oder weniger bewusst vor sich hergeschoben. Doch jetzt hatte der Stier die Arena betreten, und er musste sich stellen. Niemand konnte das an seiner Stelle tun, so mächtig er auch sein mochte.

»In Ordnung.«

Lewis Martin, der Vorsitzende von Sonnen & Smith, schien diese Worte mehr an sich selbst als an seinen Zuhörer zu richten. Er erhob sich von seinem Sessel und ging wie ein zum Tode Verurteilter um den Schreibtisch herum zur Kommode. Dort öffnete er einen der schwarz furnierten Türflügel und fuhr mit der Hand über den Rand des obersten Fachs. Als Valente hinter ihn trat, hörte er ein metallisches Klicken, woraufhin sich die Rückwand des Fachs ein Stück auf sie zubewegte. Mit einer Hand hielt Lewis Martin sie fest, damit sie nicht nach vorne kippte, nahm sie heraus und legte sie auf den Boden. In der Nische dahinter befand sich ein Videorekorder im Standby-Betrieb. Lewis drückte die Auswurftaste. Mit leisem Surren wurde eine Mini-DVD aus dem Schlitz geschoben. Martin streckte die Hand aus, hielt aber mitten in der Bewegung inne, als befürchtete er, sich die Finger zu verbrennen. Er trat zur Seite.

»Bitte.«

Valente nahm die DVD aus dem Schacht. Sein Herz machte einen Satz, als er sah, dass das Gerät eingeschaltet war und anzeigte, dass es bis zum Ende aufgenommen hatte. Aus dem Augenwinkel heraus sah er, dass auch Martin es bemerkt hatte.

»Gibt es irgendwo ein Gerät, wo man sich das hier anschauen kann?«

»Ja, bestimmt in der Marketingabteilung, dann ...«

»Gehen wir dorthin.«

Sie traten auf den Flur, wo Caronni auf sie wartete. Lewis Martin ging voraus zu einem Büro, in dem zwei elegant gekleidete Frauen so eifrig arbeiteten, wie es sich für Mitarbeiterinnen eines Erfolgsunternehmens gehört. Die eine prüfte verschiedene Tabellen, die andere saß am Rechner und suchte etwas im Internet.

Sie hoben die Köpfe, als sich die Tür öffnete, und waren verständlicherweise peinlich berührt, als sie merkten, dass es sich bei einem der Besucher um ihren obersten Chef handelte.

»Meine Damen, könnten Sie das Büro bitte verlassen?«, bat Lewis Martin ohne Umschweife und nähere Erklärungen.

Die beiden jungen Frauen erhoben sich rasch und verließen verblüfft, aber kommentarlos den Raum.

Caronni ging zum Fernseher, schaltete die Geräte ein und legte die DVD in den Rekorder. Valente bebte vor Ungeduld, Lewis Martin starrte wie abwesend auf einen Punkt auf dem dunklen Bildschirm. Nur das Rauschen der sich drehenden DVD war zu hören, bis ein Klicken ankündigte, dass Caronni die Abspieltaste drücken konnte.

Auf dem Bildschirm erschien Gregs Büro, das von der erhöhten Position des Verstecks in der Wandlampe aufgenommen worden war. Greg saß an seinem Schreibtisch, links von ihm stand das silberne, mit Elfenbein verzierte Kästchen, in der sich die Fernbedienung der Überwachungsanlage befand. Der geöffnete Deckel bedeutete, dass Greg den Rekorder eingeschaltet hatte. Greg wirkte etwas dicker als auf den Fotos, was, wie Valente vermutete, auf die Aufnahme zurückzuführen war. Er unterhielt sich mit jemandem, der links fast außerhalb des Bildausschnitts der Kamera stand.

»Wie bist du hereingekommen?«

Der Mann trat ein paar Schritte vor, so dass er vollständig zu sehen war, allerdings immer noch von hinten. Valente blickte zu Lewis Martin hinüber, weil er seine Reaktion beobachten wollte. Der wiederum bemerkte den Blick und wandte sich Valente zu.

Er deutete auf den Bildschirm.

»Marco Barison. Er ist ...«

»Ja, ich weiß, wer er ist.«

Beide wandten sich in einer synchronen Bewegung wieder dem Bildschirm zu, wo Marco nun durch das hell erleuchtete Büro ging und sich auf den Sessel vor dem Schreibtisch setzte.

»Du weißt doch, dass ich nie große Probleme hatte, hier hereinzukommen. Früher war ich gern gesehen hier, glaube ich. Oder täusche ich mich da?«

Greg erhob sich von seinem Schreibtisch, drehte sich um und blickte aus dem Fenster. Marco schlug die Beine übereinander und wartete geduldig, bis Greg sich entschieden hatte, welches Verhalten er für angemessen hielt, und sich ihm wieder zuwandte. Greg sprach ein akzentfreies Italienisch, wie Valente feststellte.

»Also gut, Marco. Es gibt etwas, das ich dir sagen muss. Das soll keine Rechtfertigung sein, sondern einfach eine Erklärung. Zunächst einmal: Ich habe von deinem Geld keinen Cent angerührt. Was das betrifft, trägt Ivana die volle Verantwortung. Ich habe nur …«

Greg wurde unsicher.

»Fahr fort, du dreckiges Stück Scheiße«, forderte ihn Marco auf. »Du hast nur …?«

Greg regierte nicht auf die Beleidigung, sondern erzählte weiter.

»Ich habe nur den Kopf verloren. Es hat mich mit einer derartigen Gewalt gepackt, dass ich den ganzen Rest vergessen habe. Loyalität, Aufrichtigkeit, unsere Freundschaft. Sogar die Interessen des Unternehmens. Ich weiß, dass ich schuldig bin, aber …«

Marco unterbrach ihn mit einer Handbewegung.

»Sicher bist du schuldig, Greg, aber nicht wie du denkst. Die Welt ist voller Menschen und deswegen auch voller Fehler. Ich mache dich nicht verantwortlich für das, was passiert ist, ich vergebe dir die Schuld, die du mit Sicherheit empfindest, weil du mir Ivana weggenommen und mein Leben ruiniert hast, so wie du jetzt das deine ruinierst.«

»Bitte glaub mir, Marco, es war keine Laune. Ich habe mich unsterblich verliebt.«

»Und genau das ist deine Schuld – dich verliebt zu haben, ohne zu kapieren, dass Ivana ein Mensch ist, der es nicht verdient, der hinterlistig und berechnend ist und dich genauso benutzt hat wie mich. Deine Schuld, deine wahre Schuld, ist deine Dummheit.«

Greg nahm auch diese Beleidigung hin und drehte sich wieder zum Fenster. Er kehrte seinem ehemaligen Freund und dieser verächtlichen Stimme, diesem glasigen Blick, diesem auf seinem Gesicht eingefrorenen Schmerz den Rücken zu, als wollte er die Schuld ausblenden, die ihm mit diesen Worten ins Gesicht gespuckt worden war.

»Auch ich war eine Zeitlang dumm, genau wie du und schlimmer noch«, fuhr Marco mit scharfer Stimme fort.

Er erhob sich lautlos.

»Doch dann habe ich verstanden.«

Schweigend beobachteten Kommissar Valente, der Obergefreite Caronni und Lewis Martin, wie er sich aus seinem Sessel erhob, eine steinerne Götterstatue der Maya vom Schreibtisch nahm und sich dem Mann am Fenster lautlos näherte. In diesem Moment drehte Greg den Kopf nach hinten und wurde von Angst erfasst. Als Lewis Martin mit ansehen musste, wie Marco die schwere Statue auf Gregs Kopf niedersausen ließ, schwankte er und schlug die Hände vors Gesicht. Valente fürchtete einen Moment, er würde ohnmächtig zu Boden sinken. Jeder andere Mensch wäre entsetzt hinausgerannt. Valente wollte ihn schon stützen, aber das war nicht nötig. Lewis Martin sah wieder zum Bildschirm auf. Das Verlangen, die Wahrheit zu erfahren, war stärker.

Dieser Film hatte durch seine Tragik etwas Unumstößliches, etwas, das seinen Anfang in einer Zeit genommen hatte, die noch vor der Aufnahme lag, etwas, das stärker und gewalttätiger war als dieser blutige Moment.

Voller Entsetzen sahen sie, wie Greg ohnmächtig oder vielleicht tot zu Boden sank und sich auf seiner Stirn ein roter Fleck bildete.

Marco Barison kniete nieder, packte Gregs Füße und zog

ihn mühsam Richtung Bad. Mit einem Fußtritt öffnete er die angelehnte Tür und verschwand mit Greg hinter der Schwelle. Im nächsten Moment wurde die Tür geschlossen.

Dann nichts mehr.

Die Aufnahme zeigte das verlassene Büro. Eine Ewigkeit schien zu vergehen. Caronni drückte den Schnellvorlauf, doch das Bild zuckte nur ab und zu, blieb aber unverändert. Gegen Ende der Aufnahme allerdings betrat jemand das Büro. Caronni ließ die DVD mit normaler Geschwindigkeit weiterlaufen. Signora D'Urso blickte sich verblüfft um, bevor sie zur Badezimmertür ging und klopfte.

»Signor Greg, sind Sie da?«

Keine Antwort. Sie drückte die Klinke hinunter, öffnete mit angehaltenem Atem die Tür und blickte ins Bad, in dem Marco, Greg an den Füßen hinter sich herziehend, verschwunden war. Angespannt beobachteten die Zuschauer, wie sich Signora D'Urso mit gleichmütiger Miene umdrehte und das Zimmer verließ. Lewis Martin und die beiden Polizisten mussten davon ausgehen, dass Signora D'Urso nichts und niemanden gesehen hatte.

Wieder blieb das Bild bis zum Ende der Aufnahme unverändert.

Die drei Männer im Zimmer starrten wie hypnotisiert auf den Bildschirm, der schlagartig schwarz geworden war.

Lewis war der Erste, der den Vorhof zur Hölle, in die sie alle zu stürzen drohten, verließ. Vom bohrenden Schmerz getrieben, ging er ein paar Schritte und sank dann in den erstbesten Sessel vor dem Schreibtisch, legte das Gesicht in die Hände und begann zu weinen.

Valente sah, wie die Schultern dieses Mannes von lautlosen Schluchzern geschüttelt wurden, nachdem er Zeuge der Tragödie geworden war. Er wurde innerlich zerrissen von der Trauer um seinen Sohn und um den Mann, den er wie seinen eigenen Sohn geliebt und der diesen vermutlich umgebracht hatte.

Der Kommissar ließ ihm Zeit und zollte seinem Schmerz den gebührenden Respekt, spielte in Gedanken aber bereits verschiedene Möglichkeiten durch.

Wohin war Greg Martins Leiche verschwunden, also der *Rest* der Leiche, wenn man davon ausging, dass der Finger im Abfluss ihm gehört hatte? Wohin war Marco Barison verschwunden? Wie hatte er unbemerkt eindringen und vor allem wieder fliehen können? Nach dem, was Valente gesehen hatte, bestand kein Zweifel, dass Marco, der Greg Martin erschlagen und fortgezogen hatte, auch für den Tod von Ivana Resi verantwortlich war. Die letzte Frage, die er sich stellte, war noch weitaus beängstigender und noch schwieriger zu beantworten.

Kommissar Valente wusste sehr wohl, warum Marco Barison die Tat begangen hatte, aber er musste und wollte um alles auf der Welt herausfinden, wie er dies angestellt hatte.

Martina hob Marcos schmutzige Kleider vom Boden auf, ohne sie zu sehen. Innerlich leer, bewegte sie sich durchs Haus wie ein Roboter. Noch immer hatte sie Marcos abwesenden Blick vor Augen, seinen leblosen Ausdruck, als ob alles Positive wie durch einen Zauber aus ihm herausgesogen worden war.

Instinktiv, wie man es bei Kleidern tut, bevor man sie in die Waschmaschine stopft, schob sie die Hände in die Jackentaschen. Aus der rechten zog sie einen Zettel heraus. Es war die Visitenkarte einer Pension in der Via Pontaccio im Stadtteil Brera. Der Name erinnerte sie an etwas.

Nach langem Überlegen fiel ihr ein, dass es die Pension

war, in der Marco als Student der Accademia delle Belle Arti gewohnt hatte, in einer fröhlichen, scheinbar endlosen Zeit, die jetzt eine Ewigkeit zurückzuliegen schien.

Sie hörte, wie einen Stock tiefer die Eingangstür zuschnappte. Die absurde Hoffnung, die in ihr aufkeimte, versuchte sie schnell freiwillig zu zerstören, indem sie zum Treppenabsatz rannte.

An der Tür stand halb überrascht, halb erschreckt Francesca, ihre Putzfrau.

»Jetzt habe ich mich aber erschreckt. Ich dachte, du wärst nicht da.«

»Mir ist heute nicht wohl, deswegen bin ich zu Hause geblieben.«

Martina ging hinunter, um ihre Putzfrau zu begrüßen. Sie hatte ein gutes Verhältnis zu der jungen Frau, die ständig eine brennende Zigarette zwischen den Lippen hielt und sich trotz ihres bizarren, punkigen Aussehens als zuverlässig und eifrig erwiesen hatte. Die beiden Frauen duzten sich, und nach Jahren der Zusammenarbeit waren sie sogar so etwas wie Freundinnen geworden.

Aus diesem Grund fand Martina auch keine Erklärung dafür, dass Francesca ihrem Blick auswich. Dieses Unbehagen machte sie neugierig, ärgerte sie aber auch.

»Was ist denn los?«

Schließlich fand Francesca ihre Stimme wieder und auch den Mut, sie anzublicken.

»Es tut mir leid, was passiert ist. Das ist ein furchtbares Unglück, und ich wollte dir sagen, dass …«

Martina unterbrach sie mit einer ungeduldigen Handbewegung.

»Was redest du da? Was ist passiert?«

»Willst du etwa sagen, dass du von nichts weißt? Hast

du nicht Zeitung gelesen? Es steht überall auf der ersten Seite.«

Nach Marcos Verschwinden hatte Martina weder Zeit noch Lust gehabt, sich zu waschen, geschweige denn, Zeitung zu lesen.

»Um was geht's denn?«

Francesca kramte aus ihrer Tasche, die sie auf den Boden gestellt hatte, eine zusammengefaltete Ausgabe des *Corriere della Sera* heraus und reichte sie ihr. Kaum hatte Martina die erste Seite überflogen, bekam sie weiche Knie. In der Mitte, unter einem Artikel über eine wichtige sozialpolitische Versammlung von Opposition, Mehrheit und anderen Interessengruppen befand sich ein Foto von Ivana. Die Überschrift zog sich über die halbe Seite.

»Model auf barbarische Weise in ihrer Mailänder Wohnung ermordet.«

Ihre Augen füllten sich mit Tränen, obwohl sie gedacht hätte, keine mehr zu haben. Wie in Trance las sie den Artikel über den grauenhaften Mord und die Anspielung auf Marco Barison, den berühmten Karikaturisten und Exmann des Opfers, »der zur Zeit nicht auffindbar ist«.

Auch der letzte Zipfel ihrer Welt, der noch heil gewesen war, stürzte über ihr zusammen. Sie rief sich Marcos abwesenden Ausdruck in Erinnerung, seine eintönige Art, als er gesagt hatte, er habe die Nacht bei einer Freundin verbracht.

Nein, sie konnte nicht glauben, dass …

Die Haustürklingel ließ die beiden Frauen auf dem Flur zusammenzucken. Francesca öffnete, ein Polizist stand vor der Tür. Wohlerzogen nahm er die Mütze ab.

»Guten Tag. Wer von Ihnen beiden ist Martina Barison?«

Martina überwand mit einem einzigen Schritt Hunderte von Kilometern und trat auf den Polizisten zu.

»Ich.«

»Sie sind die Schwester von Marco Barison?«

»Ja.«

»Wären Sie bitte so freundlich, mit mir aufs Revier zu kommen?«

»Was?«

Kommissar Valente zuckte auf, so dass die Asche auf den Schreibtisch fiel.

Doktor Crisa und sein Assistent blickten ihn zerknirscht an.

Er beobachtete sie aufmerksam. Sie sahen nicht aus, als wären sie dem Alkohol oder anderen Rauschmitteln zugeneigt oder als wollten sie andere Leute an der Nase herumführen. Außerdem kannte er Crisa bereits seit langer Zeit. Crisa war zwar nicht extrovertiert, aber ein ernster Mensch und über jeden Zweifel erhaben. Doch das, was er ihm gerade mitgeteilt hatte …

»Sie wollen also sagen, dass …«

»Genau.«

Doktor Crisa machte ein Gesicht wie jemand, der nach einer Erklärung gefragt wurde, obwohl er selbst noch nach einer suchte.

»Während wir die Autopsie durchführten, ist die Tote verschwunden.«

»Aber wie verschwunden? Ich hätte gerne gewusst, was Sie mit verschwunden meinen! Geklaut? Sie sind fortgegangen, und jemand hat sie mitgenommen, oder was? Eine Tote verschwindet nicht von allein.«

»Nein, wir sind nicht fortgegangen. Wir waren da. Die

Sache hat sich vor unseren Augen abgespielt. Wir hatten gerade erst mit der Autopsie begonnen und standen am Tisch, jeder auf einer Seite. Ich hatte soeben den Unterleib der Leiche geöffnet, als sie nach und nach verschwand …«

Kommissar Valente riss die Augen weit auf.

»Nach und nach verschwand? Wollen Sie mich verarschen?«

Doktor Crisa blickte seinen Assistenten an, als suchte er Trost und Unterstützung für das, was er soeben erklärt hatte.

Doktor Ruffini kam seinem Vorgesetzten und sich selbst zu Hilfe.

»Es war genauso, wie Doktor Crisa sagt. Zuerst wurde die Leiche durchsichtig, dann verschwand sie. Zuerst ein Bein, dann nach und nach der ganze Rest. Es war, als ob …«

Er zögerte, suchte nach Worten. Als er sie fand, war niemand so recht begeistert.

»… als ob sie jemand vom Tisch radieren würde, Stück für Stück.«

Kommissar Valente ging um den Schreibtisch herum und blieb vor den beiden Ärzten stehen.

»Und Sie erwarten, dass ich Ihnen das glaube?«

Doktor Crisa erhob sich ruckartig.

»Doktor Valente, ich erwarte überhaupt nichts. Ich erwarte nicht einmal, dass ich selbst glaube, was passiert ist. Wäre ich allein im Saal gewesen, hätte ich möglicherweise das erste Flugzeug oder das erste freie Zimmer in einer psychiatrischen Anstalt genommen und mich nie wieder blicken lassen. Aber wir waren zu zweit, und auch wenn ich meinen eigenen Augen nicht mehr traue, muss ich es doch zumindest ein wenig bei denen von Doktor Ruffini tun, der dasselbe gesehen hat wie ich.«

Valente verließen schlagartig die Kräfte, und er legte seinen inquisitorischen Ton ab.

»Haben Sie eine Idee, wie das passiert sein könnte?«

Crisa zuckte mit den Schultern.

»Keine, die ich laut äußern könnte. Wir sind Ärzte, und die Medizin ist eine anfechtbare Angelegenheit. Außer dem Wissen, dass wir nichts wissen, gibt es kaum Gewissheiten, und wir können nur versuchen, falsche Sicherheiten wissenschaftlich auszuschalten. In unseren Forschungen werden Menschen geboren, sie wachsen, werden krank und genesen, sie sterben und verwesen, aber verschwinden tun sie nicht. Nie.«

Kommissar Valente wandte sich, ohne aufzuschauen, an Crisas Kollegen.

»Doktor Ruffini?«

Ruffini sah aus, als würde er alles dafür geben, woanders zu sein.

»Ich weiß nicht, was ich sagen soll. Ich habe im Prinzip dem, was Doktor Crisa gesagt hat, nichts hinzuzufügen. Ich frage mich schlicht, was wir antworten, wenn uns jemand nach einer Leiche fragt, die wir haben müssten, es aber nicht tun.«

Die drei Männer blickten sich schweigend an.

Im Raum war eine Fliege, die den besonders kühlen Herbstanfang erstaunlicherweise überlebt zu haben schien. Ihr Summen verlor sich im Tosen der Gedanken. Mit Sicherheit gab es eine Erklärung für alles, sofern hier nicht der Wahnsinn regierte.

Doktor Crisa raffte sich als Erster auf.

Er erhob sich zum Zeichen dafür, dass er nichts mehr

zu sagen hatte. Doktor Ruffini, sichtlich erleichtert, tat es ihm nach.

Kommissar Valente begleitete sie schweigend zur Tür. Die Fliege hatte sich vielleicht in seinen Kopf verzogen, denn die beiden Ärzte sahen seinem Blick an, dass er zwar körperlich, aber nicht geistig anwesend war.

Doktor Crisa öffnete die Tür. Caronni stand im Türrahmen, die Hand leicht erhoben, als hätte er gerade anklopfen wollen. Er war in Begleitung einer jungen Frau.

»Kommissar, hier ist Martina Barison.«

Die beiden Ärzte verließen das Büro, Martina Barison trat ein. Kommissar Valente dachte, dass sie wie ein Mensch aussah, der zu lange geweint hatte.

Er begrüßte sie mit einem festen Händedruck, um ihr und sich Sicherheit zu geben.

»Guten Tag, Signorina. Ich bin Kommissar Valente. Ich verstehe Ihre Angst und Ihren Schmerz in diesem Moment, doch ich benötige Ihre Hilfe. Und ich glaube, dass auch Ihr Bruder ein verzweifeltes Bedürfnis danach hat.«

Marco blickte auf die Straße, auf der die Regentropfen tanzten. Auf dem Asphalt spiegelten sich die Lichter der Laternen und die Scheinwerfer der vorbeifahrenden Autos. Irgendwo blinkte eine Ampel. Niemand sonst war unterwegs. Wer spürte bei diesem Wetter schon Lust hinauszugehen? Besser, man blieb zu Hause, sah in der trockenen Wärme der Heizungen fern und sperrte die Stadt mit ihrer Kälte und ihrem Lärm hinter den Doppelglasfenstern aus.

Jetzt war alles zu Ende.

Er hatte die Stimme nicht mehr gehört, und der Bleistift und der Radiergummi waren zwei sinnlose Gegenstände in seiner Jackentasche, weil sein Hass nichts mehr zu zeichnen hatte. Er dachte daran, wie er in den Besitz dieser beiden Dinge gekommen war, wie er ihre tödliche Kraft erkannt und geführt von der Stimme begriffen hatte, dass er nur vernichten konnte, was er beim Zeichnen direkt vor Augen hatte, als würden der Radiergummi und der Bleistift ihre Kraft aus seinem Blick beziehen. Er hatte gelernt, dass er das Zerstörte wiederherstellen konnte, indem er es zeichnete. Bei Lebewesen funktionierte das allerdings nicht. Die Möwe, das erste Tier, das er ahnungslos geopfert hatte, würde für immer auf der roten Erde Griechenlands liegen bleiben.

So war er zu Greg gelangt, indem er vom Treppenabsatz des Nachbargebäudes aus einen Durchgang zu der angrenzenden Toilette geschaffen hatte. Er hatte Greg erschlagen und in die Toilette gezogen, hatte ihn dort in die Badewanne gelegt, sich auf die Toilettenschüssel gesetzt und ihn mit einer Kälte, zu der er sich selbst nicht für fähig gehalten hatte, gezeichnet und ausradiert.

So war er in die Bank gelangt und hatte die Schließfächer geöffnet, bis er das richtige gefunden hatte.

Er dachte an Ivana und hatte das Gefühl, von einem Dolch durchbohrt zu werden. Reue spürte er nicht, nur ein sinnloses Bedauern wegen all der Zeit, in der Ivana seine Sinne vernebelt hatte.

Er dachte an Martina und ihren Schmerz, den sie die nächsten Jahre mit sich herumtragen würde. Er dachte an Yoanna, die ihn einen lauen Moment lang berührt hatte und ihm unter anderen Umständen eine nie versiegende heiße Quelle hätte sein können. Alles Menschen, denen er auf die eine oder andere Weise Böses zugefügt hat, weil das tragische, seltsame Geheimnis des Lebens im Wesentlichen darin besteht, jemanden zu verfolgen, der einen nicht liebt, und von jemandem verfolgt zu werden, den man nicht liebt.

Der ganze Rest ist lediglich eine Folge daraus und nicht die Ursache.

Durch die Fensterscheiben, an denen das Regenwasser hinablief, sah er, wie auf der Straße ein Polizeiwagen hielt. Zwei Polizisten in Uniform stiegen aus und liefen hinter einem dritten Mann in Zivil, der vielleicht ein Kommissar war, auf den Eingang zu. Der Regen schien sie nicht zu stören, jedenfalls war er mit Sicherheit nicht der Grund für ihre Eile.

Plötzlich meldete sich die Stimme in seinem Kopf wieder.

Deine Augen deine Augen deine …

Doch diesmal klang sie anders, nicht mehr so herrisch wie sonst. Sie hallte in seinen Gedanken nicht wider wie das Echo einer Lawine, die den Berg hinabdonnert.

Diesmal befahl sie nicht, sondern schlug etwas vor, gab eine Anregung.

Und sie hatte Recht: Die Sache war noch nicht vollständig beendet.

Die Stimme hatte es verstanden. Oder hatte er es verstanden, und die Stimme war nur sein Sprachrohr?

Er holte den Bleistift und den Radiergummi aus seiner Jackentasche und wog sie in seiner Hand. Schließlich schnappte er sich ein paar leere Blätter vom Schreibtisch und setzte sich in den Sessel, der vor dem großen, leicht trüben Spiegel stand.

Er hatte nicht viel Zeit. Mit raschen, genauen Handbewegungen begann er, sein Spiegelbild zu zeichnen. Er versuchte sich nicht von dem, was ihm dort entgegenblickte, in die Irre leiten zu lassen, sondern versuchte sich so darzustellen, wie er wirklich war, und den Teil in sich, der immer schon gerne anders aussehen wollte, zu ignorieren.

Schnell, schnell!

Die Gestalt auf dem Papier nahm Form an – die eingefallenen Augen, der lange Bart, das ausgemergelte Gesicht eines Menschen, der schon lange nichts Anständiges mehr gegessen und schon viele Nächte keinen Schlaf mehr gefunden hatte.

Die schmeichelnde Stimme in seinem Kopf forderte ihn auf, sich zu beeilen und den Stift übers Papier fliegen zu lassen. Und tatsächlich, dort saß er auf dem Sessel im Spiegel und auf dem Papier.

Und wohin er auch blickte, immer hörte er denselben Satz.

Der Schmerz war nicht vergangen, er steckte in ihm fest wie ein Eisblock, den die Stimme vergeblich zu schmelzen versucht hatte. Vielleicht hatte er geglaubt, dass die Stimme wegen Ivana oder Greg da war, dabei war sie nur wegen ihm da.

Die Zeichnung war fertig.

Mit Blick auf die Tür blieb er sitzen.

Laute Schritte näherten sich, ein Schlüssel wurde ins Schloss geschoben, die Tür öffnete sich, und der Inhaber der Pension trat zur Seite.

Die Pistole mit zwei Händen auf ihn gerichtet, drängte ein uniformierter Polizist herein, dicht gefolgt von dem Polizisten in Zivil. Marco blickte ihm in die Augen wie jemandem, den er seit langem erwartete.

»Guten Abend, Kommissar.«

Valente ging an dem Polizisten vorbei, der noch immer die Pistole im Anschlag hatte, und sah sich rasch im Zimmer um.

»Marco Barison, ich verhafte Sie wegen …«

Er konnte den Satz nicht beenden.

Entschlossen fuhr Marco mit dem Radiergummi über den Hals der Figur auf dem Blatt. Die Polizisten mussten mit ansehen, wie Marcos Kopf, der noch immer von einem Lächeln verzerrt war, von seinem Körper abgetrennt wurde, vor ihre Füße rollte und sie mit Augen anblickte, die nichts mehr sahen.

Und die Augen, diese Augen, trugen in ihr Leben ein Entsetzen, das sie nie wieder vergessen würden.

Kommissar Valente blieb einen Augenblick an der Tür stehen und betrachtete den Regen, der auf die Straße fiel.

»Soll ich Sie nach Hause fahren, Herr Kommissar?«

»Nein, Caronni, ich wohne gleich um die Ecke. Ich gehe zu Fuß nach Hause.«

Caronni schwieg einen Moment.

»Kommissar …«

»Ja, Caronni?«

»Darf ich Sie etwas fragen?«

Ich hätte da ungefähr zweihundert Fragen, dachte Valente.

Doch er stellte keine davon.

»Sicher.«

»Was werden Sie morgen in den Bericht schreiben?«

Der Seufzer, der sich mit dem Rauschen des Regens vermischte, kam von weit her.

»Ich werde die Wahrheit schreiben, dass nämlich Marco Barison seine Frau und wahrscheinlich auch Greg Martin umgebracht hat, und dass er, nachdem er dessen Leiche hat verschwinden lassen, sich mit einer unbekannten Waffe das Leben genommen hat. Ich werde schreiben, dass die Leiche von Ivana Resi aus dem Leichenschauhaus entwendet wurde, und mit all dem werde ich mich selbst in einen großen Haufen Scheiße stürzen.«

»Aha.«

Dieses Aha schwebte einen Moment zwischen ihnen, bis der Regen es mit sich fortschwemmte. Alles in allem bestand kein Bedarf mehr an Worten, auch weil keiner den Mut hatte, sie auszusprechen.

Es war Caronni, der als Erster den Kloß auflöste, der ihnen im Hals steckte.

»Na, dann … einen schönen Abend, Kommissar.«

»Einen schönen Abend, Caronni.«

Caronni verließ das schützende Vordach und eilte auf den Wagen zu, der nicht weit entfernt stand.

Valente rückte seinen Hut zurecht, zog seinen Regenmantel enger um sich und ging in die entgegengesetzte Richtung. In seinem Kopf fielen die Gedanken wie um ihn herum die Regentropfen.

Es war ein Gewaltverbrechen gewesen, ein einfaches, gewöhnliches Gewaltverbrechen, wie es sie überall auf der Welt gab.

Genau deswegen bezog er sein Gehalt.

Er konnte die Gewalt mit seiner Erfahrung und manchmal auch mit gleicher Gewalt bekämpfen, doch gegen das Elend, das hinter einem solchen Verbrechen stand, besaß er keine Waffe. Nicht einmal gegen das, was er nicht verstand, besaß er eine Waffe. Er konnte nicht das Licht ausschalten und der Nacht entgegentreten, ohne sich seinen eigenen Träumen aussetzen zu müssen.

Würde er in seinen Bericht schreiben, was er tatsächlich dachte, würde die gesamte Polizei über ihn lachen, und seine Vorgesetzten würden ihn umgehend in die Psychiatrie einweisen. Danach stand ihm keineswegs der Sinn.

Er konnte es nicht abwarten, nach Hause zu kommen, ein warmes Bad zu nehmen und, in der Hand ein Glas Grappa, den Abend im Sessel vor dem Fernseher zu verbringen.

Er schob seine Hand in die rechte Manteltasche und tastete nach dem Radiergummi und dem Bleistift. Mit einer leichten Gänsehaut, aber schnelleren Schrittes ging er nach Hause.

Es regnete, doch in der Luft hing der Geruch von Schnee. Der kurze Herbst ist schon vorbei, dachte der Kommissar.

Der letzte Freitag der Signora Kliemann

Es gibt zwei Jahreszeiten im Dorf.

Die gesamte Insel lebt schon immer in dieser Zweiteilung zwischen Sommer und Winter, als würde sie sich in Gewänder hüllen, die man, je nach Jahreszeit, auf links oder auf rechts tragen kann.

Im Winter sind es die grauen Spiegelungen des Meers an den wolkenverhangenen Tagen und an den sonnigen Tagen die Illusion guter Laune, die Stille am Strand, die leblosen Schaufenster der nur im Sommer geöffneten Geschäfte. Die Anzahl der Menschen auf der Straße ist umgekehrt proportional zur Windstärke. Dies ist die Zeit der Esseneinladungen, der Tischgesellschaften in Erwartung von weiß der Himmel was. Es ist der Moment, in dem man sich bewusst wird, dass die Kinder erwachsen und die Freunde alt geworden sind. Der Moment, der einem gnadenlos klarmacht, wie schön es ist, das Meer vom Fenster aus zu betrachten.

Die Fähren verkehren in dieser Jahreszeit unter ruhmloser Flagge, einfache, farbig lackierte Eisenklötze auf bleigrauem Meer.

Im Sommer ist die Uhr auf den Rhythmus des Tourismus eingestellt, auf Erholungswut im Zweiwochentakt, auf Stunden mit nur fünfundvierzig Minuten, auf das Klappern der Rechenschieber im Kopf, die schon einmal den Umsatz überschlagen und die Preisklasse des Weines schätzen, mit dem an Silvester angestoßen wird.

Die Fähren transportieren dann nur noch Emigranten mit präzisen An- und Abfahrtzeiten, sehnsüchtige Willkommensgrüße und rasche Abschiede im Dreiviertelstundentakt. Alles ist vorhersehbar, solange es Jahreszeiten und Touristen gibt.

Doch der Mai ist einzigartig auf der Insel.

Der Mai ist der Scheidepunkt zwischen kurzen und langen Ärmeln, der Mai wärmt die Herzen und bringt die Hoffnung auf etwas, das noch nicht ist und wofür es keine Sicherheit gibt. Es gibt aber das Versprechen auf den Sommer, und Vergessen fällt leicht. Der Mai ist der Monat der Jugend, der Monat der unreifen Früchte, der noch nicht erblühten Brüste, der noch dezent geschminkten Gesichter. Alles ist noch im Werden, birgt aber ein Höchstmaß an Möglichkeiten in sich.

Der Mai ist der Anfang von allem.

Der Mai ist der Anfang der Trauer.

Montag

Sie saßen zu viert an einem Tisch in der Bar an der Piazzetta Garibaldi. Vier Rentner von der Sorte, die schon hier gelebt hatte, als die Autos noch mit Netzen auf Fähren verladen worden waren und es fast nur Schotterstraßen gegeben hatte. Damals waren die Straßen viel staubiger gewesen, aber es hatte weniger Touristen gegeben, die den Staub mit ihren Autos aufgewirbelt hatten. Jetzt wiederum, da so viele Interessen auf dem Spiel standen, blieb es nicht ohne Folgen, wenn sich das bisschen verbliebener Staub setzte.

Die Gespräche liefen immer gleich ab, schließlich ist es

für Menschen an bestimmten Orten und in einem gewissen Alter nicht wichtig, was gesagt wird. Es ist im Prinzip schon befriedigend, überhaupt genug Luft zum Sprechen zu haben. Aus Achtung vor den eigenen Gedanken und in Erinnerung an jene Menschen, die ihre nicht mehr ausdrücken können.

»Die Bombeneinschläge kommen immer näher«, hatte Piero Parodi einst die Nachricht kommentiert, dass Aldo Pellegrini, ein Schulfreund, der in Lacona gewohnt hatte, direkt vor der Haustür einen Herzinfarkt erlitten habe. Zur Beschwörung der guten Geister waren sie gleich zum Tabellenplatz von Juventus übergegangen. Doch seit jenem Tag war dieser Kommentar zum Quälgeist geworden, eine rasche Grabinschrift für einen leeren Stuhl in dieser oder jener Bar. Eine Legende des Dorfes, Fernando, genannt die Pappel, ein Straßenphilosoph, der aus der Ruhe seinen Lebensinhalt geschöpft und sich aus der Beobachtung der Welt seine beschränkten Überlegungen zurechtgezimmert hatte, hatte eine Reihe Kostproben seiner Weisheit hinterlassen, einer unverbildeten Weisheit, wie sie nicht am Schreibtisch entsteht, sondern nur durch jenen Funken, den die Natur – oder Gott, wie der Priester sagen würde – ziemlich »willkürlich zündet«. Einst saß er auf den Stufen vor seinem Haus in der Maisonne, wurde seinem Ruf als Ritter der Ruhe gerecht, ja beförderte ihn sogar noch einmal, und sah den Besitzer einer Reihe von Ferienwohnungen, die er wochenweise an Touristen vermietete, an sich vorbeirennen. Der Mann war mit Kopfkissen und Bettwäsche beladen und machte ganz den Eindruck, als hätte er es eilig. Fernando schaute ihm hinterher und konnte nicht verhindern, dass ihm zwischen den wenigen verbliebenen Zähnen eine Bemerkung hervorrutschte.

»O Mann, schau dich an. Je mehr Betten du hast, desto weniger schläfst du.«

Schließlich senkte er den Blick wieder und kümmerte sich um seine alte Gitarre, die er immer spielte, ohne sie zu stimmen, weil man, wie er sagte, »die Noten dort abholen muss, wo sie sind.«

Doch auch Fernando war gegangen und hatte zu seinem Gedächtnis seine eigenen Worte hinterlassen, die nicht in seinen Grabstein eingemeißelt worden waren, sondern sich, besser noch, in das Gedächtnis der Menschen eingegraben hatten: Hier ruht der, der nie gearbeitet hat.

Die vier allerdings, die an der Bar des Veneziano saßen, hatten gearbeitet, und das in verschiedenen Bereichen und an verschiedenen Orten. Manch einer tat es noch immer, in irgendeinem Bereich an irgendeinem Ort. Nicht weil er es nötig hätte, sondern weil man auf der Insel dachte, dass man schließlich nie wissen könne. Dennoch herrschte der Geist des Fernando, eine Lebensart, die schon wenige Seemeilen vom Festland entfernt in Stein gemeißelt ist. Sie ist keine Pflanze, die in die Richtung wächst, welche der Wind ihr aufzwingt. Sie folgt vielmehr ihren Wurzeln, und man braucht nur zu warten, dann kommt sie in China wieder heraus.

In dem Moment, in dem der Wagen der Kliemanns nach dem kurzen Anstieg der Via Verri auf den Platz einbog, diskutierten die Männer gerade über den Lotto-Jackpot. Sechsundsiebzig Millionen Euro waren eine Summe, die einige von ihnen nicht spontan schreiben könnten. Doch Träume sind Schäume, die nichts kosten, weswegen die Männer sich das Schloss ausmalten, das sie mit diesem Geld bauen würden. Zudem hatte keiner von ihnen eine sinnvolle Alternative zu Träumen und ihrem üblen Ersatz, den Erinnerungen.

Piero Parodi hatte seiner Tochter und seinem Schwiegersohn die Leitung des Restaurants am Strand von Innamorata übertragen und verbrachte den halben Tag in der Bar und den anderen halben Tag mit seinen Enkeln. Fosco Arduini, der Verwandte in Australien hatte und als Einziger noch nie dort gewesen war, arbeitete hin und wieder, um nicht aus der Übung zu kommen, als Hausmeister in Ferienwohnungen an der Straße nach Portoferraio. Belli hatte ein Jahr zuvor die Agip-Tankstelle am Dorfeingang geschlossen und bezog eine ansehnliche Rente. Zudem hatte er einiges beiseitegelegt und keinerlei Lust, sich anzustrengen. Carlo Anselmi, der Vierte der Vier für ein Ave Maria, wie sie sich untereinander nannten, kümmerte sich um die Gärten einiger Villen von Nichteinheimischen. *Sinekure*, Einkünfte ohne Amtspflichten, hätten sie als Zwanzigjährige gesagt. Ein schöner Scheiß, sagten sie heute.

»Klar, mit dem Geld könnte man sich auch einen Sack voller hübscher Bienen kaufen.«

Diese Bemerkung machte Parodi eher aus Pflichtgefühl denn aus gealterter Lüsternheit. Früher war er berühmt gewesen für seine Seitensprünge. In einigen Fällen war auch seiner Frau dieser Ruhm zu Ohren gekommen. Es waren viele Beweise auf den Tisch gelegt und viele Koffer gepackt worden.

»Denkst du immer noch daran? Was würdest du denn in deinem Alter damit anfangen?«, fragte Belli, ohne ihm etwas Böses zu wollen.

Arduini, der einen Cappuccino trank, stellte seine Tasse auf den Aluminiumtisch.

»Bestimmte Gewohnheiten legt man nicht ab. Piero versucht eben immer noch, den Frauen hinterherzurennen. Wenn er sie dann hat, weiß er nicht mehr, wozu sie da sind, und lässt sie laufen«, schloss er in seinem lapidaren Humor.

Das allgemeine Gelächter war halb der Gelegenheit, halb dem Bedauern geschuldet.

In dieser Atmosphäre des durch das Alter und die eben beendete Wintersaison bedingten Müßiggangs wollte die Diskussion schnurstracks in die Niederungen von Viagra und verwandten Produkten abgleiten, als plötzlich der Wagen, ein BMW-Kombi mit deutschem Kennzeichen, an ihnen vorbeifuhr. Am Steuer saß Signora Kliemann, was seltsam war, weil man sie in all den Jahren nie am Steuer gesehen hatte. Ihr Mann saß auf dem Beifahrersitz, auf dem Kopf eine Fischermütze, um den Hals einen Schal, auf der Nase eine Sonnenbrille. Sie fuhren weiter, sie darauf bedacht, wohin sie die Reifen lenkte, er stocksteif und den Blick nach vorne gerichtet, ohne auch nur ein einziges Mal den Kopf zu drehen, als interessierte ihn das Dorf, in das er seit mehr als dreißig Jahren kam, nicht im Geringsten. In seiner Aufmachung war er kaum zu erkennen und wäre auch als inkognito reisender Filmstar durchgegangen. Der Wagen bog nach links ab und verschwand, verschluckt von einer Hausecke und der abfallenden Via Mellini. Ohne sich dessen gewahr zu werden, hatten die vier schweigend und vollkommen synchron dem Wagen hinterhergeblickt.

»So weit zum Thema hübsche Bienen.«

Das war der lapidare Kommentar von Piero Parodi.

Signora Greta Kliemann war jahrelang der Traum von mehr als neunzig Prozent der männlichen Bevölkerung von Capoliveri gewesen. Sie war groß und blond, hatte einen Körper wie eine Statue und ein Gesicht, wie Piero einmal gesagt hatte, das den Blick selbst dann magnetisch auf sich ziehen würde, wenn sie oben ohne vor einem stünde.

Schließlich hatten die Jahre ihre Schönheit, jedoch nicht ihre Klasse verblassen lassen. Sie stellte sie mit einer Nachlässigkeit zur Schau, die sich nur jemand leisten kann, dem das Sein wichtiger ist als der Schein. Diese Gabe altert nicht, und so blieb ihr die Aura, die sonst nur die Schönheit verleiht.

Fosco Arduini, der über einen ausgeprägten Sinn fürs Paradoxe verfügte, hatte einmal sehr gut zum Ausdruck gebracht, was alle für diese Frau empfanden.

»Wenn mir jemand versprechen würde, dass ich, wenn ich mit einem Sonnenschirm hier aus der Bar aus einem Flugzeug abspringe und das Ganze überlebe, die Kliemann vögeln darf, dann würde ich mich sofort darauf einlassen.«

Der eine oder andere hatte ihr sogar Avancen gemacht, war aber mit einem Lächeln und einem urplötzlich kalten Blick, der alle Hoffnungen zunichtegemacht hatte, abgewiesen worden. Das Paar Greta und Kurt Kliemann war für äußere Einflüsse unempfänglich und als solches Teil der kollektiven Erinnerung des Dorfs. Träume blieben Träume, und ganz besonders diese Frau wurde in die Kategorie der unerfüllbaren eingestuft.

»Die Kliemanns sind früh dran dieses Jahr.«

In der vertrauten Atmosphäre ihrer täglichen Zusammenkünfte hatte Carlo Anselmi diese halb gewohnheitsmäßige, halb ironische Bemerkung vor allem an sich selbst gerichtet. Seine Stimme entbehrte nicht einer gewissen Nervosität, eines Unbehagens, das von einem leicht schlechten Gewissen herrührte. Alle verstanden den Sinn des halblaut gesprochenen Satzes. Die Villa der Deutschen, die kurz zuvor vorbeigekommen waren, gehörte zu denjenigen, um die er sich kümmerte. Während des Winters, wenn die Insel verlassen und das Haus leer war, ging er ab und zu hin, um nachzuschauen, ob alles in Ordnung war. Wenn man bedachte, dass er fürs ganze Jahr bezahlt wurde, erzielte er so bei minimalem Einsatz ein maximales Ergebnis.

Er brauchte nur die automatische Bewässerungsanlage zu programmieren und sie an Regentagen wieder auszustellen. Und ansonsten? Warum sollte er sich ein Bein ausreißen? Das wäre nur vergeudete Zeit, weil die Jahreszeit den Rest von selbst erledigte. Das Schwimmbecken, das abdecken zu lassen sich die Kliemanns beharrlich weigerten, füllte sich mit Laub und Wasser, das eine undurchdringliche grüne Farbe annahm. Ein schöner Anblick war das nicht, aber was war schon schön im Winter?

Für gewöhnlich riefen sie eine Woche vorher an, bevor sie von Köln aus losfuhren. Dann gab er sich Mühe und brachte den Garten auf Vordermann, mähte die Wiese, säuberte die Wege vom Laub, schnitt die Hecken und setzte die Pflanzen ein, die er in einer Gärtnerei in Portoferraio kaufte. Für das Schwimmbecken rief er Massimo Anselmi zu Hilfe, einen aufgeweckten Kerl aus Porto Azzurro. Er war Inhaber einer Firma, die für Hotels und Privatleute Schwimmanlagen baute und wartete. Sie hatten zwar denselben Familiennamen, doch Massimo hatte, das musste Carlo zugeben, viel mehr Lust zum Arbeiten. Und zu Carlos Leidwesen hatte er auch viel mehr Zeit dafür.

Belli stellte eine Frage, deren Antwort er bereits kannte.

»Warst du denn schon in der Villa?«

Carlo zuckte mit den Schultern, Ausdruck der Unabwendbarkeit des Schicksals.

»Seit drei Wochen habe ich keinen Fuß mehr in das Haus gesetzt, und seit drei Monaten habe ich keinen Finger mehr für sie krumm gemacht. Ich habe nur ab und zu an sonnigen Tagen die Fenster geöffnet.«

»Gut. Deine Kunden werden sich freuen, einen Schweinestall vorzufinden.«

Carlo Anselmi sah schon vor sich, wie die Hände von Signor Kliemann einen Scheck zerrissen und die Fetzen zu den Blättern in das Schwimmbecken warfen. Trotz seines angeborenen Gleichmuts spürte er einen bitteren Geschmack im Mund bei dem Gedanken, welch beschissene Figur er vor den Deutschen abgeben würde.

Er erhob sich, und seine Freunde beobachteten ihn.

»Ich werde mal hingehen und nachschauen.«

Fosco Arduini drückte wie immer aus, was alle dachten.

»Das nützt jetzt auch nichts mehr. Es wäre eher besser, dich nicht blicken zu lassen. Du kannst die Kliemanns höchstens überreden, ausgiebig spazieren zu gehen, bis du alles in Ordnung gebracht hast.«

Anselmi deutete mit dem Finger auf ihn.

»Ich sage dir nicht, wessen Sohn du bist, weil dir das deine Mutter schon selber sagen muss.«

Er ließ sie lachen und auf ihren Aperitif warten, während er zum Parkplatz am anderen Ende des Dorfes ging, wo sein alter Panda mit Vierradantrieb stand.

Auf dem Weg durch die Via Gori, die Einkaufsstraße, zog er sein Mobiltelefon aus der Hosentasche und wählte aus dem Gedächtnis heraus Signora Kliemanns Nummer. Mit verständlicher Nervosität drückte er die grüne Taste.

Nach dem dritten Klingeln hörte er ihre Stimme.

»Hallo.«

»Guten Tag, Signora. Hier ist Anselmi.«

»Ach, guten Tag, Carlo. Wie geht es Ihnen? Der Tag heute ist wunderschön, finden Sie nicht?«

Sie klang fröhlich, aus ihrem fast perfekten Italienisch war deutlich der deutsche Akzent herauszuhören.

Ein wunderschöner Misttag.

»Mir geht es gut, Signora. Wissen Sie, ich war gerade im Dorf, um die Medikamente für meine Schwiegermutter zu holen, da habe ich Sie durchfahren sehen …«

Die Gesundheit der Schwiegermutter war Carlo Anselmis typische Entschuldigung. Er hatte dieser fünfundachtzigjährigen Frau, die äußerst rüstig war, wie ein Scheunendrescher aß und noch immer die Kraft und den Verstand besaß, nicht nur ihrer Tochter auf die Nerven zu gehen, schon zahllose Krankheiten und Krankenhausaufenthalte angedichtet.

»Die Ärmste. Wie geht es ihr?«

»Ach, Sie wissen ja, wie das ist. Sie ist alt. Wir haben sie eben erst aus dem Krankenhaus von Piombino geholt. Jetzt ist sie wieder zu Hause, was soll ich sagen? Ich habe Ihr Haus etwas vernachlässigt, aber jetzt …«

Signora Kliemann ließ ihn den Satz nicht beenden.

»Das macht nichts, Carlo. Jetzt sind wir hier, und ab morgen bringen wir in Ruhe alles in Ordnung.«

Anselmi wunderte sich über ihre Nachsichtigkeit. Signora Greta war ein gewissenhafter Mensch, teutonisch von ihrer Abstammung und ihrer Art her. Alles in allem war sie etwas schwierig. Weiß Gott nicht so launisch wie die Ehefrauen von so manch einem Reichen, der ein Haus auf der Insel besaß. Doch wenn sie sich festgebissen hatte, gab es kein Entkommen.

Schön und unnachgiebig, in jeglicher Hinsicht. Jetzt, da ihre Schönheit ihrem Charakter unerbittlich unterlegen war, ging sie gestärkt daraus hervor. Er stellte sich vor, wie sie inmitten eines seit Monaten vernachlässigten Gartens vor einem Schwimmbecken voll nassen Laubs stand und mit ihrer Wut weder in Worten noch in Taten hinterm Berg hielt. Ihm wäre es nicht recht, wenn ihre besänftigende Stimme nur die Ruhe vor dem Sturm wäre. Lieber hätte er es umgekehrt. Sonst würde er sich von seinem bescheidenen monatlichen Fixum verabschieden müssen und auch von all den kleinen Aufschlägen für das Verbrauchsmaterial, das er im Auftrag seiner Kunden kaufte. Vorsichtig bemühte er sich um Schadensbegrenzung.

»Ich komme gleich hoch und helfe Ihnen, Signora. Dann sehen wir, was zu tun ist, welche Blumen wir in welchen Topf und in welche Beete pflanzen …«

»Nein!«

Die Silbe drang so heftig aus Carlos Telefon, dass er es vom Ohr weghielt. Einen Moment herrschte Schweigen. Am anderen Ende, wenige Kilometer entfernt, bemerkte Signora Kliemann, dass sie mit ihrem impulsiven Nein vielleicht etwas übertrieben hatte. Nun war sie es, die sich um Schadensbegrenzung bemühte, wie Carlo Anselmi zu seiner großen Verwunderung heraushörte.

»Ich wollte nur sagen, das ist nicht nötig, Carlo, wirklich. Wir sind soeben erst eingetroffen, und mein Mann ist müde von der Reise. Ihm ging es in den letzten Monaten nicht besonders gut. Es ist besser, wenn er sich ausruht.«

»Gut, Signora, wie Sie wünschen. Dann sehen wir uns morgen.«

»Sicher, Carlo, um neun. Punkt neun. Hoffentlich wird das Wetter schön.«

»Bestimmt wird's schön. Bis morgen. Auf Wiedersehen.«

Er verabschiedete sich mit den wenigen Worten Deutsch, die er kannte, kam sich aber ein bisschen dumm vor. Verwirrt blieb er mit dem Telefon in der Hand mitten auf der Straße stehen, umgeben von den Mai-Touristen, die in die Geschäfte drängten.

Hoffentlich wird das Wetter schön?

Signora Greta Kliemann stand vor einem verwahrlosten Haus und machte sich Sorgen um das Wetter am nächsten Tag?

Eine Stimme riss ihn aus seinen Überlegungen.

»Carlo, was ist los? Hast du heute Morgen statt Nachrichten Sodom und Gomorrha in Flammen aufgehen sehen?«

Als er den Kopf hob, stand Maurizio, der Apotheker, vor ihm. Er hatte den Witz nicht verstanden, weil er in Gedanken versunken gewesen war. Andererseits hätte er ihn auch nicht verstanden, wenn er zugehört hätte, weil Maurizios Humor für ihn etwas zu spitzfindig war. Er deutete auf sein noch aufgeklapptes Mobiltelefon, als hätte man ihn gerade beim Klauen erwischt.

»Äh, nichts. Ich habe gerade mit Signora Kliemann telefoniert.«

»Mit wem, mit der Deutschen? Gütiger Himmel, weißt du noch, wie schön die einmal war?«

Ohne auf eine Antwort zu warten, hakte sich Maurizio bei ihm unter und marschierte zufällig in die Richtung los, in die Carlo ohnehin musste. Seit einigen Jahren kümmerte sich der alte Apotheker immer weniger um seine Apotheke. Nachdem er entdeckt hatte, dass seine Kinder ihn angemessen vertreten konnten, widmete er sich mit scheinbar unerschöpflicher Energie seinen wahren Leidenschaften: Tischtennis, Gemüseanbau und Angeln.

»Heute fahren wir raus.«

Rausfahren bedeutete in seiner Sprache, von Cala di Mola aus zum Angeln auszulaufen. Dort hatte er an einem

Bajonanker sein Boot festgemacht, das er nach und nach allein hergerichtet hatte.

»Aber meine Frau …«

»Dann rufst du sie an und sagst ihr, dass wir heute rausfahren.«

Das war kein Vorschlag, sondern eine Erklärung. Auf dem Weg zum Parkplatz dachte Carlo Anselmi darüber nach, dass das Leben auf der Insel in jeder Hinsicht einem typischen Muster folgte. Die meisten Leute seines Alters hatten eine Tätigkeit ausgeübt, die sie ihren Kindern übertragen hatten: Maurizio mit der Apotheke, Piero Parodi mit seinem Restaurant …

Wer es nicht getan hatte, hatte einen sehr einfachen Grund dafür. Entweder hatte er keine Kinder, oder er hatte keine richtige Tätigkeit ausgeübt. In seinem Fall traf beides zu.

Es dauerte nicht lange, bis sie Porto Azzurro in Richtung des Küstenstreifens verließen, den man La Franata nannte. Während Carlo dem Stampfen des Dieselmotors lauschte und die Leute beobachtete, die bereits den Strand bevölkerten, fragte er sich nicht wie sonst, ob sie wohl einen Fisch fangen würden. Heute würde er sich, sobald er einen Fisch aus dem Wasser gezogen und vom Haken genommen haben würde, ihm zuwenden und fragen, ob für den nächsten Tag schönes Wetter zu erwarten sei.

Dienstag

Am Tag danach war seine Nervosität noch nicht verflogen. Der große Palamita und die anderen Fische, die er und Maurizio gefangen hatten, reichten nicht, um ihm die leichte Beklemmung zu nehmen, die Signora Kliemann bei ihm ausgelöst hatte. Er verließ das Haus schon lange vor dem verabredeten Zeitpunkt, aber eher aus persönlichen Gründen. Es bestand keine Gefahr, vom Verkehr aufgehalten zu werden. Auf der Insel war das Wort »Verkehr«, von einem bestimmten Zeitraum zwischen Juli und August mal abgesehen, praktisch funktionslos.

Die Signora hatte Punkt neun gesagt, doch er dachte, ein bisschen früher zu kommen, würde einen guten Eindruck machen.

Er bog auf die Costa dei Gabbiani ein, die gleich außerhalb des Dorfs in einen Schotterweg überging. Er fuhr schnell und zog eine Staubwolke hinter sich her, eine staubige Schleppe für eine reife Braut, deren Aufhängung dringend repariert werden müsste.

Die Deutsche bekam, was sie wollte. Der Tag sang ein Loblied auf den Herrn, wie Don Mario sagen würde, der Priester von Capoliveri. Rechts wetteiferten das glitzernde Meer und der strahlend blaue Himmel um die Aufmerksamkeit. Pianosa, die Insel im Westen, wirkte so nah, als könnte man sie berühren, und Korsika bot den gewohnten lebhaften Anblick jenseits des Meeresstreifens, auf dem die Grenze zwischen Italien und Frankreich verlief. Die Mastixsträucher, die Pinien, der wilde Rosmarin und die Macchia leuchteten grün. Der Sommer und die Autos der Touristen hatten sie noch nicht mit dem Staubschleier überzogen, den nur die Augustgewitter fortwaschen können. Carlo Anselmi fühlte sich plötzlich privilegiert, hier wohnen zu dürfen, und empfand es wie ein kleines privates Vermögen, dass er hinter der nächsten Kurve mitten im Meer den stumpfen Kegel von Montecristo sehen würde, die verbotene Insel, die in einen für Boote und Besucher unzugänglichen Naturpark umgewandelt worden war.

Leider würde er nach einem Kilometer rechts auch das Tor vorfinden, das zur Villa der Kliemanns führte. Er war sich immer noch nicht sicher, in welcher Stimmung ihn die Besitzer empfangen würden, obwohl Signora Greta tags zuvor am Telefon sehr gelassen geklungen hatte.

Kurz darauf erreichte er das schmiedeeiserne Tor, das den Maschendrahtzaun um das Grundstück herum wie eine Schmuckschnalle schloss. Die Flügel standen offen, so dass er nicht zu klingeln brauchte, bevor er den gewundenen Weg nach unten fuhr.

Der Weg bestand aus ökologischem Asphalt und führte durch ein Wäldchen aus Pinien, die so weit vom Weg entfernt standen, dass sie diesen mit ihren Nadeln verschonten. Carlo Anselmi zog es vor, seinen Blick stur geradeaus zu richten und nicht die Lorbeerhecken beiderseits des Wegs zu betrachten. Jedem wäre auf den ersten Blick aufgefallen, wie ungepflegt sie waren.

Wieder stellte sich das Unbehagen ein. Die Strecke bis zur Lichtung, auf der er für gewöhnlich seinen Wagen parkte, kam ihm besonders kurz vor und schien keinerlei Fluchtwege zu bieten. Vielleicht weil er keine Eile hatte, Signora Kliemann gegenüberzutreten.

Er stieg aus seinem Wagen und blieb einen Moment stehen, um die Villa zu betrachten. Sie war Anfang der Sechzigerjahre an einer Stelle errichtet worden, an der heute aus landschaftlichen Gründen jegliche Bebauung undenkbar wäre. An den Namen des Architekten erinnerte er sich nicht. Er musste jedoch zur fortschrittlichsten Avantgarde gehört haben, weil jene im Dorf, die etwas davon verstanden, dieses Haus selbst dann noch ultramodern nennen würden, wenn es erst vorgestern gebaut worden wäre.

Der Hintereingang war verschlossen. Er ging links am Haus vorbei über die Betonplatten. Diese waren so verlegt, dass zwischen ihnen genügend Platz für das Hundszahngras war, aus dem der englische Rasen bestand. Er erreichte die Vorderseite, und auch wenn er kein Urteil über die Architektur abgeben konnte, verstand er doch zumindest, dass die Lage einzigartig war. Das Hundertachtzig-Grad-Panorama reichte vom Strand von Fetovaia bis zu den Gemini-Inseln und noch darüber hinaus. Sich vorzustellen, man sei Pilot und überfliege Elba in niedriger Höhe, war nicht schwer.

Er fragte sich, wie viel ein solches Haus kosten mochte, und erinnerte sich an Gespräche wie jenes vom Tag zuvor über den Jackpot.

Er blickte sich um und versuchte, sich einzureden, dass der Garten gar nicht so schlimm aussah. Leider kam er zu dem Schluss, dass es noch viel schlimmer war.

Er atmete einmal kräftig ein.

»Signora Kliemann?«, rief er.

Als er keine Antwort erhielt, rief er noch einmal, mit dem gleichen Ergebnis. Er blickte auf die Uhr: zwanzig vor neun auf seiner alten Swatch. Er war zwanzig Minuten zu früh. Die Deutschen waren für gewöhnlich Frühaufsteher, und es war nicht ausgeschlossen, dass sie zu einem ihrer ausgedehnten Spaziergänge entlang der Küste unterwegs waren.

Er ging einige Schritte auf das Haus zu, bis er auf der anderen Gartenseite die Holzlaube sah, die soeben noch von der gegenüberliegenden Hausecke verdeckt worden war. Die Laube lag auf einer Lichtung, die praktisch als zweite

Küche im Freien angelegt worden war, mit einem Schutzdach für das offene Feuer und den Grill. Hier konnte man im Sommer draußen frühstücken und abends gemeinsam mit Freunden essen. Hin und wieder luden die Kliemanns Gäste ein, Deutsche, die ihren Urlaub hier verbrachten, oder Leute aus dem Dorf, mit denen sie auf gutem Fuße standen. Dann kam Carlos Ehefrau, die eine gute Köchin war, um das Mittag- oder Abendessen zuzubereiten. Die Kliemanns waren alles andere als geizig, und das gute Verhältnis zu ihnen einzubüßen, würde heißen, die unregelmäßigen Einkünfte zu verlieren, die er und seine Frau zusätzlich zur monatlichen Zahlung erhielten. Ein Gedanke, der nur schlechte Laune bereiten konnte.

Unter der Laube saß Signor Kliemann an einem Tisch, auf dem sich die Reste des Frühstücks befanden. Er hatte sich zurückgelehnt, seine Hände hingen seitlich herab. Er trug die gleiche Fischermütze und auch die gleiche Sonnenbrille wie am Tag zuvor, als er mit seiner Frau im Wagen an Carlo vorbeigefahren war.

»Signor Kliemann.«

Er rief, erhielt aber keine Antwort. Signor Kliemann starrte nur unbeweglich vor sich hin, als würde ihn das Panorama vor seinen Augen in Hypnose versetzen.

Carlo winkte, doch auch damit erzielte er keine Reaktion. Also ging er auf Signor Kliemann zu. Schon in der Vergangenheit hatte er den Verdacht gehegt, dass Signor Kliemann immer tauber wurde, weil er oft mehrmals nachfragen musste, was Carlo gesagt hatte. Zu oft jedenfalls, um darauf schließen zu lassen, dass er nur Carlos ziemlich »toskanisiertes« Italienisch nicht verstand.

Er hatte den halben Weg zurückgelegt, als durch die Schiebetür der Glasfront, die den größten Teil der Vorderseite des Hauses einnahm, Signora Greta herausgerannt kam.

Sie blickte ihn an, als hätte er sie in einer unangenehmen Situation überrascht.

»Ach, Carlo. Sie sind zu früh.«

Carlo musste feststellen, dass sie ziemlich gealtert war, seit er sie das letzte Mal gesehen hatte. Obwohl sie weit über sechzig war, schien sich ihr Körper sonst mit allen Mitteln geweigert zu haben, der Zeit ihren Tribut zu zollen. Sie war hager, ging aufrecht, und die unvermeidlichen Falten schienen ihren Reiz wie ein warmer Sonnenuntergang nur noch zu verstärken. Sie war immer schon ein Mensch gewesen, der andere einschüchtert, sowohl wegen ihrer Art als auch wegen ihres Aussehens.

Jetzt wirkte sie wie erloschen, als würde die Zeit plötzlich das Fährgeld für die Überfahrt verlangen. Selbst ihre blauen Augen, die sie normalerweise fest auf die ihres Gegenübers gerichtet hielt, schienen einen Fluchtweg zu suchen.

Carlo zog die Mütze vom Kopf.

»Ja, Signora, es tut mir leid. Ich wollte nur ...«

»Nein, nein, ist schon in Ordnung. Das macht nichts.«

Signora Kliemann schaute sich zu ihrem Mann um, der noch immer reglos in der Laube saß und nicht erkennen ließ, ob er sie bemerkt hatte. Wie eine Mauer hatte sich Greta Kliemann vor Carlo aufgebaut, schaffte es aber nicht, ihre Nervosität hinter dieser Mauer zu verbergen.

Carlo zuckte verblüfft mit den Schultern. Dies hier war einer der seltenen Momente in seinem Leben, in denen er nicht wusste, was er sagen oder tun sollte.

»Wenn es Ihnen recht ist, mache ich mich an die Arbeit. Ich habe bereits dem Zuständigen für das Schwimmbad Bescheid gesagt. Er müsste ungefähr in ...«

»Nein.«

Wie am Tag zuvor schien das Nein ungewollt über Signora Kliemanns Lippen gerutscht zu sein. Und wie am Tag zuvor bemerkte sie es und korrigierte sich. Diesmal allerdings konnte Carlo ihr dabei ins Gesicht schauen, und was er dort sah, war äußerste Sorge, wenn nicht gar Angst.

Und wieder bemühte sie sich um Schadensbegrenzung. Carlo hatte den Eindruck, eine Szene zu beobachten, von der er bisher nur die Tonspur gehört hatte.

Sie ließ den Saum ihrer dünnen Jacke los, und nach einem letzten Blick auf ihren Mann ging sie in die Richtung, aus der Carlo gekommen war. Carlo folgte ihr, weil sie es auch ohne Worte von ihm erwartete.

»Heute ist das, glaube ich, keine gute Idee. Sehen Sie, mein Mann …«

Sie blieb stehen und unterbrach sich gleichzeitig, als würden ihr die Worte Qualen bereiten. Schließlich ging sie weiter und nahm den Faden wieder auf.

»Meinem Mann ging es in den letzten Monaten schlecht. Sehr schlecht. Und er hat sich immer noch nicht richtig erholt. Ich glaube, es wäre gut, ihm ein paar Tage zur Eingewöhnung zu geben, bevor er sich auf Fremde im Haus einlassen kann.«

Fremde?

Dieses Wort klang in Carlos Ohren überhaupt nicht gut. Für sein empfindliches Wesen klang es sogar leicht beleidigend. Sogleich vergaß er sein schlechtes Gewissen wegen des vernachlässigten Gartens, den sie durchquerten. Die Kliemanns kannte er seit zwanzig Jahren, und seit fünfzehn Jahren arbeitete er für sie. Auch der Mann, der sich um das Schwimmbecken kümmerte, verbrachte eine Menge Zeit …

»Die Ärzte haben gesagt, dass er Ruhe braucht, sehr viel Ruhe. Er soll jede Aufregung vermeiden, verstehen Sie?«

Carlo, der in Wirklichkeit nichts verstand, nickte.

Greta Kliemann blieb stehen und legte eine Hand auf seinen Arm.

»Deswegen gehen Sie jetzt nach Hause. Um den Garten brauchen Sie sich keine Sorgen zu machen. Und wegen des Schwimmbeckens geben Sie bitte dem Mann Bescheid, dass er nicht zu kommen braucht. In ein paar Tagen rufe ich Sie an, dann klären wir alles.«

»Wie Sie wollen, Signora.«

»Sehr gut. Machen Sie sich keine Sorgen, und grüßen Sie Ihre Frau.«

Signora Kliemann ging zum Haus zurück, während Carlo um die Ecke bog. Mit einem Fragezeichen im Kopf erreichte er seinen Wagen. In all den Jahren hatte er nie erlebt, dass sie die Kontrolle verloren hatte, nie hatte er sie so wehrlos erlebt wie gerade eben.

Kurt Kliemann krank …

Dieser Mann war immer das lebende Beispiel für körperliche Unversehrtheit gewesen, ein Mensch, der trotz seines Alters noch mit dem Fahrrad umherraste und drei Mal die Woche mehrere Kilometer rannte. Carlo hatte Mühe, diesen Mann mit einer Krankheit in Verbindung zu bringen.

Als Carlo die Wagentür öffnete, stellte er fest, dass er noch immer seine Mütze in der Hand hielt. Also setzte er sie auf. Er stieg ein und startete den Motor. In dieser seltsamen Stimmung war er fast überrascht, dass er ohne Probleme ansprang. Kurz darauf, während er langsam auf das Tor zufuhr, wandte er den Kopf zum Haus zurück. In einer Lücke zwischen den Pinien meinte er, Signora Kliemann zu sehen, wie sie ihren Mann von der Laube Richtung Haus führte. Schließlich wurden die beiden wieder von Bäumen verdeckt.

Mittwoch

Carlo parkte seinen Wagen vor dem Eingang zum Supermarkt zwischen einem großen Geländewagen und einem japanischen Pick-up. In Gedanken fluchte er. Die Parkbuchten waren, um Platz zu sparen, so gebaut worden, dass sie normalen Fahrzeugen gerade genügend Platz boten. Stand wie jetzt auf dem Nachbarplatz ein großes Auto, musste man schon sehr schlank und gelenkig sein, um aussteigen zu können.

Seine Frau hatte diese Eigenschaften schon vor geraumer Zeit verloren.

Leicht keuchend quetschte sie sich durch die enge Lücke. Wehmütig dachte Carlo an die Zeit zurück, als der Hintern seiner Frau noch viel kleiner und seine Lust, mit ihr etwas anzustellen, noch viel größer gewesen war. Diese Zeit war längst vergangen. Jetzt brachte nur noch sein Bluthochdruck sein Blut in Wallung.

Da gibt es zwei Möglichkeiten, hätte Fosco Arduini gesagt: Entweder ist das Blut verschwunden, oder das Feuer ist erloschen. Als Fernandos Erbe ließ er hin und wieder Sprüche vom Stapel, die seinen bodenständigen Humor unter Beweis stellten. Einmal hatte er sich an einem der endlosen Tage in der Bar über einen Annäherungsversuch seiner Frau ausgelassen, deren Körper das gleiche Schicksal ereilt hatte wie der von Carlos Frau.

»Heute Nacht hat meine Frau die Hand nach mir ausgestreckt.«

»Und was hast du gesagt?«, hatte Belli wissen wollen.

»Was hätte ich sagen sollen? Ich habe gesagt, dass ich, falls ich meine wohltätige Ader verspüren sollte, dem WWF spenden würde.«

Das waren nur augenscheinlich brutale Witze, eine beliebte Stilübung, sonst nichts. Sie wussten, dass ihre Frauen untereinander dieselben Witze rissen. Diese Verbalattacken, diese unschuldigen, wortgewandten Angriffe waren Teil des täglichen Lebens, eine Gewohnheit wie der morgendliche Kaffee und der abendliche Grappa. Vielleicht zeigten sie einem, dass man noch lebte.

Sie nahmen es, wie es war.

Carlo stieg ebenfalls aus und folgte seiner Frau zum überdachten Abstellplatz für die Einkaufswagen. Von dort reichte der Blick bis Porto Azzurro und über den Kanal hinaus bis zur Küste. An schönen Tagen wie diesem konnte man sogar Argentario sehen, es ragte ins Meer hinaus und war leicht mit einer Insel zu verwechseln.

Signora Kliemann darf sich glücklich schätzen. Sie bekommt ihre sonnigen Tage wie frisch gebackenes Brot auf einem Tablett serviert.

Carlo Anselmi verstand nicht, warum, aber er spürte immer noch eine leichte Unruhe, wenn er an Signora Kliemann dachte. Nicht nur wegen des Gartens und seiner offenkundigen Versäumnisse. Es lag an ihrem Verhalten, das anders war als sonst. Sie wirkte müde, ihre Augen, in die jeder einmal verliebt gewesen war, hatten ihre Leuchtkraft verloren, ihre Haut wirkte alt. Die Krankheit ihres Mannes musste ihr eher geistig als körperlich zu schaffen machen. Und auch er musste am Ende sein, da er nicht einmal den Kopf gedreht, geschweige denn sich erhoben hatte, um Carlo zu begrüßen.

Carlo Anselmi und seine Frau Francesca nahmen den Einkaufswagen und fuhren mit dem Fahrstuhl von der Parkebene in die Ladenetage. Vom Eingang im Schatten des Vordachs aus war der Ausblick sogar noch besser. Carlo wäre am liebsten hier geblieben, hätte in Erinnerungen geschwelgt und Francesca den Einkauf erledigen lassen. Schließlich kannte er das Drehbuch zur Genüge und wusste genau, was er sich würde anhören müssen.

Dieser Euro, der uns ruiniert hat. Es ist doch wohl nicht möglich, dass wir für ein paar Zwiebeln ein Vermögen hinblättern müssen. Komm rüber an die andere Kasse, da drüben sitzt ausgerechnet Buretta, und heute ist mir gar nicht nach Reden zumute.

Von oben sah er, wie ein BMW-Kombi langsam auf die gegenüberliegende Seite des Parkplatzes zufuhr. Als Greta Kliemann ausstieg, war ihm klar, dass sie diese Einfahrt benutzt hatte, weil sie breiter war und man von dort leichter einparken konnte. Sie am Steuer eines Autos zu sehen, war für alle neu. Carlo hatte den Verdacht, dass sie erst vor kurzem den Führerschein gemacht hatte, vielleicht nach der Erkrankung ihres Mannes, der ihr bislang vermutlich verboten hatte, das Auto zu benutzen. Er folgte ihr mit dem Blick, als sie einen Einkaufswagen holte und in der Etage unter ihnen zum Fahrstuhl ging.

Die Stimme seiner Frau hinter ihm erschreckte ihn.

»Ist das nicht die Kliemann?«

»Ja.«

»Sie sind dieses Jahr früher eingetroffen.«

Klar sind sie dieses Jahr früher eingetroffen, verflixt noch mal.

»Vorgestern, um genau zu sein. Sie sind auf dem Weg in die Villa an mir vorbeigefahren.«

»Das hast du mir gar nicht erzählt.«

Carlo zuckte unbestimmt mit den Schultern. Er versuchte, die Sache abzutun, um vor Francesca seine schlechte Laune und die mit dieser überraschenden Ankunft verbundene Angst zu verbergen.

»Hab ich vergessen.«

Im Moment hatte er keine Lust, über das zu sprechen, was er in der Villa gesehen und welche Gefühle es bei ihm ausgelöst hatte. Er nahm seiner Frau den Einkaufswagen ab, wandte sich dem Eingang des Supermarkts zu und hoffte, dass damit das Thema erledigt war. Die automatischen Türen glitten mit einem Seufzer zur Seite und nahmen Carlo und seine Frau ins angenehm klimatisierte Innere auf.

Sie gingen durch die Regalreihen und füllten ihren Einkaufswagen mit allem, was sie für die Woche brauchten. Eigentlich war das nicht viel, vor allem Nudeln, Getränke und kistenweise Mineralwasser. Ihren Bedarf an Gemüse deckte der kleine Garten hinter dem Haus, um den Carlo sich kümmerte. Hühner und Hasen hielten sie selbst, anderes Fleisch bezogen sie von einem befreundeten Metzger in Portoferraio. Zudem war Saisonbeginn, und fast alle ihre Freunde, die Protagonisten der winterlichen Abendgelage, waren bereits rund um die Uhr mit dem Dienst am Touristen beschäftigt. Seltsamerweise verurteilte die Anwesenheit von fast einer halben Million Menschen die Inselbewohner zu einer Art überbevölkerten Einsamkeit. Vielleicht betrachteten viele die Touristen deswegen als Eindringlinge, als notwendiges Übel, um den Winter in wirtschaftlicher Ruhe und gesellschaftlichem Frieden verbringen zu können.

Dennoch war der Einkaufswagen ziemlich voll, als sie zur Kasse gingen.

Sie erreichten sie gleichzeitig mit Signora Kliemann. Francesca lächelte und grüßte sie mit der Mischung aus Herzlichkeit und Befangenheit, die diese Frau immer bei ihr auslöste.

»Guten Tag, Signora. Herzlich willkommen.«

Greta Kliemanns Gesicht hellte sich auf, als sie die beiden sah.

»Guten Tag, Francesca. Hallo, Carlo.«

Zum Glück kümmerten sich die beiden Frauen nicht um ihn, denn er starrte Greta Kliemann völlig verblüfft an, als sähe er sie zum ersten Mal. Diese Frau war nämlich nicht dieselbe wie am Tag zuvor. Sie schien sich erholt zu haben. Haare gekämmt, entspanntes Gesicht, die lockere Körperhaltung eines Menschen, der sich an einem geliebten Ort inmitten von vertrauten Menschen aufhält. Carlo redete sich ein, dass Greta Kliemann am Vortag nur müde von der Reise gewesen war. Vielleicht hatte die schmeichelnde Sonne von Elba rasch für Erholung gesorgt.

Allerdings …

Francesca zog ihren Einkaufswagen ein Stück zurück, um der anderen den Vortritt zu lassen.

»Bitte, Signora.«

»Aber nein, ich …«

»Gehen Sie ruhig, wir haben doch Zeit. Außerdem haben Sie ja nicht viel.«

Carlo warf einen Blick in den Einkaufswagen von Signora Kliemann, der nur halb voll war.

Seltsam.

Für gewöhnlich ließ sie sich von ihm begleiten, wenn sie ihren ersten Einkauf erledigte, weil sie ihre Vorräte auffüllen musste. Diese Sparsamkeit der Kliemanns war neu für ihn.

Während die Signora ihre Waren aufs Band legte, wandte sie sich an ihn.

»Carlo, ich glaube, morgen müssen wir uns sehen. Dann machen wir eine Bestandsaufnahme. Wenn Sie vielleicht diesen anderen Signore anrufen würden, könnten wir auch das Schwimmbecken in Betrieb nehmen.«

Mit einem für sie ungewöhnlich deutsch klingenden Akzent betonte sie das weiche »Signore« wie »Sig-nore«, als bestünde es aus zwei Wörtern.

»Sicher. Ich gebe ihm gleich Bescheid. In der Zwischenzeit können Sie sich überlegen, welche Blumen Sie in die Beete setzen wollen, dann hole ich sie am Nachmittag aus Portoferraio.«

Carlo saß wie auf Kohlen, weil er fürchtete, Signora Kliemann könnte sich bei Francesca nach der Gesundheit ihrer Mutter erkundigen. Dann wäre er schon wieder blamiert, weil die Frau, von der er tags zuvor behauptet hatte, sie liege schwer krank danieder, zu Hause gerade die Lasagne zubereitete.

Die Kassiererin hatte nun alles eingescannt, und Signora Kliemann packte die restlichen Sachen in eine Plastiktüte. Dann zog sie ihr Portemonnaie heraus und reichte der Kassiererin ihre Kreditkarte.

Carlo ging einen Schritt auf sie zu.

»Soll ich Ihnen die Tüte zum Wagen tragen?«

»Nein, das ist nicht nötig, Carlo. Die wiegt ja fast nichts.«

Sie unterschrieb den Beleg, wartete auf ihren Durchschlag und schob ihn in die Handtasche.

»Sehr gut. Dann sehen wir uns morgen. Um neun.«

Klar, um neun. Und hab keine Sorge, dass ich wieder zu früh aufkreuze.

»Ja, Signora. Einen schönen Tag noch.«

Carlo blickte ihr hinterher, wie sie durch die Schiebetür den Laden verließ und um die Ecke verschwand. Endlich fühlte er sich sicher.

»Also hilfst du mir jetzt oder nicht?«

Das Gefühl der Erleichterung verflog schnell, als er Francescas Stimme hinter sich hörte. Er half ihr, die Sachen einzupacken, reichte der Kassiererin die EC-Karte und wartete, bis er die Geheimzahl eintippen konnte.

Als er das Gerät zurückgab, fiel sein Blick auf den Boden. Direkt vor seinen Schuhen lag einer dieser kleinen Umschläge, die gewöhnlich für Visitenkarten verwendet werden. Nur ein Name stand darauf.

Greta Kliemann.

Carlo bückte sich und hob den Umschlag auf. Wahrscheinlich war er ihr hinuntergefallen, als sie ihr Portemonnaie aus der Handtasche gezogen hatte. Er schob ihn in die Jackentasche, um ihn ihr am nächsten Tag zurückzugeben.

Carlo und seine Frau verließen mit ihrem Einkaufswagen den Laden. Draußen erwartete sie die gleiche Aussicht wie zuvor. Carlo hatte den Eindruck, einen alten Freund wiederzutreffen, der beruhigend mit dem Kopf nickte und bestätigte, dass alles wie immer war. Der BMW verließ den Parkplatz, wartete, bis ein anderes Auto vorbeigefahren war, und verschwand nach rechts die Straße entlang, die zum Rathaus führt. Er verstand nicht, warum, aber seit er am Tag zuvor in der Villa der Kliemanns gewesen war und Gretas Mann unbeweglich in der Laube hatte sitzen sehen, fühlte er sich unwohl, spürte er, wie sich eine nicht zu benennende und nicht zu begründende Furcht in ihm breitmachte.

Während sie auf den Fahrstuhl warteten, riss ihn seine Frau wieder aus seinen Gedanken.

»Die Zeit geht an keinem vorbei. Aber sie ist immer noch schön.«

Er wandte sich ihr zu, als bemerkte er jetzt erst ihre Anwesenheit.

»Wer?«

Francesca stöhnte ungeduldig auf.

»Was heißt hier, wer? Die Deutsche. Wer denn sonst?«

»Ach ja, du hast Recht. Sie ist immer noch schön.«

»Wie geht's ihrem Mann?«

Ihr Mann sitzt in der Laube und schert sich einen Dreck um die anderen.

»Gut«, wich er aus.

»Klar, sie ist eine schöne Frau, aber er muss sich auch nicht verstecken. Kennst du noch diese Freundin von mir, die Sterni, die schließlich diesen Typen aus Piombino geheiratet hat? Die hätte die Ehefrau umgebracht, nur um den Kerl zu bekommen. Das war die, die …«

Carlo war klar, dass sich die Geschichte hinziehen würde, und schaltete ab. Vor langer Zeit schon hatte er einen Mechanismus entwickelt, der es ihm erlaubte, den Stecker rauszuziehen, wenn seine Frau mit einer Art *over and out* zu einem Monolog ansetzte. In solchen Situationen war nur noch seine körperliche Anwesenheit gefragt.

Sie verließen den Fahrstuhl und luden die Taschen ins Auto. Anschließend brachte Francesca mit ratternden Rädern den Einkaufswagen zurück. Als Carlo eine Hand in die Tasche steckte, um die Autoschlüssel herauszuholen, spürte er den Umschlag.

Er sah, dass seine Frau am Stellplatz für die Einkaufswagen eine Freundin getroffen hatte. Es würde nicht bei einer Begrüßung bleiben, sondern sich zu einem ausgiebigen Gespräch über weiß Gott was hinziehen. Er setzte sich in den Wagen, zog den Umschlag aus der Tasche und betrachtete ihn eine Weile.

Greta Kliemann.

Eine einfache Adresse, präzise, eindeutig. Ein Name, der für viele ein Traumziel gewesen wäre, für ihn aber im Moment nur ein Fragezeichen darstellte. Er fühlte sich in gewisser Weise privilegiert für das, was er in den Händen hielt. Es war eine Art Machtmittel, um in Greta Kliemanns Leben einzudringen, ein Mittel, das ausschließlich ihm vorbehalten war. Ein Schlüsselloch gleichsam, durch das er spähen konnte, ohne sich preiszugeben, wie man es im Leben hin und wieder gerne tut. Vor allem bei einem Menschen wie Greta Kliemann, der vom Nimbus der sinnlichen Legende umgeben ist.

Er öffnete den Umschlag und zog ein weißes Kärtchen heraus. In wunderschöner Schrift, mit Füllfederhalter geschrieben, stand in der Mitte ein einziger deutscher Satz.

Mein tiefes Beileid zum Tode Ihres Mannes.

Carlo verstand kein Deutsch. Er hatte es in all den Jahren nicht geschafft, mehr als die üblichen Begrüßungs- und Abschiedsfloskeln zu lernen, außerdem die unvermeidlichen Schimpfwörter, die man sich in einer Fremdsprache immer als Erstes merkt. Zudem war ihm auch seine eigene Sprache, das Italienische, nicht übermäßig vertraut, da die Schule während seiner Kindheit ein Luxus gewesen war, den sich nur wenige erlauben konnten. Manchmal aus finanziellen Gründen, manchmal aus Abneigung des Schülers gegen jegliche Art von Bildung.

In seinem Fall war eher der zweite Grund ausschlaggebend gewesen.

Er war enttäuscht. Um lesen zu können, was auf dem Kärtchen stand, hätte er sein schändliches Geheimnis mit jemandem teilen müssen. Doch er starb vor Verlangen danach, zu erfahren, was die Worte bedeuteten. Wer behauptet, nur Frauen seien neugierig, hat nie die Neugierde bestimmter Männer kennen gelernt. Insbesondere nicht die von Carlo Anselmi. Er starrte noch intensiver auf die Schriftzeichen, als würde sich allein dadurch, dass die Tinte sichtbar war, die verborgene Bedeutung enthüllen müssen.

Es war eindeutig die Handschrift eines Mannes. Und das Kärtchen war erst vor kurzem geschrieben worden. Instinktiv spürte er, dass es sich bei dem kurzen Text um etwas Persönliches, Endgültiges handelte.

Er fragte sich, wen er für die Übersetzung um Hilfe bitten könnte. Als Erstes fiel ihm Piero Parodi ein. Als Restaurantbesitzer war er gezwungen gewesen, ein bisschen Deutsch zu lernen. Zudem hatte sein Sohn eine Frau aus Düsseldorf geheiratet, die er während ihrer Ferien auf Elba kennen gelernt und die sich dann auf der Insel niedergelassen hatte. Das hieß, seine Deutschkenntnisse mussten sich beträchtlich verbessert haben.

Er könnte ihm das Kärtchen zeigen, ohne zu verraten, woher es stammte oder wem es gehörte. Er könnte ihm sagen, er habe es auf dem Boden gefunden und wolle jetzt unbedingt wissen, was die Worte bedeuten.

Klar, so könnte er es anstellen.

Nachdem er seine Entscheidung getroffen hatte, schob er das Kärtchen gerade noch rechtzeitig in seine Hemdtasche, bevor ihn seine Frau damit überraschen konnte.

Francesca öffnete die Beifahrertür und stieg problemlos ein, weil der Pick-up in der Zwischenzeit fortgefahren war.

»Puh. Diese Corrini krallt sich immer an mir fest. Und in neunzig Prozent der Fälle erzählt sie von ihrer nichtsnutzigen Nichte, als wäre sie die Perle der Schöpfung. Dabei wissen doch alle, dass sie ein heißer Feger ist und mit sechzehn schon ein Verhältnis mit einem verheirateten Mann hatte. Es stimmt schon, dass …«

Sie beendete den Satz nicht. Vielleicht hielt sie ihre Andeutungen für hinreichend aussagekräftig. Carlo jedenfalls spürte kein Verlangen nach Aufklärung.

Im Moment interessierte er sich nur für das Kärtchen, das aus Greta Kliemanns Handtasche gefallen war, und für die Aussagekraft der Worte darauf.

Er fuhr seine Frau nach Hause und half ihr, die Taschen auszuladen. Im Halbdunkel der Küche ließ er sie vor der offenen Kühlschranktür stehen.

»Hab noch was zu erledigen«, verabschiedete er sich.

Kurz darauf fand er wie durch ein Wunder eine Parklücke auf dem Dorfplatz, und wie üblich traf er Piero Parodi in der Bar an. Der saß allein an einem Tisch und las die *Gazzetta dello Sport* mit einer Konzentration, wie sie sonst ein Gelehrter einem Klassiker widmet.

Von den anderen keine Spur.

Umso besser.

Er setzte sich neben Piero, als wäre er nur eben aufgestanden, um auf die Toilette zu gehen. Piero legte die Zeitung auf den Tisch und blickte ihn fragend an.

»Und?«

»Und was?«

»Wie ist es mit den Kliemanns gelaufen? Haben sie dir den Marsch geblasen?«

Carlo zuckte nur mit den Schultern.

»Nein, nein. Ich hätte Schlimmeres erwartet.«

»Sehr gut. Was nimmst du?«

Während sie die paar Worte gewechselt hatten, war der Kellner, ein junger braunhaariger Mann mit Pferdeschwanz, an ihren Tisch getreten.

»Einen Caffè macchiato«, bestellte Carlo.

Der Kellner drehte sich wortlos wieder um und ging. Carlo lehnte sich zurück und beobachtete die Leute und die wenigen Autos, die über den Platz fuhren. Piero Parodi blickte ihm in die Augen.

»Was willst du?«

»Was soll ich wollen?«

Piero machte ein Gesicht, als hätte er einen seiner Enkel mit dem Finger in der Marmelade erwischt.

»Carlo, ich kenne dich wie meine Westentasche. Besser, als deine Frau dich kennt. Wenn du dich umblickst, ohne etwas zu sagen, überlegst du, wie du etwas zur Sprache bringen sollst.«

Carlo versuchte es mit einem Lachen, als könnte er so am besten von falschen Vermutungen ablenken, und hoffte auf ein glaubwürdiges Ergebnis.

»Na, wenn du mich so gut kennst …«

Er nahm das Kärtchen aus seiner Hemdtasche, achtete aber darauf, den Umschlag nicht mit herauszuziehen.

Er reichte es Piero.

»Hier.«

»Was ist das?«

»Das vierte Geheimnis von Fatima.«

»Hast du ’ne Meise?«

Carlo unterstrich mit einer Geste, was ziemlich offensichtlich war.

»Das ist ein Kärtchen, was denn sonst. Ich habe es auf dem Boden gefunden, und jetzt bin ich neugierig, was da steht. Du bist der Einzige, der ein bisschen Deutsch kann.«

Parodi nahm das Kärtchen und las. Er ließ sich Zeit, genoss den Augenblick der Popularität, der den Bars ihre Daseinsberechtigung verleiht.

»Das ist ein Beileidsschreiben.«

»Beileid?«

Ohne sich dessen bewusst zu werden, klang seine Stimme überraschter, als es der Situation angemessen gewesen wäre.

Piero blickte überrascht zurück.

»Was hättest du auf einer Visitenkarte erwartet? Eine verschlüsselte Nachricht für James Bond?«

Carlo nahm seinem Freund das Kärtchen wieder aus der Hand und blickte es an, als würde er wie durch einen Zauber die Übersetzung darauf finden. Doch er sah nur dieselben Zeichen, aufgesetzt von unbekannter Hand in einer ebenso unbekannten Sprache.

Mein tiefes Beileid zum Tode Ihres Mannes.

»Was steht da genau?«

»Ich verstehe nicht jedes Wort, aber dem Sinn nach steht da, dass jemand einem anderen sein Beileid für den Tod des Ehemannes ausdrückt.«

Der Ehemann? Was für einen Quatsch erzählt er denn da?

Dieser Gedanke schoss ihm durch den Kopf, und ohne dass er sich dessen bewusst wurde, auch über das Gesicht. Einen Moment lang zeigte sich dort nur Verblüffung.

Beileid für den Tod von wessen Ehemann?

Das Kärtchen war an Greta Kliemann adressiert, und er selbst hatte einen Tag zuvor mit eigenen Augen Kurt Kliemann in der Laube seiner Villa an der Costa dei Gabbiani sitzen sehen. Er kannte ihn seit vielen Jahren und war sich sicher, dass er es gewesen war. Daran bestand kein Zweifel.

Welchen Sinn hatte diese Nachricht also?

Als er den Kopf wieder hob, blickte ihn Piero forschend an. Er versuchte, seine Ratlosigkeit zu verbergen, und schob das Kärtchen zurück in seine Tasche.

Dann zuckte er mit den Schultern.

»Na gut, was interessiert mich das. Um wen es sich auch handeln mag, Friede seiner Seele.«

»Amen.«

Mit diesem Wort, das Piero Parodi nur halbherzig ausgesprochen hatte, endete das Gespräch. Fosco Arduinis Ankunft befreite Carlo aus der peinlichen Situation, nicht aber von dem nagenden Gefühl, das dieses Gespräch bei ihm ausgelöst hatte. Er blieb, geistig nur halb anwesend, den Rest des Vormittags in der Bar und dachte daran, in welch überwältigender Ratlosigkeit er am nächsten Tag zu den Kliemanns gehen würde.

Punkt neun Uhr.

Donnerstag

»Hier würde ich die Geranien setzen. Abwechselnd weiß und rot, genau wie letztes Jahr.«

Greta Kliemann deutete auf die Schalen auf den Stufen der geschwungenen Treppe, die von der linken Hofseite zum Schwimmbecken hinabführte. Die Trittflächen waren viel breiter als normal und die Tritthöhe viel niedriger. Die Blumenschalen würden jeden, der die Stufen hinauf- oder hinabging, mit ihren farbigen Blüten begleiten und die Kälte des Porphyrs mildern.

»Sehr gut, Signora. Und in den Schalen an der Laube?«

»Dort scheint die Sonne später, und die Blumen stehen im Halbschatten. Wir brauchen also die passenden Pflanzen dafür.«

Sie dachte nach.

»Aber dieses Jahr hätte ich gern etwas anderes dort, nicht das Übliche.«

Carlo dachte, dass sie nicht ganz Unrecht hatte. Das Angebot der Gärtnereien auf der Insel glich sich. Mit der Zeit hatten sich vor allem Blumen und Sträucher durchgesetzt, die in diesem Klima bei minimaler Pflege bestens wuchsen.

Carlo fühlte sich zu einer versöhnlichen Geste verpflichtet und zuckte mit den Schultern.

»Wenn Sie möchten, können Sie mitfahren nach Portoferraio. Wir gehen in die Gärtnerei, und Sie wählen selbst aus. Wenn Sie nichts Passendes finden, können Sie es bestellen.«

Signora Kliemann dachte einen Moment nach.

»Ach nein, das ist nicht nötig. Übernehmen Sie das. Wählen Sie aus, was Sie für geeignet halten. Ich habe hier im Haus noch genügend zu tun.«

Wieder einmal war Carlo Anselmi verblüfft. In der ganzen langen Zeit, die er hier in der Villa der Kliemanns verkehrte, hatte die Hausherrin kein einziges Mal jemand anderem eine Entscheidung überlassen. Immer hatte sie sich selbst um alles kümmern wollen, was den Garten betraf. Sie hatte die Blumen ausgewählt, über die Bepflanzung der Beete entschieden und die Töpfe nach ihrem Geschmack aufgestellt.

Um ehrlich zu sein, hatte Carlo sie bei seinen Freunden in der Bar öfter als Nervensäge bezeichnet. Sie mochte noch so schön sein, eine Nervensäge war sie trotzdem. Jetzt weigerte er sich, zu glauben, dass mit dem Alter das Interesse an diesen persönlichen Dingen erloschen war.

Als Carlo am Morgen um neun in der Villa eingetroffen war, hatte sie in der Laube beim Frühstück gesessen.

Allein.

Als sie den knirschenden Kies unter seinen Füßen gehört hatte, hatte sie sich umgedreht, und kaum hatte er den Tisch erreicht, hatte sie auf die Kaffeekanne gedeutet.

»Guten Morgen, Carlo. Möchten Sie einen Kaffee?«

Carlo hatte den Kopf geschüttelt. Er hatte schon vor Zeiten herausgefunden, dass er und die Deutschen nicht dasselbe mit dem Wort »Kaffee« verbanden.

»Nein danke, Signora.«

Sie hatte ihre Tasse geleert und auf die Tischplatte aus Lavastein gestellt.

Dann hatte sie sich erhoben, um anzudeuten, dass sie mit der Arbeit beginnen konnten.

»Sehr gut, gehen wir. Für heute Vormittag bitte ich Sie um einen Gefallen. Mähen Sie bitte nicht den Rasen. Kurt ging es heute Nacht nicht besonders gut, und jetzt ruht er sich noch aus. Ich möchte nicht, dass ihn der Lärm des Rasenmähers stört.«

Bei diesen Worten musste Carlo an das Kärtchen denken, das ihr aus der Handtasche gefallen war. Es steckte in diesem Moment in seiner Tasche und zog wie ein Bleigewicht an seinem Hemd.

Mein tiefes Beileid zum Tode Ihres Mannes.

Dieser Ehemann, der zwei Tage zuvor auf demselben

Platz gesessen hatte wie sie jetzt. Dieser Ehemann, der sich jetzt irgendwo in diesem großen Haus ausruhte.

Einen Augenblick war er unentschlossen, ob er ihr den Umschlag zurückgeben sollte oder nicht. Schließlich erhob sich die Signora, weil Massimo, der Schwimmbadtechniker, eintraf. Gemeinsam gingen sie ihm entgegen. Erleichtert beschloss Carlo, dies als Zeichen des Schicksals zu betrachten und ihr das Kärtchen nicht zurückzugeben, vor allem aus einem Grund: Er wollte sich nicht dem Verdacht aussetzen, es gelesen zu haben.

Unangenehme Gefühle sind am schwersten zu verbergen, und Carlo war wie alle einfachen Menschen ein schlechter Schauspieler. Während sie zum Schwimmbecken hinuntergingen und dem Techniker zuhörten, der eine neue Desinfizierungsanlage auf Basis einer Salzlösung statt des üblichen Chlors vorschlug, erinnerte sich Carlo an eine Episode, die sich viele Jahre zuvor zugetragen hatte.

Nachdem er von einem Felsen an der Costa dei Gabbiani aus vergeblich versucht hatte, Fischen mit einem Köder falsche Hoffnungen zu machen, war er gegen Sonnenuntergang hier vorbeigekommen. Kurt Kliemann hatte wegen dringender Geschäfte nach Deutschland zurückkehren müssen, ihn aber gebeten, ab und zu in der Villa vorbeizuschauen, ob seine Frau vielleicht etwas brauchte.

Als er eintraf, stand das Tor zur Straße offen, was äußerst ungewöhnlich war. Gewissenhaft, wie er war, beschloss er nachzuschauen. Die Lampen im Haus und ums Haus herum brannten, doch der Garten war erfüllt vom Licht der Abenddämmerung, diesem intensiven Blau, das alles mit einem Leuchten umgibt und mit dem es keine Fackel und keine künstliche Lichtquelle aufnehmen kann.

Er parkte den Wagen und marschierte los. Als er die Terrasse erreichte, sah er sie.

Unterhalb der Terrasse schwamm Greta Kliemann im Schwimmbecken. Die Lichter unter der Wasseroberfläche verrieten zweifelsfrei, dass sie nackt war. Carlo errötete und huschte automatisch einen Schritt zurück hinter die Mauer, die rechts die Treppe säumte. Er beobachtete Greta Kliemann und versuchte, ihre im Wasser leicht verzerrten Körperformen zu erahnen, ihre Brüste mit den rosa schimmernden Brustwarzen und ihren unter dem aufgewühlten Wasser fast unsichtbaren Hintern.

Mit trockener Kehle und einem qualvollen Verlangen, das beinahe die Knöpfe seiner Hose sprengte, harrte er, wie es ihm schien, eine Ewigkeit aus.

Schließlich stieg sie aus dem Wasser, und die Fantasie wurde Wirklichkeit.

Sie kletterte die Leiter des Schwimmbeckens hinauf. Stufe um Stufe offenbarte sich ihr Körper wie in einer kunstvollen Stripteaseshow, bei der sich Greta Kliemann statt Kleider langsam das Wasser vom Körper streifte. Carlo bewunderte ihren perfekten Körper, der wie eine wandelnde Statue aussah, als sie zu einem Liegestuhl ging, um ihren Bademantel zu holen.

Er dachte, dass er niemals in seinem Leben eine Frau wie diese in seinen Armen halten würde.

Erst als sie vollständig in ihren Bademantel gehüllt war, zog er sich zurück. Er ging zum Auto und startete den Motor. Als sie die Treppe heraufkam, tat er so, als wäre er soeben erst eingetroffen. Sie hatte nichts bemerkt, doch einige Tage lang hatte er Mühe, ihr ins Gesicht zu blicken, aus Furcht, man könne ihm ansehen, was geschehen war.

Keinem seiner Freunde hatte er je ein Sterbenswörtchen davon erzählt. Er erinnerte sich an alle Einzelheiten jenes Abends, an jeden Leberfleck, an jede Falte ihrer Haut. Er erinnerte sich, dass er sich, sobald er nach Hause gekommen war, seine Frau geschnappt und sie ins Schlafzimmer gezogen hatte. Im Dunkeln hatte er sie benutzt, um mit dieser Fantasie zu schlafen, die seinen Geist wie ein Leuchtturm erhellte. Anschließend hatte sich Francesca erhoben und war ins Bad gegangen, ahnungslos, dass sie ihrem Mann geholfen hatte, Greta Kliemann zu vögeln.

»Was halten Sie davon, Carlo?«

Greta Kliemann holte ihn von weit her in die Gegenwart zurück. Er blickte sie an. Sicher, sie war nicht mehr die Frau von damals, sondern hatte glücklich die sechzig überschritten, aber sie war immer noch eine sehr ansehnliche Frau. Vor allem in seiner Vorstellung hatte sie noch dieselbe Figur wie damals im Sommer, als sie nackt aus dem Wasser gestiegen war und sich für immer in seine Erinnerungen und seine Träume geschlichen hatte.

Er fühlte sich ertappt und spürte zu seinem Ärger, dass er rot wurde.

»Entschuldigen Sie, Signora, ich dachte an die Blumen und war etwas abgelenkt. Was haben Sie gesagt?«

Signora Kliemann deutete auf eine kahle Stelle am Rand des Schwimmbeckens.

»Ich dachte, hier würde etwas Immergrünes gut hinpassen, was weiß ich, irgendein Busch. Was halten Sie von Lavendel?«

»Sie müssen bedenken, dass Lavendel ein Unkraut ist, das sich nicht mehr aufhalten lässt. Außerdem zieht er von überallher Bienen und Mücken an. Ein Freund von mir hatte Lavendelsträucher zu Hause und behauptet, dass er an manchen Tagen die Bienen auf Französisch summen hören konnte.«

Die Signora lächelte über den Witz, ohne zu wissen, dass es sich um ein freches Plagiat aus der Sprüchekiste von Fosco Arduini handelte.

»Dann sorgen wir dafür, dass die Bienen nicht die lange Reise von Korsika hierher antreten.«

Carlo schlug eine Alternative vor.

»Man könnte einen kleinen Steingarten anlegen. Steine und Fettpflanzen mit einer hübschen Mulchabdeckung, damit das Unkraut nicht wuchert. Dann wird alles mit Blähtonkügelchen aufgefüllt. Das sieht hübsch aus und macht wenig Arbeit.«

Kaum hatte Carlo die Worte ausgesprochen, bereute er sie auch schon. Er wollte nicht als Faulpelz dastehen, und angesichts der Unordnung um sie herum konnte er nichts weniger gebrauchen als eine Bestätigung entsprechender Vermutungen.

Ohne Vorwarnung schaltete sich in dem Bereich, in dem sie arbeiteten, die Bewässerungsanlage ein. Das Wasser spritzte bis zur Teakholzterrasse vor dem Schwimmbecken hoch.

»Verflixt und zugenäht!«

Wieder hatte sich Carlo nicht zurückhalten können.

»Entschuldigen Sie, Signora«, sagte er nur noch halb so laut. »Ist in den letzten Tagen das Licht ausgefallen?«

»Ja, gestern Abend, für ein paar Minuten.«

»Dann muss man den Rechner für die Anlage neu programmieren. Und ich muss die Batterie auswechseln. Im Auto ist noch eine, ich gehe sie gleich mal holen.«

Um das Wasser abzustellen, rannte er den kurzen Weg hoch, der gegenüber von der Treppe zwischen den Beeten zum Haus hinaufführte. Die Sonne stand bereits sehr hoch, das Wasser könnte den Pflanzen also jetzt schaden.

Etwas außer Atem gelangte er zum Schaltkasten, der sich zusammen mit der Heizungsanlage in einem Schuppen links vom Haus befand. Er öffnete den Kunststoffdeckel des kleinen Rechners, schaltete die Anlage aus und nahm die Batterie heraus, mit deren Hilfe das Programm auch bei Stromausfall gespeichert blieb. Er hielt die Batterie an seine Zunge.

Genau wie er gedacht hatte.

Leer.

Als er über den Hof zu seinem Auto ging, kam er am Schlafzimmerfenster der Kliemanns vorbei. Der Vorhang war ein Stück zur Seite geschoben, so dass Carlo im Vorbeigehen einen Blick ins Zimmer erhaschen konnte. Verblüfft blieb er stehen und ging ein paar Schritte rückwärts, um sich zu vergewissern, dass er richtig gesehen hatte.

Nein, er hatte sich nicht getäuscht.

Das Bett war leer und gemacht.

Die Signora hatte eben erst gesagt, dass ihr Mann sich nicht wohlfühle und sich ausruhe. Sicher, vielleicht war er aufgewacht und ins Bad gegangen. Es war jedoch unwahrscheinlich, dass jemand, der krank im Bett lag, sein Bett machte, bevor er ins Bad ging. Ein solches Verhalten passte nicht zu Signor Kliemann, da Carlo nie erlebt hatte, dass er in diesem Haus auch nur einen Finger krumm machte. Nicht einmal eine Serviette hatte er vom Boden aufgehoben.

Dafür waren die Hausangestellten da. Eine Festangestellte, die sie aus Deutschland mitbrachten, und ein paar Helfer, die stundenweise aus dem Dorf in die Villa kamen.

Ach ja, jetzt fiel ihm auch auf, dass er noch keine Hausangestellten gesehen hatte. Er drehte sich zur Laube um. Der Frühstückstisch war noch nicht abgeräumt. Auch zwei Tage zuvor, als er nach der Ankunft der Kliemanns das erste Mal hier gewesen war, hatte er zwar Kurt Kliemann, aber keine Helfer gesehen.

Doch das Haus war groß und Greta Kliemann eine Art Aristokratin. Das hatte sie in den Jahren während ihrer Aufenthalte hier zur Genüge unter Beweis gestellt. Man sah sie nie den Boden wischen oder den mit Soße bekleckerten Herd putzen. Carlo vermutete, dass sie überhaupt nicht in der Lage war, etwas anderes als Würstchen und Sauerkraut aus der Dose zu kochen.

Als er auf dem Dorfplatz ihren Wagen gesehen hatte, war er wegen des Zustands des Gartens in Sorge gewesen und hatte gar nicht darauf geachtet, dass nur sie und ihr Mann im Wagen gesessen hatten.

Er schüttelte den Kopf und schimpfte sich einen Idioten. Wahrscheinlich saß Signor Kliemann auf dem Klo, und er machte sich grundlos seltsame Gedanken.

Er ging an der Glasschiebetür vorbei, die offen stand. Sonnenlicht ergoss sich über Boden und Wände und tauchte das Zimmer in warmes Licht. Dennoch hatte Carlo Anselmi das ungute Gefühl, dass die warme Sonne dieses wunderschönen Tags die Dunkelheit nicht besiegen konnte.

Als er fast am Auto war, klingelte sein Telefon. Er zog es aus der Hosentasche und klappte es auf.

Die Stimme seiner Frau erklang am anderen Ende.

»Hallo, ich bin's.«

»Was ist los?«

»Bist du bei den Deutschen?«

»Ja, warum?«

»Carmela hat angerufen.«

Hätte Carlo Latein gelernt, hätte er den Sinn der Wendung vom *lupus in fabula* entdeckt. Über Wölfe wusste er jedoch rein gar nichts. Umso besser kannte er Carmela, eine der beiden Frauen, die im Sommer in der Villa arbeiteten.

»Und was wollte sie?«

»Sie hat sich gewundert, weil ihr im Dorf die Signora begegnet ist. Sonst hat die Signora sie immer gleich angerufen, damit sie das Haus lüftet und alles in Ordnung bringt. Carmela hat sie gefragt, ob sie in der Villa vorbeischauen soll, aber die Signora hat so getan, als wäre es ihr überhaupt nicht recht, wenn jemand vorbeischaut.«

Carlo kam es so vor, als würde seine Frau von seiner eigenen ersten Begegnung mit der Signora erzählen, nur dass an seiner Stelle eine andere Person mitspielte. Nervös blaffte er seine Frau an.

»Und was habe ich damit zu tun?«

»Carmela war gekränkt, und da dachte ich, du könntest dich doch mal darum kümmern, was weiß ich, nicht gleich einen großen Aufstand veranstalten, aber vielleicht herausbekommen, ob Carmela irgendetwas angestellt hat oder ...«

Sie wechselte die Tonart, als spräche sie mit einer der vielen Katzen, die mit schöner Regelmäßigkeit bei ihnen zu Hause auftauchten, um sich durchfüttern zu lassen.

»Weißt du, Carmela kann dieses Geld ganz gut gebrauchen, und ...«

»Jeder kann Geld ganz gut gebrauchen«, schnitt ihr Carlo das Wort ab. »Nenn mir einen, der Geld nicht gut gebrauchen kann. Ich habe schon genug um die Ohren mit dem Garten und kann mich nicht auch noch um den Kram anderer Leute kümmern.«

»Schon gut, gib Bescheid, falls sie die Sache erwähnt.«

»In Ordnung. Ich muss jetzt los.«

Er schaltete das Telefon aus und schob es in seine Tasche zurück. Dabei bemerkte er das Kärtchen, das er am Tag zuvor auf dem Boden im Supermarkt gefunden hatte.

Beileid für den Tod Ihres Mannes …

Carlo hatte sich im Laufe der Zeit damit abgefunden, dass er bestimmte Dinge nicht verstand, weil seine Intelligenz ihm dieses Verständnis verwehrte. Doch er hasste Situationen, in denen es andere Menschen verhinderten, dass er etwas verstand.

Im ersten Fall fühlte er sich als Opfer der Natur, im zweiten fühlte er sich verarscht. Und das hier war eine Sache, in der es nichts mit erhöhtem Blutdruck zu tun hatte, wenn sein Blut in Wallung geriet. An diesem wunderschönen Tag im Mai war es ein Verdacht, der Carlo Anselmi aufbrachte und verhinderte, dass die Angst mit ihren kalten Fingern nach ihm griff.

Freitag

Carlo Anselmi hielt mit seinem Wagen neben dem Zaun der Gärtnerei, in der er für gewöhnlich seine Pflanzen kaufte und die sich direkt gegenüber vom Friedhof von Portoferraio befand. Vom Erzeuger zum Verbraucher, hatte Fosco Arduini mit seinem schwarzen Humor einmal angemerkt. Jedes Mal, wenn Carlo hier war, musste er an diesen Witz denken. Er stieg aus und ging auf den Eingang zu, vorbei am grünen Kunststoffspalier, hinter dem sich, so weit das Auge reichte, Sträucher und Blumen aller Arten und Farben häuften.

Seit Tagen schon summte ein Gedanke wie eine Biene in Carlos Kopf herum. Und aus dem Summen hörte er den Namen Kliemann heraus. Er verstand nichts, und wenn er nichts verstand, wollte sein Verstand für Klarheit sorgen, damit er sich nicht dumm vorkam. Seit die Kliemanns eingetroffen waren, konnte er in dem merkwürdigen Verhalten der Signora keinen Sinn erkennen. Ihre Nervosität, wenn sie von ihrem Mann sprach, all diese kleinen Geheimnisse, diese halben Wahrheiten mit ihrer Karnevalsmaskerade versetzten ihn in eine Art innerer Aufruhr.

Die angeborene Neugier des Insulaners gab ihm den Rest.

Er ging durchs Tor, wo er einem Arbeiter begegnete, der eine Schubkarre mit Hibiskustöpfen vor sich herschob.

»Hallo, Carlo, schon wieder hier?«

Zu dieser Jahreszeit kam Carlo Anselmi fast täglich in die Gärtnerei Campani.

»Ja, was soll ich machen? Nachher brauche ich dich, weil ich eine Menge Sachen besorgen muss. Aber vorher muss ich mit Leo sprechen. Ist er da?«

Der Arbeiter deutete mit dem Kopf auf einen Holzschuppen mit Bitumenschindeln, dem man selbst von einem Flugzeug aus die Fertigbauweise ansehen würde.

»Ja. Wenn's ums Kassieren geht, ist er immer da. Er ist im Büro.«

Leo Campani war klein und jung und hatte seine Haare abrasiert. Er hatte ein sympathisches Gesicht und ein ansteckendes Lächeln. Die Gärtnerei hatte er von seinem Vater, der sich zurückgezogen hatte, übernommen und sorgte jetzt dafür, dass sie prächtig lief, was nicht immer geschieht, wenn ein Unternehmen vom Vater auf den Sohn übergeht.

Ein guter Mensch und ein fleißiger Arbeiter.

Während sich Carlo der offenen Tür hinter einem mit Steinen gesäumten Beet näherte, rief er sich in Erinnerung, was er über seine Arbeitgeber wusste.

Oder vielmehr zu wissen glaubte, sagte er sich.

Kurt Kliemann hatte früher einen wichtigen Posten im Kreditwesen bekleidet. Carlo wusste nicht, in welchem Bereich, vermutete aber, dass er in der Hierarchie weit oben angesiedelt gewesen war, sonst hätte er sich diesen Lebensstandard nicht leisten können. Als ihm sein Leben zu langweilig geworden war, hatte er als Finanzberater gearbeitet, vorwiegend übers Internet. Carlo verstand nicht viel von diesen Dingen, doch auch im Sommer hatte Signor Kliemann die meiste Zeit in der Laube vor seinem Klapprechner verbracht, um Daten zu kontrollieren und E-Mails zu schreiben. Die Sache war insoweit normal, als Carlo sich angewöhnt hatte, dieses Ding als elektronischen Wurmfortsatz eines menschlichen Wesens namens Manager zu betrachten.

Carlo hatte Abstand gehalten, zum Teil, weil ihn dieser Kerl befangen machte, zum Teil, weil er, anders als seine Frau, im Laufe der Jahre nur so viel Italienisch gelernt hatte, um im Restaurant nicht statt eines Beefsteaks einen Regenschirm zu bestellen.

Unterhaltungen in dieser verfremdeten Sprache hatten sich stets ziemlich schwierig gestaltet, und wenn Signor Kliemann ein Gespräch beendet hatte, war bei Carlo immer der Verdacht zurückgeblieben, dass keiner von beiden verstanden hatte, was der andere wollte. Kurt Kliemanns Frau sei Dank, hatte sich der Kontakt zwischen den beiden Männern aufs Nötigste beschränkt.

Er klopfte an den Türpfosten und trat ein, ohne abzuwarten. Das Büro war eher eine Art geräumige Abstellkammer mit einem Schreibtisch voller Papier und Lieferantenkatalogen.

Leo wandte den Blick vom Bildschirm ab.

»Hallo, Carlo, was erzählt man sich Neues in Capoliveri?«

»Man erzählt sich, dass man mir heute einen guten Preis machen muss, weil ich die halbe Gärtnerei leer kaufe.«

Als Carlo auf Leo zuging, bemerkte er, dass der Bildschirm schon ziemlich alt sein musste. Er kannte sich zwar nicht aus, aber in der Informatikersprache würde man wohl »antik« dazu sagen.

Ihm war eine Idee gekommen. Nichts Aufregendes, aber sie reichte, um sich einzureden, dass man den Nebel auflösen könne, der ihn seit ein paar Tagen umgab.

»Hör mal, könntest du mir einen Gefallen tun?«

»Alles, was in meiner Macht steht.«

Er deutete mit dem Kopf auf den Farbbildschirm.

»Ich brauche eine Info von einer Website. Kannst du das für mich erledigen?«

»Um was geht's?«

Carlo zuckte gleichmütig mit den Schultern.

»Nichts Wichtiges. Ich will nur jemanden verarschen. Es reicht, wenn du die Seite mal aufrufst.«

Leo musste lachen.

»Klar. Hauptsache, man hat seinen Spaß.«

Carlo zog seine Brieftasche heraus, in dem sich eine Visitenkarte mit der Internetadresse befand.

»Das hier ist die Internetseite.«

Leo tippte rasch auf der Tastatur herum.

Der Bildschirm wurde zuerst weiß, dann erschien eine

Schrift. Leo schaute auf und drückte noch zweimal eine Taste, woraufhin immer das Gleiche passierte.

Schließlich schüttelte er den Kopf und lehnte sich zurück.

»Diese Internetseite gibt es nicht.«

»Wie, die gibt es nicht? Die gab es aber mal, ich habe sie selbst gesehen.«

»Dann sagen wir, diese Seite gibt es nicht mehr.«

»Gibt es nicht mehr? Das kann nicht sein.«

»Carlo, ich erfinde das nicht. Ich habe es dreimal probiert. Das Ergebnis ist immer dasselbe. Hier steht: Adresse nicht gefunden.«

Carlo beugte sich zum Bildschirm vor, als könnte sein dringliches Interesse Einfluss auf die Dinge nehmen.

»In welcher Sprache?«

»In Englisch.«

»Aber es ist eine deutsche Seite.«

Leo drehte sich auf seinem Stuhl Carlo zu und blickte ihn an, als wollte er einem kleinen Kind etwas erklären.

»Carlo, hör mal zu. Ich würde nie versuchen, dir beizubringen, wie man Tomaten anpflanzt oder eine Mauer hochzieht, weil du es bist, der mir das beibringen kann. In diesem Fall allerdings glaube ich, dass du dich auf mich verlassen kannst, wenn ich dir sage, dass diese Internetseite nicht existiert. Oder nicht mehr existiert, wenn du so willst.«

Er gab ihm die Visitenkarte von Kurt Kliemann zurück. Carlo nahm sie in die Hand wie eine heiße Kartoffel. Die Wolken um ihn herum wurden immer dichter.

Was, zum Teufel, ist hier los?

Der Gedanke musste ihm ins Gesicht geschrieben stehen.

»Was stimmt denn nicht?«

Carlo schreckte aus seinen Überlegungen hoch.

»Es ist nichts, alles in Ordnung.«

Leo erhob sich tatenfreudig.

»Also, suchen wir jetzt die Pflanzen aus?«

Er verließ das Büro, gefolgt von Carlo, der sich nun wieder an den eigentlichen Zweck seines Besuchs erinnerte.

»Wie gesagt, ich habe freie Hand bei der Kliemann, aber diesmal musst du mir wirklich einen super Rabatt geben.«

Leo lächelte. Er wusste nur zu gut, dass Carlo seinen Kunden den vollen Preis der Pflanzen und Blumen berechnen würde. Wahrscheinlich wussten die Kunden das ebenfalls, doch da Carlo, wenn er sich Mühe gab, hervorragende Arbeit leistete, drückten sie vielleicht ein Auge zu und bezahlten anstandslos.

Carlo marschierte etwa zwei Stunden in Begleitung von Leo durch die Gärtnerei und diskutierte über Geranien, Portulak, Surfinien, Buchsbäume, Kreuzblumen, Dünger und Gartenerde. Er traf Entscheidungen, gab die Bestellung auf und regelte die Auslieferung, da er mit seinem Wagen nicht all diese Pflanzen transportieren konnte.

Kurz darauf fuhr er Richtung Dorf und Villa zurück. Sein Panda war ihm noch nie so langsam vorgekommen.

Und seine Gedanken noch nie so verwirrt.

Er hatte es eilig, Greta Kliemann über seine Auswahl zu informieren, fürchtete sich allerdings auch davor, mit ihr zu reden. Irgendetwas lag in der Luft in dieser Villa. In solchen Dingen hatte Carlo Anselmi den Instinkt eines Tiers. Er witterte die Dinge, bevor er sie wusste. Manchmal half ihm auch das Wissen nicht, um zu verstehen, aber das war ein anderes Kapitel.

Nach einer Fahrt, die ihm doppelt so lang vorgekommen war wie sonst, fuhr er endlich durchs Tor und hielt auf dem Platz vor dem Haus. Signora Kliemann stand regungslos mitten auf dem Platz und betrachtete das Panorama, ein Bühnenhintergrund, der so schön war, dass er schon unecht wirkte.

Des Öfteren schon hatte er sie mit einem ekstatischen Ausdruck der Bewunderung überrascht. Nach all den Jahren schien sie sich an diesem Schauspiel immer noch nicht sattsehen zu können. Doch jetzt wirkte sie verwirrt, und der Vorteil, den Carlo voreilig in ihrer Ankunft auf Elba gesehen hatte, löste sich in Luft auf. Wie bei der Begegnung am ersten Tag kam es ihm so vor, als hätte die Zeit unvermittelt beschlossen, ihr alles wegzunehmen, was sie ihr vorübergehend zugestanden hatte.

Ihr Haar war leicht zerzaust, als hätte sie sich am Morgen nicht gekämmt, was noch nie vorgekommen war.

Er stieg aus und ging auf sie zu. Als sie seine Schritte auf dem Kies hörte, wandte sie ihm den Kopf zu. Offenbar hatte sie Carlos Auto nicht gehört.

Ihre Stimme schien von einem Ort zu kommen, der nicht zur Gegenwart gehörte.

»Guten Tag, Carlo.«

»Guten Tag, Signora.«

Plötzlich schwankte sie und drückte eine Hand gegen ihre Brust, während sich ihre perfekten Gesichtszüge leicht verzerrten vor Schmerz. Instinktiv ging er einen Schritt auf sie zu, griff nach ihrem Ellbogen, schimpfte sich aber sogleich einen Idioten für sein Erstaunen. Ihm wurde bewusst, dass er sie im Laufe der Jahre nie anders als perfekt erlebt hatte. Nie hatte sie über Beschwerden geklagt, nicht einmal über Kopfschmerzen, als würde allein ihre Schönheit ausreichen, um sie gegen jedes erdenkliche Leiden immun zu machen.

»Was ist los? Fühlen Sie sich nicht gut?«

Greta Kliemann erholte sich sofort wieder, schenkte ihm ein freudloses Lächeln und trat einen Schritt zur Seite, als würde ihr seine Berührung Angst machen.

»Nein, Carlo, alles in Ordnung. Ich habe schlecht geschlafen, das ist alles.«

»Soll ich Sie ins Haus begleiten?«

»Ja, das wäre gut. Ich glaube, ich werde mich einen Moment aufs Bett legen.«

Unsicher ging sie auf die Haustür zu. Carlo folgte ihr in gebührendem Abstand, stets bereit, sie bei Bedarf zu stützen.

»Ihr Mann ist nicht hier?«

Greta deutete mit einer unbestimmten Geste aufs Meer.

»Nein, er macht einen Spaziergang.«

»Möchten Sie, dass ich bei Ihnen bleibe?«

»Nein, Carlo, gehen Sie ruhig. Ich ruhe mich einen Moment aus, hinterher fühle ich mich sicher besser. Und bald kommt ja auch mein Mann zurück.«

Sie hatten den Hausflur erreicht. Vor ihnen führte die Treppe nach oben, wo der Billardraum und die Gästezimmer lagen. Carlo folgte Signora Kliemann nach links zum Flur, hinter dem der den Herrschaften vorbehaltene Bereich lag. Dort befanden sich das Schlafzimmer, das Ankleidezimmer und das Arbeitszimmer, in dem Signor Kliemann die ganze Zeit, die er nicht im Garten verbrachte, vor dem Rechner saß.

Die Signora schien nur mit Mühe sprechen zu können und schwankte zur Schlafzimmertür. Sie schob den Flügel zur Seite und drehte sich zu Carlo um.

»Gehen Sie ruhig, Carlo.«

»Aber, Signora, ich dachte, ich sollte noch den Garten …«

Sie blickte ihn an. Aus ihren Augen sprach nicht nur das immer offensichtlichere Leid, sondern auch eine Spur Unsicherheit. Sie versuchte vergeblich, entschlossen zu wirken.

»Gehen Sie, habe ich gesagt.«

Nach einer kleinen Pause fügte sie noch ein Wort hinzu, das Carlo nicht erwartet hätte.

»Bitte.«

Greta Kliemanns Gesicht verschwand hinter der Schiebetür wie hinter einem Bühnenvorhang. Carlo blieb allein im bernsteinfarbenen Licht des Flurs zurück.

Gehen Sie, habe ich gesagt.

Bitte.

In der kurzen Zeit, in der die Tür offen gewesen war, hatte Carlo einen Blick ins Zimmer werfen können. Es war aufgeräumt, das Bett war gemacht, die Vorhänge zugezogen. Auf einem Sessel lagen Kleider, doch Carlo hätte schwören können, dass es ausschließlich Frauenkleider waren. Kein einziges Kleidungsstück, das auf die Anwesenheit eines Mannes hätte schließen lassen. Doch Kurt Kliemann hatte in der Laube gesessen. Carlo und seine Freunde hatten ihn am ersten Tag auf dem Beifahrersitz sitzen gesehen.

Und wo steckte er jetzt? Warum war im Haus keine Spur von ihm zu sehen?

Er überlegte einen Augenblick. Er brauchte Antworten auf seine Fragen, die sich ihm seit einigen Tagen immer häufiger aufdrängten. Der Verdacht ist eine furchtbare, fiebrige Krankheit, die einen vernichtet, wenn sie nicht geheilt wird. Und im Moment gab es nur ein Heilmittel: Er musste wissen, was in diesem Hause vor sich ging. Als er sich umdrehte, befand sich direkt gegenüber die Tür zum Arbeitszimmer. Nach einem kurzen Moment der Unentschlossenheit lehnte er sich gegen die Mauer, streckte eine Hand aus und versuchte, die Tür geräuschlos zur Seite gleiten zu lassen.

Mit einem Rauschen, das ihm wie der Lärm eines Tornados vorkam, verschwand die Tür in der Mauer. Sein Blick huschte gleichzeitig mit dem Luftzug, der die Vorhänge aufbauschen ließ, durchs Zimmer. Direkt vor ihm, im Gegenlicht des Fensters, saß Signor Kliemann an seinem Schreibtisch.

Carlo hatte das Gefühl, plötzlich um zehn Jahre gealtert zu sein.

»Entschuldigen Sie, Doktor.«

Er zog die Tür so rasch zu, dass er den halben Satz zum Holz sprach. Dann drehte er sich um und eilte zum Ausgang, als wäre er beim Klauen erwischt worden. Die Versuchung war groß, umzukehren und sein Verhalten zu erklären, doch sein Wunsch, so schnell wie möglich von hier zu verschwinden, trug den Sieg davon.

Sein roter Panda kam ihm nun wie das luxuriöseste Auto vor. In jedem Fall war er das Mittel, das ihn in wenigen Minuten von diesem Ort und der peinlichen Situation fortbringen würde. Erst später, als er die Schotterstraße entlangfuhr, die in die vertraute Dorfwelt führte, als sein Herz nicht mehr bis zum Halse schlug und sich seine schlechte Laune besserte, hatte er wieder einen klaren Kopf zum Nachdenken. Vor allem zwei Punkte interessierten ihn.

Warum hatte Greta Kliemann behauptet, ihr Mann mache einen Spaziergang, obwohl er doch in seinem Arbeitszimmer saß?

Sosehr er sich auch anstrengte, er fand keine Antwort auf diese Frage. Die Sache jedoch, die ihn am meisten quälte, wäre für andere unbedeutend gewesen. Er aber kannte diese Leute zu gut.

Signor Kliemann hatte am Schreibtisch gesessen und war offenbar seiner normalen Tätigkeit nachgegangen. Warum also war nicht die Spur von einem Computer zu sehen gewesen?

FREITAGABEND

»Was hat dir deine Frau heute Abend zu essen gegeben? Brot und Schweigen?«

Carlo riss sich zusammen. Belli deutete auf den Billardtisch. Die weißen und der rote Kegel standen in der Mitte, umgeben von den drei farbigen Billardkugeln.

»Du bist dran.«

Der Freitagabend war für das Billardspiel reserviert. Keiner der Männer beherrschte es besonders gut, doch es diente als Vorwand, um sich zu treffen und ein paar Witze zum Besten zu geben.

Während Carlo die Spitze des Queues mit Kreide einrieb, trat er an die Seite, von der aus er den nächsten Stoß anbringen wollte, und berechnete den Winkel. Den Rest des Nachmittags war er in den anderen Häusern gewesen, um die er sich kümmerte. Er hatte kleinere Wartungsarbeiten erledigt, aber auch Scherereien mit einer nicht richtig funktionierenden Brunnenpumpe gehabt. Trotzdem schien ihm sein Kopf nicht gefolgt zu sein. Seine Gedanken waren in der Villa Kliemann geblieben, eingekerkert zwischen den kleinen Ungereimtheiten, die, zusammen genommen, eine noch viel größere und noch schwerer zu durchschauende Ungereimtheit ergaben.

Er beugte sich vor und zielte. Die Spitze des Queues traf die Kugel wie ein Geschoss, doch statt der Kugel sah Carlo den am Schreibtisch sitzenden Kurt Kliemann vor sich, das Gesicht im Gegenlicht zu einem schwarzen Fleck verdunkelt. Der Stoß war zu kräftig, das Ergebnis verheerend. Nachdem die Kugel ein paar Mal abgeprallt war, schenkte Carlo seinen Freunden in der gegnerischen Mannschaft vierundvierzig Punkte.

Fosco Arduini, der mit Carlo spielte, fuchtelte wütend herum.

»Die nächste Kugel übernimmt Stevie Wonder. Der Stoß wird mit Sicherheit besser.«

Gelächter von ein paar Zuschauern, die an einem kleinen Tischchen saßen. In keinem Spielzimmer durften solche Typen fehlen, und einer von ihnen ließ sich selbst zu einem Witz hinreißen.

»Carlo, zum Geburtstag schenken wir dir einen Blindenhund.«

Er wurde mit einem kalten Blick von Belli zum Schweigen gebracht. Scharfe Bemerkungen blieben den Mitgliedern des inneren Zirkels vorbehalten. Andere durften sich nicht einmischen. Fosco, der an diesem Abend sehr gut in Form war, reagierte mit dem Scharfsinn und der Schnelligkeit des Profis.

»Du halt den Mund. Das einzige Mal, dass du dich über einen Billardtisch gebeugt hast, war, um dir die Kugeln in den Hintern schieben zu lassen. Die Punkte hat man dir dann aufs Arschloch geschrieben.«

Das war zwar nicht Humor vom Feinsten, aber er verfehlte nicht seine Wirkung. Belli, der ein Tonicwasser trank, verschluckte sich beinahe vor Lachen, und alle anderen stimmten ein. Bis auf das Opfer.

Und bis auf Carlo Anselmi.

Er ging zum Ständer und steckte seinen Queue zu den anderen. Piero Parodi sah ihm hinterher.

»Was machst du da?«

Carlo tippte sich mit der Fingerspitze an die Schläfe.

»Es ist sinnlos, ich bin mit dem Kopf ganz woanders heute Abend. Ich gehe lieber nach Hause.«

»Na komm, mach wenigstens das Spiel zu Ende.«

Carlo schüttelte den Kopf.

»Ehrlich, heute ist nicht mein Tag. Spielt alleine weiter.«

Er nahm seine Jacke von der Garderobe, schlüpfte hinein und ließ seine Freunde mit einem leicht schlechten Gewissen zurück.

Als er hinausging, hörte er, wie die anderen einen Ersatzmann verpflichteten, um das Spiel beenden zu können.

Im Grunde genommen galt überall die gleiche Regel: Für einen, der geht, stehen schon hundert andere bereit.

Er trat hinaus, wo in der frischen Luft der Vollmond sein gleichgültiges Licht auf die Straße warf. Den Blick nach oben gerichtet, ging Carlo die kurze Via Verri hinauf zum Dorfplatz, wo er seinen Wagen abgestellt hatte. Die Nacht war perfekt, eine perfekte Nacht für Geheimnisse, eine jener Nächte, die der Fantasie des Volkes Geschichten über Gespenster und Werwölfe schenkt.

Und über Menschen, die im Alter verblöden und ihre Nase in alles hineinstecken müssen.

Mit diesem für den Eigenbedarf formulierten Gedanken blickte er sich um. Es waren trotz der späten Stunde noch immer Menschen unterwegs, Touristen, vor allem Deutsche, die sich viel anschauten und wenig kauften. Im Augustgedränge war die Situation völlig anders. Dann wurde abends dieser Teil des Dorfs zur Fußgängerzone erklärt.

Er stieg in seinen Wagen, startete den Motor und fuhr vom Parkplatz langsam die abschüssige Via Mellini hinunter.

Seinen Freunden gegenüber hatte er zwar behauptet, er wolle nach Hause gehen, doch er führte anderes im Schilde. Seine Neugier plagte ihn. Und er hatte keine Lust, sich zum Narren halten zu lassen.

Er hatte nicht den Mut gehabt, mit den anderen über seinen Verdacht zu reden. Ein bisschen, weil er fürchtete, sie würden ihn auf den Arm nehmen, ein bisschen, weil er spürte, dass es sich um eine Privatangelegenheit handelte, die er nicht an die große Glocke hängen wollte, ähnlich wie damals, als er Greta Kliemann nackt im Schwimmbecken beobachtet hatte.

Er war nun genug herumgeschlichen, jetzt wollte er der Sache auf den Grund gehen. Angetrieben von seiner Entschlossenheit, die stärker war als der asthmatische Motor seines Pandas, bog er in die Straße ab, die zur Costa dei Gabbiani führte. Doch je näher er der Villa der Kliemanns kam, desto mehr verließ ihn der Mut.

Was, wenn sie ihn beim Spionieren erwischten? Noch immer konnte er Kurt Kliemanns Reaktion, als er die Tür zum Arbeitszimmer geöffnet hatte, nicht einschätzen. Hatte er der Kette seiner Fehltritte unbedingt eine neue Perle hinzufügen müssen?

Das Tor stand offen, was Antwort genug war auf die Fragen, die sich ihm stellten. Um diese Uhrzeit wäre das unter normalen Umständen nie passiert.

Folglich stimmte hier etwas nicht.

Und Carlo war fest entschlossen, herauszufinden, was es war.

Er stellte den Panda an einer Ausbuchtung der Schotterstraße ab. Angesichts dessen, was er vorhatte, wollte er nicht bis zum Parkplatz auf dem Gelände vorfahren. Er stieg aus und ging zu Fuß den Weg entlang, der zur Villa führte.

Trotz der Ruhe, zu der er sich zwang, schlug sein Herz schneller als normal. Seine Frau hatte gut reden, die Abenteuer aus *Mord ist ihr Hobby* waren Filmgeschichten, die, wenn sie in der realen Welt geschahen, um einiges komplizierter waren.

Vor allem für Leute, welche die Zahl zwanzig schon lange zur Angabe der Uhrzeit und nicht mehr zu der ihres Alters benutzten.

Während er auf die Lichter des Hauses zuging, die immer wieder von Pinienzweigen verdeckt wurden, suchte er nach einer Erklärung, mit der er seine Anwesenheit entschuldigen könnte. Er könnte sagen, er habe sich Sorgen um die Signora gemacht und wolle nur nachsehen, ob alles in Ordnung sei. Normalerweise war er um Ausreden nicht verlegen, doch in diesem Fall war er schon glücklich, wenn ihm wenigstens eine einfiel, die einigermaßen plausibel klang.

Als er den Schutz der Pinien verließ und sich dem Hof näherte, beschleunigte sich sein Atem. Er hatte den Eindruck, dass die Luft seine Lungenspitzen nicht mehr erreichte. Es ging ihm wie Piero Parodi damals, als er mit einer Sauerstoffflasche getaucht war, die schon nach zehn Minuten statt erst nach einer Stunde leer gewesen war.

Als er den Kiesplatz erreichte, klang das Knirschen unter seinen Sohlen, als würde ein Rudel Wildschweine herantraben. Plötzlich kam ihm das, was er zu tun gedachte, nicht mehr interessant vor, und er überlegte, ob er die Sache hinschmeißen und abhauen sollte.

Der Gedanke, in das schummrige Licht des Spielzimmers zurückzukehren, zu seinen Freunden und zum Billard, wärmte sein Herz mehr als die Augustsonne.

Er blieb einen Augenblick stehen, um durchzuatmen und zu hören, ob Geräusche aus dem Haus drangen.

Nichts.

Von dort, wo er stand, sah er, wie das Licht in der Küche ausgeschaltet wurde. Dort aßen die Kliemanns, wenn sie keine Gäste hatten. Kurz darauf warf das Licht im Schlafzimmer seinen Schein auf die Erde vor dem Fenster.

Er hatte Glück, dachte er. Aus zwei Gründen.

Der erste war, dass er nicht mehr über den Kies zu gehen brauchte, um das erleuchtete Fenster anzusteuern, sondern auf dem betonierten Weg entlang des Hauses bleiben konnte. Der zweite war, dass die Kliemanns für gewöhnlich bei nur halb geschlossenen Vorhängen schliefen. Somit konnte er bequem ins Zimmer spähen.

Er trug Sportschuhe. Alte Schuhe, aber bequem und vor allem leise. Dennoch hatte er den Eindruck, dass sie auf dem Beton denselben Lärm machten wie zuvor auf dem Kies.

Das Stück bis zum Fenster kam ihm unendlich lang vor. Sein Herz schlug mit Stereoeffekt in seinen Ohren wie der Diskolärm, den er im August manchmal hörte, wenn er schlaflos im Bett lag.

Fünf Schritte.

Das Licht zwischen den halb geschlossenen Fensterläden wurde wie eine Klinge auf den Boden geworfen. Er stellte sich vor, was ihn erwartete.

Vier Schritte.

Vielleicht würde er Greta Kliemann dabei beobachten können, wie sie sich auszog, und der Körper der über Sechzigjährigen würde das in sein Gedächtnis eintätowierte Bild, auf dem sie nackt aus dem Wasser stieg und ihre festen Brüste und einen wie in Stein gemeißelten Hintern zur Schau stellte, für immer löschen.

Drei Schritte.

Vielleicht würde er das Paar dabei überraschen, wie sie auf dem Bett Zärtlichkeiten austauschten. Plötzlich erinnerte er sich an all die Sommer, in denen er mit seinen Freunden irgendwelchen Pärchen, die sich ein lauschiges Plätzchen gesucht hatten, hinterhergeschlichen war. Die Entdeckung dieser nebulösen und dem eigenen Erfahrungshorizont noch vollkommen verschlossenen Geschehnisse war geheimnisvoll und furchteinflößend gleichermaßen gewesen.

Zwei Schritte.

Er blieb stehen, in Erwartung eines Geräuschs, einer Bewegung, einer Stimme, die ihm einen Vorwand geben würden, von hier zu verschwinden und diese lächerliche Geschichte, die ihn nur seinen Arbeitsplatz kosten oder ihm sogar Scherereien mit der Polizei einbringen könnte, auf sich beruhen zu lassen.

Einer.

Er lehnte sich gegen die Mauer neben dem Fenster. Langsam, den Blick scharf gestellt wie eine Filmkamera, rutschte er mit dem Gesicht über das spröde Holz des Fensterladens, bis er ins Zimmer blicken konnte.

Greta Kliemann stand mit dem Rücken zu ihm neben dem Bett und richtete ihr Nachthemd.

Sie redete auf Deutsch mit jemandem, der sich außerhalb von Carlos Blickfeld befand. Er verstand kein Wort, vor allem hörte er nicht, was der andere erwiderte. Vor seinem geistigen Auge tauchten plötzlich Bilder von Fernsehberichten über Verbrechen auf. Leichen lagen dort unter weißen, blutbefleckten Laken, und auf die Böden von Häusern wie diesem waren Kreideumrisse der Toten gezeichnet.

Eine seltsame Angst machte sich in ihm breit. Er konnte sie nicht benennen, bemerkte nur den kalten Schweiß, den sie auf seiner Stirn und seinen Handflächen hinterließ. Er hatte den Eindruck, dass es nur noch das Licht jenseits der dünnen Gardinen gab und dass alles, was sich außerhalb befand, der Finsternis ausgeliefert war.

Er hob seine Hand, die mehr zitterte, als ihm recht war. Langsam und in der flehentlichen Hoffnung, kein Quietschen zu verursachen, drückte er auf seiner Seite den Fensterladen ein Stück zu, um besser ins Zimmer blicken zu können.

Nun sah er auch die andere Person. Es war Signor Kliemann, der auf einem Sessel vor dem Bett saß, die Arme auf die Armlehnen gestützt, die Beine übereinandergeschlagen. Er trug dieselben Kleider wie ein paar Tage zuvor in der Laube.

Sein Kopf ruhte an der Rückenlehne, sein Blick war auf seine Frau gerichtet.

Carlo Anselmi bekam eine Gänsehaut und kniff leicht die Augen zusammen, um Kurt Kliemann besser erkennen zu können. Als er schließlich scharf sah und verstand, was er vor sich hatte, machte sich ein seifiger Geschmack in seinem Mund breit. Er hatte den Eindruck, als würde sein Herz nach einem letzten spektakulären Dröhnen stehen bleiben.

FREITAGABEND

Greta Kliemann spürte erneut dieses Ziehen im linken Arm und gleich darauf das beklemmende Gefühl in der Brust. Sie presste ihre Hand gegen das Brustbein, als könnte diese einfache Geste ihre Atmung wieder in Schwung bringen.

Sie setzte sich mit dem Rücken zum Fenster aufs Bett. Tränen, so klar wie ihre Augen, rannen an ihrem Gesicht hinab. Sie wandte sich an ihren Mann, der regungslos links von ihr im Sessel saß.

»Es tut mir leid, dass du mich in diesem Zustand siehst. Es tut mir unendlich leid. Und ich hätte so gerne, dass du *wirklich* hier wärst.«

Von Schmerz und Tränen ermattet, drehte sie sich um und legte sich so aufs Bett, dass sie die Gestalt im Sessel im Blick hatte.

»Ich weiß, dass nicht du es bist, ich weiß, dass du es *eigentlich* nicht bist, aber es ist schön, dich noch immer hier zu haben.«

Ihre Stimme stockte in Folge eines neuen Anfalls. Einen Moment lang schloss sie die Augen, überwältigt von den Gedanken an das, was in den letzten Monaten passiert war, Gedanken, deren stechender Schmerz für die Seele noch verheerender war als der körperliche.

Sie erinnerte sich an die Krankheit, die Kurt sprichwörtlich aufgefressen und ihn aus ihrem Leben gerissen hatte, ihn zu einem Schatten des Mannes gemacht hatte, den sie gekannt und so sehr und so lange geliebt hatte. Sie hatte ihn, eingeschlossen in einen hellen Holzsarg, der so robust gewesen war wie einst auch er selbst, zum Friedhof begleitet und eine Blume ins Grab geworfen. Die Totengräber hatten ihre Arbeit beendet und sie beide, von zwei Metern Erde für immer getrennt, allein gelassen.

Anschließend hatte sie sich in ihrem großen, schönen Haus wiedergefunden, so alleine, wie sie es sich nie hatte vorstellen können. Die Tage waren dahingetropft, einer nach dem anderen, und hatten ihr zum ersten Mal ein Gefühl für die Ewigkeit gegeben. Jeder Tag ohne ihn schien unendlich lang zu sein und so sinnlos wie alles, was sie umgab.

Sie betrachtete die wertvollen Dinge um sich herum, dachte an die gemeinsam verbrachten Jahre, an den Wohlstand, der sich im Laufe der Zeit in Luxus verwandelt hatte. Doch sie spürte, dass sie all ihre Erinnerungen, alles, was sie umgab, hergeben würde für einen einzigen Augenblick, in dem sie ihren Kopf an seine Schulter legen und er seine Nase in ihr Haar graben könnte, sagen könnte, dass es nach reifem Korn roch.

Die stechenden Schmerzen in ihrer Brust waren das Echo der Qualen der vergangenen sechs Monate. Sie öffnete die Augen. Dort saß er, regungslos, als gehörte er genau dorthin.

Sie schalt sich für ihren Wahnsinn. Für ihren Wahnsinn und für ihre Dummheit, weil sie so etwas tun konnte.

Sie wandte den Kopf ab und ließ ihren Tränen in einem erneuten Weinkrampf freien Lauf.

Einen Monat nach Kurts Tod war sie von einer Freundin praktisch gezwungen worden, das Haus zu verlassen. Die Freundin hatte sie gekämmt, angekleidet und durch die Straßen einer Stadt gezogen, die sie sehr gut kannte, die ihr damals aber fremd, feindlich und abgeschieden vorgekommen war. Sie war zwischen all den Männern hindurchgegangen, hatte sie beobachtet und sich erbärmlich gefühlt, weil sie sich gefragt hatte, warum dieses Schicksal ihren Ehemann getroffen hatte und nicht eine dieser unnützen, anonymen Gestalten dort auf der Straße. Sie hatte sich in Begleitung dieser Freundin, von der sie nicht einmal mehr wusste, wer es gewesen war, in ziellosen Schritten forttragen lassen, während sie sich heimlich mit dem Taschentuch ihre Tränen abgewischt hatte.

Und dann hatte sie plötzlich vor einem Schaufenster gestanden.

Ihr war der Atem gestockt. Es war ein Puppengeschäft mit so perfekten Puppen, dass sie einen Moment den Eindruck hatte, der Atem der Puppen würde sich auf den Scheiben niederschlagen. Unbeweglich blickten sie sie mit ihren Glasaugen an und schienen nur darauf zu warten, von der Fantasie beseelt zu werden, um sich in Menschen aus Fleisch und Blut zu verwandeln. Sie schienen bereit für ein Leben in einer Welt, die ihnen jemand mit der Magie der Vorstellungskraft schenken würde.

In diesem Moment und an diesem Ort war ihre verrückte Idee geboren worden. Erst jetzt verstand sie, wie verrückt und vor allem wie vergeblich diese Idee gewesen war. Die Meisterschaft eines fähigen Handwerkers würde ganz bestimmt nicht das Wunder vollbringen, ihr den geliebten Mann zurückzugeben.

Das *war* nicht möglich.

Dennoch hatte sie es getan. Zwei Tage später schon betrat sie mit zahlreichen Fotos von Kurt das Geschäft und bat den Inhaber, eine völlig natürliche Kopie des Mannes anzufertigen, der ihr ganzes Leben lang ihre einzige Liebe gewesen war. Sie wusste nicht, ob sich Herr Grengel von ihrem Geld oder von ihren Tränen überzeugen ließ, das war ihr auch nicht wichtig. Da ihr das Glück verwehrt blieb, war sie damit zufrieden, mit einer Illusion zu leben und mit der stummen Reproduktion ihres Mannes zu reden. Sie schloss sich lange Zeit im Haus ein, um mit dem Schatten ihres Mannes zusammen zu sein, in der Einbildung, dass er nicht zwei unbegreifliche Meter unter der Erde lag, sondern dort als lebendiger Mensch vor ihr saß. Und dass er auf Grund eines absurden Schicksals unfähig war zu antworten.

Sie verstand sehr wohl, dass es sich nur um ein grausames Spiel handelte, das sie mit sich selbst spielte. Dass sie vergeblich versuchte, ihre Einsamkeit mit einer Täuschung zu überwinden. Sie musste wirklich verzweifelt gewesen sein, wenn sie gedacht hatte, dass dieser üble, lächerliche Kompromiss bewirken könne, sich weniger losgelöst, entwurzelt und verlassen zu fühlen.

Sie wollte sich dieser illusorischen Kopie des Lebens wieder entledigen, doch der Gedanke verwandelte sich noch im selben Moment in Angst. Obwohl sie wusste, dass diese Nachahmung eines Mannes weniger als Nichts war, hatte sie das Gefühl, Kurt ein zweites Mal zu verlieren, definitiv an den Rand der Einsamkeit zu treiben und in die Leere mitgerissen zu werden, wenn sie die Puppe aufgab.

Um eine Entscheidung hinauszuschieben, plante sie die Reise nach Elba. Sie bildete sich ein, wenigstens für den Moment das Richtige getan zu haben. Die abgeschiedene Lage ihres Hauses würde ihr einen kleinen Aufschub gewähren.

Am Anfang hatte sie den Eindruck, wieder Atem schöpfen zu können, dann erlosch die Illusion wie eine Kerze, und sie verstand, dass es keine Ausflucht gab. Auf eine Weise, die sie nicht erklären konnte, hatte sie ihrem Geist und damit dem Schmerz Tür und Tor geöffnet.

Dem körperlichen Schmerz, den sie jetzt spürte, dem Brennen in ihrem Arm und dem Druck auf der Brust, der sie zu zermalmen, zu ersticken drohte …

Sie sagte sich, dass sie jetzt vielleicht sterben würde. In den vergangenen Monaten, am Grab ihres Mannes und in der Stille ihres Schlafzimmers und zwischen den freudigen Stimmen auf der Straße hatte sie es sich gewünscht. Sie hatte den Tod so oft herbeigefleht, dass sie überrascht war, erst jetzt erhört worden zu sein.

Gemeinsam mit dieser Erkenntnis kam die Angst, und dafür schämte sie sich. Vielleicht war die Angst vor dem Tod etwas Menschliches, doch sie hatte das Gefühl, kein Recht darauf zu haben.

Aber sie spürte diesen Schmerz in ihrer Brust, diesen starken Schmerz, der …

»Es wird alles gut, Greta. Du brauchst keine Angst zu haben.«

Einen Augenblick lang dachte Signora Kliemann, sie habe geträumt. Die Stimme schien weniger aus diesem Zimmer als aus ihrer Erinnerung zu kommen. Sie öffnete die Augen und sah den Mann, der bis vor wenigen Augenblicken als ein Stück lebloses Material an der Rückenlehne gelehnt hatte und nun auf der Sesselkante saß.

Er lächelte, und seine Glasaugen strahlten Leben aus.

Der Seufzer, der ihren Lippen entfuhr, enthielt einen Namen.

»Kurt.«

»Ja, Greta, ich bin's.«

Mit einer fließenden Bewegung erhob sich der Mann, der Kurt zu sein schien und den Greta Kliemann in ihrem unendlichen Schmerz als Kurt wahrnahm, vom Sessel und ging aufs Bett zu. Sie streckte ihm lächelnd ihre Hand entgegen.

»Wie schön, deine Stimme zu hören, mein Ein und Alles.«

Kurt nahm ihre Hand, hielt sie zwischen den seinen und setzte sich neben sie aufs Bett. Damit waren jegliche Zweifel beseitigt, dass es sich um eine Halluzination handeln könnte. Die Hände allerdings, welche die ihre drückten, fühlten sich an wie lebloses, synthetisches Material, nicht wie warme, lebendige Haut.

Dennoch gehörte die Stimme Kurt.

Es *war* Kurt, auch wenn er es nicht war.

»Es ist auch für mich schön, Gri-Gri.«

Greta Kliemann lächelte, als sie den Namen hörte, den ihr Mann ihr während ihrer Verlobungszeit gegeben hatte. Ihr Blick wurde so weich, wie es nur zärtliche Erinnerungen bewirken können.

»Daran kannst du dich noch erinnern!«

»Ich erinnere mich jetzt an alles. Es dauert nicht mehr lange, dann erinnerst du dich auch.«

Kurt, der nicht Kurt war, strich über Gretas Haar. Sie schloss die Augen und atmete dieses Streicheln ein wie den intensiven Duft in der Luft. Sie drehte den Kopf zur Seite, als wollte sie mit der Berührung die Erinnerung an diese Hand verlängern.

»Mach bitte weiter. Die Brust tut mir so weh, und ich habe Angst.«

»Ich habe dir doch gesagt, dass du keine Angst zu haben brauchst. Es wird alles gut, du wirst schon sehen. Und der Schmerz wird gleich zu Ende sein.«

Signora Greta Kliemann seufzte zufrieden.

Sie hatte gerade noch Zeit, sich einer weiteren zärtlichen Geste hinzugeben. Dann plötzlich, genau wie Kurt gesagt hatte, verschwand der Schmerz.

Doch ihr Lächeln blieb.

Samstag

Fosco Arduini betrat die Bar, als würde er von Attilas Barbaren verfolgt. Schon auf einen Kilometer Entfernung sah man, wie verwirrt er war. Belli und Piero Parodi legten ihre Queues auf den Tisch und fragten sich, was um alles auf der Welt ihren Freund aus seiner Trägheit reißen konnte.

»Habt ihr schon gehört, was passiert ist?«

»Nein, was? Hast du heute Nacht einen Steifen bekommen?«

Kaum hatte Belli seinen Witz gerissen, ärgerte er sich auch schon. Doch er brauchte sich nicht zu entschuldigen, weil Fosco gar nicht zugehört hatte. Er setzte sich, als hätten seine Beine bis zu diesem Moment gewartet, um nachzugeben.

»Die alte Kliemann ist tot.«

»Tot?«

»Mausetot.«

»Und woher weißt du das?«

»Ich war der Letzte beim Arzt in der Sprechstunde, hier in der Via Gori.«

Er deutete auf die andere Seite, wo die Via Gori in den Platz mündete, als würden sich die anderen in ihrem eigenen Dorf nicht auskennen. Als er seinen Bericht fortsetzte, schien er ihn eher loswerden, als den anderen etwas mitteilen zu wollen.

»Er war so spät dran, dass nach und nach alle gegangen sind und ich alleine im Wartezimmer saß. Als ich auch gerade gehen wollte, kam er endlich. Wir kennen uns privat, weil er ein Cousin zweiten Grades meiner Frau ist.«

Er machte eine Pause, als wollte er den anderen Gelegenheit geben, dieses Privileg zu würdigen.

»Dann hat er mir erzählt, was passiert ist. Die Engländerin hat sie gefunden, die mit dem Haus in Morcone. Sie wollte die Kliemann besuchen, aber die lag tot im Bett. Sie hat die Carabinieri verständigt, und die haben den Arzt angerufen, damit der so etwas wie einen Totenschein ausstellt.«

»Aber wurde sie ...«

Piero Parodi zögerte einen Moment, bevor er das Wort »umgebracht« aussprach, als wäre das, was nicht ausgesprochen wird, auch nicht geschehen.

Fosco schüttelte den Kopf.

»Er sagte, er sei zwar kein Gerichtsmediziner, aber seiner Ansicht nach handele es sich um einen natürlichen Tod.«

»Und wie kann er sich da ohne Autopsie sicher sein?«, wollte Belli wissen, der keinen Film über die Spurensicherung bei der Polizei verpasste.

Fosco blickte ihm in die Augen, allerdings zur Überraschung der anderen ohne den Gesichtsausdruck, den er für gewöhnlich aufsetzte, wenn er jemandem einen Dolchstoß verpasste.

»Er sagte, es sei höchst unwahrscheinlich, dass eine ermordete Frau mit einem Lächeln im Gesicht auf dem Bett liegt.«

Fosco Arduini ließ den beiden anderen Zeit, die Informationen zu verdauen. Doch sowohl Belli als auch Piero Parodi war klar, dass Fosco unbedingt weitererzählen wollte.

»Aber es kommt noch dicker.«

Eine vielsagende Stille entstand, bevor er fortfuhr.

»Carlo war auch im Haus.«

Piero Parodi fuhr zusammen.

»Was?«

Foscos Gesichtsausdruck verriet, dass er diese Nachricht bis zuletzt aufgehoben hatte, nicht weil sie wichtiger, sondern weil sie am schwierigsten zu erklären war.

Belli legte eine Hand auf Foscos Arm.

»Ist er auch tot?«

»Nein.«

»Und was hat er in der Villa gemacht?«

»Das weiß man nicht. Er saß auf dem Boden und hat seltsam aus der Wäsche geguckt. So, wie er ausgesehen hat, scheint er die Nacht im Garten verbracht zu haben. Der Arzt hat ihn untersucht und gesagt, er sei völlig von der Rolle.«

Die beiden antworteten nicht nur synchron, sondern senkten auch gleichzeitig ihre Stimme.

»Was heißt von der Rolle?«

»Von der Rolle heißt, von der Rolle. Völlig durchgedreht.«

Fosco hatte sich dem Ton seiner Freunde angepasst, so dass alle drei jetzt fast flüsterten.

»Der Arzt hat gesagt, man habe nichts aus ihm herausbekommen. Immer wieder hat er dieselben sinnlosen Worte wiederholt.«

»Welche Worte?«

»Er hat immer ›Er ist aufgestanden. Er hat mit ihr geredet‹, gesagt. Als hätte seine Platte einen Sprung.«

Piero Parodi zog die Augenbrauen hoch.

»Was soll das heißen? Wer ›er‹?«

Fosco blickte seinen Freund an, als müsste er sich entschuldigen.

»Woher soll ich das wissen? Ich war doch nicht an der Villa.«

In diesem kleinen Winkel der Welt entstand eine Stille, die das gesamte ewige Universum zu erfüllen schien. Belli nutzte die Gelegenheit, um sein Glas zu leeren. Ihre Gedanken klingelten wie das Eis im Glas. Fosco lehnte sich zurück.

»Die Geschichte ist noch nicht zu Ende.«

»Was gibt es denn noch?«

Fosco Arduini richtete seinen finsteren Blick auf den Boden, als würde sein Stuhl auf einer Glasplatte stehen, durch die hindurch er die Hölle schimmern sehen konnte.

»Der Arzt hat noch etwas anderes gesagt.«

Die beiden warteten, auch wenn sie nicht sicher waren, ob sie wissen wollten, was Fosco noch zu erzählen hatte.

»Auch der Ehemann der Signora Kliemann ist tot.«

Er sagte es so, als hätte Signora Kliemanns Ehemann, weil er vor ihr gestorben war, das Recht verwirkt, Signor Kliemann genannt zu werden.

»Verdammt, er auch?«, platzte Piero Parodi heraus, aber trotz seiner Erregung hatte er die Stimme nicht erhoben.

Fosco nickte.

»Ja, aber nicht heute Nacht in der Villa.«

Die nächste Pause ließ eher auf seine Verwirrung schließen. Er wollte die anderen nicht auf die Folter spannen. Die Pause dauerte nur einen Moment, doch an diesen Moment würden sie sich ihr Leben lang erinnern.

»Kurt Kliemann ist vor sechs Monaten in Deutschland gestorben.«

Belli klammerte sich an seinen Stuhl, als wollte er sich selbst daran hindern aufzuspringen.

»Vor sechs Monaten? Das geht doch gar nicht! Wir haben doch mit eigenen Augen gesehen, wie …«

Er deutete auf die Straße, wo sie wenige Tage zuvor gesehen hatten, wie der BMW der Kliemanns mit ihm auf dem Beifahrersitz vorbeigefahren war. Ungläubig hielt Belli den Arm ausgestreckt und wartete auf Erklärungen.

Die er auch bekam, selbst wenn sie keinem von ihnen gefielen.

»Seine Frau hat es nicht herausposaunt, aber er ist seit sechs Monaten tot, wie schon gesagt. Als sie letztes Jahr am Ende des Sommers zurückfuhren, ging es ihm bereits schlecht. Der Krebs hat ihn in null Komma nichts dahingerafft. Einen Mann wie ihn …«

Fosco Arduini überließ es seinen Freunden, im Geiste den kräftigen und aufrechten Kurt Kliemann heraufzubeschwören, der zu Fuß oder mit dem alten, schwarzen Fahrrad durchs Dorf gekommen war. Auch Fosco nahm sich Zeit. Er wusste selbst, dass Kurt Kliemann auf dem letzten Bild, das ihnen allen noch vor Augen stand, hinter der Scheibe eines Autos gesessen hatte, einen Schal um den Hals gewickelt und eine Fischermütze auf dem Kopf.

Es war Furcht, die aus ihrem Schweigen sprach. Der Erste, der sich wieder fing, war Belli.

»Und was machen wir jetzt?«

Parodi erhob sich.

»Was sollen wir schon machen? Wir gehen zu Carlo nach Hause und fragen seine Frau, wie es ihm geht, und wenn wir ihn besuchen können, fahren wir ins Krankenhaus nach Portoferraio.«

Die drei alten Kumpel erhoben sich von ihren Stühlen und verließen die Bar mit einem schlechten Gewissen, weil sie es nicht gerne taten. Sie waren, ohne es zu wollen, damit beschäftigt, sich ein Bild von einem Freund zu machen, der an einem Ort, an dem sich ein seltsamer Todesfall ereignet hatte, mit wirrem Verstand angetroffen worden war. Niemand wusste, ob und wann Carlo Anselmi seine Sprache wiederfinden würde, um in logischer Abfolge erzählen zu können, was wirklich in der vergangenen Nacht in der Villa Kliemann geschehen war. Ohne den Grund zu kennen, wussten sie, dass keine Lösung, egal welche, leicht zu akzeptieren sein würde. Sie wussten, dass für sie eine neue Lebensphase begonnen hatte, in der die Abende etwas kürzer und die Nächte sehr viel länger werden würden.

Als sie sich unter die Menschen mischten, fröstelten sie unter der Maisonne, die mit der gleichen Wärme und der gleichen Gleichgültigkeit über den Dächern erstrahlte wie immer.

Graffiti

Schwuchteln. Verdammte, drogensüchtige Schwuchteln. Arschgesichter. Widerliche, unnütze Parasiten. Drecksäcke. Arschlöcher. Verdammte, beschissene Arschgesichter …

Das dachte Claudio Marino, als er die Schüler seiner Klasse betrachtete. Roversi, eine dürre Bohnenstange mit Pickelgesicht, hob den Kopf vom Blatt. Ihre Blicke kreuzten sich. Es war ein Sprung ins Nichts. Der Blick des Lehrers wanderte durch den Klassenraum, als gäbe es Roversi gar nicht.

Schreib, du Stück Scheiße, schreib …

Das Einzige, das er zu hören wünschte, war die Schulglocke. Noch nie in seinem Leben hatte er dieses Läuten so sehr herbeigesehnt. Das ausdruckslose Gesicht, das er zur Schau zu stellen glaubte, passte nicht zu dem, was er wie wuselnde Schlangen in sich spürte. Er hasste diese Schüler, er hasste sie aus vollem Herzen. Er hasste diese Klasse, den Geruch der Körper und der abgestandenen Luft, den Anblick der Bänke, des Lehrerpults und des Wandregals, die allesamt abgenutzt waren. Er hasste die Unwissenheit, durch die sich die meisten, und den Hochmut, durch den sich viele auszeichneten, er hasste die Langeweile, die ihn während der Klassenarbeiten befiel, er hasste es, den Besserwisser zu spielen, und er hasste die Wut, die ihn packte, wenn jemand schwieg, weil er auf eine Frage keine Antwort wusste.

Er hasste seine Arbeit, die ihn zwang, einen Haufen gespenstischer Gestalten zu beaufsichtigen in ihrem verzweifelten Versuch, die Aufgaben noch vor der verdammten Schulglocke zu schaffen, die nicht läutete, nicht läutete, nicht läute…

Die Schulglocke läutete das Ende seines Leidens und den Anfang des Leidens dieser Schüler ein. Wenige, eilig angebrachte Korrekturen vor der Abgabe, gierig die letzten Sekunden nutzend, um noch zu machen, was man in zwei Stunden nicht geschafft hatte. Schließlich begann die Parade, eins, zwei, drei, und die Blätter stapelten sich in einem unordentlichen Haufen auf seinem Pult.

Beeil dich, du Miststück.

In seinem Kopf gellte ein Schrei wider, auch wenn aus seinem Mund nichts zu hören war. Sein Blick funkelte zu Causito hinüber, einem Idioten, der schlaksig durch die Gänge schaukelte, in den Ohren einen unmöglichen Lärm, den manche sich Musik zu nennen erlauben, und im Kopf eine unglaubliche Leidenschaft für weiß der Himmel welche Fußballmannschaft. Causito saß noch immer auf seinem Stuhl und ließ den Blick übers Blatt gleiten, als hinge sein Leben von dem ab, was er geschrieben hatte.

Bemüh dich gar nicht erst, dein Verstand sitzt sowieso im Arsch!

Man hätte sich gewundert, hätte man im Kopf des Lehrers lesen können, man hätte sich *sehr* gewundert über die Sprache, derer er in der Abgeschiedenheit seiner Gedanken fähig war. Seine Kollegen, die ihn als harmlosen Menschen kannten und ihn seit Jahren als Teil des Inventars betrachteten, hätten angewidert ihr Gesicht verzogen.

Selbst Rami, sein Kollege, der sich als offener Mensch aufspielte, und seine reizende Kollegin Li Puma, die aus ihrer Vergangenheit als außerparlamentarische Kämpferin ein progressives Auftreten herübergerettet hatte. Und im passenden Moment einen Industriellen geheiratet hatte, der doppelt so alt war wie sie und ihr ein Leben auf dem Land in einem Haus aus Tausendundeiner Nacht ermöglichte.

Nutte.

Niemand von ihnen hätte es sich vorstellen können, weil er anständig war und weil bestimmte Menschen Anstand mit Schwäche und Hilfsbereitschaft mit Mangel an Charakter gleichsetzen. Aus seinem Innern, aus diesem abgeschlossenen Ort, den jeder mit sich herumträgt wie ein Schneckenhaus, waren Hilfsbereitschaft und Anstand schon längst verbannt. Jahrelang hatte er seine Wut ausgebrütet, hatte sie poliert wie ein wertvolles Zubehör und sie genährt während der langen Stunden, in denen er versucht hatte, Schülern etwas beizubringen, Schülern, die ihn keinen Deut mehr interessierten und die wussten, dass ihr Weg in jedem Fall ins Leben führte, während der seine alltäglich im unbestimmten Licht des Klassenzimmers, unter dem erbarmungslosen Flimmern der Neonlampen versandete.

Der letzte Schüler legte das Blatt aufs Pult, ohne ihm ins Gesicht zu blicken, nahm seine unförmige Jacke von einem Garderobenhaken an der Wand und ging, den Rucksack über die Schulter geworfen, hinaus.

Marino stieß einen Seufzer der Erleichterung aus. Die Schulstunden schienen immer doppelt so lange zu dauern. Eines Tages würde er, hier oder woanders, die Stunden zählen, die er unter Qualen zwischen den vier Wänden eines Klassenzimmers verbracht hatte.

Eines Tages würde er …

Er trat ans Fenster und blickte auf die Straße hinab, wo

die Schüler lärmend den Bürgersteig eroberten. Ein bunter Haufen mit Motorrollern und exklusiven Metaphern, von denen alle anderen ausgeschlossen waren. Er stellte sich vor, wie sie nachmittags neugierig und träge in Spielsalons herumhingen, Hamburger aßen, vor dem Fernseher saßen oder sich bei angehaltenem Atem, wenn die Eltern nicht zu Hause waren, in sexueller Annäherung übten.

Er stellte sich vor, wie sie sich darüber unterhielten, wie einsam man sich mit fünfzehn fühlt, um hinterher am gut gedeckten Tisch beim Abendessen mit Mutter und Vater so zu tun, als wäre alles in Ordnung.

Verflucht, was wussten die schon von Einsamkeit?

Er kehrte zum Pult zurück, schnappte sich den Packen handgeschriebener Blätter und legte sie aufs Klassenbuch. In der Luft hing immer noch der leichte Geruch von Promiskuität, Andeutungen von Leben, vage Ahnungen von der zukünftigen Menschlichkeit dieser Schüler, ihre Düfte, diese Ausdünstungen fast fertiger Männer und Frauen. Mit dem Klassenbuch und den Klassenarbeiten unter dem Arm ging er über den Flur Richtung Lehrerzimmer. Er ging langsam, um seinen Kollegen Zeit zu lassen, vor ihm zu verschwinden, und um zu vermeiden, ihnen zu begegnen.

Auch sie hasste er so sehr, dass er beinahe an diesem Gefühl erstickte. In den Notenkonferenzen saß er meist wortlos da und beteiligte sich nicht an dem müßigen Geschwätz, das einzig Frustrationen zum Vorschein brachte. Er durchschaute sie sofort, so derb und unübersehbar traten sie ohne den Schutz des Schweigens hervor. Die Geschichte war immer dieselbe. Schulbänke eine andere Schule wieder Bänke eine andere Schule und andere Bänke. Und böse Gedanken. Und Gesichter. Ein Gesicht und noch eins und wieder eins, das die anderen überdeckte, als würde jemand den Schalter eines Diaprojektors immer schneller betätigen, immer schneller, immer …

»Bis morgen, Herr Lehrer. Einen schönen Tag noch.«

Die Stimme des Hausmeisters fuhr wie ein Dolch zwischen seine Rippen.

Scher dich zum Teufel, du Arsch!

»Auf Wiedersehen, Tego, auch Ihnen einen schönen Tag.«

Er ließ diesen Mann mit seiner Herzlichkeit zurück, die ihn nicht auf dem Heimweg begleiten würde. Nach der Schule ging er immer zu Fuß nach Hause. Seine Wohnung lag nicht weit entfernt, und dieser Spaziergang war die einzige körperliche Bewegung, die er sich gönnte. Den Rest der Zeit schenkte er der Einsamkeit. Eingeschlossen in seine Wohnung wie in eine Festung und in seine Missgunst wie in ein Gefängnis.

Als er die Tür öffnete und hinaustrat, stand neben ihm auf dem Bürgersteig eine Frau.

»Hallo, Claudio.«

O nein!

Marino seufzte in dem Versuch, seine Wut zu verbergen. Mit seiner Alltagsstimme erwiderte er den Gruß der Mathematiklehrerin Claudia Crivelli.

»Hallo, Claudia.«

Er blickte sie an wie immer, versuchte, nicht durchschimmern zu lassen, was er wirklich über sie dachte. Sie hatte ein freundliches Gesicht, das aber von ewigen Tränen, schon geweinten und noch zu weinenden, gezeichnet schien. Marino hielt sie für eine graue Maus, auch wenn sie gern grelle Farben trug. Vielleicht war sie noch hier, weil sie mit einem Schüler oder einem anderen Lehrer ein Gespräch gehabt hatte, doch Marino wusste, dass sie eigentlich auf ihn wartete. Mehrmals hatte er sie dabei erwischt, dass sie ihn anstarrte, ein Blick, der viel versprach, aber nichts bot. Sie machte ihm irgendwie den Hof und versuchte, mit ungebetener Zuvorkommenheit und unerwünschter Anwesenheit auf sich aufmerksam zu machen.

Genau wie jetzt.

»Soll ich dich mitnehmen? Ich bin heute mit dem Auto da.«

In der Kälte bildeten sich Dampfwölkchen vor ihrem Mund, während sie, wie Aladin auf seinem fliegenden Teppich, auf einen Kleinwagen deutete, der ein Stück entfernt stand. Natürlich war der Wagen grau.

»Nein danke, Claudia. Das ist sehr freundlich, aber ich gehe lieber zu Fuß, wie immer.«

Sollte sich ein Schleier der Enttäuschung über ihre Augen gelegt haben, hatte Marino keine Gelegenheit, ihn zu bemerken, weil er den Kopf bereits abgewendet hatte. Ihm reichte es, die Enttäuschung aus ihrer Stimme herauszuhören.

»Dann vielleicht ein andermal.«

»Klar. Ein andermal. Jedenfalls vielen Dank.«

Hör auf, mir auf den Sack zu gehen, du Nervensäge.

Als hätte sie seinen Gedanken gehört, benahm sie sich, wie es sich gehörte, kehrte ihm den Rücken zu und näherte sich mit ihrem ungelenken Gang dem Wagen.

Aladins fliegender Teppich hätte sich, zumindest an diesem Tag, nicht in die Luft erhoben.

Marino ging den abfallenden Weg hinab, der vom Schulgebäude zur Hauptstraße führte. Er hörte, wie sich das Auto seiner Kollegin von hinten näherte, ihn schließlich überholte und das Objekt ihrer Begierde hinter sich ließ.

Er folgte ihr mit dem Blick, bis sie nach links abbog und im Verkehr untertauchte.

Irgendwann einmal hatte er kurz in Betracht gezogen, eine Beziehung mit ihr einzugehen, diesen Gedanken jedoch sogleich wieder aus seinem Kopf gelöscht wie eine Schrift von einer Tafel, ohne dass auch nur ein einziges Stäubchen Kreide in der Luft hängen geblieben wäre.

Claudio und Claudia. Gütiger Himmel, wie banal ...

Marino war nie verheiratet gewesen, hatte es nie auch nur ansatzweise in Betracht gezogen. Er hatte in unterschiedlichen Situationen mit unterschiedlich alten Frauen verkehrt, wobei es durchaus so etwas wie eine Annäherung gegeben hatte. Blicke, gleiche Interessen, die richtigen Worte im richtigen Moment, angenehme Abende im Kino oder Theater. Doch jedes Mal hatte ihn ein Mangel an Perfektion, der ihnen anhaftete, zurückschrecken lassen. Eine Geste, ein falsches Wort im falschen Moment, ein unangenehmer Duft. Das waren zumindest die Vorwände, die sich ihm auf dem Silbertablett präsentiert hatten, damit er sich davonschleichen konnte. Wie viele andere Menschen auch, versuchte er auf verzweifelte Weise, sich selbst zu belügen, sich davon zu überzeugen, dass der Fehler nicht bei ihm lag.

Die Wahrheit war eine ganz andere.

Die Idee, es in einer Beziehung bis zum unvermeidlichen körperlichen Kontakt kommen zu lassen, stieß ihn ab. Ihn erschreckte das unvermeidliche Verlangen, dieser menschliche Fluch, mit dem alles auf die Vermischung von Zungen und Speichel, auf das Keuchen zweier sich windender, nackter Menschen hinauslief. So lautete der seinen Vorwänden übergeordnete Vorwand, mit dem sich alles auf eine simple Aussage reduzieren ließ.

Claudio Marino hatte Angst vor Frauen und vor dem, was sie im Leben eines Mannes darstellten.

Auf seinem Weg nach Hause sah er auf einer großen Werbetafel links von sich ein hübsches, blondes Unterwäsche-Model, das ihn ein Stück weit mit ihrem Blick und ihrem Lächeln begleitete. Ihr zartes Gesicht und die schmachtende Pose ihres Körper steigerten den Effekt von BH und Slip.

Was gibt's da zu lachen, du Hure?

Zufrieden wandte er den Blick ab. Diese Frau sagte ihm absolut nichts. Sie war ein Komplettpaket menschlicher Illusionen mit dem üblichen Drum und Dran. Und er war immun dagegen. Er dachte an das letzte Mal, da er mit einer Frau sexuell zu tun gehabt hatte.

Als sehr junger Mensch war er, sobald er das Bedürfnis gespürt hatte, zu Prostituierten gegangen. Mit ihnen hatte er keine Probleme. Es war ein gleichberechtigter Austausch, ein gegenseitiges Geben und Nehmen, Geld im Austausch für Zeit, ein gemieteter Körper für menschliche Bedürfnisse. Er war mit dem Auto in eine andere Stadt gefahren, von Turin nach Mailand, zu einem Mädchen, das ihn jedes Mal erwartet hatte, wenn er Lust verspürte, und die er hatte zurücklassen können, ohne mit ihr irgendetwas teilen zu müssen.

Manchmal nicht einmal Worte.

Man konnte sagen, dass sie gemeinsam alt geworden waren. Während all dieser Zeit hatte sie kein einziges Mal etwas von ihm verlangt. Sie hatte verstanden, dass sie diesen schweigsamen Mann, der schnell beim Sex, aber freundlich im Umgang war, gar nicht anders behandeln konnte. Marino hatte sie als Mädchen kennen gelernt und so viele Jahre lang getroffen, dass sie zur erwachsenen und schließlich müden Frau geworden war.

Eines schönen Tages, als sie auf dem Bett lagen, sagte Giovanna, sie werde aufhören. Sie habe genügend Geld zur Seite gelegt und wolle irgendwo ein anderes Leben beginnen. Vielleicht eine Bar oder ein kleines Restaurant eröffnen. Sie stehe nicht mehr zur Verfügung, doch wenn er wolle, habe sie zwei hübsche Freundinnen, die …

»Nein danke«, antwortete er.

Er stand auf, zog sich an und ließ einen Moment seinen Blick durch das Zimmer gleiten, das im Laufe der Jahre der einzige Ort gewesen war, an dem er mit einer Frau Spaß gehabt hatte. Schließlich wünschte er ihr viel Glück bei ihrem Vorhaben und verließ das Zimmer. Mit dem Gefühl, etwas Unwiederbringliches hinter sich zu lassen, ging er die Treppe hinunter.

Er musste sich eingestehen, dass er und Giovanna gemeinsam alt geworden waren, aber nicht in derselben Weise. Irgendwo in sich oder anderswo hatte sie die Kraft gefunden, sich zu ändern.

Er nicht.

Von jenem Tag an hatte er den Gedanken an Sex völlig aufgegeben. Und diese Crivelli wäre die Letzte, die ihn wieder in ihm wachrufen könnte.

An der Ecke zur Hauptstraße bog er nach rechts ab. Der Himmel war wolkenlos, in der kalten Luft vor seinem Mund bildeten sich Dampfwölkchen, die sich sofort wieder auflösten. Seine dunklen Gedanken taten das nicht. Sie folgten ihm, als würden sie von seinem Geruch angezogen. Er hob den Blick zu den obersten Stockwerken der Häuser entlang der Straße. Aus den Fenstern dort oben konnte man sicher die Berge sehen. Und der Schnee auf diesen Bergen würde nur in der Sonne und nur aus dieser Entfernung so weiß schimmern.

Er ging weiter und starrte auf den Asphalt vor sich. Ein Fuß nach dem anderen, der Takt, den jeder Tag seines Lebens ihm vorgab, das lautlose Fortschreiten der Kreppsohlen auf einer Straße, welche die Zeichen seiner vergangenen und zukünftigen Schritte trug, unsichtbar, weil Zukunft und Vergangenheit so gleich waren.

Rechts von ihm verlief eine Mauer, auf der ignorante nächtliche Sprüher die Früchte ihrer zweifelhaften Kunst hinterlassen hatten. Bunte Zeichen, Botschaften, perspektivisch gezeichnete Buchstaben. Jedes Bild hatte eine Unterschrift, eine Farbe, brachte Protest und den Wunsch nach Individualität zum Ausdruck.

Wie viel Zeit, Geld und Kreativität hatten sie mit diesen Zeichnungen verschwendet. Und wie viel beneidenswerte Jugend, die einem im richtigen Moment das Blut in den Adern kochen lässt. Und wie viel von ihrem vorherbestimmten Schicksal, auch wenn das keiner von ihnen wahrhaben will. Jugendliche haben im Grunde nur zwei Wünsche, die in ihrer Großartigkeit ganz einfach sind und sich leicht miteinander vereinbaren lassen: Sie wollen tanzen und die Welt verändern.

Irgendwann werden die Tanzschritte immer schwieriger, und die Welt ändert sich nach ihren eigenen Regeln, die unumstößlich sind, weil niemand sie versteht.

Alles geschieht durch Zufall.

Claudio Marino hatte seine Jugend nur gestreift, genauso wie er jetzt diese Mauer streifte, die mit Hieroglyphen überzogen war, welche nur der Sprüher selbst entziffern konnte. Bedeutungen, die auf eine geschlossene Gruppe zurückgehen, von der alle anderen ausgeschlossen sind.

Ganz besonders er selbst.

Als er vor dem Hintergrund dieser Zeichnungen vorbeiging, sah er sich selbst von außen, beobachtete sich aus der Perspektive eines Kamerawagens wie bei einer Filmaufnahme. Und obwohl er ging, kam es ihm so vor, als würde mit Hilfe einer alten Filmtechnik der Hintergrund an ihm vorbeigezogen, während er selbst sich gar nicht bewegte.

In diesem Moment drehte er den Kopf nach links, als hätte ihn jemand gerufen.

Auf dem Mittelstreifen der Straßenbahnhaltestelle stand eine junge Frau in einem roten Mantel.

Sie war nicht zu übersehen.

Und hatte man sie gesehen, konnte man den Blick nicht mehr von ihrem perfekten Gesicht abwenden. Claudio fiel dieser Streit um die Blumen ein, die, wenn sie künstlich sind, so hübsch aussehen, dass sie echt wirken, und wenn sie echt sind, so hübsch aussehen, dass sie künstlich wirken. Genau das war bei dieser Frau der Fall, ob falsch oder echt. Ihre Haut war hell und ihr Haar so eindeutig blond, dass berechtigte Zweifel bestanden, ob die Farbe echt war. Jedenfalls weckten sie den Wunsch, sie zu berühren. Er war zu weit entfernt, um die Farbe der Augen erkennen zu können, doch ihre Haut und ihr Haar ließen darauf schließen, dass sie vermutlich hell waren.

Ihm wurde bewusst, dass auch das Mädchen ihn ansah. Die peinliche Situation gestattete es ihm nicht, den Blick wieder abzuwenden, weil sie plötzlich lächelte. Und Claudio Marino, Literaturlehrer am Gymnasium Santarosa in Turin, merkte zu seiner größten Verwunderung, dass er nach vielen Jahren, nach vielen, vielen Jahren, zum ersten Mal wieder rot wurde. In seinem Magen schien ein Tischtennisball herumzuhüpfen. Erst später, als seine Gier nach Luft nachließ, war ihm klar, dass es sich um die Schläge seines Herzens handelte. Die Ankunft der Straßenbahn, die sich wie ein Vorhang zwischen ihn und die wartenden Fahrgäste schob, hob diesen seltsamen Moment auf. Vom Bürgersteig aus sah er die Fahrgäste einsteigen und wartete, ob der leuchtend rote Fleck zwischen den zusammengepferchten Menschen auftauchen würde.

Die Straßenbahn setzte sich wieder in Bewegung und gab die Straße frei, ohne dass er die Möglichkeit gehabt hätte, den roten Mantel des Mädchens aufblitzen zu sehen.

Ostnutte …

Als er weiterging, versuchte er eilig, die flüchtige Begegnung und das merkwürdige Gefühl auszuschalten, doch irgendetwas in seinem Innern sagte ihm, dass dies nicht möglich war. Das Mädchen hatte nicht wie eine Nutte gewirkt, und instinktiv spürte er, dass sein voreiliges Urteil nicht der Wahrheit entsprach. Abgesehen von ihrer Schönheit hatte sie etwas Seltsames, Ungewöhnliches an sich gehabt, das er zwar bemerkt hatte, an das er sich aber nicht mehr erinnern und das er auch nicht beschreiben konnte.

Er wartete, bis seine Atmung wieder normal war, und ging weiter. Überraschend fiel ihm eine seltsame Geschichte aus seiner Kindheit ein. Damals hatte er am Rand einer Provinzstadt gewohnt, ein Stockwerk über einem Jungen, der ein Jahr jünger gewesen war als er. Nur schwach erinnerte er sich, dass sein Name Franco gewesen war.

Beide hatten sie die Grundschule besucht. Eines Tages war er bei Franco zu Besuch und entdeckte zufällig in seinem Schulbuch ein Gedicht von Giovanni Pascoli mit dem Titel *Der Drachen.* Neben dem Text befand sich eine Zeichnung, wie sie damals in Lesebüchern üblich waren. Ein Mädchen saß auf einer Wiese und beobachtete seine Freunde, die ein Stück entfernt Drachen steigen ließen. Niemand kümmerte sich um sie. Alle waren so in ihr

Spiel vertieft, dass sie das Mädchen völlig vergessen hatten.

Claudio war fasziniert. In dieser gezeichneten Frauenfigur lag etwas so Anständiges und Schönes, eine so unmittelbare Zartheit, dass er sich leidenschaftlich in sie verliebte, mit der Unlogik und der Begeisterung, zu der nur die Liebe eines Kindes fähig ist.

Sobald er konnte, ging er zu seinem Freund nach Hause und öffnete unter irgendeinem Vorwand das Buch auf der Seite mit dem Bild. Er betrachtete das Mädchen auf der Wiese und träumte von ihm. Ihr ganzes Leben lang würde sie sich nicht von ihrem Platz im Grünen erheben, würde immer die anderen Kinder beobachten, die ihre Drachen steigen ließen, bis zum Ende der Zeit oder des Windes oder des Papiers.

Er war sogar eifersüchtig auf Franco, der sich diese Zeichnung, wann immer er wollte, anschauen konnte, indem er einfach das Buch aufschlug.

Sein Neid und seine Rivalität zogen sich eine Zeitlang hin. Sie waren zwar grundlos, deswegen aber nicht weniger stark. Bis er eines Tages, während die anderen in der Schule am Stadtrand Fußball spielten, die Sache auf die denkbar einfachste Weise löste. Er ging zu Francos Schulranzen, der auf dem Boden lag, und klaute das Buch kurzerhand.

Er wurde nie überführt und zeigte nie Reue. Lange verwahrte er das Buch wie einen kleinen Schatz, zog es hin und wieder heraus, um das Bild zu betrachten, und ging mit der jungen Frau auf der Zeichnung eine wortlose Beziehung ein, die genau deswegen perfekt war, weil es diese Person in Wirklichkeit gar nicht gab. Nach und nach verblasste die seltsame Leidenschaft wie Tinte verblasst. Doch noch immer lag in irgendeiner Ecke seines Junggesellenhaushalts die Beute seines verwegenen Diebstahls, dieses Lehrbuch aus seiner Grundschulzeit.

In Gedanken vertieft, war er, ohne es zu merken, zu Hause angekommen. Der Pförtner saß in seiner Pförtnerloge.

»Guten Tag, Signor Marino.«

Für gewöhnlich huschte Marino an ihm vorbei, ohne ihn einer Antwort zu würdigen. Dieser Mann erhielt jeden Monat einen Lohn, für den er eine Reihe von Pflichten zu erfüllen hatte, und eine davon war es zu grüßen.

Marino, der zu dem Personenkreis gehörte, der ihm diesen Lohn gewährte, fühlte sich nicht verpflichtet zurückzugrüßen.

An diesem Tag wandte er sich um, als sähe er den Pförtner zum ersten Mal.

»Guten Tag, Luigi.«

Die unerwartete Antwort überraschte den Pförtner, der den Kopf bereits wieder über seine Zeitung gesenkt hatte. In seiner Verblüffung fiel ihm nichts Besseres ein, als seinen Gruß mit tieferer Stimme noch einmal zu wiederholen.

»Auch Ihnen einen guten Tag, Signor Marino.«

Er ging an Luigi vorbei, dem jetzt mit Sicherheit eine Menge Fragen im Kopf herumspukten. Marino hatte kein gutes Verhältnis zu seinen Nachbarn. Er hatte auch kein schlechtes Verhältnis zu ihnen, er hatte überhaupt keins. Einige Jahre zuvor hatte er dem Buchhalter Tremoli, einem Bankangestellten, der im Hochparterre wohnte, eine Dauervollmacht gegeben, um sich auf den Hausversammlungen vertreten zu lassen. Tremoli war ein anständiger Mensch, für Claudio Grund genug, keine Fragen zu stellen. Alle anderen Bewohner des Hauses waren Guten-Abend-Guten-Morgen-Menschen, deren Namen er nur kannte, weil er sie ab und zu auf den Briefkästen las.

Marino ging recht in der Annahme, dass seine Nachbarn ihn für äußerst schüchtern oder zurückhaltend hielten. Aber auch wenn sie ihn für arrogant hielten, wäre ihm das absolut egal. Vielleicht waren es nicht nur die Beziehungen zu Frauen, die ihn nicht interessierten. Von der Schule einmal abgesehen, waren es überhaupt die Beziehungen zur Welt.

Und auch die Schule mittlerweile ...

Während er die Treppe hinaufging, erinnerte er sich an die junge Frau an der Straßenbahnhaltestelle. In seinem Geist formte sich das Bild eines wunderschönen Schmetterlings, der sich entfaltete und noch zum Teil in seinem Kokon aus roter Wolle steckte. Ein Schmetterling, der sogleich von der Straßenbahn erhascht wurde wie von einem Netz. Er musste über seinen Gedankensprung lächeln, und während er den Schlüssel ins Schloss schob, ging ihm auf, dass er schon seit langem nicht mehr gelächelt hatte.

Jenseits der Tür lag seine Welt, die seinem Empfinden nach viel größer war als jene, die er draußen zurückließ. Die Wohnung war aufgeräumt und sauber wie immer. Seine Mutter war zu ihrer Schwester ans Meer gezogen, mit der sie schwatzen, spazieren gehen und die Welt betrachten konnte. Einmal alle drei Wochen besuchte er sie. Der Tod des Vaters ein paar Jahre zuvor hatte sie einander entfremdet, statt sie einander näher zu bringen. Sie hatten sich zu zweit in einer Wohnung wiedergefunden, und es hatte viel Getue, aber wenig Austausch gegeben. Als auch ihre Schwester in Sestri Levante Witwe geworden war, hatte seine Mutter dann beschlossen, zu ihr zu ziehen.

Wegen des Klimas, hatte sie gesagt.

Und um die Schwester nicht alleine zu lassen.

Marino hegte die berechtigte Vermutung, dass diese Entscheidung beiden einen Seufzer der Erleichterung entlockt hatte. Was sein Alltagsleben betraf, waren seine Zeiten mit Letizia abgestimmt, einer Frau mittleren Alters, die morgens seine Wohnung putzte. Sie war eine schweigsame, unförmige Person, die während der Arbeit ununterbrochen den Rosenkranz murmelte. Das hatte ihn nicht sonderlich überrascht, weil er wusste, dass es ihr größter Wunsch gewesen war, den Schleier zu nehmen, und dass sie bei den Schwestern im Kloster übernachtete. Letizia war auch eine gute Köchin, und bevor sie ging, stellte sie ihm sein Essen auf den Tisch. Sie verließ pünktlich, kurz bevor er nach Hause kam, die Wohnung, so dass es meistens noch warm war. Für den Notfall gab es die Mikrowelle, dieses Rettungsboot für allein lebende Menschen.

Abends aß er nur Obst.

Er hängte seinen Mantel in den Flur und ging direkt in die Küche. Der Tisch stand vor dem Fenster, das zum Platz hinausging, wo die kahlen Baumwipfel eine überwindbare Barriere für das Licht bildeten. Die Küche war sehr hell, und auf dem Resopaltisch lagen, ganz amerikanisch, zwei Kunststoffsets.

Auf dem Tisch zwei Teller mit Essen, zwei andere Teller umgekehrt darübergelegt, um es warm zu halten.

Einen der Teller hob er hoch.

Nudeln mit Bohnen. Einladender Anblick.

Er nahm das zweite Gericht in Augenschein.

Ein Stück Fleisch mit Erbsen.

Er schüttelte langsam den Kopf. An diesem Tag hatte sich Letizia mit dem Gemüse ausgetobt.

Er wusch sich die Hände im Spülbecken und setzte sich an den Tisch. Wenige Löffel Nudeln und Bohnen, und schon war sein Hunger gestillt. Der Morgen in der Schule und die Klassenarbeit hatten ihm den Appetit verdorben, und die Begegnung mit dem Mädchen mit dem roten Mantel hatte ihm den Rest gegeben.

Das Bild der jungen Frau legte sich über den lichterfüllten Fensterausschnitt. Marino kam jeden Tag an dieser Straßenbahnhaltestelle vorbei. Mehr oder weniger kannte er die Leute, die für gewöhnlich dort warteten, bis auf die wenigen, die nur einmal hier aufkreuzten und herausstachen wie …

Wie ein roter Mantel und ein Kopf mit blondem Haar.

Er merkte, dass er den Löffel reglos in der Luft festhielt und das Fenster anstarrte, umfangen von der Erinnerung an die Frau wie von einem Spinnennetz.

Er legte den Löffel auf den Tisch, als wäre er zerbrechlich. Dann erhob er sich, verließ die Küche und ging in sein Arbeitszimmer, das Zimmer seiner Enttäuschungen. In diesem großzügig angelegten Raum korrigierte er Arbeiten, die er verabscheute, von Schülern, die er hasste. In diesem Zimmer verwahrte er Bücher von Autoren, die er liebte. Alles große Autoren, die Spuren in der Literaturgeschichte hinterlassen hatten.

In diesem Zimmer war ihm bewusst geworden, dass er niemals dazugehören würde.

Auch er hatte versucht, einen Roman zu schreiben. Er hatte lange daran gearbeitet, hatte die Zeit vom Schlaf und von der Arbeit abgezweigt und sich eingebildet, einen Stil und eine Handlung zu haben. Er hatte das Manuskript samt Anschreiben an verschiedene Verlage geschickt, doch es war ihm stets mit höflichen, aber distanzierten Worten zurückgeschickt worden. Manchmal hatte man sich nicht einmal die Mühe gemacht, auch nur den Umschlag zu öffnen. Dann lag der Brief mit seiner trostlosen Farbe und dem verheerenden »Zurück an den Absender« in seinem Briefkasten. Andere Male herrschte nur Schweigen im Walde, was jedoch nie etwas mit stillschweigender Zutimmung zu tun hatte. Die Botschaft zwischen den nicht geschriebenen Zeilen lautete: Wir haben nichts erhalten und antworten deswegen auch nicht.

Er hatte das Manuskript keinem zu lesen gegeben. Zum Teil, weil es niemanden gab, dem er es zu lesen hätte geben können, zum Teil, weil er nicht den *Mut* gehabt hatte, es jemandem zu geben. Am allerwenigsten einem seiner Kollegen.

Diesen Arschgesichtern …

Er stellte sich die verlegenen Gesichter von Rami oder Li Puma oder Crivelli vor, wenn sie ihm das Manuskript mit einem Lächeln und einem

»Schön, sehr schön«

als einzigem lapidarem Kommentar zurückgeben würden. Mit der Furcht im Gesicht, dass er ihnen eine Frage zum Buch stellen könnte, das sie vielleicht überhaupt nicht gelesen hatten. Oder vielleicht würden sie es doch gelesen haben und würden hinter seinem Rücken über ihn herziehen und lachen.

In einem Anfall von Neid verkrampfte sich sein Magen.

Seid verflucht, ihr!

Mechanisch sah er zum Regal rechts hinüber. Eine Grabnische, in der einsam und in Frieden die Leiche seines Romans ruhte, bis er beschließen würde, sie in den Müll zu werfen. Seine geschichtslose Geschichte und seine zukunftslosen Worte mit ihrer kurzen Vergangenheit der Erniedrigung.

Er hasste sie alle.

Er hatte sie immer alle gehasst, und manchmal zählte er auch sich selbst zu diesen »allen«.

Und jetzt war da diese Frau im roten Mantel …

Er setzte sich an den Schreibtisch und schaltete den Rechner ein, den er vor kurzem gekauft hatte. Der Bildschirm leuchtete auf, das Windows-Vista-Logo erschien. Er ging in den Explorer und öffnete Google. Dort gab er die Worte »Escort Mädchen Turin« ein und klickte auf Suchen. Eine Liste mit Internetseiten erschien, für jeden Geldbeutel waren paradiesische Momente im Angebot. Er schlich sich eine Zeitlang um Gesichter und Körper herum, die so nichtssagend waren, dass er für diesen Sexmarkt nichts empfand. Ihn erregte nichts mehr, und die ewige Verdammnis hatte es nie gegeben. Giovanna war damals so etwas wie eine vertragliche, aber keine moralische Vereinbarung gewesen. Er wusste, dass den Mädchen, die ihn hier anlächelten und ihm Brüste und Pobacken zeigten, eines Tages die gleiche Müdigkeit ins Gesicht geschrieben stehen würde. Vielleicht würden sie es, ausgestreckt auf einem Bett, einem Kunden mitteilen, vielleicht bliebe auch einfach nur eine Tür geschlossen oder ein Handy stumm.

Nach etwa zwanzig Minuten langweilte ihn sein Bummel durch den Flüssigkristallmarkt der Erotik. Er kehrte zur Anfangsseite zurück und schimpfte sich einen Idioten. Wer weiß, was er zu finden gehofft hatte. Vielleicht die Bestätigung, dass ein voreilig geäußerter Gedanke der Wahrheit entsprach und er das Mädchen mit dem roten Mantel auf einer der Seiten finden würde, ein echtes Angebot mit Namen und Telefonnummer.

Er schimpfte sich auch einen Idioten, weil er sich davor fürchtete, sich eine Frage zu stellen. Wenn er sie wirklich gefunden hätte, wenn sie plötzlich durch den Bildschirm hindurch seine Wohnung betreten, ihm ein Gesicht und einen Körper angeboten, einen Preis und eine Telefonnummer genannt hätte, hätte er diese Nummer auf seinem Mobiltelefon gewählt?

Wütend schob er die Maus über den Tisch und kontrollierte seinen Posteingang. Dort fand er die üblichen Sachen: Reklame für eine Reise nach Finnland, einige unbekannte E-Mails mit fremden Absendern und meist englischem Betreff, zweifellos Angebote für Viagra oder gefälschte Uhren, sowie eine Mail der Hausverwaltung.

Und schließlich eine von seinem Bruder Andrea.

Claudio Marino spürte eine leichte Enttäuschung. Lustlos klickte er auf die Mail, um sie zu öffnen. Er hatte eine gewisse Vorahnung, was den Inhalt betraf. Die Bestätigung folgte auf dem Fuße, in der serifenlosen Schrift, mit der sein Bruder seine E-Mails schrieb.

> Lieber Claudio, ich weiß, dass die Frist seit langem überschritten ist. Doch ich befinde mich derzeit in großen Schwierigkeiten und schaffe es nicht, meine Schulden, die ich bei dir habe, zu begleichen. Ich bin allerdings sicher, dass ich in Kürze in der Lage sein werde, dir die gesamte Summe zurückzuzahlen. Ich weiß, dass ich zu dir hätte kommen müssen, um es dir persönlich zu sagen, doch im Moment halte ich mich geschäftlich in Frankreich auf. Daher habe ich mich gefragt, ob es möglich wäre, dass du mir noch einen weiteren Aufschub gewährst.
> Mit herzlichen Grüßen
> Andrea

Marino quetschte die Maus so fest zusammen, dass er schon glaubte, sie zerbrochen zu haben.

Ich scheiß auf Frankreich und auf deine Geschäfte, du häss-

licher Taugenichts. Und vor allem scheiß ich auf deine »Herzlichkeit«.

Zwischen ihnen war es nie herzlich zugegangen. Andrea war derjenige, der immer lächelte und den Mädchen gefiel. Claudio war derjenige, der viel arbeitete und keine Freunde hatte.

Endstation.

Diese Definition brachte in einfacher und erschöpfender Weise den Abgrund zwischen ihnen zum Ausdruck: Sie waren zwei Menschen, die zufällig derselben Gebärmutter entschlüpft waren und wenige Sekunden später schon nichts mehr miteinander gemeinsam gehabt hatten.

Beim Tod von Giuseppe Marino, einem kleinen Händler, hatte seine Familie gar nicht mal so schlecht dagestanden. Dank der doppelten Pension und der Vermietung der drei Wohnungen hatte seine Witwe in mehr als würdigen Verhältnissen leben können. Seinen Kindern hatte er eine bescheidene Summe Geld hinterlassen und sie zu Miteigentümern eines Hauses im Susatal gemacht, wo sie während ihrer Kindheit jedes Jahr die Ferien verbracht hatten.

Noch jetzt zog sich Marinos Herz zusammen, wenn er an jene Jahre zurückdachte. Und gleich darauf verspannte sich sein Unterkiefer.

In diesem angenehmen, aber wenig mondänen Ort hatten sich die Kinder der Sommerhausbesitzer und die einheimischen Kinder zusammengeschlossen. Eine Gemeinschaft, bei der Andrea der König gewesen war und Claudio, ohne es zu wollen, die Rolle des Hofnarren übernommen hatte. Er konnte weder Fußball spielen noch auf Bäume klettern, und bei der ersten Zigarette hatte er als Einziger gekotzt. Nach und nach hatte er sich von der Gruppe entfernt und sein Verhältnis mit der Einsamkeit begonnen. Seine Eltern waren viel zu sehr von Andreas Übermut fasziniert gewesen, um zu merken, dass sie ihren anderen Sohn verloren.

Marino schloss einen Moment die Augen. Die Erinnerungen an dieses Haus waren sofort präsent, sie waren so real, als hätte er ein Foto vor Augen. Er sah sie am Dorfrand stehen, die Hütte aus Stein und Holz. Ständig schien der Geruch von Rauch in der Luft zu hängen. Und er sah den verwitterten Zaun, der den Garten vor dem Haus umgab. Die Holzpfähle waren nur grob abgehobelt und zu unregelmäßigen Kreuzen in den Boden getrieben worden, so wie man es sonst vor allem auf Bauernhöfen sah. Für gewöhnlich hatte sich Andrea von dieser Seite dem Haus genähert, hatte Anlauf genommen, sich mit einer Hand am Zaun abgestützt und war hinübergesprungen.

Ihm selbst war das nie gelungen.

Er hatte es nicht einmal versucht.

Andererseits war er sich auch sicher gewesen, dass die Augen seiner Eltern, wenn ihm ein solcher Sprung gelungen wäre, nicht so geleuchtet hätten, wie sie es bei Andreas kleinem Kunststück getan hatten.

Oder bei *egal was*, das er getan hatte.

Eines Tages war Claudio alleine zu Hause geblieben. Sein Bruder und seine Eltern waren zum Dorffest hinuntergegangen, während er lieber zu Hause geblieben war, um ein Buch zu Ende zu lesen. Sein Vater hatte ihm hastig durchs Haar gestrichen

»Mein kleines Genie. Du wirst einmal ein ganz Kluger«

doch in Gedanken war er bereits auf dem Weg ins Dorf gewesen und bei dem Spaß, den er mit seiner Frau und seinem anderen Sohn haben würde.

Claudio sah ihnen vom Fenster aus hinterher, und als sie

hinten am Hügel angekommen waren, ging er nach unten in die Garage, wo das Werkzeug aufbewahrt wurde. Er nahm einen alten Nagelbohrer, mit dem man früher Löcher ins Holz gebohrt hatte. Damit bearbeitete er den Zaun und versuchte, die Löcher so unregelmäßig zu verteilen, dass es nach zufälliger, wetterbedingter Verwitterung aussah. Das Holz war alt, und das Bohren bedurfte keiner großen Anstrengung. Anschließend tarnte er die Spuren seiner Arbeit vorsichtig mit Erde.

Zurück im Zimmer, das er mit seinem Bruder teilte, legte er sich aufs Bett, öffnete das Buch und wartete. Als er hörte, wie sich die Stimmen näherten, stand er auf und trat ans Fenster. Er schob die Vorhänge so weit beiseite, dass er selbst nicht gesehen werden konnte.

Von dort beobachtete er die Szene.

Andrea ging einige Schritte vor seinen Eltern. Wie üblich startete er an einer gewissen Stelle mit dem Anlauf für seinen üblichen Sprung. Als er den Zaun erreichte, stützte er sich mit der Hand ab. Marino hörte noch immer das trockene Knacken von brechendem Holz. Damals war es ihm sogar so vorgekommen, als würde er auch den Arm seines Bruders knacken hören.

Andrea stürzte schreiend zu Boden, die Eltern beugten sich sofort über ihn. Claudio trat auf den schmalen Balkon, der die Vorderfront des Hauses einnahm, als wollte er nachsehen, wer da schrie. Doch bevor er hinausgehen konnte, musste er einen Moment innehalten, um ein Lächeln zu unterdrücken. Sein Vater inspizierte die Latte und warf ihm einen fragenden Blick zu. Andrea zu Hilfe zu kommen, hatte jedoch Vorrang, und sein Vater verlor Claudio gegenüber nie ein Wort über die Angelegenheit.

Marino kehrte aus seinen Erinnerungen zurück, als hätte die Vergangenheit dazu gedient, Andreas E-Mail zu löschen. Doch die Worte seines Bruders waren noch da und bettelten mit *herzlicher* Überheblichkeit, wie er es immer getan hatte.

Natürlich hatte Andrea geheiratet und sich natürlich ein paar Jahre später scheiden lassen. Er war seiner Natur und der Leidenschaft für eine andere Frau gefolgt und hatte eine Ehefrau und einen Sohn zurückgelassen. Das vom Vater geerbte Geld hatte sich in kurzer Zeit in Luft aufgelöst, und nachdem ihm seine Mutter mehrmals ausgeholfen hatte, wovon der Bruder gar nichts hätte erfahren dürfen, war er schließlich zu ihm gekommen, um ihn um ein Darlehen zu bitten.

Wie üblich hatte er breit lächelnd, scherzend und voller guter Absichten bei ihm in der Wohnung gestanden. Und wie üblich hatte er ihm als Garantie seinen Teil der Hütte übertragen wollen. Natürlich mit Unterschrift des Notars.

»Alles muss seine Ordnung haben, wie es unter anständigen Menschen so üblich ist«, hatte er gesagt.

Während Marino seinem Bruder bei der Unterzeichnung der Urkunde zugesehen hatte, hatte er sich anstrengen müssen, nicht genauso zu lächeln wie damals, als sein Bruder sich den Arm gebrochen hatte.

Er legte die Hände auf die Tastatur und dachte einen Augenblick nach. Schließlich bewegte er den Mauspfeil nach oben und klickte auf »Antworten«.

Er begann zu schreiben, achtete aber darauf, dieselbe Schrift zu benutzen wie sein Bruder.

Lieber Andrea, ich glaube, dass früher oder später der Moment kommt, in dem ein Mensch Verantw

Er hielt inne und betrachtete den blinkenden Cursor am Ende der Zeile. Schließlich löschte er, was er soeben geschrieben hatte, und tippte kurz und knapp ein einziges Wort. In der Schrift, die er selbst immer verwendete.

Nein.

Ohne einen weiteren Gedanken daran zu verschwenden, klickte er auf Senden. Die E-Mail wurde in eine Vorhölle geschickt, aus der sie ein anderer Rechner früher oder später wieder hervorholen würde. Ohne die schlichte, aber endgültige Bedeutung ändern zu können.

Als er seinen Rechner ausschaltete, empfand er das Gleiche wie am Tag, als Giovanna ihm gesagt hatte, dass sie sich nicht mehr sehen würden. Keinerlei Gefühlsregung, nur die Sicherheit, dass sich ein Teil seines Lebens endgültig hinter ihm schloss.

Als der Bildschirm schwarz wurde, hinterließ er in seinen Augen einen gelben Fleck, der aber sogleich durch die junge Frau im roten Mantel ersetzt wurde. Marino fuhr sich mit der Hand durch sein graues, dünnes Haar, das hinten schon etwas lichter wurde. Einige Minuten lang hatten ihn Groll und Genugtuung die junge Frau vergessen lassen, doch nun war sie wieder da, mit ihrem entwaffnenden Lächeln und dem weißen Blitz zwischen den zwei Lippen, die roter waren als ihr Mantel.

Er erhob sich und ging in das Zimmer gegenüber, das seine Mutter als Allzweckraum bezeichnet hatte, »den man in jeder Wohnung braucht«.

Im großen, weißen Schrank rechts neben der Tür befanden sich außer der Wäsche der Staubsauger, das Bügeleisen und das Bügelbrett. An den anderen Wänden standen deckenhohe Regale, die aus diesem Zimmer eine Art Zweitbibliothek machten. Hier bewahrte Marino fast alle Bücher seines Lebens auf, die einzigen Freunde, die er je gehabt hatte.

Und zu denen auch jene gehörten, mit deren Ideen er nicht einverstanden war.

Er ließ seinen Blick und seine Hand über die Buchrücken gleiten. Wohlgeordnet standen die Bücher auf Metallböden, auf denen kein Staub zu sehen war. Er musste lange suchen, weil er wirklich viele Bücher besaß. Schließlich fand er es. Er zog es vorsichtig heraus, als handelte es sich um etwas Zerbrechliches. Vielleicht, überlegte er, waren alle kindlichen Erinnerungen zerbrechlich.

Da war es, das alte Schulbuch aus der vierten Klasse, noch immer in einen durchsichtigen Plastikumschlag eingeschlagen, wie man sie früher benutzte, um die Bücher zu schonen und in einem guten Zustand an den nächsten Jahrgang verkaufen zu können. Auf dem Deckel klebte ein abgenutztes weißes Etikett mit dem Namen des ursprünglichen Besitzers, »Ferretti Franco«, mit Füllfederhalter in kindlicher Schrift geschrieben. Es war das Buch, das von einem kleinen Verbrechen besudelt war. Jenes, in dem ein Mädchen, das der Fantasie eines Illustratoren entsprungen war, auf einer Wiese saß und eine Zeitlang sein Herz hatte schneller schlagen lassen.

Die Erinnerung war noch da.

Ohne zu zögern, öffnete er das Buch auf Seite dreiundsiebzig, auf der sich die Zeichnung befand. Das Mädchen beobachtete noch immer ihre Freunde, deren Blicke nach oben flogen wie die Drachen, hinauf in dieses Neue oder besser noch in dieses Alte, das dem Dichter zufolge dieser sonnige Tag war.

Während er das Mädchen mit seinen Erwachsenenaugen betrachtete, wunderte er sich beinahe, dass es immer noch unbeweglich auf der Wiese lag, als wäre die Zeit spurlos an ihm vorübergegangen. Er hätte sich nicht gewundert, wenn das blonde Kind das Gefängnis dieses Buchs, diese farbigen Striche verlassen hätte, wenn es in die wirkliche Welt hinausgegangen wäre. Wenn es zu einer Frau herangewachsen wäre, die in einem roten Mantel an der Straßenbahnhaltestelle steht …

In diesem Moment ging ihm auf, was ihm bei der jungen, schmächtigen, zarten Frau, die er vor weniger als zwei Stunden gesehen hatte, ins Auge gestochen war. An diesem frischen, hellen Tag, an dem sie in ihrem auffallenden Mantel inmitten der anderen grau gekleideten, frierenden Fahrgäste gestanden hatte, war sie der einzige Mensch gewesen, bei dem sich keine Dampfwölkchen vor dem Mund gebildet hatten.

Der brüllend laute Fernseher weckte ihn.

Er hatte den Nachmittag mit dem Korrigieren der Klassenarbeiten verbracht, hatte sie ohne jedes Interesse gelesen, und immer mal wieder hatte sich unwillkürlich das Gesicht des jeweiligen Schülers vor das Blatt geschoben.

Carretto, Macaluso, Ferrari, Demaria …

Anonyme Gesichter, ein Nichts, das sich zu einem Nichts zusammenfügt, leere Augen und noch leerere Worte. Lästig der bloße Gedanke an ihre Existenz.

Dennoch hatte er sich selbst eingestehen müssen, dass nicht alle Arbeiten schlecht waren. Einige seiner Schüler besaßen zweifellos die Gabe, etwas schwarz auf weiß darzustellen. Ihnen hatte er gute Noten gegeben und ermutigende Worte dazugeschrieben, dass sie auf diesem Weg weitermachen sollten. Nicht, weil er ein Interesse daran hätte, sondern in der Vorahnung künftiger Genugtuung.

Auch sie würden ihre Dosis »Zurück an den Absender« abbekommen.

Nach dem Abendessen, das aus einem Apfel und einer Dose eingelegter Pfirsiche bestanden hatte, hatte er sich vor den Fernseher in den Ledersessel gesetzt. Ohne es zu merken, war er in eine Art Halbschlaf geglitten, in dem die Bilder des Films, der gerade gelaufen war, überblendet worden waren von den Bildern eines roten Mantels und von diesem Lächeln, das die Begegnung überhöht hatte. Schließlich war er endgültig eingeschlafen, hatte sich irgendwann wahrscheinlich bewegt und auf der Fernbedienung die Lautstärketaste gedrückt. Sofort war er durch das Geschrei einer Nachtgestalt, die den Regisseur eines gegenwärtig äußerst erfolgreichen Jugendfilms mit fast unverständlichen Fragen bombardiert hatte, wieder aufgewacht.

Die Digitaluhr auf dem Tisch neben dem Fernseher zeigte in grünen Ziffern Viertel vor zwei an, das Barometer am Fenster eine Außentemperatur von minus drei Grad.

Er versuchte, den Kopf zu bewegen, aber sein Hals war steif geworden. Langsam drehte er den Kopf nach rechts und nach links, lockerte die gefühllose Schultermuskulatur und erhob sich mit noch halb eingeschlafenen Beinen.

Geführt vom orangefarbenen Licht, das durch die Fenster drang, ging er den Flur entlang. In der Küche betätigte er den Schalter und ersetzte das Licht von der Straße durch das Neonlicht an der Decke. Dann schenkte er sich ein Glas eiskaltes Mineralwasser aus dem Kühlschrank ein. Kohlensäure und Kälte verursachten ein brennendes Kribbeln an seiner Nasenwurzel, und er drückte mit Daumen und Zeigefinger dagegen, bis der Schmerz nachließ.

Mit dem Glas in der Hand trat er ans Fenster und blickte auf die Straße hinab. Er hatte keine Zeit, den Blick zum leeren Platz gleiten zu lassen, weil er von einem grellen Fleck abgelenkt wurde, der wie eine Blume dem grauen Asphalt entspross.

Plötzlich erkannte er sie.

Die junge Frau im roten Mantel stand unter einer Platane vor dem Hauseingang, direkt auf der Höhe seiner Wohnung. Noch immer bildeten sich keine Dunstwölkchen vor ihren Lippen. Das Gesicht hielt sie nach oben auf sein Fenster gerichtet, als würde sie schon immer dort stehen und auf ihn warten.

Als er sie sah, lächelte sie wieder.

Marino hatte den Eindruck, dass dieses Lächeln sein Herz zum Stehen brachte. Obwohl er überrascht war, spürte er, wie sich seine Lippen, als würden sie gar nicht zu ihm gehören, ebenfalls zu einem Lächeln verzogen. Unabhängig von seinem Willen hob sich sein rechter Arm und grüßte nach unten.

Ohne zu lächeln aufzuhören, erwiderte die Frau im roten Mantel seinen Gruß mit einer so anmutigen Bewegung, dass sie schon unnatürlich wirkte. Sie blickten sich an, konnten aber nicht miteinander reden, jeder auf dem Bildschirm der Nacht in seinen eigenen Lichtkegel gebannt.

Schließlich bedeutete Marino ihr zu warten. Die junge Frau im roten Mantel lächelte noch strahlender und nickte.

Marino bewegte sich so schnell, wie er konnte. Er kehrte in den Flur zurück, schlüpfte in seine Mokassins, ohne darauf zu achten, dass sich die Ferse des linken Schuhs nach innen bog. Er schnappte sich Mantel und Schal. Der Fahrstuhl war im Erdgeschoss. Er fand nicht die Geduld zu warten, sondern rannte, während er sich anzog, die Treppe hinunter. Erst jetzt spürte er, dass der Schuh gegen die Ferse drückte. Voller Panik bei dem Gedanken, die junge Frau womöglich nicht mehr anzutreffen, rannte er schneller, als er konnte. Und kannte plötzlich die Antwort auf die Frage, die er sich am Nachmittag gestellt hatte.

Die Antwort lautete ja.

Hätte er ihre Telefonnummer, würde er sie anrufen.

Als er den Eingang erreichte, stand die junge Frau vor ihm auf der Straße, eingerahmt von der Metalltür mit den gusseisernen Schnörkeln.

Bevor Claudio die letzten Stufen hinabging, die zur Tür führten, musste er stehen bleiben, um seinen Schuh richtig anzuziehen, denn seine Hacke schmerzte. Während er sich bückte, rückte die junge Frau links aus seinem Blickfeld heraus.

Als er die Tür öffnete und hinaustrat, war sie verschwunden. Keuchend ging er ein paar Schritte den Bürgersteig entlang und drehte den Kopf hin und her.

Niemand zu sehen.

Dreckige Nutte. Dreckige, widerliche, beschissene Nutte.

Er rannte nach links zum Platz. Als er die Ecke erreichte, lag vor ihm die menschenleere, von Laternen erleuchtete Straße. Ein Stück weiter, auf der Höhe der ersten Kreuzung, erblickte er die Scheinwerfer eines Fahrzeugs, das rechts blinkte und abbog.

Er blieb stehen und sah nichts und niemanden mehr, während er versuchte, seine Wut in den Griff zu bekommen.

Ein Witz.

Ein dummer, niederträchtiger, verdammter Witz.

Und er war darauf hereingefallen wie ein Idiot.

Wie ein Idiot, du verdammte Sau.

Er wirkte auf sich selbst wie ein verlassener Hund, der verwirrt hechelte und mit ungläubigen Augen die Scheinwerfer des Autos, dem er hinterhergejagt war, in der Nacht verschwinden sah. Gleich in doppelter Hinsicht schimpfte er sich einen Idioten. Zunächst, weil er sich hatte zum Narren halten lassen. Und dann, weil er trotz allem eine absurde Hoffnung hegte und nicht glauben mochte, dass die Seifenblase geplatzt und ihr Inneres vollkommen leer gewesen war.

Die Enttäuschung war kälter als die Nacht, die den Schweiß auf seinem Körper beinahe gefrieren ließ. Der Schauder, der ihm den Rücken hinablief, überzeugte ihn, nach Hause zurückzukehren. Vor der Tür angekommen, steckte er die Hand in die Tasche, um den Schlüssel herauszuziehen. Erst jetzt erinnerte er sich, dass er ihn oben auf der Kommode im Flur hatte liegen lassen.

Er hätte laut losschreien können.

In der Hektik, als er nach unten gerannt war, um diese Frau zu treffen, hatte er jegliche Vorsicht über den Haufen geworfen. Jetzt stand er allein und erniedrigt in Nacht und Kälte auf einer verlassenen Straße. Er musste den Pförtner herausklingeln, der ebenfalls hier wohnte, um sich die Haustür öffnen und sich den Zweitschlüssel zu seiner Wohnung, den er für die Putzfrau bei ihm hinterlegt hatte, geben zu lassen.

Auch das eine peinliche Erniedrigung.

Während er sich die Zähne putzte und ins Bett ging, mied er den Blick in den Spiegel, um seine Niederlage, die ihm ins Gesicht geschrieben stand, nicht sehen zu müssen.

Ganz andere Spuren als die allgegenwärtigen Graffiti verschandelten seine städtische Existenz.

Kurze Zeit später lag er unter der Decke und wälzte sich hin und her, um eine bequeme Position zu finden, die ebenso wie der Schlaf unauffindbar zu sein schien. In dieser Nacht schlief er wenig und schlecht, und er fürchtete, ihm würde nie wieder warm werden.

Am Tag danach kam er müde und schlecht gelaunt in die Schule. Er hatte Ränder unter den Augen und hatte sich, ungewöhnlich genug, nicht rasiert. Den ganzen Weg zur Schule über hatte er gehofft und zugleich gefürchtet, die junge Frau im roten Mantel an der Straßenbahnhaltestelle anzutreffen, wo er sie am Tag zuvor gesehen hatte. Mit jedem Schritt hatte sein Gemütszustand gewechselt, im Takt eines Metronoms, das nicht das Tempo, sondern Stimmungen vorgab. Als er dann gesehen hatte, dass sie nicht unter dem Dach der Haltestelle stand, war er enttäuscht gewesen. Und wieder hatte er sich einen Idioten geschimpft, wegen seiner Enttäuschung, wegen seiner Hoffnung und wegen seiner Furcht.

Die Stadt mit ihrem pulsierenden Atem hockte ihm wie ein fremdes Wesen im Nacken. Von weitem sah die Schule wie ein Gefängnis aus, seine heimische und persönliche Feste Spielberg. Nur dass die Erzählungen aus seinem Gefängnis weder in der Vergangenheit noch in der Zukunft jemanden interessierten. Genauso fühlte er sich in diesem Moment, zurück an den Absender, ohne Möglichkeit der Wiedergutmachung. Auf ganzer Linie besiegt, nicht zuletzt von einer jungen Frau im roten Mantel …

Dreckige Nutte. Möge dich die Hölle verschlingen, du verdammte Hure.

Als er das Lehrerzimmer betrat, waren die Kollegen, die in der ersten Stunde unterrichten mussten, bereits alle da.

Bacchioni und Armosino standen am Fenster und unterhielten sich leise, vielleicht über Frauen, vielleicht über Fußball, auf jeden Fall über nichts. Crivelli saß am Tisch in der Mitte des Zimmers und blätterte in einem Klassenbuch. Sie musste eben erst eingetroffen sein, weil sie ihren Mantel noch nicht ausgezogen hatte. Auch der neutrale Farbton konnte nichts gegen den Dunst ausrichten, in den sie eingetaucht zu sein schien, als gehörte das Grau eher zu ihrem Wesen als zu ihrer Kleidung.

Sie hob den Blick vom Klassenbuch und sah ihn eintreten. Das übliche Interesse in ihrem Blick verwandelte sich in Sorge.

»Claudio, geht's dir nicht gut?«

Marino kehrte ihr den Rücken zu, während er seinen Mantel aufhängte. *Kümmere dich um deinen eigenen Dreck*, dachte er.

»Nein, alles in Ordnung. Ich habe nur schlecht geschlafen«, sagte er.

Das stimmt nicht. Ich habe wegen einer Dirne eine beschissene Nacht verbracht. Aber es ist besser, von ihr reingelegt zu werden, als sich deiner ständigen Aufmerksamkeit ausgesetzt zu sehen, du hässliche Kröte.

Er öffnete seinen Schrank, nahm die Klassenbücher heraus und ließ sich so weit von Crivelli entfernt wie möglich nieder. Sollte sie die Botschaft verstanden haben, ließ sie es sich jedenfalls nicht anmerken.

»Möchtest du einen Kaffee, Claudio?«

Mario Zelari, Englischlehrer von kleiner Statur mit rundem Gesicht und großen, wässrigen Augen, stand neben der Kaffeemaschine. Marino hatte immer den Eindruck, dass er sich nicht anständig wusch. Schon seit ewigen Zeiten konnte man bei ihm nicht mehr von beginnendem

Haarausfall reden, und sein einziger Verdienst war es, dass er noch nicht der Versuchung erlegen war, sich ein Toupet zuzulegen.

»Ja bitte. Sehr aufmerksam.«

Als er das Klassenbuch öffnete, hörte er den Kaffee in den Plastikbecher plätschern. Er steckte seine Nase ins Klassenbuch, spürte aber immer wieder Crivellis schüchternen Blick und fragte sich, wann sie wohl verstehen würde, dass ihre Annäherungsversuche keinen anderen Effekt hatten, als ihn zu ärgern.

Zelari drehte sich um, stellte ihm den Kaffeebecher auf den Tisch und legte ein Plastikstäbchen zum Umrühren daneben. Der Becher war nass und hinterließ einen Fleck auf dem Holz. Auch die Plastiktüte mit dem Zucker hinterließ Spuren.

Sein Ärger wurde immer größer.

Verdammter Idiot, nicht einmal Kaffee kannst du machen.

Claudio schob das Klassenbuch zur Seite, damit es keine Flecken bekam. In seiner üblichen Oberflächlichkeit hatte sein Kollege nichts bemerkt.

»Habt ihr gehört, was in diesem Gymnasium in Verona passiert ist?«

Zelari nahm das Schweigen als Zustimmung und fuhr unbeirrt fort.

»Gut, da ist also dieser Rektor, der jeden Morgen in Begleitung eines Jungen zur Schule kommt. Die Lehrer …«

Niemand würde je erfahren, wer dieser Junge war und was er mit dem Leben des Rektors von Verona zu tun hatte, weil in diesem Moment Graziella Li Puma ihren Auftritt im Lehrerzimmer hatte.

Sofort schien der Raum heller zu werden.

»Einen guten Morgen wünsche ich euch.«

Ihre Stimme klang so elegant, wie Graziella aussah. Schönes Gesicht, dunkles Haar, wohlriechendes Parfüm. Sie strahlte Adel aus, wie ihn die Geburt verleiht, und Reichtum, zu dem man durch Heirat gelangt. Manch einer fragte sich, warum sie trotz des Lebens, das ihr Mann ihr bot, weiterhin unterrichtete. Niemand in der Schule kam jemals auf die Idee, dass auch Leidenschaft ein gewaltiger Anreiz sein kann.

»Hallo, Graziella.«

Zelaris Gruß klang schrill aus den anderen Stimmen hervor. Er unterbrach seinen Bericht und blickte Graziella einen Moment lang verträumt an. Dennoch schenkte sie nicht nur ihm Gruß und Blick. Claudio Marino bedauerte ihn, weil er die Rolle des Verehrers in so pathetischer Weise spielte. Eine arme, unbekannte Gestalt unter einem Balkon, ohne je Christian oder Cyrano sein zu können. Er war für Graziella Li Puma, was Crivelli für ihn selbst war.

Mit demselben Ergebnis. Viele Absichten, keinerlei Aussichten.

Graziella zog ihren eleganten, mit Webpelz gefütterten Pelzmantel aus und hängte ihn neben den von Marino.

»Habt ihr gemerkt, wie kalt es ist?«

Die Schulglocke, die den Beginn der Schulstunden einläutete, enthob die Anwesenden von der Notwendigkeit einer Antwort und bewahrte sie zugleich vor der vorhersehbaren Litanei von Mario Zelari, dem »Fußabtreter«, der, nur um Eindruck zu schinden, geschworen hätte, auf dem Weg zur Schule einer Herde Pinguine begegnet zu sein.

Marino leerte seinen Kaffeebecher und erhob sich. Wortlos verließ er das Lehrerzimmer, bevor Claudia Crivelli auf die Idee kommen würde, mit ihm ein Stück Richtung Klassenzimmer zu gehen.

Allerdings hörte er ihre Schritte auf den schäbigen Steinfliesen. Dieser Klanghintergrund erinnerte ihn an die Schritte der jungen Frau im roten Mantel auf dem Asphalt. Ein trockenes, beschwörendes, nächtliches Geräusch. Bei der Erinnerung brannte der Kaffee, den er soeben getrunken hatte, in seinem Magen wie Schwefelsäure.

Als er die Klasse betrat und die Tür hinter sich schloss, beendeten die Schüler widerwillig ihr Geschwätz und nahmen mit der gleichen Begeisterung ihre Plätze ein. Sie grüßten nicht, und er grüßte auch nicht. Er ging zum Pult, setzte sich und legte das Klassenbuch wie immer rechts in die Ecke. Unentschlossen blickte er die Schüler einen Moment lang an. Ihre abwesenden Gesichter reichten aus, um alle Ambitionen abzutöten. Ihm wurde übel bei der Vorstellung, ihnen etwas erklären oder sie abfragen zu müssen.

»Klassenarbeit«, verkündete er lapidar.

Überraschung zeigte sich auf De Rossis Gesicht, einem Jungen in der ersten Reihe, der leicht zerstreut war wie jemand, der sich bei jeder erstbesten Gelegenheit einen Joint reinzieht. Unterstützt vom Gemurmel seiner Klassenkameraden, wagte er einen schüchternen Widerspruch.

»Aber heute …«

»Ich scheiß auf heute, du hässlicher Blödmann.«

Marino hatte laut gedacht, hatte in Worte gefasst, was für gewöhnlich ein innerer Monolog war. Die unerwartete Bemerkung erschreckte die Schüler wie eine eiskalte Dusche und ließ ihre Gesichter erstarren wie die von Schneemännern. Vielleicht hätte er dasselbe Ergebnis erzielt, hätte er das Klassenzimmer nackt betreten.

Überraschenderweise hatte er seinen Spaß daran.

Des einen Leid ist des anderen Freud.

Jetzt, da die Ochsen ausgebüchst waren, hatte er weder

Lust, den Stall zu schließen, noch ihnen hinterherzulaufen.

Er redete mit einer um einige Dezibel lauteren Stimme als üblich. Auch sein Blick war anders, wie die Schüler feststellten.

»Ich bin derjenige, der entscheidet. Und ich glaube, ab heute müssen wir ein Ausrufezeichen hinter diesen Satz setzen.«

Er stützte sich auf das Pult und wartete, dass sich die neue Haltung ihren Weg in die Köpfe seiner Schüler bohrte.

Immer vorausgesetzt, dass ihr ein Hirn habt, ihr Schwachköpfe.

»Los, holt eure Blätter raus und schreibt.«

Er schüttelte rasch ein Thema zum Drogenproblem aus dem Ärmel. Aus statistischen Gründen war er sich sicher, dass mindestens ein Teil der Fünf A hin und wieder der Illusion der künstlichen Paradiese erlag. Und er hegte auch einen begründeten Verdacht, welche seiner Schüler dies sein könnten. Diejenigen, die den Mut aufbringen würden, sich für die Liberalisierung des Drogengebrauchs einzusetzen, würde er, so beschloss er, dafür belohnen, dass sie die Ebene der Gemeinplätze verließen. Eine fragwürdige Idee, doch ein Krümelchen Kühnheit konnte einem Menschen einen Hauch Persönlichkeit verleihen.

Während sich die Schüler an die Arbeit machten, blieb er am Pult sitzen und betrachtete dieses mannigfaltige Bild der jugendlichen Menschheit. Er fragte sich zum hundertsten Mal, wie er sein Leben an diesem Ort, auf diese Weise, zu diesem vergeblichen Zweck vergeuden konnte. Nichts schien für ihn noch Sinn zu haben. Sein Leben, sein Alter, seine Vermessenheit, die ihn in der Vergangenheit hatte glauben lassen, jemandem oder etwas nützlich sein zu können.

Wieder drehte sich ihm der Magen um. Einen Moment lang fürchtete er, sich übergeben zu müssen. Er erhob sich, was er sonst nie tat, und ging zwischen den Tischen umher, als könnte die Bewegung seine unaufhörlichen Magenkrämpfe lindern. Schließlich trat er ans Fenster und blickte hinaus. Am Rande des Schulhofs, den der Rektor wegen der vier kümmerlichen Sträucher beharrlich Garten nannte, führte eine Straße entlang.

Die Welt war wie immer in Bewegung. Rotation, Umlauf, Übersetzung. Jeder wird mitgezogen, niemand kann diesen unsichtbaren Himmelsbewegungen mit seinen kläglichen, in Hochglanzpapier eingewickelten Überzeugungen entkommen. Er kann nur das Hin und Her der Autos und Menschen auf den Bürgersteigen beobachten. Mensch und Metall, Metall und Mensch. Wer weiß, was dieser Alte im Lodenmantel mit dem Borsalino auf dem Kopf dachte, als er jetzt in Begleitung einer Frau, vermutlich seiner Gattin, die Straße heraufkam. Und dieser andere auf dem martialisch herausgeputzten Roller, der auch im Winter einsatzbereit war. Wer weiß, was die junge Frau im roten Mantel dachte, die in diesem Moment vorbeig …

Er spürte, wie er rot wurde. Die Magensäure schoss seine Speiseröhre hinauf. Ohne seinen Augen völlig zu vertrauen, wusste er, dass sie es war, die in diesem Moment vor seinen Augen vorbeiflanierte, dieser leuchtend rote Fleck zwischen den skelettartigen Zweigen und dem grauen Asphalt. Die, der er in der Nacht vergeblich hinterhergerannt war.

Ohne Eile und leichten Schrittes ging sie weiter, den Blick nach vorne gerichtet. Ihr blondes Haar schwang hin und her und verdeckte ihr Profil. Auf der Höhe des Fensters, an dem er stand, blieb sie stehen, drehte den Kopf und blickte zu ihm herauf.

Claudio dachte, ein Lächeln zu erkennen. Es dauerte nur den Bruchteil einer Sekunde, dann ging sie weiter und verschwand aus den Umrissen des Fensters. Sein erster Gedanke war, alles stehen und liegen zu lassen und ihr wieder hinterherzulaufen, auch wenn er sich wieder zum Narren machen würde. Einen Augenblick war er in Versuchung, doch seine Wut übernahm die Kontrolle.

Diesmal legst du mich nicht rein, du Flittchen.

Plötzlich ließ der Brechreiz seinen gesamten Körper erschaudern. Irgendwie schaffte er es, seinen Mageninhalt unten zu behalten, was ihm, wie er wusste, kein zweites Mal gelingen würde. Er würde sich hier übergeben, wenn er nicht rechtzeitig die Toilette erreichte. Und würde es ihm hier, im Klassenzimmer vor den Schülern passieren, hätte er sich für den Rest seines Lebens zum Gespött der Schule gemacht.

Er trat vom Fenster weg und ging zur Tür, wo er noch einmal stehen blieb und sich an die Schüler wandte.

»Macht allein weiter. Und ich will keinen Ton hören.«

Er hatte keine Mathematikaufgabe gestellt. Keine Aufgabe aus den exakten Wissenschaften mit einem unumstößlichen Ergebnis, das wie eine Fahne am Ende der Aufgabe wehte. Hier war ein geordneter, fortlaufender Fluss von Wörtern gefragt, zusammengehalten von einer Idee. Es bestand nicht die Gefahr, dass sie voneinander abschrieben. Er traute seinen Schülern nicht einmal zu, dass sie von allein auf ein Ergebnis kamen, also waren sie auch nicht in der Lage, sich gegenseitig zu helfen.

Er verließ das Klassenzimmer und ging Richtung Lehrertoilette, die zum Glück nicht weit entfernt war. Gerade noch rechtzeitig öffnete er die Tür und betrat eine der Kabinen, bevor seine schlimmsten Vermutungen wahr wurden. Er hob den Deckel der Toilettenschüssel im selben Moment, in dem sein Magen sich schmerzhaft zusammenpresste und seinen Inhalt preisgab. Der Rest des zuvor getrunkenen Kaffees und seines Frühstücks vereinten sich mit dem Wasser am Grunde der Schüssel.

Vornübergebeugt stützte er sich mit den Händen an den Wänden ab, bis er das Gefühl hatte, dass sein Magen leer war. Tränen standen in seinen Augen, und ein gallebitterer Speichelfaden lief aus seinem offenen Mund. Er zog ein Taschentuch aus der Jackentasche und trocknete sich Augen und Mund ab. Schließlich drückte er den Knopf für die Wasserspülung und verließ die Kabine, um nicht mit ansehen zu müssen, wie sein Erbrochenes vom Wasserstrudel aufgewühlt wurde.

Am Waschbecken betrachtete er sich im Spiegel. Vielleicht lag es an den farbigen Wänden oder am Neonlicht, aber er hatte das Gefühl, so grün wie eine Smaragdeidechse zu sein. Er stützte sich auf das Waschbecken und rückte mit dem Gesicht nahe an den Spiegel heran.

»Du bist alt. Du warst nie schön. Und du wirst nie zu Ruhm und Ehren gelangen, durch nichts und wieder nichts. Und keine junge Frau im roten Mantel wird je Interesse an dir haben.«

Nach diesem Urteilsspruch, bei dem er seinem Spiegelbild gegenüber keine mildernden Umstände geltend gemacht hatte, drehte er den Wasserhahn auf und wusch sich Hände und Gesicht. Das Druckgefühl im Magen war verschwunden, doch die Übelkeit und ein leichtes Brennen in der Nase, weil er sich zu tief über die Kloschüssel gebeugt hatte, plagten ihn noch. Während er sich abtrocknete, suchte er Jacke und Hose nach Flecken ab.

In diesem Moment hörte er gedämpfte Stimmen. Er

blickte nach links. Gegenüber der Eingangstür befand sich eine Metalltür. Claudio wusste, was dahinter lag: eine Treppe, die nach unten zum Heizungsraum führte, wo auch die Putzgeräte und das Werkzeug aufbewahrt wurden. Der Raum grenzte wiederum an die Turnhalle im Souterrain mit ihren großen Fenstern zum Hof. Von Claudios Seite aus diente die grau lackierte Metalltür als Notausgang. Um sie von der anderen Seite aus zu öffnen, benötigte man einen Schlüssel, den sowohl der Hausmeister als auch die Reinigungskräfte besaßen.

Marino drückte die Klinke nach unten und öffnete die Tür. Auf dem Treppenabsatz brannte kein Licht, die Treppe selbst wurde von dem Licht beleuchtet, das von unten heraufschien. Die Stimmen, die er gehört hatte, hätten von jedem stammen können, von einem Wartungsmonteur oder vom Hausmeister. Wenn er angestrengt lauschte, konnte er abgehackte Silben hören, ein leichtes Keuchen.

»... hör auf. Ich weiß ...ällt. Stimmt doch, dass ...ällt?«

Er ließ die Tür angelehnt und schlich auf leisen Gummisohlen neugierig die Treppe hinunter. Von unten stieg trockene, warme Luft und der für geschlossene Räume typische Geruch nach Staub und Zement auf. Am Ende des zweiten Treppenabsatzes befand sich ein kurzer Flur, bevor der Weg dann nach rechts abbog und den Blick auf den Raum freigab. Vor ihm stand, beleuchtet vom Deckenlicht, die Heizungsanlage.

Die Worte waren jetzt deutlicher zu hören.

Die Stimme eines Mädchens, gedämpft und weinerlich.

»Bitte, es reicht. Lasst mich doch bitte in Ruhe.«

Die Stimme eines Jungen, mit Sicherheit diejenige, die er schon von oben in einer Mischung aus Lust und Anstrengung keuchen gehört hatte.

»Halt still. Ich weiß, dass dir das gefällt. Du treibst es doch mit jedem. Meinst du, ich weiß das nicht?«

Leise erreichte er die Ecke und schob den Kopf herum, blieb aber hinter einem Metallschrank in Deckung.

Wenige Meter entfernt saß ein Junge auf einem an die Wand geschobenen Tisch und hielt mit seinen Beinen ein Mädchen umklammert. Einen Arm hatte er um ihren Hals geschlungen, mit der anderen Hand presste er ihr ein Messer an die Kehle. Ein zweiter Junge stand zwischen ihren Beinen, die Hosen bis zu den Waden heruntergelassen. Er hielt ihre Schenkel an den Knien auseinandergedrückt und vergewaltigte sie. Ihr Slip lag auf dem Boden.

Claudio war wie versteinert.

Das Mädchen trug eine rote Sweatshirtjacke, deren Reißverschluss vorne aufgezogen war. Einer der Jungs hatte ihren BH nach oben geschoben und ihre Brüste entblößt, die aber vom BH nach unten gedrückt wurden. Von dort aus, wo Claudio stand, konnte er ihre rosa Brustwarzen sehen, die einen Kontrast zu ihrer weißen Haut bildeten.

Er konnte den stehenden Jungen nicht erkennen, kannte aber denjenigen, der das Mädchen festhielt, vom Sehen her. Obwohl er keiner seiner Schüler war, wusste Marino, dass er aus gutem Hause stammte, ein arroganter Kerl, der jeden Tag mit einem ziemlich teuren Roller zur Schule kam. Das Mädchen schien jünger zu sein als die Jungs, und unter diesen Umständen war es schwierig, sie hinter den von Angst, Scham und Schmerz verzerrten Gesichtszügen zu erkennen.

Ein erneuter schwacher Versuch ihrerseits.

»Bitt…«

»Maul halten!«, zischte der Junge hinter ihr.

Er drückte die Messerspitze gegen ihre Kehle, und sie

verstummte. Der zwischen ihren Beinen stehende Junge erhöhte die Frequenz und keuchte weiter.

Gierig, unsensibel, animalisch.

Claudio hätte aus seinem Versteck treten und das Mädchen von dieser Tortur befreien können. In jedem anderen Fall hätte er es getan, wenn ihn nicht eine Kleinigkeit davon abgehalten hätte. Claudio Marino, der Lehrer, war, als er die junge Frau im roten Mantel gesehen hatte, zum ersten Mal von etwas ihm völlig Unbekanntem erfasst worden: der Leidenschaft. Und noch bevor er sich dessen bewusst geworden war, hatte sich diese Leidenschaft in getäuschte Leidenschaft gewandelt. Es war etwas Unbekanntes gewesen, das zunächst seine Leidenschaft und dann sein Blut in Wallung gebracht hatte. Gleich darauf hatte jemand dafür gesorgt, dass dieses erhebende Gefühl in Scham und Erniedrigung verwandelt worden war. Und die Schuld des Mädchens vor ihm, dieses Opfers zweier junger Beutejäger, lag allein darin, dass sie ein rotes Kleidungsstück trug.

Es war ihm nicht bewusst, doch sein Schweigen, seine Unbeweglichkeit, seine Abwesenheit in diesem Moment waren Ausdruck seiner Rache an einer Farbe, nachdem sie ihm an einer realen Person verwehrt worden war.

So blieb er in seiner Ecke versteckt, bis der stehende Junge röchelte und rasch zurückwich. Mit wenigen, langsamen Handbewegungen brachte er sich zum Orgasmus, wobei er sich mit der linken Hand am Tisch abstützte und seinen Samen auf den Boden spritzte.

Der Junge gestattete sich eine Bemerkung, ein Kompliment zwar, doch auch ein weiterer Ausdruck seines infamen Handelns.

»O Mann, du hast echt ’ne geile Fotze. Jetzt ist mir klar, warum die so reißenden Absatz findet.«

Einen Moment lang stützte er sich noch am Tisch ab, um sich zu erholen, dann bückte er sich, um seine Hose hochzuziehen. Bei dieser Gelegenheit konnte Claudio sein Gesicht erkennen. Er war ebenfalls Schüler der letzten Klasse und spielte in der Basketballmannschaft der Schule. Wie bei seinem Komplizen passte auch seine wirtschaftliche und familiäre Situation so gar nicht zu dem Schauspiel, das er soeben geboten hatte.

Der Junge mit dem Messer stieß das Mädchen von sich fort. Er stellte sich hinter sie und neben seinen Freund.

Das Mädchen ließ sich wie zu einer letzten, aber sinnlosen Verteidigung seitlich in die Fötusstellung fallen.

Ihr Gesicht, von ihrem Arm und Haar verdeckt, lag auf der metallenen Tischplatte.

Bis zu Claudio drang ihr abgehacktes Schluchzen vor.

Der Junge mit dem Messer klappte sein Messer zu und schob es in seine Jeanstasche. Der Folterknecht legte ihr eine Hand auf die Schulter.

»Spiel nicht die Scheinheilige. Ich weiß, was du so treibst. Und wenn du willst, dass es dir nicht noch dreckiger geht, behältst du die Sache am besten für dich.«

Der andere meinte, ihm noch zu Hilfe kommen zu müssen.

»Es würde dir sehr dreckig gehen. Ich hoffe, ich drücke mich verständlich aus.«

Ohne ein weiteres Wort zogen die beiden Jungen ab. Derjenige, der das Mädchen vergewaltigt hatte, strich sich mit der Hand durchs Haar und zupfte seinen Hemdkragen zurecht, bevor sie in die Turnhalle verschwanden.

Niemand hatte Claudio bemerkt.

Der stützte sich schweigend mit der Hand an der Mauer ab, bis das Schluchzen des Mädchens nachließ und die

Tränen versiegten. Ihre Kleider raschelten, als sie sich anzog, der Reißverschluss ihrer Sweatshirtjacke ratschte, ihre Schritte schlurften kraftlos über den Boden, die Tür wurde geöffnet und geschlossen. Erst jetzt löste sich Claudio von der Mauer und ging die Treppe wieder hinauf in die vertraute Umgebung der Lehrertoilette. Auf dem Weg hinaus auf den Flur mied er den Blick in den Spiegel. Zurück im Klassenzimmer, setzte er sich ans Pult und beobachtete seine Schüler, die mit Schreiben beschäftigt waren. Er hatte das Gefühl, die Übelkeit bereits seit Jahren mit sich herumzutragen. Die restlichen eineinhalb Stunden, bis die Schulglocke das Ende der Unterrichtszeit verkündete, konnte er das Schluchzen des Mädchens nicht aus seinen Ohren ausblenden.

Und aus seinen Gedanken nicht die Vorstellung, dass diese freche, kleine Nutte bekommen hatte, was sie verdient.

Claudia Crivellis Kleinwagen hielt langsam am Bürgersteig vor Claudio Marinos Haus. Einen Moment lang blieben sie schweigend sitzen, den Blick starr geradeaus gerichtet, der tickende Blinker das einzige Hintergrundgeräusch, als bedeutete das Anhalten eine knifflige Angelegenheit, die mit Vorsicht durchzuführen war.

Die Stadt vor den Fenstern war nur als teilnahmsloses Rauschen gegenwärtig.

Claudia Crivelli wandte ihr Gesicht ihrem Beifahrer zu.

»Geht es dir gut?«

Claudio brauchte einen Moment zu lange für seine Antwort.

»Ja, ein bisschen besser.«

Seine Stimme verriet, dass er log. Und seine Gesichtsfarbe war die Bestätigung.

»Bist du sicher, dass du allein bleiben kannst? Soll ich mit hochkommen und dir irgendwie helfen?«

Claudio blickte sie wortlos an, ohne sie wahrzunehmen. Die Übelkeit blähte wie ein Ballon seinen Magen auf, die Wut lastete wie ein schwerer Rucksack auf seinen Schultern. Irgendwie war es ihm gelungen, sein Unwohlsein über die öde Grenze der Ereignisse dieses Schultags zu schmuggeln.

Jetzt schien der Moment gekommen, die Rechnung zu begleichen.

Die Vergewaltigung, die er beobachtet hatte, war trotz allem ans Tageslicht gekommen. Das Mädchen war eine Schülerin von Claudia. Gleich nach der Tat war sie ins Klassenzimmer zurückgekehrt und von Claudia wegen ihres Fernbleibens zur Rechenschaft gezogen worden. Sie hatte weder etwas erwidert noch sich gerechtfertigt. Mit gesenktem Kopf war sie an ihren Platz gegangen. Claudia hatte gemerkt, dass etwas nicht stimmte. Dieser Eindruck hatte sich kurz darauf bestätigt, als das Mädchen den Kopf auf ihre Arme gelegt und zu weinen begonnen hatte. Der Lehrerin war klar gewesen, dass ein einfacher Trost hier nichts ausrichten konnte. Sie hatte sich vom Pult erhoben, war zum Mädchen gegangen und hatte ihr eine Hand auf die Schulter gelegt. Doch das Mädchen hatte sich weder beruhigen noch sich eine Erklärung entlocken lassen. Crivelli hatte sie aus dem Klassenzimmer geführt und geduldig gewartet, bis der Weinkrampf vorüber gewesen war. Anschließend war es ihr gelungen, dem Mädchen kleine Happen dessen zu entlocken, was es sein Leben lang nicht wieder vergessen würde. Schluchzend hatte die Schülerin erzählt, dass zwei Jungs sie von hinten überrascht, ihr etwas über den Kopf gestülpt und sie in den Heizungsraum neben der Turnhalle gezerrt hätten. Sie sei mit einem Messer bedroht und vergewaltigt worden, doch die Angreifer könne sie nicht beschreiben.

Claudia Crivelli hatte das Mädchen zum Schulleiter begleitet, und gemeinsam hatten sie versucht, den Vorfall so gut wie möglich zu rekonstruieren. Sie hatten die Polizei und die Eltern verständigt und beschlossen, die Sache noch nicht bekanntzugeben. In Fällen wie diesen mussten immer schwierige Entscheidungen getroffen werden, musste der Sprung über einen Abgrund gewagt werden. Eine bedrohliche Kluft tat sich auf zwischen dem Wunsch nach Gerechtigkeit einerseits und andererseits dem tief sitzenden Impuls zu schweigen, sich zurückzuziehen und sich einzureden, dass nichts passiert war, um der Welt nicht seine eigene Scham zum Fraß vorzuwerfen. Und vor allem, um an der eigenen Scham nicht zu Grunde zu gehen.

Dies zu verstehen, war Claudio Marino nicht in der Lage.

Nur eines hatte er gedacht, als er von Crivelli erfahren hatte, was passiert war: Dieses dumme Mädchen hatte sich von seiner Last, nicht aber von seiner Angst befreien können. Es hatte vom Geschehen, nicht aber von den Personen geredet. Und das machte sie in seinen Augen schuldig, so wie sie sich schon dadurch schuldig gemacht hatte, dass sie eine rote Sweatshirtjacke trug. In seiner Wut war alles und jeder schon durch seine bloße Existenz schuldig.

Claudia wiederholte ihre Frage.

»Möchtest du, dass ich mit hochkomme und dir Gesellschaft leiste, bis es dir besser geht?«

Marino drehte sich zur Seite und verließ das Versteck, in das er sich einen Moment lang verkrochen hatte. In Claudias verstörtem Blick schwangen eine Frage und das Versprechen auf Hilfe mit. Unter normalen Umständen hätte er weder auf das eine noch auf das andere geachtet. Und dennoch überraschte er sich selbst mit einer Antwort, die er in einem anderen Augenblick nie gegeben hätte.

»Sicher, wenn es dir nichts ausmacht. Das wäre nett.«

Überraschung blitzte in Claudias notorisch enttäuschtem Blick auf, ein Windhauch auf der unbeweglichen Oberfläche des Teichs, der das Symbol für ihre Tage war.

Sie öffnete die Tür, als wäre es etwas Unnormales, und stieg aus, als befürchtete sie, er könnte seine Meinung ändern. Auch Claudio stieg aus und schloss fast lautlos die Tür hinter sich. Nebeneinander erreichten sie die Haustür, während hinter ihnen die Lichter der automatischen Türverriegelung blinkten.

Kurz zuvor, als er aus der Schule gekommen war, hatte sich Claudia ihm, wie immer, eher hartnäckig als verführerisch genähert. Doch ihr Gesichtsausdruck war ein anderer gewesen, mitgenommen von den Ereignissen, die jeder auf seine Weise erlebt hatte. Claudio hatte noch nichts davon gewusst. Für ihn hatte es nur die Qualen gegeben, die ihm seine Übelkeit bereitete, seit er am Morgen aufgewacht war und besonders seit er die junge Frau im roten Mantel gesehen hatte, diese zwischen den nackten Zweigen vorbeihuschende Farbe, die sich für immer in sein Gehirn eingebrannt hatte.

Ihm stand ins Gesicht geschrieben, dass es ihm nicht gut ging.

»Soll ich dich mitnehmen?«, hatte sie ihn zum unendlichsten Mal gefragt.

Ihre Stimme hatte ein unausgesprochenes Wort enthalten: Bitte. Claudio hatte verstanden, dass es für sie besonders an diesem Tag eine Alternative zum Alleinsein bedeuten würde. Er kannte den Grund nicht, wusste aber, dass es etwas jenseits des offensichtlichen und in der Vergangenheit zur Genüge demonstrierten Interesses an ihm geben musste. Zu jeder anderen Gelegenheit hätte er abgelehnt, doch heute ging es ihm wirklich so schlecht, dass er befürchtete, es nicht zu Fuß nach Hause zu schaffen.

»Sicher, wenn es dir nichts ausmacht«, hatte er geantwortet.

Was heißt hier, ausmacht. Seit Monaten wartest du auf eine solche Gelegenheit, du nichtsnutzige Person, hatte er gedacht.

Ihre Antwort hatte sich wie ein leises Rauschen von Wörtern angehört, wie eine rasche, dahingehauchte Erleichterung.

»Wo denkst du hin. Das macht mir doch nichts aus.«

Sie waren in ihr neues Auto gestiegen, das nach Plastik und Kunstleder stank. Claudio hatte sich angeschnallt. Er hatte zwar einen Führerschein und einen Wagen in der Garage, doch er benutzte ihn nur selten. Autos waren nicht seine Welt. Sein alter Alfa Romeo hatte nichts mit dem funkelnden Porsche zu tun, den ihm sein Bruder einmal stolz und mit leuchtenden Augen gezeigt hatte, ohne sich Claudios offensichtlicher Gleichgültigkeit bewusst zu werden. Jetzt war für Andrea die Zeit der Sondermodelle vorbei. Jetzt war die Zeit für Claudios Revanche gekommen.

Sie war rückwärts aus der schrägen Parklücke gefahren und hatte die Richtung eingeschlagen, die er immer zu Fuß nahm. Ihr Fahrstil überraschte ihn. Sie fuhr ruhig, entspannt, gleichmäßig. Eine Zeitlang schwieg sie, bis sie das, was sie belastete, wie ein Geständnis herausließ. Sie nahm ihm das Versprechen ab, mit niemandem über das zu reden, was dem Mädchen am Morgen in der Schule passiert war. Eine Träne lief an ihrer Wange hinab, als hätte sie die Gewalt, von der sie selbst nur gehört hatte, am eigenen Leib erfahren. Als wäre die Gewalt an allen Frauen der Welt verübt worden.

Claudio hatte keine Gelegenheit zu reagieren. Genau in dem Moment, in dem Claudia die Hand hob, um die Träne aufzuhalten, bevor sie auf ihr Mantelrevers tropfen würde, fuhren sie an der Straßenbahnhaltestelle vorbei, an der er die junge Frau im roten Mantel das erste Mal gesehen hatte.

Und auch in diesem Moment stand sie dort und wartete.

Sie blickte ihnen entgegen, als hätte sie genau auf dieses Fahrzeug gewartet. Als hätte sie gewusst, dass er genau in diesem Moment an ihr vorbeifahren würde.

Claudio spürte im Magen eine Hitze wie von einem Feuerball, und einen Moment lang gesellte sich ein Schwindelgefühl zu seiner Übelkeit hinzu. Mit der rechten Hand umklammerte er den Sicherheitsgurt, der mit einem harten Ruck hängen geblieben war. Die junge Frau blickte dem Wagen ernst und enttäuscht hinterher, als fühlte sie sich verraten.

Sie ließen diese blonde, zerbrechliche, einsame Frau, diesen Farbklecks in der asphaltgrauen Stadt, hinter sich. Claudio verfluchte seine Kollegin, die junge Frau und sich selbst dafür, dass er sich hatte mitnehmen lassen.

Er wäre gerne allein dort gewesen, ohne diese unnütze Frau am Steuer eines lächerlichen Wagens und ohne diese Übelkeit, die wie Efeu seine Magenwand zuwucherte. Er hätte die Straße überquert und wäre auf die junge Frau zugegangen, um sie am Arm zu packen, zu schütteln und auszufragen.

Wer sie war.

Wie sie hieß.

Und vor allem, was sie von ihm wollte.

Claudia merkte nichts und dachte, er reagiere nur auf das, was sie ihm soeben erzählt hatte.

»Das ist doch unglaublich, oder? Wie kann es sein, dass Jungs, die scheinbar alles haben, in Wirklichkeit so wenig in den Händen halten. Stell dir vor, was dieses arme Mädchen ihr Leben lang mit sich herumtragen muss.«

Ja, ich stelle mir dieses Mädchen vor. Den ganzen Vormittag schon. Und ich stelle mir auch vor, dass sie erwachsen wird und eines Tages in einem roten Mantel herumläuft, damit irgendjemand von ihr besessen sein wird …

In seinem bleiernen Geist hatte Marino keinen Platz für Mitleid. Der Ausdruck *pietas era* war eine leere Floskel, eine ästhetische Erinnerung an seinen Lateinunterricht, ein Gefühl, das so tot war wie die lateinische Sprache.

Die Ankunft zu Hause, doch vor allem ihr leidender Blick, hielten ihn von jedem weiteren Kommentar ab. Und jetzt standen sie vor dem Pförtner, der so überrascht war, Claudio in Begleitung einer Frau zu sehen, dass er nur ein Nicken andeuten konnte. Vor ihnen erstreckten sich die gewachsten, beigen Kieselsteinplatten, die mit grünen Marmorplatten eingefasst waren. Darüber lagen wie Intarsien die Flecken des Lichts, das durch die gemusterte Glastür fiel. In der Luft hing der Geruch von Zitrusreiniger. Anfang des zwanzigsten Jahrhunderts erbaut, hatte sich in diesem Haus hartnäckig eine Aura von gelebtem Leben behauptet. Trotz der Eingriffe und Ansprüche zahlreicher Bewohner blieb es ein nutzloser Vorposten der Bürgerlichkeit in diesem Viertel, das in den nachfolgenden Epochen von der Vorstadtarchitektur aufgefressen worden war.

Claudio drückte den Fahrstuhlknopf. Schweigend warteten sie nebeneinander, jeder mit seinen eigenen Fragen beschäftigt. Der Fahrstuhl blieb mit leisem Quietschen stehen. Auch er war alt, der Schacht aus Schmiedeeisen, das Innere aus gut erhaltenem Kirschholz. Hinter den Schiebetüren stand eine mit bordeauxrotem Samt bezogene Bank. Dem gepflegten und sauberen Zustand nach zu schließen, verdiente der Portier sein Geld mit echter Arbeit.

»Hübsch hier.«

»Ja, alles noch original.«

Marino drückte den Knopf für sein Stockwerk. Claudia setzte sich auf die Bank und strich mit der Hand über den Samt.

Ich wusste, dass du das tun würdest. Alle, die zum ersten Mal hierherkommen, tun das.

Sofern Claudio Lust hätte, es auf einen Versuch ankommen zu lassen, war er sich sicher, dass es sehr schwierig sein würde, diese Frau von ihrem Mittelmaß zu befreien, in das sie wie ein Korken in einen Flaschenhals eingeklemmt zu sein schien. Er konnte mit angemessenem Näherungswert ihre Bewegungen und Handlungen vorhersagen und ihre Lebensumstände benennen. Ledig mit Anwartschaft auf eine Existenz als alte Jungfer, Examensnote wahrscheinlich eins mit Auszeichnung, einzig dank ihrer Willenskraft, allein in einer Mietwohnung wie auf einem Rettungsboot, mit dem sie abdriftete. Ihm kam es vor, als würde er sie schon immer kennen, was kein angenehmer Gedanke war.

Sie war nämlich langweilig. Eine Kategorie Mensch, die er aus einem einfachen Grund in- und auswendig kannte: Er gehörte ihr selbst an.

Er fragte sich, ob er Claudia in die Wohnung gebeten hätte, wenn da nicht die junge Frau im roten Mantel an der Straßenbahnhaltestelle gewesen wäre. Er bemühte sich nicht um eine Antwort. Jetzt waren sie hier, und fertig.

Sie traten aus dem Fahrstuhl. Claudia standen ihre verlegenen Hoffnungen deutlich ins Gesicht geschrieben, und Claudio fragte sich, ob sich sein eigenes Schweigen ähnlich deuten ließe.

Er zog den Schlüssel heraus, öffnete und ging seinem Gast voran in die Wohnung. Dort zog er den Mantel aus und hängte ihn an die Garderobe. Bevor Claudia den ihren auszog, blieb sie einen Moment im Eingang stehen und sah sich um. Unbewusst wie ein Tier nahm sie Witterung auf.

Claudio Marino, der schweigsame Literaturlehrer, von dem niemand viel wusste und dessen Wohnung noch niemand gesehen hatte, wandte sich ihr zu und half ihr aus dem Mantel. Er betrachtete sie ohne Neugier, nahm aber überrascht wahr, dass sie weiblicher wirkte als gewöhnlich.

Sie trug ein blaues Strickkleid, das sie, anders als sonst, einhüllte, ohne aufdringlich zu sein. Das war vermutlich eher Zufall als Absicht. Er schaffte es nicht, ihr auch nur die mindeste Hinterlist oder Planung zu unterstellen. Was auch immer an ihr verführerisch wirken mochte, konnte nur ein Triumph des Zufalls sein.

»Komm, mach's dir bequem.«

Er drehte sich um und ließ sie bis zur sonnendurchfluteten Küche vorausgehen.

Auf dem Tisch standen die üblichen Teller, die seine Haushälterin für ihn vorbereitet hatte. Der Tisch war für eine Person gedeckt. Das Licht spiegelte sich auf dem Porzellan und dem einzigen Glas und verstärkte den Eindruck von Einsamkeit, den dieses Bild ausstrahlte.

Claudio ging zum Tisch, wo er widerwillig einen der Teller hob. Allerdings kam er gar nicht so weit, nachzuschauen, was sich darunter befand, weil der Geruch allein schon reichte, um seinen Ekel zu verstärken.

Er spürte, dass Claudia hinter ihm stand. Es war ungewohnt, eine Frau in der Wohnung zu haben, die nicht gekommen war, um Anweisungen zu empfangen. Er versuchte, herzlich zu sein, auch wenn ihm Herzlichkeit in diesem Moment so fremd war wie nie.

»Hast du Hunger? Was meine Haushälterin zubereitet, ist in der Regel mehr als genießbar. Wenn du möchtest, können wir es uns teilen.«

Schon bei dem Gedanken an Essen schnürte sich ihm der Magen zu. Zum Glück befreite ihn Claudia von dieser Qual.

»Nein danke. Was heute Morgen passiert ist, hat mir völlig den Appetit verdorben.«

Claudio drehte sich um und blickte sie an. Das blaue Kleid und die Sonne waren etwas Ungewohntes an dieser Frau. Sie wiederum konnte wohl kaum wissen, wie ungewohnt die Anwesenheit einer Frau in dieser Wohnung war.

»Was willst du von mir, Claudia?«

Sie war überrascht über die eindeutige Frage, darüber, wie energisch er die Karten auf den Tisch knallte. Sie hatte nicht den Mut, ihm in die Augen zu blicken, also neigte sie den Kopf und schwieg. Dieser Moment schien ihr zu genügen, um eine Entscheidung zu treffen, die seit langem fällig war. Sie trat auf ihn zu, hob ihr Gesicht und drückte ihre Lippen auf die seinen. Es war ein schüchterner, aber eindeutiger, nicht verhandelbarer Vorgang. Wie jeder Mensch, der sich ständig in Verteidigungshaltung befindet, bestand ihre einzige Möglichkeit darin, Grenzen zu überschreiten, wenn sie etwas erreichen wollte. Claudio spürte, wie sich ihre unerfahrenen Lippen öffneten und ihre Zunge sich in seinen Mund schob. Schließlich nahm sie seine Hand und legte sie auf ihre Brust, schmiegte sich an ihn. Unbeholfen begann sie, sich im Rhythmus ihres noch nicht erwiderten Kusses zu bewegen.

Claudio öffnete seine Lippen. Einen Augenblick lang hatte er den Eindruck, seine Übelkeit hätte sich verstärkt und er müsste sich erneut übergeben. Diese Qual rief ihm die junge Frau im roten Mantel in Erinnerung, wie sie, unerreichbar, weil so leicht zu fassen, reglos an der Haltestelle gestanden hatte.

Eine seltsame, kalte Wut packte ihn, ein Gefühl, das mit Erregung nichts zu tun hatte und daher auch keine Lust, sondern nur Befreiung versprach.

Er zog Claudias Kleid an den Seiten nach oben und schob eine Hand in ihre Strumpfhose. Ohne ihre Lippen von den seinen zu lösen, trat sie ein Stück zur Seite, um seinen Fingern besseren Zugang zu gewähren. Nachdem das Hindernis ihres Höschens überwunden war, erreichte er das feuchte, klebrige Ziel. Als er in sie eindrang, stöhnte sie, barg ihr Gesicht an seiner Schulter und klammerte sich an seine Arme.

Seine Berührungen waren hart und unsensibel. Sie stöhnte immer lauter und bewegte ihr Becken immer schneller, bis sie, am Höhepunkt angekommen, hemmungslos ächzte und bebte.

Dann lehnte sie sich an ihn, so dass er sich am Tisch abstützen musste. Sie schien überwältigt zu sein von diesem Moment der Befriedigung, rückte aber sogleich zur Seite und tastete nach Claudios Gürtelschnalle, um sie zu öffnen. Sie zog den Reißverschluss nach unten, öffnete ungeduldig seine Hose und umfasste mit ihren kalten, schweißnassen Händen sein Glied. Claudio fragte sich, ob sie in ihrer Hektik bemerkt hatte, dass er überhaupt nicht erregt war. Er legte seine Hände auf ihre Schultern und drückte sie nach unten auf die Knie. Anschließend packte er ihren Kopf und zog ihn an den Haaren zu sich heran, damit sie sein Glied in den Mund nahm. Er stellte sich vor, er sei der Junge auf dem Tisch im Heizungsraum, der dem erschreckten Mädchen das Messer an den Hals hielt. Sekunden später, wie zur Rache, hatte er eine Erektion. Er bewegte sich rasch in ihr, ohne ihr die Möglichkeit zu lassen, selbst etwas zu tun. Wenn ihre Zähne an seiner empfindlichen Haut kratzten und ihm Schmerzen zufügten, krallte er sich nur noch stärker an ihren Haaren fest. Es dauerte nicht lange, bis er den Höhepunkt erreichte, eine Insel ohne Menschen und Hoffnungen, eine klägliche Erleichterung, die des Moments nicht würdig war.

Er spürte, wie ein Teil in ihm fortglitt, sich irgendwohin verlor, erlosch. Er schob Claudias Kopf fort, so dass sie nach hinten auf den Boden kippte, und stützte sich am Tisch ab, weil ihm wieder übel wurde und seine Beine nachzugeben drohten.

Als er wieder zu Atem kam und die Frau auf dem Boden anblickte, die mit hochgerutschtem Kleid seitlich auf dem Boden lag, war sein einziger Impuls feige Flucht, vor ihr und vor sich selbst.

Und die einzige Möglichkeit, sich mitzuteilen, bot ihm der Spott.

»Wenn es nur das war, was du wolltest, hast du es jetzt endlich gehabt.«

Seine Worte prasselten wie Hagel auf Claudia herab. Als sie die Beine anzog, fühlte sich Claudio an das Mädchen im Heizungsraum erinnert. Falls sie sich schämte, ließ sie es sich nicht anmerken. Sie war ein erwachsener Mensch und konnte sich dergleichen nicht erlauben. Was geschehen war, hatte sie seit langem ersehnt.

Claudia Crivelli erhob sich und zog ihr Kleid nach unten. Sie versuchte, ihr Haar zu richten, als könnte sie damit auslöschen, was geschehen war. Eine Weile strich sie seitlich über ihr Kleid, bevor sie die Kraft zu einer Antwort fand.

»Ich dachte, ich könnte dir helfen, dass es dir gut geht, und du könntest mir helfen, dass es mir gut geht.«

»Aber?«

»Aber du hast nur dafür gesorgt, dass ich mich wie eine Nutte fühle.«

Claudio ließ sich den Bruchteil einer Sekunde Zeit, bis er die Sicherheit hatte, ihr den Todesstoß versetzen zu können.

»Bist du denn keine?«

Seine Worte bohrten sich wie ein Messer in ihr Fleisch. Sie wunderte sich, dass sie nicht blutete.

Claudio weigerte sich, ihren traurigen Blick wahrzunehmen. Hätte er es getan, hätte er anerkennen müssen, dass sie nicht wegen sich selbst, sondern wegen ihm traurig war, wegen der engstirnigen Welt, in der er wie ein Gefangener lebte und die sie – ein Fehler, wie sie jetzt wusste – kurz betreten hatte.

Als würde sie sich in ihr Schicksal fügen, ließ sie die Schultern sinken. Doch sie sprach mit klarer, fester Stimme.

»Was hier und heute passiert ist, war ein Fehler, den zu vergessen ich versuchen werde, sobald ich diese Wohnung verlassen habe. Zwischen uns beiden gibt es allerdings einen Unterschied, und darüber bin ich froh.«

Schweigend wartete Claudio auf den Schluss. Der ihn mit einer Entschlossenheit traf, derer er sie nicht für fähig gehalten hatte.

»Ich kann von hier verschwinden, wann ich will. Du bist gezwungen zu bleiben.«

Claudia Crivelli kehrte ihm den Rücken zu, verließ die Küche und ging nach links in den Flur zur Garderobe, ohne sich noch einmal umzudrehen.

Kleider raschelten, dann wurde die Tür geschlossen.

Claudio Marino blieb allein. Er rückte seine Hose zurecht und trat ans Fenster. Kurz darauf ging Claudia zu ihrem Wagen, stieg ein und fuhr los. Er hatte gewartet, ob sie sich noch einmal umdrehen und nach oben blicken würde, doch sie tat es nicht.

Das war ja klar gewesen, dachte er ironisch.

Er trat vom Fenster und setzte sich an den Tisch, wo er den Teller hochhob. Vor ihm lag ein Hühnchen nach Jägerart. Ohne sich die Hände zu waschen, an denen immer noch der Geruch von Frau haftete, begann er zu essen. Seine Übelkeit war plötzlich vergangen, und überrascht stellte er fest, dass er Hunger hatte.

Claudio Marino zog seinen Küchenstuhl zum Fenster. Er setzte sich und schlug die Beine übereinander, hob den Arm und blickte auf die Armbanduhr seines Vaters: halb zwei. Draußen war es dunkel, winterliche Kälte und noch kältere Stille, unterbrochen nur von ab und zu vorbeifahrenden Autos, lagen über der Straße.

Nach dem Vorfall mit Claudia war er den ganzen Tag über euphorisch gewesen. Er hatte kein schlechtes Gewissen wegen dem, was geschehen war und wie er Claudia behandelt hatte. Dieser schnelle, unerwartete Sex, den er eher sich selbst als jemand anderem abverlangt hatte, war ihm zu Kopfe gestiegen, und er musste sich eingestehen, dass er viel Zeit verloren hatte. Es war völlig unwichtig, ob er, um zu dieser unvorhergesehenen Einsicht zu gelangen, einen anderen Menschen hatte benutzen, verletzen, erniedrigen oder auslöschen müssen.

Mors tua vita mea. Dein Tod ist mein Leben, arme und naive Claudia.

Sie waren erwachsene Menschen, jeder musste die Folgen für das Risiko tragen, das er einging. Was ihn betraf, hatte er den Mut, der Realität ins Auge zu blicken. Zu diesem Zeitpunkt des Lebens sollte man sich klarmachen, dass die Zeit, die hinter einem lag, länger war als jene, die einem noch vergönnt war. Doch so viel oder wenig ihm auch bleiben mochte, er hatte nicht die Absicht, irgendjemandem zu gestatten, ihm die Kontrolle über das zu nehmen, was er noch zu leben hatte.

Niemandem.

Er rutschte auf seinem Stuhl hin und her und hob, ohne sich bewusst zu werden, dass nur wenige Minuten vergangen waren, erneut den Arm, um auf die Uhr zu blicken. Seltsamerweise bereute er, nie mit dem Rauchen angefangen zu haben. Ihm gefiel das Bild, wie er mit einer Zigarette in der Hand dasitzen würde, wartend, eingehüllt in den Rauch einer ungesunden Leidenschaft. Er spürte, dass ihm ein Laster fehlte, eine negative Eigenschaft, eine Neigung zur täglichen Selbstzerstörung, nachdem er Jahre in körperlicher und in der Folge auch geistiger Trägheit verbracht hatte.

Er erhob sich und trat an die Scheibe.

Fast war er versucht, alles hinzuwerfen, sich auszuziehen, ins Bett zu gehen und so zu tun, als wäre nichts geschehen. Doch die Versuchung hielt nur einen Moment an. Angesichts dessen, was er sich soeben erneut versprochen hatte, wollte er nichts dem Zufall überlassen.

Ich weiß nicht, ob du kommst, aber ich bin hier. Ich bin hier und warte auf dich.

Er schickte diesen Gedanken zum Fenster hinaus, hinunter zur menschenleeren Straße. Als Lockruf, als Köder, als Herausforderung für eine blonde, junge, süß lächelnde Frau, der das Rot ihres Mantels gut zu Gesicht stand. Sie hatte ihn provoziert. Jetzt musste sie wissen, dass er bereit war, auf diese Provokation einzugehen, ganz gleich, welcher Art sie war.

Als Claudia gegangen war und er gegessen hatte, war er müde gewesen und hatte sich aufs Bett gelegt. Ungewöhnlich genug für ihn, war er in einen erholsamen, gedanken- und traumlosen Schlaf geglitten. Nach ein paar Stunden war er wieder erwacht mit dem Gefühl, noch nie in seinem Leben so ausgeruht gewesen zu sein. Er ging ins Arbeitszimmer und versuchte zwecklos, die Klassenarbeiten vom Vormittag zu korrigieren. Seine Gedanken schweiften ab, kehrten zurück zum Gefühl der Macht, das er gespürt hatte, als er Claudia vor sich in die Knie gezwungen und erlebt hatte, was vielleicht die erste, wahre sexuelle Freude seines Lebens gewesen war. Er legte die lächerlichen Versuche seiner Schüler beiseite und begann zu lesen. Mit einem sehr ähnlichen Ergebnis. Er konnte sich nicht konzentrieren und musste jede Seite dreimal lesen. Schließlich schloss er das Buch, das er unter normalen Umständen für sehr interessant gehalten hätte.

Er schaltete den Rechner ein und öffnete die Datei mit seinem Roman. Nachdem er ein paar Zeilen gelesen hatte, schien es ihm unmöglich, dass er, ausgerechnet er, diesen Haufen Mist geschrieben hatte. Und sich dann auch noch eingebildet hatte, etwas von Wert geschaffen zu haben.

Aus der Zerstörung einer Idee entstand eine andere.

Er öffnete eine neue Datei. In Gedanken war es für ihn

eine lange, jungfräuliche Papierrolle, die nur darauf wartete, mit Wörtern gefüllt zu werden, die er, dessen war er sich sicher, jetzt in sich finden würde. Er schrieb und schrieb und schrieb, hatte das Gefühl, seine Finger könnten den Strom der Gedanken, die sein Hirn von sich gab, gar nicht bewältigen.

Er hatte eine Geschichte zu erzählen, die schon fertig in seinem Kopf vorlag wie der Plan eines Architekten für ein Haus. Und er wusste, spürte mit uneitler Sicherheit, dass diese Geschichte es wert war, erzählt zu werden, und zwar genau in der Weise, in der er sie aufschrieb.

Wort für Wort, Seite um Seite wuchs seine Geschichte. Als er sicher war, dass sie ihm nicht mehr entgleiten würde, dass er sie für immer in den Händen halten würde, klingelte es an der Tür. Er erhob sich, verließ sein Arbeitszimmer und war so langsam, dass er sich von einem zweiten Klingeln antreiben lassen musste.

Als er öffnete, stand sein Bruder vor der Tür, mit einer Hand gegen den Türpfosten gelehnt. Das automatische Licht erlosch im selben Moment, in dem er die Tür aufmachte, und sein Bruder stand im Halbdunkel, nur beleuchtet vom spärlichen Licht, das aus der Wohnung fiel. Dieser einzigartige Zufall, diese Umkehrung der Rollen zwischen Licht und Schatten, entlockte ihm ein Lächeln. Claudio musterte ihn von oben bis unten. Er wirkte betrübt und angeschlagen, ihm schien die Aura abhanden gekommen zu sein, die ihm das Schicksal geschenkt und die er vergeudet hatte, indem ihm alles und jeder egal gewesen war. Doch dem verlorenen Sohn konnte nur der Vater vergeben, nur er konnte ihm einen überschwänglichen Empfang bereiten. Claudio als Bruder hatte nicht die Möglichkeit, vor allem aber auch nicht die Absicht, es zu tun.

»Hallo, Claudio.«

Andreas Blick schweifte umher, als suchte er eine Stelle, auf der er ruhen könne, um dem Bruder nicht in die Augen blicken zu müssen.

Er antwortete knapp, förmlich, ohne Herzlichkeit. Ohne Zuneigung.

»Hallo.«

»Darf ich reinkommen?«

Claudio rückte nicht zur Seite. Er blieb auf der Schwelle stehen und verwehrte Andrea mit Worten und seinem Körper den Zutritt.

»Ich arbeite. Ich habe viel zu tun.«

Andrea senkte den Kopf. Sein Dreitagebart, der für gewöhnlich einen Teil seines Reizes ausmachte, ließ ihn in diesem Moment nur schmutzig aussehen.

Der Moment des Schweigens gab Claudio die Gelegenheit zuzuschlagen.

»Müsstest du nicht geschäftlich in Frankreich sein?«

Andrea fand nicht die passenden Worte auf diese Frage. Vielleicht weil er damit beschäftigt war, viel schwierigere zu suchen.

»Claudio, du weißt nicht, wie viel Überwindung mich das hier kostet. Aber ich muss dich um Hilfe bitten. Ich brauche unbedingt Geld. Ich stecke bis zum Hals in der Scheiße.«

»Ich dachte, meine gestrige E-Mail war ziemlich eindeutig.«

»Sicher war sie das. Aber ich möchte dich bitten, noch einmal darüber nachzudenken. Du bist der Einzige, den ich um Hilfe bitten kann.«

Schließlich fand er den Mut, Claudio in die Augen zu blicken. Vielleicht bildete er sich ein, in seinen Augen würde das alte Leuchten liegen, das ihm für gewöhnlich Tür und Tor öffnete, vor allem bei ihren Eltern.

Doch dieses Licht war erloschen. Was Claudio stattdessen dort sah, war für ihn der reinste Triumph.

Endlich sah er, was sein Bruder tatsächlich war: ein armer, blassgesichtiger Kerl ohne Willenskraft und mit einer Schwäche für die unnützen Dinge des Lebens. Er schalt sich wegen seines Neids einen Idioten, und einen noch viel größeren Idioten schalt er sich, weil er so lange gebraucht hatte, um das zu merken.

Und die ganze Zeit über war er das Opfer gewesen.

Manchmal allerdings heilt die Zeit keine Wunden. Manchmal ist sie rachsüchtig. Das ist vielleicht der einzige Trost, den sie dem Menschen mitunter gewährt, um ihm einen Ausgleich für ihr ewiges Verfließen zu bieten.

»Ich glaube nicht, dass ich dir helfen kann.«

»Bitte.«

Dieses Wort klang wie eine bedingungslose Kapitulation. Claudio winkte bedeutungsvoll ab: keine Kapitulation zu keinerlei Bedingungen.

»Die Zeit der Bitten ist vorbei. Ebenso die der kostenlosen Dinge. Jetzt kommt die Zeit, in der du dir die Dinge verdienen musst.«

Schweigend standen sie einander gegenüber, der eine leidend, der andere genießend, was soeben gesagt worden war.

»Und wenn du mich jetzt entschuldigen würdest, ich habe wirklich noch zu arbeiten.«

Er schlug Andrea die Tür vor der Nase zu, ein sauberer Schnitt wie mit der Guillotine, ein klarer Befehl. Schotten dicht. Innerlich aufgewühlt, starrte er einen Moment lang das Holz an. Sogar die Kraft zu lächeln fehlte ihm.

Setz dich ans Flussufer und warte. Dann wirst du die Leiche deines Feindes vorbeitreiben sehen.

Er hatte lange gewartet, und das Opfer war vorbeigetrieben.

Jetzt stand er hier am Fenster, blickte in die Nacht hinaus und wartete auf die nächste Leiche.

Er legte die Stirn an die feuchte, kalte Scheibe. Die Berührung tat ihm gut. Vielleicht hatte er Fieber, vielleicht war aber auch nur die Erregung Schuld an seiner inneren Hitze. Er war in Versuchung, zum Kühlschrank zu gehen und sich etwas Kühles zum Trinken zu holen.

Er entschied sich dagegen.

Plötzlich erinnerte er sich, dass er als Junge einmal einen Comic gelesen hatte, in dem es um genau dieses chinesische Sprichwort gegangen war. Die scharf umrissenen Zeichnungen hatten keiner Worte bedurft. Auf einem Bild hatte ein Mann am Ufer eines Flusses gesessen. Es waren drei weitere, fast identische Bilder gefolgt, auf denen nur wenige Einzelheiten verändert worden waren und die dem Leser das Gefühl vom Fließen des Wassers vermittelt hatten. Schließlich hatte sich der Mann erhoben und war ein Stück fortgegangen, um zu pinkeln. Genau in diesem Moment hatte ihn der Fluss verhöhnt und verraten, indem er die Leiche seines Feindes hatte vorbeitreiben lassen. Als sich der Mann wieder ans Ufer gesetzt hatte, war sein Feind bereits weit entfernt und für immer seinem Blick entschwunden gewesen. Er hatte sich in dieselbe Position gesetzt wie vorher, ahnungslos, dass er fortan vergeblich warten würde.

Dieses Risiko wollte Claudio nicht eingehen.

Er blickte nicht mehr auf die Uhr, achtete nicht mehr auf Ort und Zeit, sondern hielt den Blick stur auf die Straße gerichtet.

Endlich kam sie.

Sie betrat sein Blickfeld von links, kam leichten Schrittes aus Richtung der Straße, in die er ihr am Abend zuvor gefolgt war. Als sie die Platane erreichte, überquerte sie die Straße und blieb wieder unter den kahlen Zweigen vor seinem Fenster stehen.

Erst jetzt hob sie den Kopf und lächelte.

Wie schon die anderen Male dachte Claudio, dass die Leuchtkraft dieses Lächelns jede künstliche Lichtquelle bei weitem übertreffen würde. Er spürte, wie die Hitze abstrahlte und sich wie der Rückschlag eines Schusses in seinen Magen einbrannte. Das fiebrige Gefühl überwältigte ihn, obwohl er bereits sicher war, dass es, wenn es überhaupt real war, nur in seiner Vorstellung und nicht in seinem Körper existierte.

Claudio erwiderte ihr Lächeln nicht und reagierte auch sonst nicht. Die junge Frau blieb reglos stehen, auf der Straße und in seinem Kopf.

Schließlich traf Claudio eine Entscheidung.

Er ging zur Wohnungstür und nahm eine warme, praktische Jacke vom Garderobenhaken, auch wenn die Hitze, die er in sich spürte, ausreichte, um die Kälte eines jeden Winters abzuhalten. Er nahm die Schlüssel von der Kommode und schob sie in seine Tasche, weil er nicht schon wieder vor verschlossener Tür stehen wollte. Die Maßnahmen beruhigten ihn, als würde der Schutz vor solchen Eventualitäten automatisch auch den Schutz vor anderen bedeuten.

Wie am Abend zuvor benutzte er nicht den Fahrstuhl, sondern lief zu Fuß die Treppe hinunter, immer zwei Stufen auf einmal nehmend. Die drei Stockwerke kamen ihm wie dreihundert vor. Als er das Erdgeschoss erreichte, war der erleuchtete Raum vor der Tür leer. Das Glas in seinem Metallrahmen war ein Bild von einem verlassenen Platz mit grauem Asphalt, trockenen Zweigen und Straßenlaternen.

Als er die Tür öffnete und hinaustrat, hatte er das Gefühl, als würde sich der Film wiederholen. Der einzige Unterschied war der klappernde Schlüssel in seiner Tasche.

Doch das Mädchen war da.

Keuchend sah er sich um und erblickte sie zu seiner Linken, eine rote Gestalt hinter dem weißen Dunst des Atems, den sie ausstieß. Sie stand auf der anderen Straßenseite an der Ecke zum Platz und blickte ernst zur Haustür hinüber.

Als sie sicher war, dass wirklich er es war, lächelte sie wieder.

Offenbar hatte die junge Frau nicht daran geglaubt, dass er nach der Enttäuschung vom Abend zuvor erneut nach unten kommen würde. Auf ihrem Gesicht lag das Leuchten der Erleichterung darüber, dass sie ihn nun aus der Haustür treten und sich ihr nähern sah.

Es so zu betrachten, war ihm ein Bedürfnis.

Als er mitten auf der Straße stand, drehte sich die junge Frau um und ging an dem Metallzaun entlang, der den Spielplatz einer Pfarrgemeinde umschloss. Claudio blickte ihr verblüfft hinterher, doch sie drehte sich nach wenigen Schritten noch einmal um, als wollte sie sich vergewissern, dass er ihr auch wirklich folgte.

Ihr Lächeln erstrahlte heller als die Straßenlaternen. Er ging schneller, um sie einzuholen, doch so sehr er sich auch beeilte, der Abstand schien nicht kleiner zu werden. Er hörte das Klappern ihrer Absätze, dem er wie einer Zauberflöte folgte, wie dem Sekundenzeiger einer Uhr, die das Vergehen der Zeit anzeigt und sie von vornherein als uneinholbar erscheinen lässt.

tack
eine Sekunde
tack
die nächste Sekunde
tack
und wieder eine
tack
und die nächste und die übernächste.

Nach einer Weile musste er stehen bleiben, um nach Luft zu schnappen. Sofort blieb auch die Frau mit dem Rücken zu ihm stehen. Ihr blondes Haar hob sich hell vom roten Mantel ab. Als Claudio weiterging, setzte sie sich, ohne sich umzudrehen, gleichzeitig mit ihm wieder in Bewegung.

Er verstand das Spiel nicht, doch er spürte, dass er in diesem Moment nichts anderes tun konnte, als der jungen Frau zu folgen, die seit zwei Tagen der einzige Bezugspunkt in seinem Leben zu sein schien. Seines *gesamten* Lebens, als hätte es vor diesem Moment nichts gegeben und als würde es auch danach nichts mehr geben.

So gingen sie weiter, vollkommen aufeinander bezogen und doch distanziert, eine Verfolgungsszene, die von der Tonspur der auf dem Asphalt klappernden Absätze und der hektischen Schläge von Claudios Herz untermalt wurde.

bumm
eine Sekunde
bumm
die nächste Sekunde
bumm
und wieder eine
bumm
und die nächste und die übernächste.

Links glitt die mit Graffiti überzogene Mauer an ihnen vorbei.

Claudio merkte, dass die Graffiti ihre Farbe verloren hatten, dass sie zu einer unförmigen Masse aus Weiß, Schwarz und verschiedenen Grautönen verblasst waren, als könnte zu dieser Uhrzeit und auf dieser Straße nur ein roter Mantel Farbe zeigen.

Er hatte die Frau beinahe erreicht, da bog sie, nachdem sie sich vergewissert hatte, dass er ihr noch folgte, rechts in eine Querstraße ein. Als er ebenfalls um die Ecke bog, stand sie etwa hundert Meter entfernt an einer Straßenbahnhaltestelle.

Claudio war verblüfft.

Nachdem er sie zuvor beinahe eingeholt hatte, musste sie sehr schnell gerannt sein, um die Stelle zu erreichen, an der sie stand. Und noch eine Sache überraschte ihn. Er wohnte schon immer in diesem Viertel, hatte aber noch nie bemerkt, dass sich in dieser Querstraße eine Straßenbahnhaltestelle befand. Doch dort waren sie, zwei exakt nebeneinander verlaufende Gleise, die am Ende der Straße, wo das Licht der Straßenlaternen von der Dunkelheit verschluckt wurde, im Nichts verschwanden.

Die junge Frau blickte ihm entgegen, als er auf sie zuging. Sie machte ein verschmitztes und doch liebes Gesicht, das niemals vulgär sein könnte.

Er hatte sie fast erreicht, als die Straßenbahn auftauchte. Claudio ging auf der Fahrbahn parallel zum Bahnsteig. Er spürte den Fahrtwind der vorbeifahrenden Bahn, überrascht, dass er sie nicht gehört hatte. Gleich darauf war er über seine Überraschung selbst überrascht. Er war so von dem Geschehen gefangen genommen gewesen, von dieser seltsamen Verfolgung mit dem Gefühl, verfolgt zu werden, dass alle seine Sinne nur auf die blonde, junge Frau im roten Mantel gerichtet gewesen waren. Genau vor deren Nase hielt jetzt die Straßenbahn mit leicht quietschenden Rädern.

Claudio schaute zum erleuchteten Rechteck oben an der Kabine hoch. Es war die 73.

Er musste lächeln angesichts eines solchen Zufalls.

Andererseits, es hätte nicht anders sein können.

Die Frau stieg die Stufen hinauf, nachdem sich die erste Tür mit einem Zischen geöffnet hatte. Claudio rannte hinterher und stieg ebenfalls ein, obwohl er keinen Fahrschein hatte. Die Tür schloss sich hinter ihm, während er auf der Suche nach der jungen Frau den Blick umherschweifen ließ. Als er nach vorne schaute, war der Fahrersitz leer.

Niemand sonst befand sich in der Straßenbahn.

Er erinnerte sich an die erste Begegnung mit der jungen Frau, als er gesehen hatte, wie sie ebenfalls in eine Straßenbahn gestiegen war, und er anschließend ihren roten Mantel in der Menge nicht mehr hatte erkennen können. Der leichte Schweiß, der seinen Körper nach dem Spurt überzog, musste abgekühlt sein, weil ihm trotz der Jacke plötzlich eiskalt war.

Er ging durch die ganze Straßenbahn hindurch bis nach hinten zum großen Fenster. Die junge Frau im roten Mantel stand draußen auf dem Bahnsteig und blickte zu ihm herauf.

Ihr Lächeln war verschwunden.

Auch ihre Haut hatte ihren Glanz und ihre Farbe verloren, sie war rissig wie alter Basalt, grau und bläulich verfärbt wie die Graffiti an der Mauer.

Und endlich konnte Claudio die Farbe ihrer Augen erkennen.

Die Pupillen, mit denen sie ihn anstarrte, waren rot wie die Wolle ihres Mantels.

Erschreckt wich er zurück. Sein Herz hatte sich von seinem Körper gelöst. Er hatte es nicht mehr unter Kontrolle, und er verstand nicht, was hier geschah.

Mit Hilfe des Nothebels versuchte er, die Tür zu öffnen, aber der Mechanismus war blockiert. Er konnte nicht aussteigen. Im selben Moment, als er zu schreien und mit den Fäusten gegen die Scheibe zu hämmern begann, setzte sich die Straßenbahn in Bewegung.

Claudio Marino, der Lehrer, sah die Frau langsam die Straße entlang verschwinden, und mit einem Schaudern bemerkte er, dass sich hinter ihm die Straßenbahngleise schlossen und wie eine auf wundersame Weise verheilende Wunde im Asphalt verschwanden. Die Straßenbahn verlor sich in der Dunkelheit, ließ die Straße grau und unversehrt zurück.

Von einer blonden, jungen Frau im roten Mantel war nichts mehr zu sehen.

Auf der Straße war niemand, der seine stummen Schreie hören könnte, der sehen könnte, wie er in die Dunkelheit eintauchte, wie er verzweifelt, aber geräuschlos mit den Fäusten gegen die erleuchtete Scheibe schlug und immer kleiner wurde, immer kleiner, immer …

Morcheln

Der Alte verließ den Schutz der Arkaden und hob die Hand, um die Augen gegen das Spiel der Sonne zwischen den Zweigen abzuschirmen. Die Baumreihe auf der Hügelkuppe zeichnete sich schwarz im Gegenlicht ab und tauchte die Mulde darunter in dunkle Schatten. Das dichte Gestrüpp wucherte wie schwarzer Schaum an dem Bach, der die Felder westlich des Dorfes säumte. Obwohl in den vergangenen Jahren das Leben des Alten durch die Jahreszeiten bestimmt worden war, konnte er einen Sonnenuntergang immer noch nicht einfach nur als Sonnenuntergang betrachten.

Er pfiff nach dem Hund.

Blitzartig tauchte der Epagneul Breton von seinem Platz hinter dem Haus auf, wo er am liebsten faulenzte. Als er sein Herrchen mit dem Gewehr über der Schulter auf dem Hof warten sah, blieb er abrupt stehen und schlug langsam den Schwanz hin und her. Mit einem komplizenhaften Lächeln ließ ihn der Alte nach der Bestätigung lechzen, ein Spiel, das sie nun schon ewig miteinander spielten.

»Komm, wir gehen!«

Beim Klang dieser Zauberworte bellte der Hund und führte einen stürmischen Freudentanz auf, bevor er schließlich zum Ausgang an der Rückseite der Tenne flitzte. Langsamen Schrittes folgte ihm der Alte, während der Hund gleich hinter dem Tor stehen blieb, um sich zu vergewissern, ob sein Herrchen auch wirklich kam.

Früher waren der Alte und sein Bruder, als der noch gelebt hatte, mit Gewehren und dem Hund losgezogen. Es war ihre innere Jugend gewesen, die auf die Jagd gegangen war. Ihr hatten sie nur ihre Augen, ihre Beine und die vom Vater geerbte Doppelflinte geliehen, die sie wie ein Privileg abwechselnd benutzt hatten. Damals hatte es noch Hasen und Fasane gegeben, die so wild gewesen waren wie so manche Frau im Dorf. Nicht wie die von heute, die in Gehegen aufwuchsen und, wenn sie freigelassen wurden, in ein Gebiet kamen, das sie nicht kannten und in das sie sich nicht einleben konnten.

Das galt sowohl für die Frauen als auch für das Wild.

Jetzt, einige Tage nach Eröffnung der Jagdsaison, zog er noch immer los, ging aber der Gefahr all dieser Amateurjäger aus dem Weg. Es liefen Leute herum, die auf die geringste Bewegung zwischen den Blättern schossen, ohne zu wissen, dass für einen wahren Jäger der mechanische Vorgang des Abdrückens der letzte Schritt eines mentalen Prozesses und eines sehr komplexen Rituals war.

Er rief den Hund und ging mit ihm den Pfad entlang, der vor dem Bauernhaus quer durchs Feld verlief, bis sie den Bach erreichten. Sie wanderten zwischen den Stoppeln des Maisfelds und den Weinreben hindurch. Nur noch selten nahm er das Gewehr von der Schulter. Er begnügte sich damit, ein paar Rebhühner aufzuscheuchen, die erschreckt vor dem Epagneul Breton flohen, oder von weitem einen Hasen zu beobachten, der den Weinberg hinaufhoppelte. Schließlich erreichten sie seinen Lieblingsplatz, den Hügel des Campo Duro, der seiner Familie gehörte, so weit er und sein Vater und sein Großvater zurückdenken konnten.

Es war ein Stück abgelegenes, dürres Land, auf dem nichts wuchs, ein rötlicher Fleck im Grün der Landschaft drum herum. Dort setzte er sich neben einen Baum, der nach einem Unwetter fast bis zum Boden umgeknickt war, und drehte sich eine Zigarette. Mit dem Rücken an den Stamm gelehnt, rauchte er, dachte nach und erinnerte sich.

Er war hier geboren worden, er besaß dieses Stück Erde, und in gewisser Weise besaß dieses Stück Erde ihn. Die Zeit war vergangen, und er war schlau genug, um zu verstehen, dass er ihr ab einem bestimmten Punkt nicht mehr gefolgt war. Vielleicht seit Autos nichts Magisches mehr waren, sondern eine Belästigung, vielleicht seit Eis nichts Besonderes mehr war, seit es nicht mehr blöckeweise mit einem Lastwagen angeliefert und im Eiskeller gelagert werden musste, sondern zu einem Alltagsprodukt degeneriert war, abhängig einzig von Kabel und Steckdose.

Vielleicht war es damals gewesen, als er gesagt hatte, jetzt reicht's.

Mit dem Gewehr war es ihm mehr oder weniger genauso ergangen. Wenn er nach Hause kam, belog er sich und jeden, der ihm über den Weg lief, wenn er erklärte, er sei auf der Jagd gewesen. Und auch auf dieses Ritual könnte er gut verzichten, wenn Federico nicht wäre, der Sohn eines Freundes, der für die Gemeinde arbeitete. Dieser Junge sorgte dafür, dass er die jährlichen Behördengänge für die Erneuerung der Jagdlizenz überstand, ein Dokument, das es ihm erlaubte, weiterhin Patronen zu kaufen, die er nie benutzte.

Manchmal dachte er darüber nach, was er sagen würde, wenn ihn jemand fragte, ob er noch lebe.

Der Alte betrachtete sich als Bauern, auch wenn er Bücher gelesen hatte und bestimmte Dinge wusste. Am Abend, wenn er im Fernsehen die Nachrichten sah, verstand er, was dort verhandelt wurde, auch wenn es manchmal trotz der vielen Worte nichts zu verstehen gab.

Dennoch stellte er fest, dass die Welt, die ihn umgab, ihm nicht mehr gehörte. Andererseits war er sich bewusst, dass er nicht mehr zu dieser Welt gehörte, sondern nurmehr eine Art Leihgabe war, bis seine Zeit abgelaufen sein würde. Er gab sich damit zufrieden, noch eine Weile als Zuschauer hier zu sein, bis ihn jemand ausschalten würde, so wie er den Fernseher ausschaltete, bevor er ins Bett ging.

Als sie die Furt erreichten, blieb der Hund stehen, um zu trinken. Der Alte trat mit seinen bequemen, schweren Schuhen auf die Steine, die fast vollständig unter der Wasseroberfläche lagen, achtete aber darauf, nicht auszurutschen. Auf der anderen Seite angekommen, bog er nach rechts ab und nahm den breiten Pfad, der sich zur Hügelspitze emporzog. Von dort ging er die Kuppe entlang und beobachtete den Bach von oben. Je höher er stieg, desto besser war das Dach von Giovannones Haus zu sehen, einem alten Freund, der alles hinter sich gelassen hatte, um in der Stadt in einem Hospiz, in das seine Kinder ihn verbannt hatten, zu sterben. Als er an dem Haus vorbeikam, an dem die Zeit ihre Spuren hinterlassen hatte, drehte er den Kopf weg, um es nicht anblicken zu müssen. Die Schwermut begleitete ihn und seinen Hund ein Stück weit.

Früher hatte dieses Haus gelebt, es war voller Menschen gewesen, man hatte gemeinsam gearbeitet, und wenn die Zeit für die Mahd oder die Weinlese gekommen war, hatte man sich gegenseitig geholfen, weil es noch keine Maschinen und nie genug helfende Hände gegeben hatte. Es waren anstrengende, schweißtreibende Momente gewesen, in denen viel geflucht, aber auch viel gelacht worden war. Das war die einzige Wirklichkeit, die er gekannt hatte, weil damals keine andere möglich gewesen war. An diese Momente erinnerte er sich mit Freude, weil er wusste, dass eine große Stütze seiner Erinnerung die Jugend war, die keinen Lärm macht und, wenn sie vergeht, die wahre, absolute Stille hinterlässt. Für ihn war die Jugend kein Verdienst, und man trug keine Schuld, wenn man sie verlor. Das eigentliche Problem lag in der Erinnerung, die einem, wenn man sie zu Hilfe rief und Urteile über vergangene Zeiten verlangte, fast immer Lügen erzählte.

Vielleicht wäre es an der Zeit, sich klarzumachen, dass doch nicht alles so schön gewesen war.

Er ging weiter. Als er rechts am Weinberg der Familie Masi vorbeikam, sah er die Morcheln. Er verließ den Weg und trat einige Schritte zwischen die Weinreben. Dort standen die Pilze, halb verborgen von den Weinblättern, die wie ein Vorhang nach unten hingen. Mit ihrer runzeligen, gewellten Oberfläche sahen sie aus wie winzige, braune Zypressen. Wie Schwämme. Seit Jahren hatte er keine mehr gesehen. Früher waren die Weinberge voll davon gewesen, sie waren Teil des Speiseplans gewesen, ein Geschenk der Natur an diejenigen, die mit der Natur lebten. Jetzt waren sie wegen der Pestizide, der Unkrautvernichtungsmittel und der Luftverschmutzung ziemlich selten geworden und mancherorts vollständig verschwunden. Er bückte sich, um sie zu pflücken, und legte sie vorsichtig in seine Umhängetasche.

Während er zum Weg zurückging, hörte er Motorenlärm und blieb stehen. Ein Traktor kam den Hügel heraufgefahren. Trotz seiner Wuchtigkeit bewegte er sich geschickt in seiner natürlichen Umgebung, die großen Räder wälzten sich mühelos über die unebene Erde. Der Alte trat beiseite, um den Traktor vorbeizulassen.

Den Mann am Steuer kannte er.

Giancarlo stammte aus dem Dorf. Seine Familie hatte hier eine Weile gelebt, obwohl sie kein Land besessen hatte. Sie hatten sich als Tagelöhner durchs Leben geschlagen, bis sie genug von diesem Leben gehabt hatten und in die Stadt gezogen waren, wo der Vater Arbeit in einer Fabrik gefunden hatte. Den Rest seines Lebens hatte er zwischen Mauern verbracht und war fünf oder sechs Jahre nach seiner Pensionierung an einem Lungenleiden gestorben.

Giancarlo hatte verschiedene Arbeiten ausprobiert, war auch als Lastwagenfahrer quer durch Europa gefahren. Schließlich hatte er genug davon gehabt und war ins Dorf zurückgekehrt. Von seinem Ersparten hatte er sich den Traktor und eine Menge seltsamer Maschinen gekauft. Er hatte begonnen, Land von denjenigen zu pachten, die es besaßen, aber nicht mehr bestellten. Sie gaben es ihm für wenig Geld, froh, jemanden gefunden zu haben, der damit etwas anfangen konnte.

Bereits seit einiger Zeit lief das so.

In regelmäßigen Abständen kam bei den Stadtmenschen die Rückkehr zur Natur in Mode. Es waren ganz bestimmte Menschen, die mit ganz bestimmten Fahrzeugen auftauchten, glänzenden Dingern, die sofort mit Staub überzogen waren. Sie kauften Höfe, restaurierten Häuser, redeten von Weinbergen und Feldern und Korn und – endlich – sauberer Luft.

Und klatschten sich gegen den Hals, um die Mücken totzuschlagen.

Schließlich zog Nebel auf, und keiner ihrer Freunde aus der Stadt war bereit, fünfzig Kilometer zu fahren, um einer

Einladung zum Abendessen nachzukommen. So wurden Sardinien im Sommer und Cortina im Winter zum verlorenen Paradies, und die Immobilien wurden mit einem Seufzer der Erleichterung zum Verkauf angeboten.

Es mochte schwer zu verstehen sein, doch das Land war selten etwas Zauberhaftes, es war vor allem Realität. Der Zauber bestand in sonntäglichen Ausflügen, einem gelegentlichen Spaziergang durch die Wälder, einer Woche bei Verwandten oder Freunden, einem Leben mitten auf dem Land, ohne es zu verstehen. Und noch immer heuchelte ihnen die Zeit etwas vor, sie versteckte die Realität, die daraus bestand, vor Sonnenaufgang aufzustehen und hart zu arbeiten. Alle, die es versuchten, verstanden es irgendwann, doch nicht alle, die es verstanden, konnten es akzeptieren.

Giancarlo war anders.

Er war ein Bauer.

Modern, motorisiert, automatisiert, doch immer noch ein Bauer.

Der Traktor hielt neben dem Alten an. Der war voller Bewunderung für die Technik, die sich sehr von jener damaliger Zeiten unterschied. Heute waren die Traktoren mit Stereoanlagen und Klimaanlagen ausgestattet, und Scheinwerfer ließen die Nacht zum Tage werden. Ein Mann konnte in einer einzigen Nacht alleine tun, was früher viele Menschen in vielen Tagen an Arbeit hatten verrichten müssen.

Giancarlo schob breit lächelnd seinen Kopf durchs Fenster. Er sprach mit leicht erhobener Stimme, um den Motorenlärm zu übertönen.

»Ist es nicht ein bisschen spät, um auf die Jagd zu gehen?«

Der Alte winkte ab.

»Quatsch, welche Jagd? Ich habe nicht einmal Patronen dabei. Ich brauche nur einen Vorwand, um eine Runde zu drehen, damit nicht auch aus dem Hund ein Rentner wird. Und du? Wohin fährst du?«

Giancarlo deutete mit dem Kopf unbestimmt über die Schnauze des Traktors hinweg.

»Ich habe das Land der Familie Manara gepachtet und will mal schauen, in welchem Zustand es ist.«

Der Alte seufzte und kniff die Augen leicht zusammen.

»Dann hat also auch Domenico das Handtuch geworfen ...«

Giancarlo schaltete den Motor aus, weil er vermutete, dass sich das Gespräch hinziehen könnte, nahm eine Zigarette und zündete sie an.

»Klar, nachdem sein Sohn weggegangen ist, hat er es alleine nicht mehr geschafft.«

»Schade. Ich dachte, der Junge würde weitermachen. Vor allem, wo er doch Agrarwissenschaften studiert hat.«

»Die Schuld liegt bei Domenico. Erst hat er ihn überredet zu studieren, und als sein Sohn dann mit den ganzen Neuheiten zurückkam, musste er sich von seinem Vater anhören, dass auch in Zukunft alles so laufen würde, wie man es immer gemacht hat. Diejenigen, die sich gut ausdrücken können, nennen es die Kluft zwischen den Generationen. Man kann aber auch einfach sagen, dass ihr alte Sturköpfe seid.«

Der Alte lächelte.

»Nein, ganz so ist es nicht. Wir sind keine Sturköpfe, aber zum Glück sind wir alt geworden. Wenn ihr noch ein bisschen Geduld habt, seid ihr das Übel bald los.«

»Du überlebst uns alle. Du wirst es sein, der Blumen zu unserem Begräbnis schickt, glaub mir.«

»Na hör mal! Ich bin mir nicht einmal sicher, ob mir das gefallen würde.«

Giancarlo lächelte und startete den Motor.

»Leute wie dich kenne ich. Solange ihr noch nicht von Würmern zerfressen seid, seid ihr auch noch nicht tot.«

Der Traktor setzte sich in Bewegung.

»Tschüss, Jäger.«

Der Alte hob die Hand zum Gruß und ging den Weg weiter. Der Traktor bog vor ihm links auf den Weg ab, der zum Grundstück der Maneras führte.

Er ging bis zur Hügelkuppe. Rechts von ihm befand sich ein Steilhang. Direkt unterhalb floss der Bach, der in den warmen Sommertagen einen Duft nach Feuchtigkeit und Frische ausströmte. Jahrtausende zuvor hatte dieses Land noch im Meer gelegen. In diesem bröckeligen Stück Erde, das steil wie eine mit Bleilot gezogene Mauer abfiel, waren Muscheln und kleine Fossilien keine Seltenheit. Sie zu finden, gehörte zu den Lieblingsspielen der Kinder, und zu diesen Kindern hatte auch er selbst einmal gehört. Er stellte sich vor, wie das ausgesehen haben musste, als das Tal unter Wasser gestanden hatte und die Hügel wie Inseln herausgeragt waren.

Er lächelte.

Einst gab es hier Wasser, und jetzt sind diese Orte bekannt, weil wir guten Wein machen …

Lächelnd ging er weiter, bis er Campo Duro erreichte.

Als er sah, wer ihn dort erwartete, verging ihm das Lächeln.

Die beiden Männer, die am Rand des Feldes auf der Hügelkuppe standen, blickten dem Alten entgegen, der zu ihnen heraufstieg. Hinter ihnen standen ein BMW und ein

Mercedes, bedeckt mit einem hauchdünnen Schleier rötlichen Staubs. Auch ihre Schuhe waren staubig. Die Luxusfahrzeuge und die eleganten Kleider bildeten einen krassen Widerspruch zu dem Ort, an dem sie sich befanden.

Einer war Gustavo Funi, sechzig, Bauunternehmer und Geschäftemacher. Ein Kerl mittlerer Statur mit Tendenz zur Fettleibigkeit. Er gab sich betont gutmütig und hatte damit schon mehr als eine Person hinters Licht geführt. Seine dunklen, nicht sehr tief liegenden, mitunter kalten Augen waren der wahre Spiegel seines Wesens und schienen seinem Gesprächspartner immer etwas voraus zu sein. Er war ein sehr reicher, mächtiger Mann und mit Leib und Seele der Politik verbunden, die wiederum aus geheimnisvollen Gründen mit Leib und Seele ihm verbunden war.

Gefährlich.

Der andere war Sandro Dafarra, vierzig Jahre alt, Kaufmann und der Neffe des Alten. Er hatte braunes Haar, war so groß wie sein Onkel und genauso dünn wie er. Auch seine blauen Augen hatte er von der Familie. Der Vater hatte ihn gemäß der alten bäuerlichen Vorstellung, aus seinem Sohn einen Doktor machen zu müssen, studieren lassen, und der Sohn hatte diese Vorstellung zu seinem Lebensinhalt gemacht, wenn auch anders, als es der Vater geplant hatte. Das Landleben war nie seine Sache gewesen, und während seines Studiums war er in die Stadt gezogen, wo er sich rundum wohl gefühlt hatte. Nach dem Abschluss hatte er eine Kanzlei eröffnet, die ihm dank seiner Umtriebigkeit, seiner Gewissenhaftigkeit und seines mangelnden Gewissens recht bald das Vertrauen einer hochrangigen Klientel eingebracht hatte. Er hatte eine schöne, blonde, elegante Frau geheiratet, eine würdige Erscheinung, die der

Vater und der Onkel ab dem ersten Moment gehasst hatten. Seine Besuche zu Hause waren immer seltener geworden, und nach dem Tod zunächst seiner Mutter und dann seines Vaters waren sie ganz ausgeblieben.

Funi sprach leise, damit ihn nur Sandro hören konnte.

»Da ist er ja, der verrückte Alte.«

Mit einer missbilligenden Geste ließ Sandro durchblicken, dass ihm die vorschnelle, oberflächliche Bemerkung nicht gefiel.

»Er ist alles andere als verrückt. Er sieht das Leben anders als wir, aber du darfst nicht den Fehler begehen, ihn zu unterschätzen. Er ist klar im Kopf wie nur wenige in seinem Alter. Und schlau wie der Teufel.«

»Eines ist sicher …«

Funi zündete sich eine Zigarette an und stieß gleichzeitig mit dem Rauch seine Entschlossenheit aus.

»… ich lasse nicht zu, dass sich nur wegen der Sturheit deines Onkels alles in Rauch auflöst. Bei diesem Geschäft stehen Millionen auf dem Spiel, und ich habe nicht die Absicht, sie mir durch die Lappen gehen zu lassen.«

Der Bauunternehmer trieb seine Machenschaften. Sandro war nicht besser. Sie hatten es praktisch nicht vermeiden können, miteinander Geschäfte zu machen, nachdem sie sich kennen gelernt hatten. Sie hatten die Möglichkeit, ein riesiges landwirtschaftliches Areal zu Bauland erklären zu lassen, wenn auch mit den unvermeidlichen Auflagen. Die Stadt breitete sich mit rasender Geschwindigkeit aus, und sie wollten eine Satellitenstadt mitten im Grünen errichten, ein abgeschiedenes und dennoch gut angebundenes Wohngebiet mit allen nur erdenklichen Angeboten. Es war ihnen gelungen, sich die Kaufoption auf alle betroffenen Grundstücke zu sichern, indem sie den tatsächlichen Wert der Grundstücke um ein Mehrfaches überboten hatten.

Der Einzige, der nicht nachgab, war der Alte. Und um die für die Bebauung notwendige Größe zu erreichen, fehlte ausgerechnet dieses zentrale Stück Land. Der Bruder hatte in seinem Testament bestimmt, dass Entscheidungen über die Grundstücke die Zustimmung sämtlicher Familienmitglieder erforderten. Anders ausgedrückt, die Grundstücke waren nicht teilbar, und keinerlei politische Beziehungen und Verflechtungen konnten dagegen etwas ausrichten.

Gesetz war Gesetz.

Als der Alte die beiden erreichte, drückte er wenig begeistert Funis Hand.

»Guten Abend, Signor Dafarra.«

»Guten Abend, Doktor Funi.«

Mit der leichten Betonung des Wortes »Doktor« errichtete der Alte eine Mauer zwischen sich und dem Geschäftemacher. Mit einem Nicken begrüßte er den Neffen, der nicht in der Lage zu sein schein, seinen Blick länger als eine Sekunde auf einen Punkt zu richten.

»Hallo, Onkel«, erwiderte Sandro den Gruß.

Der Alte setzte sich auf den Boden und lehnte sich gegen den Stamm des umgeknickten Baums. Er zog ein Päckchen Tabak und Blättchen heraus und begann in aller Seelenruhe, sich eine Zigarette zu drehen. Der Hund schnupperte neugierig an den Autoreifen, bevor er beschloss, sein Bein doch lieber wie üblich an einem Strauch zu heben.

Den peinlichen Moment unterbrach Funi nur scheinbar ungezwungen.

»Also, haben Sie mein Angebot überdacht?«

Der Alte betrachtete die Zigarettenasche, die auf den Boden gefallen war. Schließlich hob er den Kopf und blickte mit seinen blauen Augen, die wie die eines Zwanzigjährigen aussahen, direkt in Funis Gesicht.

»Es nützt nichts, dass Sie in der Einzahl von sich sprechen. Ich weiß sehr wohl, dass auch Sandro an diesen Geschäften beteiligt ist, was mich nicht wundert. Schließlich findet jeder Topf früher oder später seinen Deckel.«

Funi kniff die Augen zusammen, und der Alte wandte sich an seinen Neffen.

»Mich wundert nur, dass du mir dieses Angebot gemacht hast, obwohl du mich doch kennst.«

Der Neffe wurde leicht rot.

»Onkel, an diesen Geschäften ist nichts Schlimmes, umso weniger, als in diesem Fall nichts heimlich geschieht. Wir kaufen das Land und bezahlen in bestimmten Fällen mehr, als es wert ist. Das Projekt würde für viele Menschen Arbeit schaffen. Und das genau hier, wo wir gerade stehen, wo nichts wächst und noch nie etwas gewachsen ist.«

Er verwies mit einer ausladenden Armbewegung auf Campo Duro, das Land, auf dem sie standen.

Der Alte ließ den Blick über die fast kahle Oberfläche gleiten. Sie war von Sträuchern gesäumt, welche die Grenze zu markieren schienen, an der nach einem Unfall der Natur das Land wieder fruchtbar und grün geworden war.

Schließlich blickte er seinen Neffen mit undurchdringlicher Miene an. In seiner Stimme schwangen Bedauern und ein Hauch Mitleid mit.

»Das Land ist seltsam, Sandro. Wärst du öfter hier gewesen, hättest du manche Dinge verstanden …«

Sandro kehrte dem Alten brüsk den Rücken zu, als wollte er das Thema beenden und eine Tür zwischen ihnen zuschlagen. Funi versuchte, seinen Ärger zu überspielen, indem er in dem Gespräch, das bisher eine Familienangelegenheit gewesen war, einen versöhnlichen Ton anstimmte.

»Kommen Sie, gehen Sie nicht so hart mit ihm ins Gericht, Signor Dafarra. Wir reden schließlich von einer hübschen Summe.«

»Sicher ist es eine hübsche Summe. So blöd bin ich auch nicht, dass ich das nicht von alleine merke. Aber …«

Wut blitzte in den Augen des Geschäftemachers auf.

»Aber?«

»Sehen Sie, Doktor Funi, in dieser Gegend gibt es einen netten Spruch. Särge mit Taschen wurden noch nicht erfunden, sagt man. Ich kann zwar von hier verschwinden, aber keine Summe auf der Welt gibt mir die Möglichkeit, mein Alter verschwinden zu lassen. Die Zeit, die mir zum Leben bleibt, egal ob viel oder wenig, will ich zu Hause verbringen. Es tut mir leid, aber dieses Land steht nicht zum Verkauf.«

»Ist das Ihr letztes Wort?«

Der Alte nickte erneut.

»Das ist mein letztes Wort. Und bei mir bedeutet das letzte wirklich das letzte.«

»Sie sind ein äußerst unvernünftiger Mensch, Signor Dafarra.«

Unter den dichten, dunklen Augenbrauen blitzten die Augen des Alten auf.

»Ich bin ein Mensch, und damit basta, Doktor Funi. Ich wiederhole, ich bin noch lebendig genug, um zu verstehen, dass ich die Sache dort beenden möchte, wo sie angefangen hat.«

Der Alte blickte zum Hund, der mit dem Schwanz wedelte und abwechselnd auf ihn und auf den Weg schaute. Als er sich erhob, verstanden die Männer, dass das Gespräch beendet war. Der Hund, der das Zeichen ebenfalls verstand, rannte den Hügel hinunter und bellte.

»Guten Abend, Signor Funi. Tschüss, Sandro, Grüße an deine Frau.«

Funi fand den Wechsel von »Doktor« zu »Signor« äußerst eindeutig. Sandro wiederum war sich sicher, wie der Gruß an seine Ehefrau zu verstehen war.

Die beiden blickten ihm schweigend hinterher, bis er hinter einem großen Busch, wo der Weg nach links abbog, verschwunden war.

Funi fuhr wütend mit der Hand durch die Luft.

»Verdammter Idiot.«

Sandro schwieg zwar, doch sein Gesichtsausdruck verriet, dass sich seine Gedanken nicht sehr von denen seines Geschäftspartners unterschieden.

»Du kennst ihn. Gibt es Hoffnung, ihn umzustimmen?«

Sandro schüttelte den Kopf.

»Nicht annähernd. Der ist wie mein Vater. Hart wie ein Stein. Wenn er beschlossen hat, hier zu sterben, kannst du davon ausgehen, dass er das auch tun wird. Und bei seiner Gesundheit …«

Er beendete den Satz nicht. Funi ließ seinen Blick über das umliegende Land schweifen. Die Sonne war hinter den Hügeln verschwunden, und das Feld war bereits vollständig in den Schatten getaucht, der langsam vom gesamten Tal Besitz ergriff.

»Es sei denn …«

Sandro sah Funi an.

»Es sei denn?«

Der Geschäftemacher zuckte mit den Schultern und machte eine unbestimmte Geste. Seine Augen blickten auf einen Punkt, den sie nicht sahen.

»Na, du weißt ja, wie diese Alten sind. Sie sind zerstreut, auch wenn sie scheinbar hellwach und aufmerksam sind. Es kann immer ein Unfall passieren, was weiß ich, während er die Straße überquert oder zur Jagd geht. Du bist der einzige Erbe, oder?«

Sandro zögerte einen Moment mit der Antwort.

Er betrachtete dieses Stück Land, als sähe er es zum ersten Mal. Doch Funi wollte er nicht ins Gesicht blicken, wollte sein Schlangengesicht nicht sehen. Oder er wollte nichts davon wissen, dass auf seinem eigenen Gesicht derselbe Ausdruck zu sehen war. Plötzlich erinnerte er sich an die Hartnäckigkeit des Alten, an sein nachsichtiges Gehabe, seine überhebliche Stimme. Wut stieg in ihm auf, und seine Stimme kam nun von weit her, kalt wie ein Urteilsspruch.

»Ja, ich bin der einzige Erbe.«

Aus dem Augenwinkel heraus bemerkte er, dass sich Funi fast unmerklich entspannte. Einen Moment blieben sie schweigend stehen und lauschten dem Schatten, der sich dem Tal und ihren Gedanken näherte.

Sandro rührte sich als Erster und blickte auf die Uhr.

»Ich muss gehen. Ich habe Gäste zum Abendessen.«

Sie blickten einander regungslos an. Gleiches Gesicht, gleiches Wesen.

»Gut. Mach dir wegen dieser Sache keine Sorgen, ich kümmere mich darum. Mir reicht es, zu wissen, dass du einverstanden bist. Ich halte dich persönlich auf dem Laufenden. Kein Telefon.«

»In Ordnung.«

Während sie sich die Hände schüttelten, hörten sie in der reglosen Luft des Sonnenuntergangs ein Pfeifen, gleich darauf das Geräusch von splitterndem Glas. Sofort drehten sie sich zu ihren Autos um.

»Himmel Ar…«

Die Windschutzscheibe von Funis Mercedes war zersplittert. Vorsichtig näherten sie sich dem Fahrzeug. Das Innere war voller Scherben, auf dem Fahrersitz lag ein großer Stein.

»Wer hat denn das gemacht?«

Verblüfft drehte er sich einmal im Kreis herum. Es war niemand zu sehen, zumindest nicht in unmittelbarer Nähe. Auf Campo Duro befand sich niemand außer ihnen, und es war undenkbar, dass jemand, der sich in den Büschen am Rand des Feldes versteckte, einen derart großen Stein werfen konnte.

Wieder hörten sie ein Pfeifen. Diesmal ging eine Scheibe von Sandros Auto zu Bruch. Die nachfolgende Stille hatte etwas Bedrohliches, und die Gesichter der Männer verzogen sich.

»Hast du jemanden gesehen?«

»Nein.«

Mit doppelter Vorsicht näherten sie sich dem BMW. Auch in diesem lag zwischen den Glasscherben ein Stein, der etwa gleich groß war wie der erste. Während die beiden sich vorbeugten und das Wageninnere inspizierten, hörten sie hinter sich ein drittes Pfeifen. Das Fenster links von Sandro zersprang in tausend Stücke. Der Stein knallte gegen die Rückenlehne des Vordersitzes und rollte auf den Boden, wo er still und dennoch bedrohlich liegen blieb.

Erschreckt drehten die beiden Männer sich um.

»Scheiße, was ist da los?«

In der Panik ging Funis süditalienische Herkunft mit ihm durch. Sandro blickte sich um wie ein gehetztes Tier, das Angst vor dem hat, was es nicht versteht. Ihm stockte der Atem, als er antwortete.

»Ich weiß es nicht. Ich weiß es nicht …«

Einen Moment lang, der ihnen wie eine Ewigkeit vorkam, schwiegen sie. Der Schatten schien in diesem unbeweglichen Moment mit unglaublicher Geschwindigkeit aufs Land herabzufallen.

Es war Funis Stimme, die die Stille durchbrach.

»Sandro, schau mal.«

Als Sandro sich umdrehte, bemerkte er das Entsetzen in den Augen seines Freundes. Schließlich richtete er seinen Blick auf das, worauf Funi zeigte. Etwa zehn Meter von ihnen entfernt bewegte sich ein Stein in der Erde, als hätte er ein Eigenleben. Es sah aus, als steckte ein Mann bis zum Gürtel im Boden und wand sich mit aller Kraft, um sich zu befreien. Der Druck auf die rötliche Erde rund um den Stein herum wirbelte kleine Staubwölkchen auf.

Plötzlich verwandelte sich die Bewegung in das bekannte Pfeifen, und der Stein kam, wie von einer Schleuder abgeschossen, auf sie zugeflogen. Er zerschmetterte Funis linke Schulter. Laut schreiend drehte der sich halb um sich selbst und fiel gegen das Auto. Er fluchte vor Angst und Schmerzen und glitt zu Boden. Sandro blickte ihn an, neben ihm der Stein, der ihn verletzt hatte.

»Jesus Maria …«

Mit weit aufgerissenen Augen ging er ein paar Schritte rückwärts, bevor er sich, von Panik gepackt, umdrehte und in die Richtung rannte, in die der Alte verschwunden war.

Funi lag noch immer auf dem Boden und schrie.

»Sandro, warte! Hilf mir!«

Sandro floh weiter, ohne auf die Schreie des anderen zu achten.

Funi blickte Sandro hinterher, der um den umgeknickten Baum herumlief und davonrannte. Als Sandro den

Weg betrat, passierte etwas, das ihn zu Eis erstarren ließ. Die Zweige des Baums erwachten plötzlich zu Leben und griffen wie Schlangen nach seinen Beinen, um ihn an der Flucht zu hindern. Er fiel zu Boden, während Funi verzweifelt aufzustehen versuchte. Der Schrecken war größer als die Schmerzen der zertrümmerten Schulter. Den verletzten Arm mit dem gesunden stützend und vor Schmerz vornübergebeugt, floh er auf wackligen Beinen in dieselbe Richtung, in die auch Sandro geflohen war, hielt sich aber auf Abstand zum Baum. Ohne dass es einen logischen Grund dafür gab, versuchten beide, die Grenze des Feldes zu erreichen, als hielten sie den Bereich, wo Gras und Büsche wuchsen, für einen sicheren Zufluchtsort.

Diesmal war das Pfeifen noch lauter. Sandro spürte, dass sich die Luft an seiner Wange bewegte. Der Stein traf Funi mit unglaublicher Gewalt an der Schläfe und ließ seinen Kopf sprichwörtlich explodieren wie nach einem Schuss aus einer großkalibrigen Waffe. Entsetzt musste Sandro mit ansehen, wie sich der Schädel in eine Masse aus Blut und Gehirn verwandelte. Funi drehte sich um sich selbst, fiel auf den Rücken und zuckte noch ein paarmal mit den Füßen, bevor er der Verletzung erlag.

Sandro stieß unverständliche, unvollständige Sätze aus, konnte sich aber schließlich aus der Umklammerung der rauen Zweige befreien.

Er hatte gerade noch Zeit aufzustehen, als er unmittelbar nach einem weiteren Pfeifen einen heftigen Schmerz im Rücken spürte. Der Atem blieb ihm weg. Seine Beine knickten ein, und er stürzte erneut, kam aber so auf, dass er ähnlich wie zuvor der Alte plötzlich mit dem Rücken am Baumstamm saß.

Im Mund spürte er den Geschmack von Blut.

Ein stechender Schmerz durchfuhr seinen Kopf, während sich seine Beine seltsam taub anfühlten. Entsetzt wurde ihm klar, dass der Stein seine Wirbelsäule zertrümmert hatte. Seine Augen füllten sich mit Tränen, er verschränkte die Arme über der Brust und begann zu zittern.

Rötlicher Speichel lief aus seinem halb geöffneten Mund und vermischte sich mit der Erde und den Tränen auf seiner zerknitterten Jacke. Er rutschte zur Seite, ohne auf die Schmerzen zu achten, die diese Bewegung bei ihm verursachte, und blieb mit der rechten Schulter am Baum gelehnt liegen. Die Zweige wickelten sich um seinen Brustkorb, als wollten sie diesen menschlichen Körper in den alten, vertrockneten Stamm hineinziehen.

Ein Stück vor ihm begann ein dicker Stein zu zittern und sich langsam von der Erde zu erheben. Sandro drehte den Kopf so weit, wie es die Zweige, die ihn umklammerten, zuließen. Aus dem Augenwinkel heraus sah er, wie der Stein immer höher stieg, bis er einen scheinbar unendlichen Moment lang über seinem Kopf schwebte.

Dann hörte er wieder das Pfeifen, und alles wurde dunkel.

Der Alte blickte in der Dunkelheit den Lichtern des Krankenwagens hinterher, bis sie am Ende der Straße um eine Kurve verschwunden waren. Die Polizei hatte rasch reagiert, verständigt von Giancarlo, der auf seiner Rückfahrt vom Grundstück der Familie Manera die Leichen auf dem Campo Duro entdeckt hatte. Nach Sicherung der Spuren hatten sie die Körper mit einem Tuch bedeckt und mit dem Traktor ins Dorf gefahren. Hier waren sie in zwei lange Nylonsäcke gelegt worden, solche mit Reißverschluss, wie sie der Alte bisher nur in Filmen gesehen hatte.

»Es tut mir so leid, Signor Dafarra.«

Der Alte erwachte aus seiner Starre. Der Kommissar blickte ihn betrübt an.

»Ich danke Ihnen. Die Sache ist so seltsam.«

»Ich fürchte, ich muss Sie demnächst noch weiter belästigen. Ich brauche Ihre Hilfe, um verstehen zu können, was passiert ist.«

»Ich stehe Ihnen zur Verfügung.«

»Guten Abend, Signor Dafarra.«

»Guten Abend, Kommissar.«

Als sich der Kommissar entfernte, wurde er sogleich von einer Horde Journalisten umzingelt. Funi war eine einflussreiche, bekannte Person gewesen, und sein Tod, oder vielmehr seine Ermordung, hatte die Presse und die Fernsehsender auf den Plan gerufen. Das gesamte Dorf war, gierig nach Neuigkeiten, auf die Straße geströmt.

Im abklingenden Blitzlichtgewitter sah der Alte, wie Giancarlo brüsk einen Reporter zurückschob, der ihm ein Mikrofon unter die Nase hielt, und sich dann in der Menge der Neugierigen verlor.

Er selbst drehte sich ebenfalls um und ging fort. Im Halbdunkel legte er die wenigen Schritte bis zu seinem Haus zurück, öffnete das Tor und schloss es hinter sich wieder, durchquerte den Hof, der vom Licht an der Haustür erleuchtet wurde, und ging die Stufen hinauf.

Aus dem Küchenfenster beobachtete er, wie sich die Polizeifahrzeuge entfernten. Die Masse der Schaulustigen löste sich in Grüppchen auf, die das Geschehen kommentierten, bis man schließlich schweren Herzens abzog. Das Schauspiel war zu Ende, und das Dorf kehrte langsam in seine übliche Starre zurück. In den nächsten Tagen würde es noch genügend zu besprechen geben.

Jeder würde erzählen, was er wusste, und sich anhören, was andere zu erzählen hatten. Nach und nach würde die Geschichte so, wie sie war, vergessen werden, und die Erinnerung an das, was die Fantasie sich ausgedacht hatte, würde bleiben.

Lange blickte der Alte aus dem Fenster in die Dunkelheit, die nur von den Lampen am Dorfrand durchbrochen wurde. Er dachte an Sandro, seinen Neffen, den er hatte aufwachsen sehen und der sich zunehmend von seinem Haus, von ihnen, von seinem Vater und seiner Mutter entfremdet hatte und am Ende zurückgekommen war, um auf dem Land zu sterben, auf dem er nicht hatte leben können.

Wenn es anders gewesen wäre, hätten sie mit ihm reden können, er und sein Vater. Sie hätten ihm Dinge erzählt, die er hätte wissen müssen und die ihnen einst ihr eigener Vater erzählt hatte. Als er sie für reif genug gehalten hatte, sie zu verstehen oder sie zumindest auch ohne plausible Erklärung zu akzeptieren, weil es eine solche nämlich nicht gab. Er erinnerte sich noch an den Tag, an dem er und sein Bruder draußen vor dem Haus gestanden hatten, weil die Sonne an diesem Frühlingstag plötzlich herausgekommen war. Sie hatten Sandros rotem Auto entgegengeblickt. Es hatte sich auf dem Asphaltstreifen genähert, der sechs oder sieben Kilometer vor dem Dorf von der Landstraße abzweigt.

»Wirst du es ihm sagen?«

Sein Bruder hatte ihn angeblickt. Er war etwas kleiner und gedrungener gewesen als er, hatte aber dieselben blauen Augen gehabt. Wie das Markenzeichen der Familie waren sie aus seinem braun gebrannten Gesicht hervorgestochen.

»Meinst du, es ist so weit?«

»Alt genug, um es zu verstehen, ist er ja.«

Sein Bruder hatte geseufzt, ein Seufzer, mit dem er für immer und ewig alle Hoffnungen fortgepustet hatte.

»Es ist unnötig, um den heißen Brei herumzureden. Du weißt genauso gut wie ich, dass Sandro anders ist als wir. Man sieht schon daran, wie er sich bewegt und spricht, dass sein Platz nicht hier ist, dass dieses Haus nicht sein Zuhause ist, sondern nur das Haus, in dem er geboren wurde und aufgewachsen ist. Egal, was er in seinem Leben tun wird, er wird es weit weg von hier tun.«

»Trotzdem bleibt er dein Sohn.«

»Das ändert nichts an der Sache. Für Menschen gilt nicht die schlichte Gartenregel, dass aus einer Karotte immer eine Karotte wächst.«

Schließlich war Sandro auf den Hof gefahren und hatte die Unterhaltung beendet. Sein Bruder hatte dem Sohn nichts gesagt, weder damals noch später. Er hatte sein Schweigen mit ins Grab genommen, und er, der Alte, der dieses Schweigen bewahrt hatte, verstand erst jetzt, welchen Schmerz es ihm bereitet haben musste.

Er kehrte dem Fenster den Rücken zu. An der Stuhllehne hing seine Leinentasche. Er stellte sie auf den Tisch, nahm die Morcheln heraus und legte sie sorgfältig ins Licht. Sie waren noch frisch.

Der Alte hatte nie geheiratet. Es hatte einen Moment gegeben, in dem er es hätte tun können, einen Moment, in dem eine Frau aus dem Dorf diejenige hätte sein können, welche …

Vielleicht war es ihm nicht gelungen, rechtzeitig den nächsten Schritt zu tun, vielleicht hatte sie nicht abwarten können. Jedenfalls hatte es keine anderen Gelegenheiten mehr gegeben, und er hatte sich mit der Familie seines

Bruders begnügt, mit einem Neffen, der für ihn immer ein bisschen wie ein Sohn gewesen war, bevor dieser beschlossen hatte, statt zweier Väter gar keinen haben zu wollen. Und jetzt war sein Neffe auf dem Campo Duro mit eingeschlagenem Schädel gestorben, ohne etwas von diesem Land, ihrem Land, gewusst zu haben, außer dass man dort sterben konnte.

Nun war er der Letzte.

Er setzte sich und betrachtete die Pilze auf dem Tisch. Übermorgen wollte er Tagliatelle zubereiten. Er würde den Teig machen, wie ihn seine Mutter gemacht hatte, ohne Wasser, nur mit Eiern wie zu Festtagen. Er würde den Teig mit dem Nudelholz ganz dünn ausrollen, dann mit Mehl bestäuben und aufwickeln, bis er die Form einer dicken Zigarre haben würde. Dann würde er den Teig schneiden, unregelmäßig, versteht sich, wie handgemachte Tagliatelle nun einmal sind. Er würde die Morcheln leicht in Butter anbräunen, damit sie nicht den Geschmack verloren, sondern ihn mit der Soße teilten.

Er würde Giancarlo anrufen und ihn zum Essen einladen.

Dieser Junge gefiel ihm.

Hätte er einen Sohn gehabt, hätte er ihn sich wie Giancarlo gewünscht.

Er dachte daran, wie unterschiedlich die beiden Männer waren – Giancarlo, der immer ein Bauer geblieben war, auch wenn er tausend Kilometer von hier entfernt gelebt hatte, und Sandro, der nie einer geworden wäre, selbst wenn er tausend Jahre hier gelebt hätte.

Er schüttelte den Kopf.

Das Einzige, was er tun konnte, war, diesen Jungen anzurufen, der seinen Traktor wie einen Luxuswagen fuhr und seinem Gegenüber in die Augen blickte. Hier in der Küche, vor einem Teller Tagliatelle und einem Glas gutem Wein, würde er ihm zuhören und ihm anschließend die Geschichte von Campo Duro erzählen.

Vielleicht würde Giancarlo die Geschichte nicht verstehen, würde sie aber zumindest akzeptieren, ohne sie zu verstehen …

Als er im Bett lag, war ihm klar, dass er die richtige Entscheidung getroffen hatte. Er drehte sich auf die Seite und glitt sogleich in einen schwerelosen Schlaf, wie er sonst nur jungen Menschen vergönnt ist.

Die Frau, die ins Wasser blickte

Als ich die junge Frau zum ersten Mal sah, weinte sie. Ich weiß nicht, woher sie kam, weil ich tagsüber die meiste Zeit unter der dunklen Oberfläche bleibe, in einem von Algen bedeckten Bereich unweit der Röhre, die zu meiner unterirdischen Höhle führt. Ich habe sie aber kommen hören, denn ein besonderer Sinn verrät es mir stets, wenn sich ein menschliches Wesen in der Nähe des Sees aufhält oder sich ihm nähert. Mir ist nicht klar, wie das funktioniert, aber es ist eine Art Vibrieren, das von den Menschen ausgeht, als würde irgendetwas in ihnen Wellen aussenden, nach unten, nach oben, um sie herum. Etwas Ähnliches geschieht, wenn jemand einen Stein ins Wasser wirft. Dann breiten sich auf der ruhigen Wasseroberfläche Kreise aus und treiben träge ans Ufer.

An bestimmten Sonntagen im Sommer, wenn sich viele Menschen am See aufhalten, ist dieses Vibrieren so stark, dass ich mich in meine Höhle verkriechen muss, um mich vor ihren Blicken und den lebhaften Wellen zu schützen. Sie lassen auch mich vibrieren, und das ist nicht immer angenehm. Manchmal ist die Ausstrahlung so stark, dass ich das Gefühl habe, von zwei riesigen Händen gepackt und kräftig durchgeschüttelt zu werden.

Schon seit Jahren lebe ich hier unter der Oberfläche. Niemand hat mich je gesehen, niemand hat je hier jemanden vermutet. Die Berge und Pflanzen um den See herum spiegeln sich so klar auf der Oberfläche, dass ich mich leicht verstecken kann. Der Blick wird vom Spiegelbild abgelenkt, und wer auf den See schaut, nachdem er zuvor die Berge betrachtet hat, betrachtet in Wirklichkeit wieder die Berge. Es scheint, als wäre der See nicht um seiner selbst willen da, sondern nur als Fortsetzung dessen, was ihn umgibt.

Am Ufer stehen ein paar Gebäude, in denen die Menschen, die zu Besuch hierherkommen, etwas zu trinken kaufen oder sich zum Essen hinsetzen können, doch niemand, der das tut, lebt hier. Und wenn abends kein Tourist mehr da ist, schließen auch die Besitzer dieser Häuser die Tür hinter sich und fahren mit ihren Autos über die Schotterstraße davon, wer weiß wohin. Meine Welt endet am Ufer dieses Sees. Meine Ausflüge reichen nur so weit wie mein Blick, wenn der See verlassen ist und ich meinen langen Hals aus der Wasseroberfläche herausstrecke. Dann betrachte ich die Berge, die den Horizont umspannen. Leichte Angst überfällt mich, wenn ich sehe, wie viel größer alles ist im Vergleich zu meiner kleinen Unterwasserwelt, und diesen unermesslichen Raum nie ergründen zu können, versetzt mir einen schmerzlichen Stich.

Doch die frische Luft ist herrlich, und das Alleinsein im verlassenen See und ein kräftiger Schlag meiner Flossen genügen, um die Freiheit im Schatten des Sonnenuntergangs genießen zu können. Mit meinem schlanken Körper durchs Wasser zu schießen und aus dem Spiegel heraus und wieder hinein zu springen, ist ein bisschen, als wäre ich Teil dieses Spiegels, als gehörte ich zu den Bergen, die ich nie aus der Nähe sehen werde. Ich weiß nicht, seit wann ich hier bin. Eines Tages war mir plötzlich bewusst, dass ich existiere und dass ich mich verstecken muss, wenn ich weiterhin existieren möchte.

Ich bin schon immer allein.

Niemals in all dieser Zeit war am Seeufer jemand oder etwas, der oder das mir ähnelt. Vielleicht gibt es anderswo andere Seen, unter deren Oberfläche andere wie ich leben, doch hier bin ich der Einzige, und auf die Suche begeben kann ich mich nicht. Schon bei dem Gedanken wird mir schlecht. Ich weiß nicht, warum, aber ich weiß, dass man mich zerstören wird, noch bevor ich entdeckt haben werde, ob es gibt, wonach ich suche. Ich ziehe es vor, hierzubleiben, versteckt und in Sicherheit, um zu sehen, wie sich im Wasser die Jahreszeiten spiegeln, eine nach der anderen – frische Blätter, grüne Blätter, gelbe Blätter, Schnee, und wieder von vorn –, bis irgendwann eine neue Jahreszeit kommen wird und ich nicht mehr da bin, um sie aus meinem Versteck heraus zu beobachten.

Nur einmal bin ich Gefahr gelaufen, entdeckt zu werden, und schon bei dem bloßen Gedanken daran drängt mich meine Angst, mich in meiner Höhle zu verkriechen, wo mich niemand vermutet.

An jenem Abend verspürte ich Lust, hinaufzuschwimmen und die reine Luft zu atmen, die frische Frühlingsluft bei Sonnenuntergang. Sobald das möglich ist, tue ich es auch, nur dass ich vorsichtshalber meinen Luftvorrat in der Höhle aufnehme. Ich bin kein Fisch und kann nicht das Wasser atmen. Ich kann lediglich eine gewisse Zeit, die unendlich scheint, es aber nicht ist, ohne Luftholen aushalten. Oben gibt es dann Insekten, die knapp über der Wasseroberfläche fliegen. Sie sind lecker, so süß wie bestimmte Beeren, die von Sträuchern ins Wasser hängen. Den Hunger stillen sie zwar nicht, aber sie hinterlassen einen guten Geschmack im Mund.

Ich nahm das Vibrieren von Menschen wahr, machte mir

jedoch keine Sorgen deswegen, weil ich den Eindruck hatte, dass sie weit weg waren, und das Licht der untergehenden Sonne war allzu verlockend. Die reine Luft fühlt sich immer so herrlich an in den Lungen, mir wird stets leicht schwindelig davon. Das Wasser tropft von meinem Kopf, wenn ich meinen Blick zwischen der spiegelnden Wasseroberfläche und dem, was sich dort spiegelt, hin und her wandern lasse.

Schnell und problemlos stieg ich also auf. Ich streckte den Kopf aus dem Wasser, stieß feuchte Luft aus und fand mich von Angesicht zu Angesicht vor einem kleinen Menschen wieder, der am Ufer saß. Ich erinnere mich noch an seine furchtlosen, aber neugierigen Augen, als er ein Wesen sah, das so anders war als er selbst. Nicht weit entfernt stand auf dem Platz, wo sie immer stehen, eines dieser Fahrzeuge.

Das Vorderteil war angehoben, und ein erwachsener Mensch stand gebückt davor und blickte hinein. Das Vibrieren, das ich von weither zu spüren geglaubt hatte, stammte von diesem noch nicht vollständig entwickelten Wesen und diesem Erwachsenen, der von einem Stück seines Autos verdeckt wurde. Der Kleine und ich blickten uns lange an, und ich spürte, wie er immer stärker vibrierte, bis er aufsprang und schreiend davonrannte.

»Papa, da ist ein Ungeheuer im See!«

Sein Schrei riss mich aus dem Zauber dieses statischen Moments. Durch den Schrei des Kleinen hatte ich die Aufmerksamkeit des Erwachsenen auf mich gezogen, und ich tauchte in einem wirbelnden Strudel unter, bevor er mich entdecken würde. Hand in Hand traten sie ans Ufer. Von unten beobachtete ich, wie die zwei bunten Flecken vor der Bergkette die jetzt wieder ruhige Wasseroberfläche beobachteten. Der Kleine deutete auf eine Stelle und war ganz aufgeregt.

»Doch, da war es. Es hatte einen langen Hals und hat mich mit roten Augen anguckt, und es hat getropft.«

Die Stimme des Erwachsenen klang gelassen und drang leicht verzerrt an mein Ohr, wie alle Geräusche, die ich unten höre.

»Hm, ich glaube, dass es dich fressen wollte wie alle Ungeheuer, die was auf sich halten. Zum Glück hast du es verjagt.«

Der Kleine hatte die Ironie in der Stimme des Erwachsenen nicht wahrgenommen.

»Nein, es war da und hat mich nur angeschaut. Ich hatte keine Angst, und das Ungeheuer auch nicht, und dann …«

Der Kleine drehte den Kopf und bemerkte das Lächeln auf dem Gesicht des Erwachsenen.

»Du glaubst mir nicht, aber es stimmt. Da war ein Ungeheuer, ehrlich, genau da, mitten im See.«

Die zwei drehten sich um und gingen vom Ufer fort, wahrscheinlich zum Fahrzeug. Ihre Stimmen und der beharrliche Protest des Kleinen, der ein Ungeheuer gesehen haben wollte, wurden immer leiser. Die Luftblasen meines erleichterten Seufzers sahen sie nicht mehr aufsteigen und an der Wasseroberfläche platzen. Meine Höhlenluft vermischte sich mit frischer Luft, und die Sache war damit erledigt, doch seit jenem Tag war ich doppelt vorsichtig.

Bis die junge Frau kam.

Ich glaube, sie ist zu Fuß gekommen, weil ich kein Fahrzeug gehört habe. Langsam ging sie am Ufer entlang wie fast alle Menschen, die hierherkommen. Nach der langen

Zeit, die ich hier schon lebe, mache ich kein Aufhebens mehr davon und beobachte sie nicht mehr, sondern kontrolliere sie nur noch. Die Neugier hat sich nicht in Sympathie verwandelt. Ich weiß, dass die Menschen eine Gefahr darstellen, ein Hindernis zwischen mir und einer möglichen Freiheit. Dennoch kann ich sie nicht als Feinde betrachten, obwohl ich weiß, dass sie es werden können. Es gibt Dinge, die sich nicht ändern lassen. Luft befindet sich oberhalb des Sees, Wasser befindet sich im See; ich lebe im Wasser, die Menschen mit ihrem Vibrieren, ihrem Geschrei und ihren bunten Kleidern leben am Ufer.

Das Vibrieren der jungen Frau allerdings war anders. Es hatte etwas Ungewöhnliches, obwohl es mir seltsamerweise bekannt vorkam und mich wie das der anderen Menschen über unsichtbare Wellen erreichte. Ich näherte mich ihr so weit wie möglich, achtete aber darauf, in der braunen Masse der Algen auf dem Grund unsichtbar zu bleiben. Im Schutz der spiegelnden Sonne konnte ich sie beobachten und ihr folgen, langsam mit den Flossen schlagend, um mich nicht durch die Bewegungen des Wassers zu verraten.

Sie sandte ihre Wellen nicht einfach als Zeichen ihrer Anwesenheit aus, sondern ich spürte, wie sie eine Art Verbindung mit mir herstellte und Raum von mir ergriff, so wie ich durch die algenbedeckte Röhre in meine Höhle schwimme und plötzlich Teil von ihr bin. Es war, als begegnete ich zum ersten Mal jemandem, der mir ähnelt, als wäre ein Teil von mir aus dem Wasser gestiegen und spazierte mit menschlichen Flossen am See entlang.

Die junge Frau erreichte den Landungssteg, an dem im Sommer der Eigentümer des Gebäudes, das dem Ufer am nächsten lag, seine Mietboote festmachte. Jetzt waren die Boote noch irgendwo weggeschlossen.

Eins lag auf Holzböcken in der Nähe des Flusses, und ich hatte einen Mann gesehen, der darum herum gelaufen war und die Farbe erneuert hatte. Dies war, zusammen mit der Möglichkeit, überall hingehen zu können, vielleicht das Einzige, worum ich die Menschen beneidete: die Möglichkeit, Farben haben zu können. An sich und um sich herum, an Kleidern und Fahrzeugen und Häusern und überall. Ihre Gesichter und ihre Haare auf dem Kopf sind Farbe, eine Farbe, die ihnen Identität verleiht und sie von anderen unterscheidet, auch wenn auf den ersten Blick alle Menschen gleich zu sein scheinen. Unter Wasser gibt es keine Farben, und je tiefer man kommt, desto dunkler wird es. Die Sonne und das Licht sind nur mehr Erinnerungen, wenn das Rot und das Blau und das Grün und alles andere nach und nach schwarz wird und ich irgendwann nicht mehr die Augen zur Orientierung verwende. Dann werde ich geführt, vielleicht von demselben verborgenen Sinn, der mich das Vibrieren der Menschen wahrnehmen lässt.

Die junge Frau trug Kleider in schwachen, freundlichen Farben. Auch ihre Wellen waren schwach und freundlich, während sie geräuschlos über den Landungssteg lief. Für gewöhnlich gingen die Menschen mit schweren Anglerstiefeln über die Planken, oder das Getrampel von rennenden Kindern setzte sich über die in den Grund gerammten Pfeiler fort und breitete sich im Wasser aus. Die junge Frau jedoch ging fast schwerelos bis zum Ende des Landungsstegs und blickte mit einem Ausdruck aufs Wasser, den ich noch nie auf dem Gesicht der Männer oder Frauen, die ans Seeufer kamen, gesehen hatte.

Sie verharrte und schaute aufs Wasser, als würde sie am liebsten weitergehen und aus irgendeinem Grund, den ich nicht verstand, herausfinden wollen, wie es dort unten aussah.

Nicht weit entfernt trieb etwas auf dem Wasser.

Es war eine Holzkiste, in der normalerweise Obst aufbewahrt wird, eine ziemlich große mit dünnen Latten, die ineinandergesteckt waren und breite Spalten offen ließen. Dass es eine Obstkiste war, wusste ich, weil einmal eine solche Kiste mit einem Obst, das die Menschen Äpfel genannt hatten, aus einem Boot ins Wasser gefallen war.

Ich erinnere mich noch gut an ihren süßen Geschmack. Manchmal nachts, wenn der Wind aus der richtigen Richtung kommt, von dort nämlich, wo die Behälter stehen, in welche die Menschen die Reste ihres Essens stecken, kann ich unter den starken Gerüchen den unvergleichlichen Duft der Äpfel wahrnehmen. Mehr als einmal war ich in Versuchung, dorthin zu schleichen, doch die Furcht, entdeckt zu werden, zusammen mit dem unangenehmen Gefühl, kein Wasser um mich herum zu spüren, hatten mich immer davon abgehalten.

Langsam näherte ich mich der Kiste, die umgekehrt auf dem See trieb, stieg vorsichtig an die Wasseroberfläche und steckte den Kopf hinein. Das Wasser um den Landungssteg herum war tief genug und wegen der leichten Brandung zwischen den Pfählen immer ein bisschen trüb. Ich hielt mich senkrecht, um so wenig wie möglich von mir zu zeigen, und schob die Kiste Richtung Steg, als würde sie auf der Strömung treiben.

Zum Glück wehte die Brise in dieselbe Richtung, so dass es nicht unnatürlich wirkte. Durch die Spalten hindurch konnte ich die junge Frau aus der Nähe beobachten.

Ihre Augen hatten dieselbe Farbe wie der Himmel. Die Haare auf ihrem Kopf hatten eine Farbe, die ich noch nie an einem Menschen gesehen hatte, sondern nur von bestimmten Bäumen rund um den See her kenne, wenn die

Blätter rot werden und im Sonnenuntergang selbst Licht ausstrahlen, bevor sie dann zu Boden fallen und später im Schnee nach und nach verblassen.

Aus ihren Augen, mit denen sie aufs Wasser blickte, floss in feinen Tropfen anderes Wasser, während irgendwo in ihr etwas vibrierte wie ein See, der viel größer war als der, in dem ich mich befand, und der verzweifelt versuchte, über ihre Augen ins Freie zu gelangen. Ich wusste, dass Menschen weinen, aber ich dachte, dass nur kleine das tun, dass es eine kindliche Ausdrucksweise ist, die sich mit dem Alter verliert. Ihre Wellen trafen mich in unregelmäßigen Intervallen und rochen nach Äpfeln und etwas anderem, das ich nicht benennen konnte, aber mit Sicherheit kannte.

Als die Frau fortging, schien auch das Licht schwächer zu werden, und der verlassene See weckte in mir nicht mehr die Lust, herauszukommen und mit dem Spiegelbild zu spielen.

Ich erinnere mich, abgetaucht zu sein in die dunkle Tiefe, die schon immer mein Zuhause war. An meiner hinter Algen versteckten Röhre angekommen, wand ich mich, um besser um die Ecke zu kommen. Die Röhre bog scharf nach rechts ab und stieg anschließend zur Höhle an. Dort zog ich mich hoch zu der Stelle, an der ich für gewöhnlich schlafe. Lange dachte ich an die junge Frau, an dieses Wesen, das ganz anders war als ich, mir aber zum ersten Mal das Gefühl gab, nicht allein zu sein.

Ich wusste nicht, aus welchem Grund die junge Frau mit den Haaren in der Farbe von Blättern geweint hatte, doch mir wurde plötzlich bewusst, dass auch ich weinte, ohne es gemerkt zu haben.

Die junge Frau kam noch ein paarmal zurück.

Sie kam immer zu Fuß aus derselben Richtung. Ich erkannte ihr Vibrieren, so dass ich sie schon von weitem spürte, bevor ihr Kopf mit der unvergleichlichen Farbe über dem Rand der Büsche erschien. Es war wie ein inneres Zittern, ein geistiges Jucken, das langsam zunahm, bis ich mir sicher war, dass sich die junge Frau näherte.

Sie ging am Ufer entlang, lief in ihren freundlichen Farben über den Landungssteg und blieb immer an derselben Stelle stehen, um ins Wasser zu blicken. Manchmal weinte sie. Leider hatte ich keine leere Apfelkiste mehr zur Verfügung. Um die Frau beobachten zu können, riss ich einen Beerenstrauch ab, den ich im Mund hielt, um mich dahinter zu verstecken. Langsam und mit der gleichen Vorsicht wie immer, um nicht entdeckt zu werden, schwamm ich auf die junge Frau zu und beobachtete sie, bis sie wieder ging. Ich wusste, dass ich keine Gefahr für sie darstellte, dennoch musste ich dafür sorgen, dass sie nicht zu einer für mich wurde.

Wenn ich dann in meine Höhle zurückkehrte, konnte mich nichts mehr daran hindern, an diese Frau zu denken.

Kurz bevor der Schnee fiel, lernte sie den jungen Mann kennen.

Es war kalt, und sie trug mehr Kleider als gewöhnlich. Schon seit langem ist mir klar, dass sich die Menschen schwer an die mangelnde Wärme anpassen können und sich, wenn die Temperatur sinkt, bedecken müssen, um nicht zu leiden. Für mich besteht da kaum ein Unterschied, und ich habe kein Problem damit, wenn im Winter ein Teil des Sees mit Eis bedeckt ist. Es ist lustig, von unten die Luftblasen zu trinken, die an der Eiskruste hängen bleiben.

Die Hände tief in die Taschen gesteckt, ging die junge Frau auf dem Landungssteg in die Hocke, und ihr Atem verwandelte sich zu Dampf, sobald er den Mund verließ. Wegen der Kälte hatte ein Teil ihres Gesichts die Farbe ihres Haars angenommen.

Als sie ein Geräusch hörte, drehte sie sich um und beobachtete ein Fahrzeug auf zwei Rädern, das sich ihr aus der entgegengesetzten Richtung näherte. Das Fahrzeug fuhr einen Weg hinunter, der wegen des Blickwinkels und der Entfernung genau durch die Mulde zwischen zwei Bergen zu führen schien. Ich hatte bereits Fahrzeuge dieser Art gesehen, doch nie in der kalten Jahreszeit. In der wärmeren Jahreszeit jedoch kamen sie in ganzen Gruppen und wurden meist von jungen Menschen gefahren, die sich ans Seeufer setzten und quatschten und grölten und eine Sache tranken, die sie Bier nannten. Manchmal ging jemand ins Wasser, obwohl es verboten war. Dann riskierte er, dass ihn jemand vom Forstamt erwischte und ihm eine Strafe aufbrummte. Ich weiß, wie diese Dinge laufen, da ich die Menschen schon seit langem kenne.

Das Fahrzeug hielt auf der Höhe des Landungsstegs. Der Fahrer bewegte seinen Fuß, bevor er abstieg, und das Fahrzeug blieb von allein am Rand des Uferwegs stehen.

Der Mensch trug einen gefütterten Overall in herrlichen Farben, um sich vor der Kälte zu schützen. Als er den Helm abnahm, quoll sein Atem in die Luft wie der meine, wenn ich aus dem Wasser steige und kraftvoll durch die Nasenlöcher ausatme. Eine Wolke aus vielen winzigen Tropfen funkelt dann in der Sonne, wenn sie scheint. Er ging zu dem Gebäude hinter dem Landungssteg, während er mit der Hand in der Tasche nach dem Schlüssel suchte. Am Haus angekommen, schloss er auf und trat ein, ließ aber die Tür offen stehen wie einen großen, weit aufgerissenen Mund, aus dem kein Atem austritt.

Kurz darauf schoss ein großer Hund aus dem Haus und rannte bellend auf die Mole zu.

Neben der jungen Frau, die ins Wasser blickte, blieb er stehen. Wie ein Tobsüchtiger fletschte er die Zähne und knurrte in Richtung meines treibenden Asts.

Ich kannte solche Wesen.

Ab und zu sah ich welche von ihnen am Seeufer in Begleitung von Menschen, zu denen sie ein unterwürfiges Verhältnis hatten. Ich hielt mich auf Abstand, weil ihre Wahrnehmung besser war als die der Menschen. Ihr Vibrieren war primitiver, nicht so umfassend, doch sie konnten besser hören, sehen und riechen. Wenn ich eins dieser Wesen am Ufer erblickte, tauchte ich ganz tief nach unten, bis es wieder verschwunden war.

Dieser Hund hier gehörte dem Alten, der jeden Tag die Bar hinter dem Landungssteg öffnete. Manchmal hatte ich ihn am Ufer gesehen, wo er mit dem Schwanz gewedelt und in die Richtung gebellt hatte, wo ich mich unter der Wasseroberfläche versteckt hielt. Er schien mich genau wie die anderen Exemplare seiner Art auf eine Weise zu spüren, die ich nicht verstand.

»Delos, komm her!«

Der junge Mann rannte zum Hund, der auf dem Landungssteg umhertobte, bellte, sich im Kreis drehte wie ein Verrückter und dem See die Zähne zeigte. Ich fürchtete sogar, er würde ins Wasser springen und mir hinterherschwimmen.

Der Mann packte ihn am Halsband, ohne ihn beruhigen zu können.

»Delos, bist du übergeschnappt?«

Schließlich wandte er sich der Frau zu, die den Hund die ganze Zeit beobachtet hatte, als würde sich die Szene in weiter Ferne abspielen.

»Entschuldigen Sie bitte. Ich verstehe nicht, was in ihn gefahren ist. Er ist sonst immer ganz ruhig. Haben Sie sich erschreckt?«

Die Frau hob den Kopf, um dem Mann, der größer war als sie, ins Gesicht zu blicken, und lächelte.

»Nein, normalerweise habe ich keine Angst vor Hunden. Außerdem scheint er es nicht auf mich abgesehen zu haben.«

»Aha!«

Der Mann ließ den Blick über die reglose Wasseroberfläche gleiten, ohne besonders auf den Ast zu achten, hinter dem ich mich versteckt hielt. Schließlich blickte er zum Hund hinab, der sich allmählich beruhigte.

Liebevoll strich er über den Hundekopf.

»Na, Alter, bist du schon verkalkt, weil du die ganze Zeit mit deinem Herrchen allein hier bist?«

Der Hund ließ sich streicheln, den Kopf zurückgelegt und die Schnauze leicht geöffnet, so dass ich seine großen, weißen Zähne und die lange, dampfende Zunge sehen konnte.

Auch ich hätte mir gerne von jemandem den Kopf streicheln lassen. Vielleicht könnte das Mädchen mit den freundlichen Farben es tun, dachte ich, wenn sie mich kennenlernen würde, ohne Angst vor mir zu haben, so wie sie auch keine Angst vor dem Hund hatte. Sie könnte sich ans Ufer setzen, ich würde meinen Kopf in ihren Schoß legen, und sie würde mich streicheln, wie es der junge Mann jetzt mit dem Hund tat, vielleicht …

Der junge Mann streckte seine Hand in ihre Richtung aus.

»Ich heiße Marcel, meinem Onkel Oliver gehört die Bar.«

Er deutete mit dem Kopf auf das Gebäude am Ufer.

»Der verrückte Alte hat sich bei einem Ausflug in die Berge das Bein gebrochen, und jetzt muss ich mich um alles kümmern, bis er zurückkommt. Auch um Delos, der scheinbar genauso verrückt ist wie mein Onkel.«

Das Mädchen reichte dem Mann die Hand.

»Ich heiße Anja.«

»Wenn du willst, kann ich das ungezogene Verhalten dieses Hundes mit einer Tasse heißer Schokolade wiedergutmachen.«

Das Vibrieren der jungen Frau wurde schwächer, als sie dem Mann ins Gesicht blickte. Ein fast unmerklicher Riss war zu spüren, wie beim Eis, bevor es im Frühling schmilzt. Ich wusste nicht, was diese Schokolade war, doch ich spürte, dass es etwas Gutes bedeuten musste. Auch das Vibrieren des Mannes, das sich mit dem der Frau vereinte, fühlte sich gut an. Zum ersten Mal in meinem Leben versuchte ich, Wellen auszusenden, wollte sie dieser Frau zukommen lassen, die den Mann anblickte, als schwebte sie zwischen all den Tränen, die sie mit Blick aufs Wasser auf diesem Landungssteg geweint hatte. *Es ist gut. Es ist gut. Es ist gut. Es ist …*

»Danke, gerne. Bei dieser Kälte tut alles gut, was warm ist. Und dann auch noch heiße Schokolade!«

Der Mann lächelte.

»Das ist noch nicht alles. Wie ich meinen Onkel kenne, können wir uns sogar den Luxus von Schlagsahne leisten.«

Der Mann ließ das Hundehalsband los, und gemeinsam gingen sie über den Landungssteg zum Gebäude.

Der Hund beobachtete sie reglos. Auch er spürte das Vibrieren, das ich in Richtung der Frau aussandte. Beruhigt blickte er auf den See.

Er legte sich an den Rand des Landungsstegs, mit der Schnauze zum Wasser. Dies war vielleicht ein besonderer Tag, weil so viele Dinge auf einmal geschahen. Am See war sonst niemand, nur ich in meinem Versteck hinter dem Ast und auf dem Landungssteg dieser seltsame, haarige Vierbeiner, der sorgenvoll seinen warmen Atem ausstieß und wartete.

Ich ließ den Ast los und schwamm unter Wasser auf ihn zu. Unter dem Landungssteg angekommen, schob ich den Kopf aus dem Wasser und näherte mich dem Hund bis auf wenige Zentimeter. Furchtlos wedelte er mit dem Schwanz und begann, freundschaftlich zu winseln, als ich seine Schnauze berührte.

An diesem Tag hatte ich nach langer, langer Zeit den ersten Kontakt mit einem Wesen, das kein Fisch war.

Die junge Frau kam noch mehrmals, um den Mann zu besuchen.

Sie gingen am Ufer des Sees spazieren und unterhielten sich, manchmal lachte die junge Frau, während ich die beiden vom Wasser aus beobachtete, versteckt hinter meinem Ast, der schon ein Teil von mir geworden zu sein schien.

Delos lief um die beiden herum und blickte ab und zu in meine Richtung. Wenn der Mann und die Frau ins Haus gingen, kam der Hund zum Landungssteg, bis ich den Kopf aus dem Wasser reckte und mit meinem feuchten Kopf seine haarige Schnauze berührte. Auf seine Weise hatte er verstanden, dass es sich um ein Spiel handelt, das nur möglich ist, wenn uns niemand sieht.

Manchmal setzte der Mann ein Boot ins Wasser, dann drehten wir unsere Runden im See. Unter Wasser hörte ich den regelmäßigen Schlag der Ruder, während das Boot im hellen Gegenlicht des Himmels wie ein dunkler Fleck aussah. Delos stand für gewöhnlich im Bug und blickte abwechselnd nach hinten zu den beiden und nach vorn auf die Bugwelle, wo ich mich, wie er wusste, irgendwo befinden musste. Ich schwamm direkt unter dem Boot auf dem Grund, lauschte den Stimmen und spürte den Hund. Mir ging es richtig gut.

Ich weiß nicht, was zwischen den beiden geschah, doch manchmal blieb die Frau über Nacht. Dann setzten sie sich nach dem Abendessen zum Rauchen auf den Landungssteg und lauschten dem See, und ich konnte ganz nah heranschwimmen und ihre Gespräche mithören. Die angenehmen Wellen, die sie aussandten, schwappten bis zu mir herüber, ohne dass ich mich verstecken musste. Allerdings achtete ich darauf, mich nicht zu verraten, wenn sich der Mond auf dem Wasser spiegelte.

Ihre Zigaretten leuchteten wie rote, tief stehende Sterne.

»Warum bleibst du nicht hier?«

»Ich bin hier.«

Rauch war aus dem Mund des Mädchens aufgestiegen, als es geredet hatte.

»Das meinte ich nicht. Ich wollte sagen …«

»Ich weiß, was du sagen willst, und ich weiß, was es bedeutet, worum du mich bittest.«

Das Mädchen ließ die Zigarette ins Wasser fallen. Sie erlosch mit einem leisen Zischen.

Als sich der Mann erhob, sah ich seine dunkle Gestalt vor dem Hintergrund des beleuchteten Hauses.

»Ich weiß nichts von dir, Anja. Ich weiß nicht, wer du bist, ich weiß nicht, wo du herkommst, ich weiß nicht, wie ich mit dir in Kontakt treten soll. Du kommst in unregelmäßigen Abständen an den See, und jedes Mal, wenn ich dich sehe, scheint mein Magen wie Gummi zu sein. Wenn wir zusammen sind, geht es mir so gut wie nie, aber du bleibst nie hier.«

Er setzte sich wieder, drehte sich ihr zu.

»Ich liebe dich, Anja. Ich ertrage es nicht, dich verschwinden zu sehen, als endete die Welt jenseits der Sträucher am Straßenrand. Ich will …«

Er neigte den Kopf zu Boden und korrigierte sich.

»Ich hätte gerne, dass du nicht mehr von hier fortgehst, und wenn du es tust, würde ich gerne mitgehen.«

Wieder sandte die Frau die schmerzhaften Wellen aus, mit denen sie mich damals berührt hatte. Ich spürte sie, diese langen, konzentrischen Schmerzwellen, die in mich eindrangen und eine noch größere Höhle gruben als die, in die ich mich immer zurückzog.

»Ich kann nicht. Noch nicht. Ich weiß, wie schwer es ist, zu akzeptieren, worum ich dich bitte, aber du darfst mir nicht folgen, nie. Versprich es mir.«

Unruhig erhob sich der Mann erneut.

»Ich habe es nicht getan, und ich werde es nicht tun, wenn du mich darum bittest. Aber wundere dich nicht, wenn ich nicht ewig hier auf dich warte.«

Als der Mann sich umdrehte und zum Haus ging, hinterließen seine Worte eine Kälte, die schlimmer war als die Abendluft. Ich spürte seine Gefühle und hätte der Frau gerne gesagt, dass er verletzt war und dass es ihm schlecht ging und dass, wenn »Ich liebe dich« dieses Gewirr aus warmen, kalten, bunten, süßen, bitteren Gefühlen in seinem tobenden Innern bedeutet, er sie wirklich liebte.

Als hätte die Frau mich gehört, antwortete sie dem kalten Spiegelbild der Sterne auf dem See.

»Ich liebe dich auch.«

Der Mann war schon zu weit entfernt, um ihre Worte hören zu können, und er sah auch nicht ihren Blick, der wie früher aufs Wasser gerichtet war.

Als der erste Schnee fiel, kam ein anderer, älterer Mann.

Sein Auto schlitterte über den weißen Weg und verschwand immer wieder hinter den Sträuchern, die das Ufer wie weiße Bälle säumten.

Er hielt mit der Schnauze direkt vor dem Gebäude, stieg aus und blickte sich um. Ich hatte von unten den Lärm gehört und war neugierig heraufgekommen, auch wenn ich mich zu der Zeit nicht frei bewegen konnte, weil der sich auf der Oberfläche spiegelnde Schnee meinen dunklen Körper sichtbar werden ließ.

Es war ziemlich seltsam, dass jemand zum See kam, wenn es schneite. Ich näherte mich vorsichtig dem Landungssteg, den ich als Deckung nutzte, als der Mann zur Haustür ging.

Genau in diesem Moment kam die Frau heraus. Beim Anblick des Mannes stieß sie einen unterdrückten Schrei aus. Bevor sie reagieren konnte, trat er auf sie zu und schlug ihr mit der Hand ins Gesicht.

»Nutte.«

Das Mädchen fiel zu Boden. Der Mann stellte sich mit gespreizten Beinen über sie, beugte sich nach unten und zerrte die Frau an ihrem blattfarbenen Haar nach oben.

»Jetzt haust du mir nicht mehr ab. Die Ferien sind vorbei. Steig ins Auto!«

»Nein!«

Sie streckte den Arm aus und kratzte dem Mann kräftig übers Gesicht. Als er sie losließ, rannte sie zum Landungssteg. Sie hatte Angst, und angetrieben von einem irrationalen Fluchtimpuls, wählte sie die einzige Richtung, in die keine Flucht möglich war.

Der junge Mann war morgens ganz früh aufgebrochen und hatte die Frau alleine zurückgelassen. Ich hatte sie reden hören und wusste, dass er etwas an einem Ort zu erledigen hatte, der Stadt hieß, und bis zum frühen Nachmittag bleiben würde. Hinter dem Haus bellte Delos, der wahrscheinlich an einem Ort eingesperrt war, den ich vom Wasser aus nicht zu sehen vermochte. Er konnte dem Mädchen nicht helfen.

Am Ende des Landungsstegs angekommen, kehrte die Frau dem See den Rücken zu und bemerkte mich in ihrer Panik gar nicht. Ich versuchte, mich ganz, ganz klein zu machen, und versteckte mich zwischen den Pfählen. Über meinem Kopf waren die Schritte des Mannes und beider Stimmen zu hören.

»Es nützt nichts, wenn du abhaust. Ich nehme dich mit.«

»Niemals! Es ist aus, und ich werde nie wieder tun, was du von mir verlangst.«

Der Mann stieß ein kurzes, bissiges Lachen aus. Ich spürte seine Vibrationen über die Planken. Es war das starke, grausame Vibrieren eines bösen Menschen, und es bereitete mir Übelkeit.

»Natürlich wirst du das tun. Wenn nicht, werde ich hübsche Dinge mit dir anstellen. Und glaub mir, danach wirst du mich bitten, alles für mich tun zu dürfen. Du wirst mir wie eine Hündin die Hände lecken.«

Die Frau strömte den Geruch von Angst aus, doch ihre Stimme klang entschlossen und sicher.

»Du kannst mich umbringen, aber mitnehmen wirst du mich nicht.«

»Nein, mein Schatz, nein, nein, mein Rotfuchs. Wie könnte ich mein Huhn umbringen, wo es doch goldene Eier legt? Aber ich garantiere dir, dass es schlimmer sein wird als sterben, wenn du nicht, ohne zu mucken, ins Auto steigst.«

Als ich einen unterdrückten Schrei hörte, sah ich durch einen Spalt im Holz, dass der Mann die Frau an den Haaren gepackt hatte und ihren Kopf zur Seite zog.

»Geh auf die Knie, du Nutte! Glaubst du wirklich, ich habe dich mit einem Haufen Geld aus dem Dreck gezogen, ohne eine Gegenleistung zu verlangen? Glaubst du, ich hätte das wegen deiner hübschen, blauen Augen getan oder damit du mich wie einen Idioten sitzen lässt? Nein, Schätzchen, so funktioniert das nicht.«

Ich hörte einen Schlag, als das Mädchen mit den Knien auf dem Boden aufschlug, und einen weiteren Schlag, den ihr der Mann versetzte, und dann noch einen und noch einen und gleichzeitig ihre Schmerzensschreie. Delos bellte in der Ferne wie ein Verrückter. Die Wellen seiner ohnmächtigen Wut drangen bis zu mir herüber.

Als mich der Mann aus dem Wasser aufsteigen hörte, riss er den Kopf hoch. Das Mädchen kniete mit dem Rücken zu mir auf dem Boden, den Kopf seitlich verdreht, weil sich der Mann immer noch in ihren Haaren festkrallte. Aus seinen Augen sprach Panik, es waren die ersten Augen eines menschlichen Wesens, dem ich mich freiwillig zeigte. Sein Mund öffnete sich zu einem lautlosen Schrei.

Ich tauchte mit dem Hals vollständig aus dem Wasser auf und war nun größer als er. Mein Brüllen hallte in der Stille der Berge wider und ließ die Augen dieses elenden Menschen funkeln. Reglos und gelähmt vor Schreck, starrte er mich an. Mein Mund senkte sich herab und packte seinen Kopf. Bevor er auch nur zucken konnte, klemmte er fest zwischen meinen Kiefern, mit denen ich ihn unter Wasser zog. Er sperrte sich gegen den Zugriff, während ich immer tiefer und weiter in die Mitte des eiskalten, dunklen Sees hinabtauchte. Um sich zu befreien, zappelte er hektisch mit Armen und Beinen. Er schrie und stieß Luftblasen aus, statt die Luft in sich und mit der Luft sein Leben zu behalten.

Eine Zeit, die mir wie eine Ewigkeit vorkam, wehrte er sich noch, dann biss ich einmal kurz zu und brach ihm den Hals. Schlaff blieb er zwischen meinen Kiefern hängen. Schließlich ließ ich ihn los und schaute ohne schlechtes Gewissen zu, wie er nach unten glitt. Der Schlamm wurde aufgewühlt, als er mit ausgestreckten Armen den Grund erreichte und mich, ohne mich zu sehen, mit weit aufgerissen Augen anstarrte.

Als ich an die Oberfläche zurückkehrte, kniete das Mädchen noch immer auf dem Landungssteg und weinte. Diesmal jedoch hatte der See in ihr einen Weg gefunden und floss mit der gleichen Kraft nach draußen wie der Fluss, der den See speist, in dem ich lebe, und befreite sie von allem Druck.

Ich spürte die langen Wellen der Erleichterung, in die sich keinerlei Angst mischte. Also legte ich meinen Kopf an den Rand des Landungsstegs, und sie hob ihre Hand und berührte die Stelle zwischen meinen Augen. Das war der schönste Moment meines Lebens.

Ich verharrte so und fühlte, wie sich unsere Wellen vermischten. Wir unterhielten uns, wie sie es immer mit dem jungen Mann tat, doch ohne Worte. All die Jahre auf dem Grund des Sees waren nichts im Vergleich zu diesen Augenblicken auf dem Landungssteg, diesen Momenten mit dieser Frau, deren Haare wie Blätter beim Sonnenuntergang glänzten.

Was dann folgte, war ganz einfach. Die Frau ging zum Fahrzeug des Mannes, setzte sich ans Steuer und fuhr bis zum äußersten Ende des Landungsstegs. Die Bohlen knarrten unter der Last des Autos, der Steg schwankte. Ich fürchtete, die Pfähle könnten einknicken, doch sie waren viel stärker, als sie wirkten.

Die Frau stieg aus, ließ aber die Tür offen und ging zum Haus. Ihre Fußabdrücke zeichneten sich auf der Schneedecke ab, während ihre zarte Gestalt mit den dichten Flocken verschmolz.

Sie kam mit einem Seil zurück. Ein Ende band sie vorne ans Fahrzeug und verknotete es mehrmals. Dann drehte sie sich um, kniete sich erneut auf die Bohlen, sah mir in die Augen und hielt mir das andere Ende entgegen.

Mir war sofort klar, was sie wollte. Ich nahm das Seil mit meinem Mund vorsichtig aus ihrer Hand. Dann schwamm ich auf den See hinaus. Das Seil straffte sich, die Bohlen quietschten, und das Auto rollte aufs Wasser zu. Bald ragte es mit der Schnauze über den Rand, um schließlich mit einem lauten Platschen ins Wasser zu fallen und den halben Landungssteg nass zu spritzen.

Überrascht stellte ich fest, wie stark ich war. Mühelos zog ich das Auto zur tiefsten Stelle im See, wo keine Menschenseele mehr hintaucht, wo niemand dieses Auto je suchen würde, wo niemand es je finden würde.

Als ich zurückkam, stand die Frau auf dem Landungssteg und wartete. Ich schwamm bis zum Rand und schob den Kopf aus dem Wasser. Ich sprach nicht, weil ich es nicht kann, und sie tat es nicht, weil es nicht notwendig war. So verharrten wir, bis wir von weitem das Auto des anderen Mannes hörten. Leise schwappte das Wasser über mir zusammen, als ich untertauchte. Als der Mann das Haus erreichte, trat die Frau zu ihm, nahm ihn fest in ihre Arme und drückte den Kopf mit dem roten Haar an seine Brust.

Der Schnee hatte bereits alle Abdrücke zugedeckt.

Jetzt leben die Frau und der Mann zusammen in dem Haus am Ufer.

Hin und wieder kommt Onkel Oliver zu Besuch. Er humpelt, da sein Bein nach dem Unfall nicht vollständig verheilt ist. In der warmen Jahreszeit, wenn viele Touristen zum See kommen, bleibt er ein paar Tage, um den beiden zu helfen. Er tut, was er kann, doch die meiste Zeit sitzt er auf dem Landungssteg in der Sonne und hält, eher zum Schein, eine Angel in der Hand.

Neben ihm auf den Planken döst Delos.

Ab und zu hebt er den Kopf, spitzt die Ohren und lässt den Blick über die Wasseroberfläche gleiten.

Die Frau geht immer noch alleine spazieren, und wenn kein Mensch am See ist, der sie sehen könnte, kommt sie zum Landungssteg, lässt ein paar Äpfel ins Wasser fallen und schaut zu, wie sie von der Strömung in die Mitte des Sees getragen werden.

Niemand kommt mehr, um die junge Frau zu suchen. Und wenn sie jetzt aufs Wasser blickt, lächelt sie.

Der Ehrengast

Glücklich saß ich auf einem bequemen Bürosessel. Vor mir saß Mario Manni, Chefredakteur des *Scout* und Besitzer des Büros und der anderen bequemen Bürosessel. Manni blickte mich an wie jemand, der den Mann gesehen hat, der den Mann gesehen hat, der den Stein in den Teich geworfen hat.

»Einer deiner typischen Witze, scheint mir.«

»Quatsch. Wann hätte ich wohl je einen typischen Witz gemacht?«

»Ständig.«

Ich kannte Mario und wusste, dass er einem Witz nie abgeneigt war, besonders wenn er ihm auf dem Silbertablett serviert wurde.

Wenn er allerdings glaubte, dass ich ihm applaudieren würde, irrte er gewaltig.

Ich erhob mich von meinem Sessel.

»Gut, ich sehe, dass dich die Sache nicht interessiert. Deshalb …«

»Nein, warte. Mist, was ist nur aus deinem Sinn für Humor geworden? Wie viel hat man dir auf dem Monte di Pietà gegeben?«

Ich setzte mich wieder.

»Viel weniger, als du mir geben wirst, wenn ich dir die Fotos und das Exklusivinterview besorge.«

Mario nahm seine Brille ab und drückte mit Daumen

und Zeigefinger der rechten Hand gegen seine Nasenwurzel.

Dann blickte er mich mit Forellenaugen an. »Du behauptest also, zu wissen, wo sich Walter Celi aufhält.«

Ich setzte mein unverschämtestes Grinsen auf, um unmissverständlich zum Ausdruck zu bringen, dass ich es war, der den Stein in den Teich geworfen hatte.

»Ich behaupte nicht, zu wissen, wo Walter Celi steckt. Ich *weiß* es.«

Marios Gesicht bekam einen engelsgleichen Ausdruck.

»Ach, ja? Wo denn?«

Ich musste lachen und gab dem Drang nach.

»Das würde ich nicht einmal meiner Mutter erzählen, wenn sie noch lebte, geschweige denn dir. Ich weiß sehr wohl, dass Lanzanis Ohren nebenan so groß wie die Kotflügel eines VW Käfer werden, wenn er hört, worüber wir reden. Meinst du, ich hätte nicht bemerkt, dass deine Sprechanlage noch eingeschaltet ist? Wenn ich meine Informationen preisgebe, ist diese hysterische Schwuchtel nach draußen gerobbt, noch bevor ich meinen Regenmantel vom Kleiderhaken genommen habe.«

Über Marios engelsgleiches Antlitz legte sich der Schleier der Ungläubigkeit. Auch du, Brutus …

»Aber was redest du denn da, ich …«

Plötzlich wurde die Tür aufgerissen. Benito Lanzani stürmte ins Büro und ließ einen meteoritengroßen Scheißehaufen auf die Unschuldsmiene seines Chefs niedersausen.

»Falchi, ich reiß dir den Arsch auf.«

»Bravo. Ich sehe, dass selbst du im Religionsunterricht warst und das Evangelium kennst. Auge um Auge, Zahn um Zahn. Oder schaffst du es, auch die andere Arschbacke hinzuhalten?«

Sein nächster hysterischer Anfall ließ nicht lange auf sich warten.

»Du bist ein verfluchtes Arschloch, und ich …«

Mit seraphischer Ruhe unterbrach ich ihn, legte ein Bein über die Armlehne und zählte mit affektierten Bewegungen an den Fingern meiner Hand ab:

»Du kannst mich nicht schlagen, weil das nur Männer tun. Du kannst mich nicht kratzen, weil das nur Frauen tun. Du kannst mich nur hassen, hassen, hassen.«

Einen Moment lang hatte ich den Eindruck, Lanzani würde mir an die Gurgel springen, weil er diesen Eindruck vielleicht auch selbst hatte.

»Jetzt reicht's mir mit euch beiden!«

Manni schlug mit der flachen Hand auf den Schreibtisch und wandte sich an mich.

»Hör auf damit. Und du …«

Flammen sprühten aus seinen Augen und trafen Lanzani.

»Geh mir aus den Augen, Idiot.«

Stolz flackerte auf in den Augen dieses armen Wichts. Er kam mir vor wie Nero, der sich nach seinem Gesang von den Zenturien verspotten lassen musste. Gekränkt schlug er – nicht allzu laut – die Tür hinter sich zu. Wahrscheinlich würde er losziehen, um Rom niederzubrennen.

Mario Manni wandte sich an mich, als wäre nichts geschehen. Als hätte ich ihn nicht soeben mit allen zehn Fingern im Marmeladentopf erwischt.

»Wie viel willst du?«

»Hunderttausend.«

»Was? Bist du durchgeknallt?«

Ich betrachtete meine Fingerspitzen.

»Wir können ja wetten, dass mir der *Gossip* hunderttausend gibt. Weißt du, was für eine Auflage mit einer solchen Nachricht zu erzielen ist? Ganz zu schweigen davon, dass du sie häppchenweise bringen könntest, wie es im Fall Ducruet und Stephanie von Monaco gemacht wurde. Oder bei Clinton und Lewinsky. Das Material, das ich dir liefere, reicht für zwei Monate.«

Ich hatte ins Schwarze getroffen. Seine Augen sagten: »Schiffchen versenkt.«

»Ich kann dir für so eine Sache keine hunderttausend Euro geben.«

Wieder betrachtete ich eingehend meine Fingerspitzen. Ich nahm mir vor, der Maniküre ein höheres Trinkgeld zu geben. Gute Arbeit.

»Dann treffen wir eine Vereinbarung …«

»Welche?«

»Gib mir fünfzig Prozent von der Umsatzsteigerung, die der Knüller einbringt.«

Dolche funkelten in seinem Blick wie in dem von Onkel Dagobert.

»Nimm deine hunderttausend.«

Mein triumphierendes Lächeln kam nicht gut an.

»Ich hasse dich.«

»Du auch? Warst du etwa zu lange mit Lanzani zusammen?«

»Geh mir aus den Augen. Ich lasse von der Verwaltung einen Optionsvertrag ausarbeiten, den ich dir zufaxe. Schick mir eine unterschriebene Kopie zurück. Den Verleger wird der Schlag treffen.«

Ich erhob mich.

»Den Verleger trifft der Schlag, wenn er sieht, was du an dem Knüller verdienst. Du bist doch am Umsatz beteiligt, oder?«

Flugzeugträger versenkt. Er wurde puterrot im Gesicht, während ich zur Tür hinaushuschte, um den Herzinfarkt nicht live miterleben zu müssen.

Seine Stimme hielt mich auf der Schwelle zurück.

»Falchi …«

Ich drehte mich um.

»Ja?«

»Wie zum Teufel hast du herausgefunden, wo Walter Celi steckt?«

Ich zuckte mit den Schultern.

»Das verdanke ich den natürlichen Begabungen, die aus einem Reporter einen großartigen Reporter machen. Fantasie, Rückschlüsse, rasche Auffassungsgabe.«

Sanft schloss ich die Tür, um dem Wutanfall zu entgehen.

Sobald ich Mannis Büro verlassen hatte, erblickte ich Lanzani. Er stand, auf den Bildschirm gestützt, neben dem Schreibtisch einer Redakteurin und unterhielt sich mit ihr. Gift spritzte aus seinen Augen.

Ich durchquerte den weitläufigen Raum mit den verglasten Büros. Eine Menge Blicke folgten mir. Langsam ging ich auf Lanzani zu, der mir mit zunehmender Sorge entgegensah. Wahrscheinlich steckten in seiner Unterhose keine Eier, sondern nur das Polaroidfoto zweier Eier, mit einer Reißzwecke festgesteckt.

Ich blieb vor ihm stehen und blickte ihm tief in die Augen.

»Benito, es gibt da eine Sache, die ich dir nie gesagt habe.«

Seine Stimme zitterte leicht.

»Was denn?«

Er hatte keine Zeit zu reagieren. Ich packte sein Gesicht

mit den Händen, zog es zu mir heran und drückte mit aller Kraft meine Lippen auf die seinen.

»Ich habe dich schon immer geliebt«, sagte ich und legte eine Intensität in das Bekenntnis, als hätte ich Kurse am Actor's Studio belegt.

Ich drehte mich um und verließ das Büro, begleitet vom allgemeinen Gelächter, bei dem im wahrsten Sinne des Wortes die Decke bebte.

Vorhang.

Es war nicht ein Griff in die Klamottenkiste, sondern ein echter Glücksgriff gewesen.

In ganz Italien gab es keinen echten oder sogenannten Journalisten, der nicht eine Scheibe seines Hinterns (Lanzani seinen ganzen, samt Zugabe) hergegeben hätte, um herauszufinden, wo Walter Celi steckt.

Doch ich war der Einzige, der es wusste.

Walter Celi war ein Fernsehstar gewesen. Vielleicht sollte man eher sagen, Walter Celi war eine Zeitlang *das* Fernsehen gewesen.

Das hatte er mit einer Geschwindigkeit geschafft, die Benito Lanzani braucht, um jemanden, den er gerade am Bahnhof aufgegabelt hat, mit nach Hause zu nehmen.

(Aber sagt ihm das bitte nicht. Dem, den er aufgegabelt hat, meine ich.)

Zu einem Zeitpunkt, als das Fernsehangebot mit rasender Geschwindigkeit wuchs, sich die beiden Gegenspieler RAI und Mediaset einen erbarmungslosen Kampf lieferten und ein dritter Beteiligter aus dem Hinterhalt agierte, wurde das Leben von der hektischen Suche nach Programmen und Persönlichkeiten beherrscht. In diesem Chaos war Walter vom Himmel gefallen wie ein Komet, etwas, das man nur alle zweitausend Jahre erlebt. Er war durch Zufall entdeckt worden. Nachdem er sich jahrelang als Animateur in der Touristikbranche durchgeschlagen hatte, bekam er eine Jugendsendung vor den Abendnachrichten auf einem Mediaset-Sender.

Der Erfolg war überwältigend. Dieser Mann schien alle Gaben eines erfolgreichen Künstlers in sich zu vereinen. Er konnte reden und andere zum Lachen bringen, er konnte singen und tanzen, er war hübsch, und er gefiel den Frauen. Vor den Studios war stets eine Armee junger Mädchen stationiert, die sich, sobald sie ihn sahen, buchstäblich die Haare ausrissen. Mir war schon die Idee gekommen, genau dort einen Perückenladen zu eröffnen.

Was auch immer er anzog, welches Auto auch immer er fuhr, für welches Produkt auch immer er warb, nach einer halben Stunde war der Trend gesetzt, und die Verkaufszahlen stiegen in astronomische Höhen.

Mit einem Wort, Walter Celi hatte *Charisma*.

Sein Agent hatte einen Fünfjahresexklusivvertrag ausgehandelt, der allen Spielerverträgen von Juventus Turin und AC Mailand zusammen entsprach. Den Managern von Mediaset brannte monatelang der Hintern. Der Schmerz ließ nach, als die ersten Zahlen herauskamen, und das Brennen verlagerte sich auf den Hintern der Sponsoren, die nun bei seinen Sendungen dabei sein wollten.

Dann die üble Geschichte.

Er moderierte *Nur samstags*, eine Samstagabend-Live-Show – of course – auf einem Mediaset-Sender. Die Sendung brach alle Rekorde hinsichtlich Marktanteil und Einschaltquoten. Er und die Redakteure wurden sogar gebeten, mehr als die geplanten zehn Sendungen zu machen, da der Erfolg von Woche zu Woche zunahm.

Die Sponsoren balgten sich, um dabei sein zu dürfen, die Journalisten balgten sich, um dabei sein zu dürfen, die Gäste balgten sich, um dabei sein zu dürfen, und die Regisseure, die dabei waren, rieben sich die Hände wie Pfadfinder ihre Hölzer, wenn sie ein Feuer anzünden wollten.

Die neunte Sendung brillierte mit einem außergewöhnlichen Aufgebot an Ehrengästen. Ein Rocksänger, das Idol der ganz Jungen (seine letzte Platte hatte sich nicht besonders gut verkauft, aber das brauchte nicht erwähnt zu werden), die vollständige Besetzung eines amerikanischen Films mit der damals absolut geilsten Schauspielerin und dem damals absolut geilsten Schauspieler sowie Vicky Merlino, die italienische Soubrette, auf die zunächst der halbe Stiefel und anschließend halb Amerika scharf war. Sie hatte es bis nach Hollywood geschafft, wo sie gerade einen Film drehte.

Walter hatte Vicky angekündigt. Sie war unter der Begleitung des Orchesters die Showtreppe herabgeschritten – eine schillernde Angelegenheit für einen Star, der aus Hollywood kommt. Den Funken Ironie, der immer funktioniert, hatte sie vermutlich eher nicht wahrgenommen.

Jedenfalls schwebte die Schönheit auf ihn zu, begrüßte, umarmte und küsste ihn und sank mit einer natürlichen Bewegung, die schon fast einstudiert wirkte, tot zu Boden.

Mausetot.

Zuerst dachten alle, sie sei vor Müdigkeit ohnmächtig geworden. Walter riss sogar, während er sich vor sie kniete, einen Witz von der Art »Au weia, ich wusste gar nicht, dass ich dir so gut gefalle«, doch rasch merkte man, dass ihr Herz nicht mehr schlug.

Das Entsetzen der Fernsehzuschauer konnte nicht verhindern, dass die Einschaltquote auf nie da gewesene knappe neunzig Prozent stieg und die Sendung trotz des ungeschriebenen Gesetzes, dass, egal was passiert, weitergesendet wird, abgeschaltet wurde.

In der Autopsie wurde ein natürlicher Tod festgestellt, ein Herz-Kreislauf-Versagen auf Grund einer angeborenen Missbildung, von der Vicky nichts gewusst oder nichts erzählt hatte.

Aasgeier wie ich feierten – man verzeihe mir meinen schwarzen Humor – die Beerdigung wie eine Hochzeit. Die Schlagzeilen knallten wie Kanonenschüsse vor den Zeitungsläden, und in den Fernsehnachrichten gab es kein anderes Thema mehr, auch wenn nichts und niemand irgendwem auch nur die geringste Schuld in die Schuhe schieben konnte.

Einige Tage später verschwand Walter Celi.

Nicht dass er sich zurückgezogen oder eine Auszeit zum Nachdenken genommen hätte oder dergleichen. Wirklich verschwunden, meine ich, verschollen, *puff!*, in Luft aufgelöst.

Sein Agent, seine Freunde, seine momentane Verlobte – Eltern hatte Walter keine mehr – und die Mediaset-Manager saßen wie auf glühenden Kohlen und warteten, dass er wenigstens mal anrief.

Vier Jahre saßen sie nun da und waren schon von Spinnweben überzogen, doch der Anruf kam nicht. Niemand auf der Welt wusste, wo Walter steckt.

Außer mir.

Als ich aus dem Fahrstuhl in mein Mini-Penthaus mit Blick über die Dächer trat – na ja, die Bruchbude war ganz okay –, saß meine Nichte Sara vor der Tür.

»Hallo, schöner Mann.«

»Hallo, schönes Mädchen. Was verschlägt dich hierher?«

»Ich habe auf dich gewartet.«

»Hab ich mir fast gedacht. Um auf die U-Bahn zu warten, ist das nicht ganz der richtige Ort.«

»Die Portiersfrau wollte mir den Schlüssel nicht geben.«

»Gut. Weihnachten werde ich ihr einen frischen Panettone schenken, nicht einen aus dem Ausverkauf vom letzten Jahr.«

Sie erhob sich, damit ich die Tür aufschließen konnte, und folgte mir hinein. Sara war die achtzehnjährige Tochter meines Bruders Claudio, schön wie ihre Mutter, groß und schlank wie ihr Vater und schlau wie die Nichte von Odysseus. Klar, was ich meine?

Sie schloss die Tür genau in dem Moment, als das Fax Mannis Optionsvertrag ausspuckte. Während ich die Seiten überflog, blickte sich Sara mit unschuldiger Miene um.

»Was hast du mit meinen Dias gemacht?«

»Was für Dias?«

Sara kam auf mich zu und drückte die Faxseiten nach unten.

»Riccardo, mir brauchst du nicht den Trottel vorzuspielen. Glaubst du, ich hätte dir deine Ausrede abgekauft?«

Wenn sie mich Riccardo statt Onkel nannte, würde es Stunk geben. Mannis Stimmung konnte ich gut nachvollziehen, und genau in diesem Moment sorgte jemand dafür, dass auch die meine ganz tief in den Keller sackte. Und dieser Jemand, verdammt, war ein achtzehnjähriges Mädchen, Blut von meinem Blut, Federn von meinen Federn.

Gottlob war sie nur meine Nichte und nicht meine Tochter.

In Wirklichkeit war es nämlich Sara, die den oben genannten Glücksgriff getan und ein Glücksbeben der Stärke sechs auf der Lottoskala ausgelöst hatte.

Einige Tage zuvor war ich zum Abendessen bei meinem Bruder gewesen, was ich mindestens einmal die Woche tat. Sara war gerade aus ihrem Urlaub in Guadeloupe zurückgekommen, und ich hatte nicht nur widerspruchslos, sondern sogar mit einer gewissen Sympathie ihren Diavortrag über mich ergehen lassen. Wir drei, also mein Bruder, meine Schwägerin und ich, hatten auf dem Sofa gesessen, und sie hatte hinter uns gestanden und mit Hilfe einer Fernbedienung die Dias an uns vorbeiziehen lassen.

Klick – weißer Strand mit Palmen, klick – bunter Jahrmarkt mit Freunden beim Feilschen, klick – Sara oben ohne mit pfeifenden Bewunderern, klick – Bootsfahrt, klick ... Plötzlich fiel mir etwas auf. Ich bat Sara, mir eines der Bilder noch einmal zu zeigen, und trat an die Wand, um es besser sehen zu können. Mein Herz schlug bis zum Hals. In meinem gierigen Geierhirn sah ich bereits die leblose Gestalt des Verlegers irgendeines Skandalblatts tot im Wüstensand liegen, gestorben wegen der fetten Summe, die ich ihm aus den Rippen leiern würde, wenn stimmte, was ich dort sah.

Im Hintergrund des Bildes, hübsch getarnt durch kräftigen Bart, Sonnenbrille und Baseballkappe, erkannte ich Walter Celi.

Sara setzte ihren Beschuss fort.

»Du hast dir die Dias unter einem Vorwand geben lassen, der mehr Wasser aufgewühlt hat als der Untergang der Titanic.«

Nicht schlecht, das Mädel, sie verfügte über die göttliche Gabe des Humors. Wer weiß, von wem sie das hat. An der Stelle meines Bruders würde ich einen Gentest verlangen.

Ja gut, ich hatte mir die Dias unter einem Vorwand ausgeliehen, der effektiv … Zu Hause angekommen, hatte ich das Dia eingescannt, vergrößert und einen Ausschnitt angefertigt. Wegen der Bart-Brillen-Kappen-Tarnung konnte man sich nicht sicher sein, aber ich war es trotzdem. Als ich Walter Celi einst im Swimmingpool eines Hotels in Rimini interviewt hatte, war mir gleich oberhalb der Innenseite des Handgelenks ein Muttermal in Form einer unregelmäßigen Raute aufgefallen.

Und da war es, das Muttermal, und schimmerte rötlich auf der braungebrannten Haut des Mannes auf dem Dia. Ich küsste den Mann – wie Lanzani, nur dass der keinen Bildschirm vor sich hat –, und in meinem Geierhirn sah ich schon die Leiche des Direktors meiner Bank tot in seinem Büro liegen, während die Euroscheine meiner letzten Darlehensrate aus allen Ecken auf ihn herniederflatterten.

»He, meinst du nicht, dass ein künstlerisches Interesse und eine gewisse Zuneigung …«

Sie unterbrach mich mit einer Handbewegung und setzte sich vor dem Rechner auf den Stuhl.

»Onkel …«

Wenn sie mich Onkel nannte, nachdem sie mich zuvor Riccardo genannt hatte, würde es noch größeren Stunk geben.

»Du bist sympathisch und ein leidlich hübscher Mann. Ich habe ein paar Freundinnen, die alles tun würden, um hier an meiner Stelle zu sitzen, aber ihre Mütter behaupten, du seist einer der größten Hurensöhne, der je mit dem Segen seiner Großmutter seine Arschbacken durch die Stadt geschoben hat.«

»Sara, ich bin überrascht über die Wortwahl, die eine junge Frau wie du ...«

»Die junge Frau nimmt seit drei Jahren die Pille und hat nicht die Absicht, sich von einem Schlitzohr wie dir über den Tisch ziehen zu lassen. Also?«

Mit einem trompetenartigen Seufzer ließ ich die Mauern von Jericho einstürzen und erzählte ihr alles. Irgendwann ging ich in die Küche, um eine Cola aus dem Kühlschrank zu holen.

»Wie viel zahlen sie dir für die Geschichte?«, fragte sie aus dem Arbeitszimmer, als ich die Cola einschenkte.

»Dreißigtausend.«

»Hier im Vertrag steht was von hunderttausend.«

Scheiße, Sara war nicht die Nichte von Odysseus, sie war Odysseus. Und ich war ein Trottel. Ich hatte das Fax auf dem Beistelltischchen liegen lassen und ihrem Sherlock-Holmes-Blick preisgegeben.

Sara erschien in der Tür der kleinen Küche.

»Wie willst du ihn finden? Das Foto hat nichts zu besagen. Er könnte auf Durchreise gewesen sein.«

Ich zuckte mit den Schultern und reichte ihr ein Glas.

»Na, in jedem Fall ist es ein Anfang. Sobald ich dort bin, werde ich improvisieren. Ich werde das Foto herumzeigen. Irgendjemand wird ihn schon gesehen und mit ihm gesprochen haben.«

Ich nahm einen Schluck.

»Falls es dich interessiert, ich weiß, wo er steckt.«

Ein Leopardenmuster schmückte die weißen Küchenmöbel, nachdem mir die Cola aus dem Mund gespritzt war.

»Wie, du weißt, wo er steckt?«

»Sicher.«
»Wo?«
»Wie viel?«
»Wie viel was?«
»Wie viel zahlst du?«
»Du willst also sagen, dass du Geld von mir verlangst, um mir eine Information zu geben, die …«
»Eine Information, die dir hübsche Hunderttausend einbringt, lieber Riccardo.«
Wenn sie mich Riccardo nannte, nachdem sie mich vorher Onkel genannt hatte, war ich der Gearschte, ob Onkel oder Riccardo oder sonst was.
»Wie viel willst du, du Schlange?«
»Angemessen wären so dreißig Prozent.«
»Du bist wahnsinnig. Fünf.«
»Fünfundzwanzig.«
»Du vergisst etwas: Ich könnte ihn auch alleine suchen.«
»Glaub mir: Du würdest ihn niemals finden.«
Ich weiß nicht, warum, aber ich glaubte ihr.
»Also gut, zehn Prozent.«
Sie warf den Kopf nach hinten und lachte. Bewundernswert und widerlich, das war sie. Ich war unentschlossen, ob ich sie umarmen oder erwürgen sollte. Doch ihre Augen funkelten, ein Funkeln, das den Menschen vom Tier unterscheidet. Wenn ich es nur auch hätte.
»Fünfzehn, und dann kein Wort mehr darüber.«
»In Ordnung. Wo steckt er?«
Wieder lachte sie. Diesmal spürte ich nur Lust, sie zu erwürgen.
»Das brauche ich dir nicht zu sagen, weil ich mitkomme.«

»O nein.«

»O doch, das ist eine unverzichtbare Bedingung.«

Manni, Manni, was für eine Genugtuung wäre es für dich, wenn du mich jetzt sehen würdest. Wer das Schwert nimmt …

»Gib mir Bescheid, wann es losgeht.«

Sie nahm ihren Rucksack, den sie auf einen Sessel geworfen hatte, hängte ihn sich über die Schulter und öffnete die Tür.

»Die Spesen gehen natürlich auf dich.«

Sie war bereits auf dem Weg nach draußen, als ich sie aufhielt.

»Sara, in einer Sache musst du mir noch meine Neugier stillen helfen.«

»Schieß los.«

Während ich schoss, hörte ich Mannis Stimme in meinem Ohr brummen.

»Wie zum Teufel hast du herausgefunden, wo Walter Celi steckt?«

Sie blickte mich mit süffisanter Miene an.

»Ganz einfach. Ich habe mit ihm gevögelt.«

Von einer Sache war ich überzeugt, als sie schließlich ging: Ich war froh, dass sie meine Nichte war und nicht meine Tochter.

Als ich die Dusche abdrehte, blieb ich einen Moment stehen, tropfnass und selig.

Ich leide unter einem leichten Widerwillen gegen das Fliegen. Jesses, nein, nichts Schlimmes, ich bekomme lediglich Beklemmungen, wenn ich auch nur ein Bild von einem Flugzeug sehe. Acht Stunden auf glühenden Kohlen, die Ohren gespitzt, damit mir nicht die winzigste Veränderung der Motorengeräusche entgeht, hatten dafür gesorgt, dass unter meinen Achseln zwei kleine Gebirgsbäche gesprudelt waren. Als das Flugzeug in Pointe-à-Pitre in Guadeloupe gelandet war, hatte ich den Eindruck, mindestens zwei Lachse ausgeschwitzt zu haben.

Ich zog den Bademantel an und ging, immer noch tropfnass, auf den Balkon, um den Abend in der Karibik zu genießen. Sobald ich draußen war, wurde ich von der Feuchtigkeit wie von Zellophan eingewickelt. Ein beängstigendes Froschkonzert empfing mich. Ich hatte zwei Zimmer im Hotel Meridien reserviert, so dass mich das Froschkonzert so viel kosten würde wie das Konzert der wiedervereinigten Cream, mit dem Unterschied, dass ich hier nicht einfach aufstehen und gehen konnte.

Abgesehen von der Tonspur, gab es nichts zu meckern. Was das Panorama anging, schöpften sie hier aus dem Vollen und setzten ihren Gästen die Postkarte par excellence vor die Nase. Palmen, exotische Vegetation, feuchte Hitze, die einen wie ein gieriger, sinnlicher Atem umfängt. Weißer Sandstrand, dahinter Himmel und Meer, die sich darum streiten, wer mehr zum Horizont beiträgt.

Trotz meines Aasgeierpatents quälte mich ein Gedanke, der zusammen mit dem Schild »Do not disturb« in einer bestimmten Sorte von Zimmern herumhängt: Lohnt es sich wirklich, sich den Arsch aufzureißen für einen Zwei-Wochen-Urlaub, in dem man sich ständig von irgendwelchen Leuten von oben bis unten mustern lassen muss?

Sara kam, ohne anzuklopfen, durch die Verbindungstür und unterbrach meine küchenphilosophischen Zwangsfantasien.

»Bist du fertig?«

Ich trat vom Balkon ins Zimmer zurück, wo sie mich ungeduldig empfing.

»Noch immer im Bademantel? Ich sterbe vor Hunger!«

Ich blickte sie überrascht an.

»Baronesse, Sie hier? Nie hätte ich mir träumen lassen, dass Sie Ihr geliebtes Oxford während der Polo-Saison verlassen.«

Meine Nichte schaute mich an, und in ihrem Blick lag die Überheblichkeit, die schon lange die Note eins mit Sternchen verdient.

»Wäre es, sollte der Herr Doktor mit der geschliffenen Redeweise irgendwann die geeignete Kleidung angelegt haben, eine allzu große Anmaßung, wenn die Baronesse ihn bitten würde, sie zu begleiten, damit sie die Erzeugnisse der heimischen Küche in sich hineinschaufeln kann?«

Was sollte ich dazu noch sagen? Meine Nichte hatte ein erstklassiges Gehirn und war, allgemein gesprochen, sogar ganz hübsch. Sie würde eine fantastische Frau werden, wenn sie nicht irgendwann von irgendjemandem, ihrem Onkel zum Beispiel, umgebracht werden würde.

Ich tanzte auf dem gleichen Seil fort.

»Und wäre es eine allzu große Anmaßung, wenn ich Lady Ballbreaker bitten würde, mir ein wenig Intimität zu gewähren, während ich mich ankleide?«

Sara stöhnte auf, dass der Lampenschirm schaukelte, und knallte die Tür hinter sich zu. Nun zog ich den Bademantel aus und besprühte mich, immer noch lächelnd, mit Deo und meinem Duftwässerchen.

Ich zog ein weißes T-Shirt und eine blaue Baumwollhose aus dem Koffer. Bei den Schuhen entschied ich mich für ein paar reinweiße Superga, die sich spätestens in einer Viertelstunde in eine unechte Waffe verwandeln würden, in eine besondere Beugung des Verbs »Scheiß drauf«.

Ich betrachtete mich im Spiegel. Gar nicht schlecht.

Derselbe Gedanke zeigte sich auf Saras Gesicht, als sie mich sah. Ihre Lippen spitzten sich zu einem Hühnerpopo und stießen einen Pfiff aus.

»Riccardo, habe ich dir schon gesagt, dass eine Menge meiner Freundinnen …?«

»Sicher, aber diese Freundinnen kenne ich bisher nur vom Hörensagen.«

»Du bist ein altes Schwein.«

Ich legte einen Arm um ihre Schultern und zog sie wie einen alten Freund an mich.

»Ehrlich gesagt, fühle ich mich überhaupt nicht alt.«

Wir lachten, machten Witze und mochten uns, weil wir in irgendeinem Teil unseres Hirns vielleicht gleich alt waren. Auf dem Flur lief uns eine Frau über den Weg, um die dreißig, braungebrannt, ziemlich schön, Kleidung unmissverständlich mit dem Etikett *born in the USA*. Ihr Blick und ihr Gesichtsausdruck besagten, dass sie einem beeindruckenden Mann um die achtunddreißig mit seiner halbwüchsigen »Nichte« begegnet war. Bei der nächstbesten Gelegenheit würde ich ihr erklären, dass die Nichte keine mit Gänsefüßchen und ich kein Satyr war, dass ich aber bereit wäre, einer zu werden. Mit ihr gemeinsam auf ihrem Zimmer vielleicht. Leider musste ich mich im Moment um andere Dinge kümmern.

Auf unseren Erfolg, Rosalynd.

Unversehrt überstanden wir die Gefahr, die jeder Fahrstuhl in sich birgt, die der Sprachlosigkeit nämlich, und stiegen in der Hotelhalle aus. Weise folgten wir dem Pfeil, der uns ein »Restaurant« versprach, und fanden uns, o

Wunder der Pauschalreisen, tatsächlich in einem Restaurant im Freien wieder.

Die Einrichtung musste vom selben Architekten gestaltet worden sein, der auch das irdische Paradies geplant hatte, denn sie bestand fast ausschließlich aus Pflanzen. Ich musste mich zusammenreißen, um keine Äpfel zu bestellen.

Einige Kellner, weiße, schwarze und die entsprechenden Zwischentöne, huschten mit eifriger Miene und makellosen Jacken zwischen den Tischen umher.

Ein Oberkellner mit dünnem Schnurrbart, ein Abbild des Schwarzen Phantoms, führte uns an einen Tisch. Bei der Bestellung stellte ich fest, dass Saras Französisch weit besser war als das meine, weswegen ich ihr feige den Kampf mit der Speisekarte überließ.

»Einheimische Küche?«

»Auf jeden Fall.«

Der respektvolle Blick, den sie mir zuwarf, ließ darauf schließen, dass ich gepunktet hatte. Wir gehörten beide nicht in die Kategorie jener Landsleute, die auf jedem Längengrad nach Spaghetti verlangen und mit angewidertem Gesicht durch die Restaurants der Welt pilgern.

Sara tuschelte in beängstigender Weise mit dem Oberkellner und vertraute mir die Aufgabe an, mich um den Wein zu kümmern. Ich wählte einen weißen Neuseeländer, der sehr gut, wenn auch wenig bekannt war. Jedenfalls brachte er mir den bewundernden Blick des Kellners ein, der mich so als Kenner auszeichnete.

Während wir auf das Essen warteten, schlürften wir den Wein, der Noten von Zitrusfrüchten hatte, und beobachteten die anderen Gäste. Wir lästerten leise, lachten laut, fühlten uns saudumm und hatten keinerlei Probleme damit.

Als meine Nichte den Blick von ihrem Weinglas löste, merkte sie, dass ich sie anstarrte.

»Was ist?«

»Nichts. Ich habe über dich nachgedacht.«

»Und was hast du über mich gedacht?«

»Wenn ich eines Tages beschließen sollte, eine Tochter zu haben, werde ich mir bei der Produktion vermutlich ein Bild von dir anschauen.«

Sie errötete und blickte wieder auf ihr Glas hinab. Die peinliche Situation wurde rechtzeitig durch die Ankunft zweier Kellner – weiß und schwarz – gerettet, von denen einer einen Servierwagen mit Tellern vor sich herschob. Sie bauten einen ganzen Kiosk mit dazugehöriger Gewölbedecke vor uns auf, hoben, im Gegensatz zum Schach, wo Weiß immer zuerst zieht, mit turniertanzwürdiger Gleichzeitigkeit die Deckel hoch und präsentierten den Schatz einer ausgefeilten Speise auf der Grundlage von Reis und Bananen.

Im Geiste hielt ich die Tafel mit den sieben Punkten hoch und entschied mich, nachdem ich probiert hatte, dem Essen noch einige mehr zu geben.

Gefräßige Stille senkte sich über den Tisch. Der Müllschlucker und seine Nichte verputzten das Essen in eindrucksvoller Geschwindigkeit und bereiteten sich auf die nächste Zeremonie vor, die von den beiden Kellnern mit ihrem Servierwagen angekündigt wurde. Auf dramatische Weise wurde mir bewusst, dass wir mit dem Essen, das Sara bestellt hatte, den Hunger der ganzen Welt stillen könnten. Ich behielt die Küchentür im Auge wie General Custer den Hügel, von dem die Indianer herunterstürmten.

Gegen Ende beobachtete ich mit unverhüllter Bewunderung, wie sich meine Nichte gleich mit zwei Löffeln über ein Eis in den Farben der Flagge des Palio von Siena hermachte. Ich hatte kapitulieren müssen.

Plötzlich war ich mir nicht mehr so sicher, ob ich mir wirklich eine Tochter wie sie wünschen sollte.

»Alle Achtung.«

Sara sah mich an, und ein Stück blauer, unschuldiger Himmel tat sich vor mir auf.

»Warum?«

»Wenn ich ehrlich sein soll, würde ich lieber dein Studium als dein Essen finanzieren. Du hast soeben den Hochschulabschluss an der Sorbonne verspeist. Jetzt verstehe ich, warum dein Vater von morgens bis abends schuftet.«

Sara lachte aus vollem Herzen, was sie nicht daran hinderte, das Eis wie einen persönlichen Feind zu traktieren.

»Die Manien meines Vaters sind viel teurer als meine Gefräßigkeit. Und die Manien meiner Mutter auch. Du weißt doch, dass vernachlässigte, liebesbedürftige Mädchen …«

»Die Geschichte mit dem Spielzeug und dem Parfüm zieht bei mir nicht, Mädel. Du leidest an einer angeborenen Neigung zur Schwelgerei, für die es in unserer Familie kein Vorbild gibt.«

Tatsächlich gab es nur wenige Menschen, die wie diese drei meinen Bedarf an Gefühlen deckten. Das war der Grund dafür, dass ich sie mit durchaus neidgeprägter Beständigkeit besuchte, was ich allerdings selbst vor einem Inquisitionsgericht nicht zugeben würde.

Eine riesige Tasse Filterkaffee wurde serviert und leitete den Waffenstillstand ein. Anschließend zündete ich mir zufrieden eine ebenfalls riesige Zigarre an, die das Schwarze Phantom mir empfohlen hatte.

Leben, Leben, Leben …

Ich stieß den Rauch aus, der in der reglosen Luft einen perfekten Kreis formte. Ein gutes Zeichen. Bevor er sich auflösen konnte, steckte ich einen Finger durch und wünschte mir etwas. Ein glückseliger Mann mit einer gemachten Zukunft wandte sich an seine junge Nichte.

»Als du … na ja, als du Walter Celi begegnet bist, hast du ihn da nicht wiedererkannt?«

»Als ich mit ihm im Bett war, meinst du? Was hast du bloß, Riccardo? Schämst du dich, die Dinge beim Namen zu nennen?«

Saras bohrender Blick gab mir das Gefühl, ein Dummkopf zu sein.

»Nein, überhaupt nicht. Es fällt mir nur schwer, dich als Männerfresserin zu sehen.«

Sara lehnte sich zurück und ließ ihren Blick durchs Restaurant schweifen.

»Das bin ich doch auch gar nicht. Dies hier ist ein spezieller Fall, ein sehr spezieller.«

Sie machte eine Pause, bevor sie zum eigentlichen Thema meiner Frage zurückkam.

»Als das passiert ist … ich meine, als Walter vor vier Jahren diesen Erfolg hatte, war ich vierzehn und viel mehr an ausländischer Musik interessiert.«

Ich erinnerte mich noch gut an ihre jugendlich überspannte Begeisterung für eine amerikanische Rockgruppe und nickte. Ihr Zimmer war mit Postern übersät gewesen, und sie hatte ihren Vater und mich auf die Palme gebracht, weil sie unbedingt, als die Jungs in Italien waren, auf eins ihrer Konzerte gehen wollte. Nach der Trennung der Gruppe hatte Sara jämmerlich geweint, und die Familie hatte so erleichtert aufgeseufzt, dass der Lampenschirm heruntergefallen war.

Sara fuhr fort, scheinbar selbst überrascht über ihre kindliche Leidenschaft.

»Ich habe nicht verfolgt, was im italienischen Fernsehen lief. Ich muss gestehen, dass ich gar nicht wusste, wer das auf dem Foto ist, bis du es mir gesagt hast.«

»Du willst behaupten, dass dir nicht klar war, dass …«

»Genau. Mir war nicht klar, dass dieser Typ Walter Celi war, als ich hier in Guadeloupe mit ihm … äh, als ich ihm begegnet bin.«

Ich könnte meine mangelnden schauspielerischen Qualitäten verfluchen. Sara hatte eine Gratisreise und einen ansehnlichen Anteil an meinem Knüller herausgeschlagen, und ich machte mich hier zum Trottel. Meine Eier drehten spürbar durch und trieben mir das Blut ins Gesicht. Ich schlug einen anderen Ton an, was Sara nicht entging.

»Also gut, wo ist er?«

»Wo ist wer?«

Hatte ich mich getäuscht, oder war die Unschuld schlagartig aus dem Blau dieses Stückchens Himmel verschwunden?

»Du weißt ganz genau, von wem ich rede. Wo ist er?«

Der Moment der Stille schien eine Ewigkeit zu dauern. Sara senkte den Blick, und plötzlich wurde der Himmel schwarz.

»Ich weiß es nicht.«

Bedächtig lehnte ich mich zurück.

»Das Essen, der Wein und die Reise machen mir ordentlich zu schaffen, scheint mir. Einen Augenblick lang habe ich doch glatt geglaubt, die Worte ›Ich weiß es nicht‹ gehört zu haben.«

Wenn es stimmt, dass Angriff die beste Verteidigung ist,

nutzte Sara diese Strategie in idealer Weise. Als sie mich anblickte, kehrte der Himmel in ihre Augen zurück. Allerdings türmten sich Unwetterwolken dort auf.

»Du hast genau richtig verstanden. Ich weiß nicht, wo sich Walter Celi befindet, dieser verfluchte Kerl.«

Plötzlich öffnete sich der Himmel, und es goss in Strömen. Schluchzend legte Sara den Kopf auf ihre Arme, die auf dem Tisch lagen. Die verbliebenen Gäste hatten nur noch Augen für uns. Ich saß da wie ein Trottel und verhielt mich wie ein Fernsehreporter, der halb überrascht, halb verärgert ein Fußballspiel kommentiert.

Meine Lippen verzogen sich zu einem Lächeln, das einen Geigerzähler hätte ausschlagen lassen. Dann legte ich eine Hand auf ihre Schulter und beugte mich vor.

»Hey, Mädchen, wenn du weitermachen willst, ist es vielleicht besser, wenn du das im Privaten tust. Sonst leitet die Polizei noch Ermittlungen gegen uns ein.«

Sara gewährte mir erneut den Anblick ihres Gesichts. Sie tupfte ihre ungeschminkten Augen mit der Serviette ab. Tränen, Reis und Bananen. Und Erklärungen. Es gab keine Taktik, ob Weinen oder Lachen, die es meiner Nichte gestatten würde, sich der Verantwortung einer jungen, verlogenen Frau zu entziehen.

Gott vergibt, ich nicht. Zumindest dachte ich das.

»Wollen wir kurz mit dem für diesen dramatischen Moment nötigen Ernst reden? Abgesehen von deinem Ausbruch, den ich vom taktischen Gesichtspunkt her einwandfrei finde, bleibt das nicht geringe Problem, dass ich mich doch etwas verarscht fühle.«

Sie zog die Nase hoch, und auf wundersame Weise erschien ein Taschentuch. Frauen sind unglaublich, ob jung oder alt. Ein Taschentuch haben sie immer parat, selbst wenn sie nackt sind. Vielleicht hat die Evolution bei Frauen den Bauchnabel dafür vorgesehen.

Sara unterbrach meine Überlegungen.

»Ich wollte dich wirklich nicht hintergehen.«

Ihre effektvolle Pause kollidierte mit meiner Stinkwut, die immer größer wurde. Sara bemerkte es und wechselte ins pathetische Fach.

»Denk, was du willst, aber zufällig war Walter Celi der erste Mann in meinem Leben. Ich hatte beschlossen, dass dieses erste Mal mit einem wichtigen Menschen passieren soll, und das tat es dann auch.«

»Soll heißen?«

»Das soll heißen, dass ich mich sofort in ihn verliebt habe, als ich ihn zum ersten Mal sah.«

Ich bekam eine Tolle wie Elvis Presley, weigerte mich aber, mitten in *Vom Winde verweht* Rock'n'Roll zu singen.

»Hör mal, Mädchen ...«

Sie sah mich an, als wäre ihr bewusst, dass es Stunk geben würde, wenn ich sie Mädchen nannte, nachdem ich sie zuvor Sara genannt hatte.

»Du kannst mich nicht achttausend Kilometer in einem verdammten Flugzeug zurücklegen lassen, um mir anschließend die Geschichte vom Als-ich-ihn-zum-ersten-Mal-Sah unterzujubeln. Meinst du nicht, dass ich zum gegenwärtigen Zeitpunkt das Recht auf weitere Einzelheiten habe? Willst du behaupten, er kam auf einem weißen Pferd angeritten, hat die Blume deiner Reinheit gepflückt und ist dann spurlos wieder verschwunden? Willst du behaupten, dass er die ganze Zeit über, in der du mit ihm zusammen warst, dir nicht verraten hat, wer er ist, wo er war, wann er dort war und was er dort getrieben hat?«

Meine Stimme war wider jede Absicht um einige Dezibel zu laut geworden. Das Schwarze Phantom und ein paar Kellner schauten besorgt in unsere Richtung. Die anderen Gäste taten es missbilligend. Sara zog erneut die Nase hoch, und erneut erschien ein Taschentuch.

»Wir haben uns auf dem Markt kennen gelernt, zehn Minuten nach der Aufnahme des Fotos. Glaub mir, ich bin kein so bekloptes Mädchen …«

»Nein«, unterbrach ich sie. »Du bist nur ein Mädchen. Der Bekloppte bin ich!«

Saras Stimme klang so betrübt, dass die des kleinen Mädchens mit den Schwefelhölzern arrogant geklungen hätte im Vergleich dazu.

»Nein, Onkel. Als ich seine Stimme hörte, war mir sofort klar, dass mir etwas Vollkommenes begegnet ist, dass dieser Unbekannte, mit dem ich sprach, aufgrund der einfachen Tatsache, in genau diesem Moment dort zu sein, bereits wichtig für mich war. Und statt ›warte‹ zu mir zu sagen, habe ich eine Stimme gehört, die ›jetzt‹ gesagt hat, und so ist passiert, was passiert ist.«

Wenig erbauliche Witze lagen in bunter Vielfalt auf meinen Lippen. Ich wehrte sie im Flug ab, wie beim Tontaubenschießen, weil Sara in jedem Fall eine Entscheidung getroffen hatte, egal ob falsch oder richtig. Das verdiente Respekt. Mein Schweigen drängte sie dazu, den beschwerlichen Weg ihrer Erzählung weiterzugehen.

»Ich habe meine Freunde, mit denen ich nach Guadeloupe gekommen war, sitzenlassen. Er hat eine Hütte am Strand gemietet. Wir gingen nur raus …«

Ein Moment berechtigter Peinlichkeit. Gesenkter Blick. Malträtiertes Taschentuch. Eindeutig göttliche Gerechtigkeit.

»Wir sind nur zum Essen und zum Schwimmen raus.

Ich glaube nicht, dass ich je in meinem Leben so glücklich war. Alles, was ich über die Liebe gelesen oder gehört hatte, schien mir banal im Vergleich zu dem, was ich erlebt …«

Sie korrigierte sich.

»Verglichen mit dem, was wir erlebt haben. Knapp einen Monat lief das so, aber die Zeit verging wie im Flug. Den Abend vor meiner Abreise wollte Luca …«

»Luca?«

»Er hat gesagt, er heiße Luca Moro.«

»Immer noch besser als Mario Bianchi.«

Sara verstand die Anspielung nicht, sondern fuhr fort.

»Den Abend vor meiner Abreise wollten Luc…ich meine, Walter und ich zu Hause verbringen, nur wir beide. Wir hatten ein besonderes Essen vorbereitet, selbst gekocht sogar. Er nahm das Moped, das wir gemietet hatten, und fuhr los, um Champagner zu kaufen, aber …«

»Aber?«, ermunterte ich sie.

»Ich habe ihn nie mehr wiedergesehen. Stundenlang saß ich allein zu Hause und fragte mich, was geschehen sein mochte. Das Haus lag weit ab vom bewohnten Zentrum, und ich hatte Angst, den ganzen Weg im Dunkeln alleine zurückzulegen. Dann bin ich eingeschlafen und am nächsten Morgen per Anhalter zum Flughafen gefahren, wo ich mit meinen Freunden verabredet war. Als das Flugzeug vom Boden abhob, riss es Teile meines Herzens mit aus. Von diesem Moment an habe ich nur auf eine Möglichkeit gewartet, zurückkehren zu können. Dann …«

Sie machte eine Pause. Ich konnte nicht anders, als mit ihr mitzufühlen. Wie allein, wie verängstigt musste sie gewesen sein, der Ruin einer ganzen Batterie Papiertaschentücher. Aber gleichzeitig war ich wütend und konnte das nicht verhehlen.

»Und dann ist dieser Volltrottel gekommen, der sich dein Onkel nennt, und hat dir auf dem Silbertablett einen Vorwand präsentiert.«

Vielleicht war ich auch etwas boshaft.

»Und dir kommt nicht in den Sinn, dass ein solches Verhalten typisch ist für einen Mann? Er lernt ein schönes Mädchen kennen, hat seinen Spaß mit ihm, und als das Fest vorbei ist, dreht er dem Heiligen eine Nase.«

Ich hasste mich für diese Worte, doch gleichzeitig hasste ich auch diesen Aasgeier, der mich zu diesen Worten und meine Nichte zu ihren Tränen verleitet hatte. Vielleicht war es nur ein banaler Beschützerinstinkt, doch ich hätte ihm am liebsten die Eier in einer Bärenfalle zerquetscht. Einer Falle für kleine Bären, schließlich weiß ich zu verzeihen.

Sara hob den Kopf. Noch nie in meinem Leben hatte ich Augen gesehen, die, rein gewaschen von Tränen, blauer waren als die ihren.

»Nein, so ist es nicht. Das spüre ich.«

Ah, gut, wenn alle auf der Welt so schlecht hören würden wie verliebte Menschen, würden die Hörgerätehersteller einen Umsatz machen wie das Medellín-Kartell.

Das sagte ich aber nicht.

»Dann gibt es etwas, das die Sache noch komplizierter macht«, flüsterte Sara beinahe.

»Und das wäre?«

»Ich erwarte ein Kind.«

Volltreffer. Mein Adamsapfel schwoll schlagartig zu einem Basketball in der Hand von Shaquille O'Neal an.

»Was soll das heißen, ein Kind?«, stammelte ich.

Sara nutzte den Treffer, den sie gelandet hatte, um etwas von ihrer Sicherheit wiederzuerlangen, die mir jetzt vollständig abhanden gekommen war. Mit ihrer Stimme tötete sie einen toten Mann.

»Du weißt doch, diese kleinen Dinger, die quengeln und Windeln tragen und früher oder später ›Mama‹ und ›Papa‹ sagen? Genau die.«

Meine Zunge hätte man hervorragend als Wiener Schnitzel servieren können, ohne dass sich jemand über den Koch beschwert hätte.

»Und wer hat gesagt, dass du ein Kind erwartest?«

Sara öffnete erneut die Augen und blickte mich an wie einen Mann, der einem Raumschiff entsteigt, nachdem er von Außerirdischen entführt worden war.

»Ein Herr, der sich Gynäkologe nennt. Und davor eine Institution, die sich Schwangerschaftstest nennt. Reicht dir die Meinung dieser beiden Koryphäen?«

Schweigend hielt ich Ausschau nach den Scherben des Dachziegels, der mir auf den Kopf gefallen war. Meine Nichte hatte die Macht, eine sittsame Baumwollhose in ein peinliches Beinkleid aus Sackleinen zu verwandeln.

Sie blickte mich an. Obwohl sie ihre Sprache wiedergefunden hatte, bemerkte ich die Verwirrung und einen Anflug von Angst in ihren Augen. Letztlich war sie immer noch ein Mädchen von achtzehn Jahren.

»Was machen wir jetzt?«

Ich erhob mich und strich meine Hose glatt.

»Jetzt gehen wir schlafen. Ich fühle mich wie eine durchgegarte Kochwurst, und mein Hirn verweigert unter diesen Umständen die Zusammenarbeit. Morgen früh sehen wir weiter.«

Schweigend gingen wir hinauf in unsere Zimmer, als legten wir den gesamten Weg im Fahrstuhl zurück. Vor ihrer

Tür blieben wir stehen. Als ich sah, wie niedergeschlagen Sara war, nahm ich sie in meine Arme. Sie war kleiner als ich, und die Art, wie sie ihren Kopf an meine Schulter legte, ließ mich dahinschmelzen.

»Du wirst sehen, dass sich alles regelt.«

»Danke, Onkel.«

Ich hielt sie ein Stück auf Abstand und blickte ihr in die Augen. Diesmal war ich es, der Oxford sausen lassen musste.

»Ich scheiß auf ›Danke, Onkel‹! Die Geschichte kostet dich deinen Anteil, das ist so sicher wie das Amen in der Kirche!«

Endlich lächelte sie. Erleichterung zeigte sich in ihrem besorgten Blick.

»Das ist mir, ehrlich gesagt, vollkommen wurst. Gute Nacht.«

Sie schloss die Tür hinter sich und ließ mich allein auf dem Flur stehen. Also ging ich in mein Zimmer und zog mich aus. Durch die dünne Wand hörte ich, wie sich Sara im Nebenzimmer für die Nacht vorbereitete, und ich hörte ihre Stimme. Sie telefonierte mit ihren Eltern, um ihnen mitzuteilen, dass wir gut angekommen seien und so weiter. Wer weiß, was mein Bruder und meine Schwägerin, die besorgten Eltern, gesagt hätten, wenn sie wüssten, dass sie besorgte Großeltern werden würden. Ich legte mich ins Bett. Der Chor der Frösche hatte seltsamerweise aufgehört. Wahrscheinlich beinhaltete die Gage keine Zugabe. Ich schaltete das Licht aus und lauschte dem Rauschen der Klimaanlage mit demselben Gefühl, mit dem ich dem Grollen der Flugzeugmotoren gelauscht hatte. Das, was Sara mir erzählt hatte, hüpfte wie ein Tischtennisball zwischen meinen Schädelwänden hin und her.

Jetzt, da ich meine Nichte besser kannte, konnte ich mir eine Frage nicht mehr verkneifen:

Welche Geschichte war nun ein Märchen – die mit der Pille oder die mit dem Baby?

»Und?«

Während ich mich hinter das Steuer unseres Mietwagens setzte, blickte ich betrübt zu meiner Nichte auf dem Beifahrersitz hinüber. Trotz der Klimaanlage herrschte eine höllische Hitze in unserem Peugeot, und beide waren wir schmutzig und verschwitzt. Und enttäuscht. Herr Gott noch mal!

»Nichts. Auch hier hat man ihn noch nie gesehen. Ich habe das Foto sogar den Geckos gezeigt.«

Wir standen auf dem Parkplatz des Coconut Golf Club, einer dieser Einrichtungen, die aufs Elend scheißen, aus achtzehn Löchern in diesem Fall. Das Clubhaus schien von Jean-Luc Picard höchstpersönlich geleitet zu werden und ließ unser verstaubtes Wägelchen wie Aschenputtels Kutsche um fünf nach zwölf aussehen.

Und uns erst!

Wir hatten die gesamte Insel der Länge und der Breite nach durchkämmt, ohne die Spinne aus ihrem Loch zu treiben. Ohne das Loch überhaupt zu finden, um genau zu sein. Am Morgen nach unserer Ankunft waren wir vom Markt, auf dem das Foto entstanden war, aufgebrochen, und die dann folgende Tour hätte Marco Polo vor Neid erblassen lassen. Die Auskunft der Agentur, bei der Walter die Hütte gemietet hatte, war wenig hilfreich gewesen. Walter hatte im Voraus bezahlt und keinen Vertrag oder dergleichen unterschrieben. Wo er das Moped gemietet hatte, wusste Sara nicht, und an einem Ort, wo fast überall Schilder mit der Aufschrift »Rent a bike« herumhingen, bestand kaum Aussicht, den Laden zu finden.

Wir hatten die Orte aufgesucht, an denen Sara und Walter gemeinsam gewesen waren, anschließend fast den gesamten Rest, also Hotels, Touristik- und Immobilienbüros, Häfen, Flughäfen, Geschäfte, Nachtbars, Kneipen, Restaurants und Apotheken. Wir hatten schwarze und weiße Männer gefragt, Frauen und Kinder, Homosexuelle, Huren, Taucher in voller Montur, Hunde, Katzen, Pferde und sogar ein paar Statuen. Zur Sicherheit hatte ich nicht nur das Foto mit der bärtigen, sondern auch die alten mit der depilierten Version von Walter Celi mitgenommen.

Nichts. Weniger als nichts. Niemand kannte ihn. Niemand hatte ihn je gesehen. Die Antwort lautete immer gleich. Ein Kopfschütteln und ein »Non, monsieur, jamais vu«, das bereits wie eine Tätowierung an mir klebte. Ich hatte mir sogar ein paar »Leck mich am Arsch« auf Kreolisch eingehandelt, doch da ich nur den Sinn, nicht aber die Worte verstanden hatte, war mir das nicht so nahe gegangen.

Unsere Enttäuschung war offenkundig, auch wenn man, im Nachhinein betrachtet, nicht allzu viel hätte erwarten dürfen. Von der Euphorie des Knüllers mitgerissen, hatte auch ich nicht bedacht, welche Schwierigkeiten es machen würde, an einem Touristenort, an dem in beängstigenden Ausmaßen neue Gesichter auftauchten, eine einzelne Person zu finden. Ich hatte mehr oder weniger damit gerechnet, dass der Flüchtige auf der Insel lebte oder dass er zumindest hinreichend lange dort gelebt hatte, um wenigstens ein paar Spuren zu hinterlassen, doch dem war nicht so.

Möglicherweise war er nur auf Durchreise gewesen,

möglicherweise lebte er ganz woanders und vertrödelte sein Leben als Nomade, möglicherweise …

Leck mich am Arsch. Diesmal nicht auf Kreolisch.

Sara und ich blickten uns an. Die draußen vor dem Wagenfenster herabbrennende Sonne warf die langen Schatten der Enttäuschung auf unsere Gesichter. Sara wirkte müde.

»Wie geht's dir?«

Scheinbar schwang in meiner Stimme eine Besorgnis mit, die sie aufmerken ließ.

»Hast du dich etwa von der typischen Angst des Mannes vor der schwangeren Frau anstecken lassen? Ich fühle mich bestens, was glaubst du denn? Mir geht die Sache nur ganz schön auf den Sack. Und dann diese Hitze …«

Ich trumpfte nicht auf mit meiner biologischen Bildung, derzufolge einer Frau nichts auf den Sack gehen kann. Warum mit dem Finger in der offenen Wunde herumpulen, schließlich war sie es, die mehr zu leiden hatte. Ich würde das Geld und ein bisschen von meinem zweifelhaften Ansehen einbüßen, doch für sie stand angesichts der Umstände ihr Leben auf dem Prüfstand.

Während ich den Motor startete, brachte ich das Thema zur Sprache, das mir schon seit einigen Tagen durch den Kopf ging.

»Hast du schon beschlossen, was du mit dem Kind machst?«

Sara starrte auf die Straße, während ich in eine Stadt hineinfuhr, die sich Capesterre-Belle-Eau nannte, in Wirklichkeit aber viel kleiner war als das Ortsschild, so dass ich gleich wieder hinausfuhr und in eine Straße einbog, die nach Trois-Rivières führte, einer endlosen Abfolge von Palmen, Staub und tropischer Vegetation.

»Ich weiß es nicht. Ständig denke ich darüber nach, komme aber zu keiner Entscheidung. Ich glaube nicht, dass ich dumm bin, und normalerweise bin ich ziemlich praktisch veranlagt, aber diesmal bin ich wirklich mit meinem Latein am Ende.«

Während sie sprach, knetete sie ihre Hände, und zum ersten Mal sah ich sie wirklich als das, was sie war, ein verängstigtes, verwirrtes Mädchen nämlich. Ein unheimliches Gewicht lastete auf ihren Schultern, und nur sie konnte den Knopf drücken, mit dem sich ihr Leben verändern würde. Ich konnte ihr nur jede erdenkliche Unterstützung zusichern, und das tat ich schließlich auch.

Sie blickte mich an, als sähe sie mich zum ersten Mal.

»Du bist etwas Besonderes, Riccardo. Du bist besser, als du es aussehen lassen willst, vielleicht als du dir selbst vorstellen kannst. Als wir aufgebrochen sind, hast du aus Eigennutz nach einem Menschen gesucht, aber jetzt, nachdem ich dir alles erzählt habe, weiß ich, dass du diesen Menschen für mich suchst, und dafür danke ich dir von ganzem Herzen.«

Die Analysesitzung nahm eine hässliche Wendung. Es war mir unangenehm, mich von meiner Nichte auf den schonungsbedürftigen Thunfisch reduzieren zu lassen, der im Webblog von einem Grissino attackiert wird. Ich schlug einen Haken wie beim Slalom, um diesem rührenden Moment zu entkommen.

»Ich habe eine Idee.«

»Und zwar?«

»Wenn wir schon in der Karibik sind und es hier Sonne, Meer und Kokosnüsse gibt, warum machen wir nicht einen Nachmittag Urlaub? Statt herumzufahren, lassen wir uns braun brutzeln wie ein Lkw-Fahrer. Ich sag dir, was wir machen …«

Ich hielt an einem Rastplatz. Oder vielmehr wurde es einer, nachdem ich beschlossen hatte, dass es einer war. Die Straße verlief am Meer entlang, links von uns lagen ein Strand mit unverschämt weißem Sand und das blaue Meer. Und der Himmel! Ich stieg aus, ging ums Auto herum und öffnete die Beifahrertür.

»Jetzt gehen wir hübsch auf diesem Poster baden. Bis morgen ist, wie es beim Flippern heißt, *game over.*«

Sara stieg aus und zog sich das T-Shirt über den Kopf. Zum Vorschein kamen ein Bikinioberteil und ein Lächeln. Es bestätigte die Regel, dass, wer nichts sagt, stillschweigend seine Zustimmung erteilt. Wir überquerten die Straße und den von einer langen Palmenreihe bewachten Strand. Unter unseren Schuhen knirschte der Sand, der fein wie Puder war. Unsere wenigen Sachen legten wir auf einen Haufen und stürzten uns ins Wasser. Wie zwei Kinder spielten wir in der kristallklaren Wärme, lachten und spritzten und schwammen mit langen Zügen hin und her. Nach einer halben Stunde schleppte ich mich atemlos aus dem Wasser. Zu viele Zigaretten, zu viele Nächte mit Feuerwasser und Rock'n'Roll. Und zu wenig Sport in letzter Zeit, um mich in Form zu halten. Ich ließ mich im Schatten einer Palme in den Sand fallen und erduldete gelassen die feuchtwarme Panade. Sara blieb noch im Wasser. Ich legte mich auf die Seite, parallel zum Wasser, und beobachtete sie. Plötzlich hörte ich ein dumpfes *plopp!* hinter mir. Als ich den Kopf drehte, lag dort eine riesige Kokosnuss, die ich vorher nicht gesehen hatte. Ich stellte mir die Überschrift in der Zeitung vor – »Bekannter Journalist in Guadeloupe von Kokosnuss erschlagen« –, dann meine Beerdigung unter Anteilnahme all meiner Freunde, die sich das Lachen nicht verkneifen konnten. Ich erhob mich und ging im gleichen Moment, als Sara das Wasser verließ, in Richtung unserer Kleider. Wir kamen gleichzeitig an, so dass ich Gelegenheit hatte, Sara in ihrer ganzen Schönheit zu bewundern, ohne zu berücksichtigen, dass meine Einschätzung parteiisch sein könnte.

Im Übrigen wird Walter Celi das Gleiche gedacht haben, und den Beweis würden wir in ein paar Monaten präsentiert bekommen. In neun minus irgendwas, um genau zu sein.

»Wie wunderbar«, schwärmte Sara, als sie den Kopf zur Seite neigte, um ihr langes Haar auszuschütteln. Gierig wurde das Wasser vom Sand aufgesaugt.

»Klar, schade nur, dass es nicht lange dauert, bis meine Hau…«

Sara stieß einen Seufzer aus, drehte die Augen nach oben und knickte in einer so fließenden Bewegung in den Knien ein, dass es schon unnatürlich wirkte. Ich konnte sie gerade noch auffangen, bevor sie in den Sand fiel. Schlaff hing sie in meinen Armen, während ich mir eine verzweifelte Frage stellte: Was macht ein einsamer Mann an einem Karibikstrand mit einer schwangeren, bewusstlosen Frau?

»Und wie geht es ihr jetzt?«

Die Stimme meiner Schwägerin klang ein wenig schrill. Wegen der Verbindung und wegen der Sorge.

»Es geht ihr hervorragend, ehrlich. Sie ist nur wegen der vielen Sonne in Ohnmacht gefallen, wegen der Hitze, mehr nicht. Der Arzt, der sie untersucht hat, sagt, dass alles bestens sei. Sie ist gesund wie ein Fisch im Wasser. Sie behalten sie nur zur Vorsicht eine Nacht da.«

»Und wer ist jetzt bei ihr?«

»Du meine Güte, Marzia, wir reden doch nicht von der

Kameliendame. Deine Tochter hat schon getan, als würde sie vom Teufel geritten, weil sie entlassen werden wollte, und wer auch immer jetzt bei ihr ist, vom Teufel mal abgesehen, dem kann es nur schlechter gehen.«

»Aber ist das Krankenhaus denn wenigstens sauber?«

»Selbstverständlich ist es sauber. Sollte ich mal ins Krankenhaus kommen, werde ich darauf bestehen, dass man mich hier einliefert. Es sieht eher wie ein Blumenladen aus. Bougainvilleen gibt es hier eindeutig mehr als Spritzen.«

Meine Schwägerin schien sich zu beruhigen.

»Also gut. Zum Glück bist du ja da, Riccardo. Aber halte mich auf dem Laufenden, und wenn ich runterkommen soll, gib mir Bescheid.«

»Es ist nicht notwendig, dass du extra herkommst. Ich rufe dich morgen an. Tschüss.«

»Tschüss.«

Seufzend legte ich den Hörer auf. In dem ganzen Chaos war dieser Anruf das Unangenehmste gewesen. Ich bezahlte mein Getränk und das Telefonat beim Kassierer an der Bar, einem Kerl, dessen Zähne und Haare man an den Fingern einer Hand abzählen konnte, und ging. Er fuhr fort, Teile seines beweglichen Hab und Guts von einem Nasenloch ins andere zu ziehen, und betrachtete den Deckenventilator in der Hoffnung, die Notre-Dame-von-wie-auch-immer-dieser-Ort-hier-hieß würde das Gerät auf wundersame Weise wieder zum Laufen bringen. Ich überquerte die Straße, wo statt dem »Es werde Licht« ein »Licht aus« angebracht gewesen wäre, und schritt durch das Tor des Krankenhauses, in dem Sara lag. Den Parkplatz, wo ich unseren Wagen abgestellt hatte, ließ ich links liegen und betrat die kühl erleuchtete und angenehm klimatisierte Eingangshalle.

Als Sara in Ohnmacht gefallen war, hatte ich mich so erschrocken, dass im Vergleich dazu meine Reaktion auf eine Begegnung mit Freddie Krüger lächerlich gewesen wäre. Ich hatte ihr Meerwasser ins Gesicht gespritzt, ohne dass sie wieder zu sich gekommen wäre. Dann hatte ich mich vergewissert, dass sie selbstständig atmete, und sie in den Wagen gelegt. Die Rückenlehne kippte ich so weit nach hinten, dass Sara bequem liegen konnte, ihr Kopf aber noch leicht erhöht war. Schließlich preschte ich los Richtung Basse-Terre, einem großen Zentrum etwa zwanzig Kilometer entfernt, wo ich etwas zu finden hoffte, das an eine Notaufnahme erinnerte. Mit Ausnahme des Parkverbots verstieß ich gegen alle Paragraphen der Straßenverkehrsordnung von Guadeloupe, die angesichts des hiesigen Fahrstils ohnehin höchstens eine Seite umfassen kann. Irgendwann kehrte Sara wieder in diesen Teil der Welt zurück und ermächtigte mich damit, es ihr gleichzutun.

Im Wagen gab es keine Lampenschirme, weswegen mein Seufzer der Erleichterung diesmal die Windschutzscheibe erzittern ließ.

»Alles in Ordnung?«

»Einigermaßen, würde ich sagen. Was ist passiert?«

»Du bist ohnmächtig geworden. Das ist passiert. Ich dachte, ich würde sterben.«

Sie stützte sich auf einen Ellbogen und reckte den Kopf nach oben, um auf die Straße blicken zu können. Sie war etwas blass im Gesicht, doch alles in allem wirkte sie ganz normal.

»Dasselbe wird gleich noch mal passieren, wenn du nicht langsamer fährst.«

Im selben Moment, in dem ich den Druck aufs Gaspedal verminderte, schrumpfte die Staubwolke, die ich hinter uns aufwirbelte, auf die Hälfte zusammen. Bei fast normaler Geschwindigkeit fuhren wir in die Stadt, wo ich den Schildern zum Krankenhaus folgte. Sara protestierte.

»Nicht einmal im Falle meines Ablebens will ich hier in der Gegend in ein Krankenhaus eingeliefert werden.«

Mit der finsteren Miene eines Erwachsenen trieb ich ihr die kindlichen Kapriolen aus.

»Wir fahren trotzdem. Wenn dich statt eines Arztes ein Medizinmann mit einem Wecker um den Hals behandeln will, nehme ich dich sofort wieder mit, aber bis dahin tust du, was ich dir sage.«

Während meines Einspruchs und ihrer Proteste waren wir – Überraschung! – vor einem kleinen Krankenhaus angekommen, das eher von einem Bühnenbildner als von einem Architekten geplant worden zu sein schien. Mich hätte es nicht gewundert, wenn wie im Musical ein Pulk von Krankenspflegern herausgeströmt wäre, singend und tanzend. Das niedrige, elegante Gebäude war v-förmig angelegt und nahm mit viel Holz und Bambus Rücksicht auf die örtliche Architektur. Vom zentralen Gebäude aus, wo sich die Notaufnahme und der Empfang befanden, gingen zwei Flügel mit den Krankenzimmern ab. Alles war blitzblank hier, zudem lag das Gebäude in einem tropischen Garten, der jeden Baumschulgärtner vor Neid hätte erblassen lassen.

Wir waren beide beruhigt und wurden in unserer Ruhe durch die extreme Effizienz des Personals noch bestätigt. Der Arzt, der Sara untersuchte, ein Amerikaner mit rotblondem Haar, der auch in Fußballkleidung gut aussehen würde, beruhigte mich wegen der Ohnmacht, äußerte allerdings, nachdem ich ihm von ihrem Zustand berichtet hatte, den dringlichen Wunsch, meine Nichte noch mindestens eine Nacht zur Beobachtung dabehalten zu dürfen.

Sara knurrte ein bisschen vor sich hin, war aber wahrscheinlich vom Krankenhaus so beeindruckt, dass ihr die Vorstellung, eine Nacht hier zu verbringen, die Angst nahm. Eine Krankenschwester mit einem derart weißen Kittel, dass man nicht zwei Waschmitteltrommeln gegen eine hätte eintauschen mögen, begleitete uns den langen Flur entlang in ein für ein Krankenhaus gar nicht so übles Zimmer. Ich wartete, bis Sara im Bett lag, und suchte dann draußen ein Telefon, weil das Münztelefon im Krankenhaus defekt war. Von dort erledigte ich den obligatorischen Anruf bei meinem Bruder und meiner Schwägerin.

Jetzt war ich auf dem Weg zurück zu Sara.

Stopp.

Lächelnd grüßte ich die Angestellte am Empfang, durchquerte die Halle, ging den linken Flur bis zum Ende durch und betrat zerstreut, ohne anzuklopfen, das letzte Zimmer. Noch jetzt bin ich froh, dies getan zu haben. Mir war sofort klar, dass ich mich in der Tür geirrt hatte. In Gedanken versunken und weil wir zuvor von der anderen Seite gekommen waren, hatte ich mich in die Männerabteilung verirrt.

Den Bruchteil einer Sekunde nach Betreten des Zimmers begann mein Herz wie ein Trapezkünstler herumzuwirbeln. Meinen Augen traute ich ebenso wenig wie meinem unverschämten Glück.

Auf dem Bett lag mit eingegipstem Bein Walter Celi.

»Und du hast dieses ganze Chaos veranstaltet, nur um mich zu finden?«

Unwillkürlich fuhr ich auf.

»Ich habe Chaos veranstaltet? Hast du überhaupt eine Ahnung, welch ein Durcheinander du in Italien hinterlassen hast, als du verschwunden bist? Noch heute gibt es Leute, die ihre Mutter an die Nazis verraten würden, nur um zu erfahren, wo du steckst. Und dann tauchst du hier unter einem falschen Namen wieder auf, lernst ein Mädchen kennen, mit allem Drum und Dran, und verschwindest erneut. Was das angeht, bist du besser als David Copperfield.«

Walter lag im Bett, während Sara neben ihm auf einem Stuhl saß. Sie hielten sich an den Händen, braungebrannt, zerknittert und glücklich. Sofort nachdem ich fälschlicherweise Walters Zimmer betreten hatte, das in Wahrheit genau das richtige gewesen war, hatte ich ein lakonisches *Sorry!* ausgestoßen, war in Saras Zimmer gestürzt und hatte sie, ohne ihr etwas zu verraten, zu einem glücklichen »Kuckuck, wer ist denn da« abgeschleppt. Die beiden hatten sich ungläubig angeschaut und waren sich mit einer Wucht in die Arme gefallen, die ich nie für möglich gehalten hätte. Besonders was ihn betraf, der Tränen in den Augen und wahrscheinlich Musik in den Ohren gehabt hatte. Sara hatte ein Gesicht gemacht wie wohl seinerzeit Bernadette beim Anblick der Heiligen Jungfrau in der Grotte von Lourdes. Ich hatte mich taktvoll fortgeschlichen, denn es war ganz offensichtlich einer zu viel im Raum gewesen. Vielleicht sogar etwas mehr als einer, sagen wir, einer und ein halber.

Pfeifend kehrte ich am nächsten Morgen zurück, aber ich glaube nicht, dass sie es merkten.

Eine Erklärung hatte ich mir dennoch jetzt verdient.

Walter blickte mich mit seinen schwarzen Augen an, die, wie ich mich erinnerte, die Fernsehkameras zum Leuchten gebracht und den Zuschauern den Eindruck vermittelt hatten, er säße bei ihnen im Wohnzimmer. Vier Jahre waren vergangen, er hatte ein paar Kilo zugelegt, die ihm gar nicht schlecht standen, doch sein Charisma hatte keinen Schaden genommen.

»Ich habe Sara schon alles erklärt. Ich wurde an ihrem letzten Abend, als ich mit dem Moped unterwegs war, um Wein zu kaufen, von einem Auto angefahren. Am nächsten Morgen wachte ich in diesem Krankenhaus hier auf, mein Bein im Streckverband.«

Sara strahlte und war erpicht darauf, alles und alles gleichzeitig zu erklären.

»Er wohnt nicht hier, deswegen haben wir keine Spur von ihm entdeckt.«

»Ich habe ein Haus auf Marie-Galante, der Nachbarinsel von Guadeloupe. Ich verreise fast nie, und wenn, versuche ich, nie zweimal an denselben Ort zu gehen. Ich benutze ein kleines Touristenflugzeug, das ich selbst steuere. Bei der Unmenge von Inseln, die locker in zwei Stunden Flug zu erreichen sind, ist es nicht schwierig, unbeobachtet zu bleiben. Es gibt eine halb private Landebahn in der Nähe von Lamentin, eine Art Kontrollturm mit einer sehr notdürftigen, nicht asphaltierten Piste, wo man tanken kann, ohne viel gefragt zu werden. Und für gewöhnlich gebe ich Trinkgelder, die beim Vergessen helfen.«

Deswegen hatte mir niemand weiterhelfen können, weder am Flughafen noch anderswo. Unser Held reiste mit eigenen Verkehrsmitteln, und ich könnte mir selbst eine Kopfnuss verpassen, weil ich nicht mehr daran gedacht hatte, dass Ami Fritz ein kühner Mensch war und einen Flugschein besaß. Mehr als ein Foto von ihm in der Pose des Roten Barons war damals im Umlauf gewesen. Ich schaffte es aber, mir selbst gegenüber nachsichtig zu sein, weil Walter, ohne dass es mir wirklich bewusst war, den Bazillus eines gewissen Unbehagens übertrug. Aus seinen Erzählungen klang heraus, welch gehetztes, verborgenes Leben er führte. Für ihn war das wahrscheinlich normal, für mich aber war es schwer nachzuvollziehen.

»Als ich Sara kennen lernte …«

Walter wandte sich ihr zu und lächelte. Es war, als würde ein Spiegel beleuchtet werden. Meine Nichte erwiderte sein Lächeln mit Augen, die wie Leuchttürme funkelten. Ihrer beider Schweigen war vielsagender, als jedes Wort es gewesen wäre.

Jetzt allerdings wollte ich noch eine Sache wissen.

Warum?

Walter sah mich an, wie ein Knoten einen Kamm ansieht. Er wusste, dass ich ihm früher oder später diese Frage stellen würde. Er wusste, dass früher oder später jemand kommen würde, um sie ihm zu stellen, und er eine Antwort würde geben müssen. Davor fürchtete er sich, wünschte es sich aber wahrscheinlich gleichzeitig. Kein Flugzeug auf der Welt ist so schnell oder verfügt über ausreichend Reichweite, dass es einen fortbringen kann von dem, was in einem steckt. Als er zu erzählen begann, klang er wie jemand, der sich von einer seelischen Last befreit.

»Also, du erinnerst dich ja noch, wie mein Leben vor vier Jahren war.«

Ich nickte.

»Ich steuerte auf ein Chaos zu, das du dir nicht vorstellen kannst. Nicht, dass es mir keinen Spaß gemacht hätte, schließlich hatte ich lange darauf hingearbeitet. Jeder Vorteil war mir recht, so schwer er auch zu halten sein mochte. Und jedes Mal, wenn mir die ständige Autogrammgeberei auf den Keks ging, sagte ich mir, dass es viel schlimmer war, als noch niemand Autogramme von mir haben wollte. Eigentlich fühlte ich mich der Öffentlichkeit gegenüber in der Schuld, weil ich mit einem BMW durch die Gegend fuhr und in meiner Garage ein Ferrari stand. Schließlich begann ich mit dieser Sendung.«

Er richtete den Oberkörper auf, um es sich bequemer zu machen, während Sara sein Kissen aufschüttelte. Anschließend blickte er zur Decke, wo seine Augen nicht dasselbe sahen wie das, worauf sie gerichtet waren.

»Alles lief bestens. Die Euphorie und der Enthusiasmus waren unbeschreiblich, wir hatten überwältigenden Erfolg. Bis zu dieser berühmten Sendung, in der Vicky auftrat …«

Seine Pause bereitete mir eine Gänsehaut. Eine Fliege hörte schlagartig auf zu summen. Vielleicht war auch sie an der Geschichte interessiert.

»Die Proben begannen drei Tage vor der Sendung. Für gewöhnlich besprachen wir dienstags das Programm, mittwochs fand das erste Treffen aller Mitwirkenden statt, und donnerstags begannen die Proben für die Sänger und das Ballett. Mit den Gästen haben wir immer am Freitag geprobt. Wenn es Probleme mit der Anreise gab, musste die Generalprobe am Samstagnachmittag ausreichen.«

Ich zündete eine Zigarette an, während ich gebannt dem Klang seiner Stimme lauschte. Ich wunderte mich nicht über den großen Erfolg, den er gehabt hatte. Allein ihm zuzuhören, war eine Freude, er hätte auch aus dem Telefonbuch vorlesen können.

»Es war Donnerstag, glaube ich, als ich diesen Mann zum ersten Mal sah. Er hielt sich abseits, immer leicht außerhalb des Geschehens, als wäre er zu Besuch oder würde jemanden begleiten. Ehrlich gesagt, achtete ich nicht besonders auf ihn, weil in einem Fernsehstudio immer Chaos herrscht, und angesichts des Erfolgs wimmelte es im Studio nur so vor Journalisten, Managern und Pressesprechern. Je mehr man mobilisiert, desto mehr bringt man ein. Was meine Aufmerksamkeit auf ihn lenkte, war weniger seine seltsame Kleidung, als die Sache mit dem Lutscher …«

Ich blickte ihn mit der gleichen Neugier an, die auch Sara ins Gesicht geschrieben stand.

»Mit dem Lutscher?«

Walter schien meine Frage nicht gehört zu haben, sondern fuhr mit seiner Erzählung fort, als spräche er vor allem für sich selbst.

»Er trug einen dunklen Anzug aus einem komischen Stoff, der das Licht manchmal ganz seltsam reflektierte. Als triebe es einen Moment lang auf dem Stoff, bevor es darin verschwand. Sein Hemd war gelb, seine Fliege rot, wenn ich mich richtig erinnere, und die Blumen an seinem Kummerbund wirkten dreidimensional, als wären sie echt.«

Die Erinnerung an Details schien stets die Erinnerung an weitere Details wachzurufen.

»Ununterbrochen hatte er einen dieser runden Lutscher im Mund, wie Kojak. Der Stiel guckte aus seinem Mundwinkel heraus, und die Wange war ausgebeult, während er sich mit unschuldiger, neugieriger Miene umblickte, als wäre alles um ihn herum völlig neu für ihn. Als Vicky kam, achtete ich nicht mehr auf ihn, weil sie, egal wo sie war, immer nur Chaos anrichtete. Sie war die reinste Nervensäge, die Ärmste, schon weil sie selbst wusste, dass sie über keinerlei künstlerisches Talent, sondern nur über einen umwerfenden Körper verfügte. Sie konnte weder singen noch tanzen noch schauspielern, aber sie war eine der schönsten Frauen, die ich je gesehen habe.«

Er blickte Sara an, drückte ihre Hand und warf ihr einen Anwesende-ausgenommen-Blick zu.

»Den künstlerischen Mangel machte sie durch ihren Willen und ihre fast wahnsinnige Besessenheit während der Proben wett. Wir hatten damals eine gemeinsame Nummer, eine Art Medley aus berühmten Musical-Songs. Zuvor sollte ich sie zu ihren Erfahrungen in Hollywood interviewen. Sie trieb die Redakteure und Produzenten sprichwörtlich in den Wahnsinn, weil sie, wie alle unsicheren Menschen, ständig Bestätigung suchte. Ihr Sekretär, der Ärmste, litt unter ewigem Herzflimmern, doch irgendwie schien die Sache zu funktionieren. Das Studio war, seit sie da war, immer voller geworden, weil jeder mit irgendeiner Entschuldigung hereinkam, nur um sie zu sehen. Es waren vor allem Männer, weswegen ich mich nicht besonders wunderte, dass der Mann mit dem Lutscher und der dicken Wange auch noch dort herumlief. Er war nicht besonders groß, hatte die Hände hinterm Rücken verschränkt, der Stiel hing in seinem Mundwinkel. Das war's. Er schaute zu, und Ende.«

Walter ließ eine Sache heraus, die er schon lange mit sich herumschleppte, und jetzt sprach er, als wäre jedes einzelne Wort in Wirklichkeit ein Stein, von dem er sein Herz befreite. Sara fuhr zärtlich mit der Hand durch sein Haar.

»Freitagabend nach den Proben gingen wir alle gemeinsam essen. Die Produzenten waren dabei, mein Agent, der Regisseur, Vicky mit ihrem Sekretär und ich. Wir betraten das ...«

Er nannte den Namen eines Restaurants, das ich sehr gut kannte. Es war nicht hervorragend, aber wie es manchmal so ist, war es bei den Fernsehleuten Mode, dorthin zu gehen. Viele treue Fans verkehrten dort und waren bereit, astronomische Preise zu bezahlen, nur um neben einem Kino- oder Fernsehstar zu speisen. So funktioniert die Welt.

»Die anderen Gäste drehten die Köpfe nach uns um, als wir eintraten – vor allem natürlich nach ihr. Die Männer zogen sie mit den Augen aus, und die Frauen hätten sie am liebsten bei lebendigem Leibe verbrannt. Du weißt ja, wie das ist.«

Ich wusste es, ja, ja.

»Während uns der Wirt in einen Nebenraum führte, sah ich den Mann in dem dunklen Anzug allein an einem Tisch rechts in einer Ecke neben der Tür sitzen. Sein gelbes Hemd und die absurde rote Fliege waren einfach nicht zu übersehen. Ich erinnere mich, dass auf der Serviette neben seinem Teller ein noch eingewickelter Lutscher lag. Als wir uns setzten, fragte ich Roberto Gorla, den Produzenten, wer zum Teufel dieser Typ sei.

›Welcher Typ?‹, fragte er zurück.

›Dieser kleine Kerl mit der roten Fliege, der ständig mit einem Lutscher im Mund durchs Studio läuft.‹

Vicky kam mir zu Hilfe.

›Du meinst den in dem dunklen Anzug und dem gelben Hemd? Der da drüben sitzt?‹

›Genau, ist er dir auch aufgefallen?‹

›Klar, den kann man ja gar nicht übersehen.‹

Wir sprachen so lange über ihn, bis Goda sich erhob und in den anderen Raum ging, um nachzusehen, wen wir meinten. Als er zurückkehrte, erklärte er, an dem fraglichen Tisch sitze niemand …«

Ich wusste nicht, warum, aber langsam fühlte ich mich unwohl und war mir nicht mehr sicher, ob ich die Geschichte zu Ende hören wollte. Walter fuhr fort, als wäre er vom absoluten Gegenteil überzeugt. Er war bereits auf die Zielgerade eingebogen und legte die letzten Kilometer in gemächlichem Tempo zurück.

»Damit war die Sache beendet, weil sie auch gar nicht so wichtig war. Dann kam die Sendung, und was dort passierte, wisst ihr ja. Vickys Tod war für mich die zweitfürchterlichste Sache, die ich je in meinem Leben erlebt habe …«

Walter machte eine Pause. Die Haare auf meinen Armen standen stramm wie Zinnsoldaten, doch ich musste ihm die Frage einfach stellen.

»Und die erstfürchterlichste?«

Was Walter mit seinem Blick andeutete, gefiel mir ganz und gar nicht.

»Als ich in der Nacht nach Hause kam, war ich verwirrt. Es hatte ein solches Chaos geherrscht, nachdem Vicky fortgebracht worden war. Und es ist erschütternd zu sehen, wie ein solcher Mensch – der Inbegriff von Leben und irdischer Schönheit – unter einem weißen Tuch verschwindet und auf einer Bahre fortgetragen wird. Und es ist erschütternd, zu sehen, wie jemand in einem gelben Hemd und mit einem Lutscher im Mund mit der gleichen Neugier, mit der er Ballettproben beigewohnt hat, nun beobachtet, wie sich die Türen eines Notarztwagens schließen.«

Seiner Erzählung merkte ich die Angst an, die er damals gespürt haben musste. Die Klimaanlage schien plötzlich auf Hochtouren zu laufen, weil mir schlagartig eiskalt wurde.

»Wie alle anderen auch hatte ich die Angewohnheit, meine Sendungen aufzuzeichnen. Für gewöhnlich sah ich sie mir am nächsten Tag an, um mich an dem zu freuen, was ich gut gemacht hatte, und weil ich verbessern wollte, was so lala gelaufen war. An jenem Abend allerdings ging ich sofort, nachdem ich nach Hause gekommen war, zum Fernseher und schaute mir die Aufnahme an. Ich drückte den Schnellvorlauf bis zu der Stelle, als ich Vicky präsentierte. Das Orchester spielte die Erkennungsmelodie, sie betrat die Bühne und begann, die Treppe hinabzugehen. Hinter ihr folgte ihr wie ein Schatten der Mann in dem dunklen Anzug und dem gelben Hemd.«

Jetzt standen mir die Haare zu Berge wie einem Stachelschwein. Sara drückte Walters Hand noch fester, ihre Augen waren tränennass. Walters Stimme zitterte leicht, als wollte er seine Erzählung unterbrechen, ohne es aber zu können.

»Auf dem Video sah ich, wie die Ärmste unter dem Applaus der Zuschauer zu mir kam, der ich mitten auf der Bühne auf sie wartete, und ich sah, wie der Mann hinter ihr eine Hand hob und sie an der Schläfe berührte.«

Seine Stimme erstarb, und es herrschte ein kurzer, ewiger Moment des Schweigens.

»Vicky sank zu Boden und starb. Auf der Aufzeichnung sah ich, wie ich mich niederkniete und wie der Studioleiter kam, doch mich interessierte nur, was der Mann in dem dunklen Anzug machte. Während Vicky auf dem Boden lag und wir uns um sie bemühten, zog er einen Lutscher aus der Tasche, wickelte ihn gemächlich aus, schob ihn sich in den Mund und verließ in aller Seelenruhe die Bühne. Ich weiß nicht, wie ich es geschafft habe, nicht durchzudrehen.«

Sara und ich blickten uns an. Ich glaube, wir hatten beide die Kontrolle über unsere Gesichtszüge verloren. Walter verwechselte unsere Bestürzung mit Zweifel.

»Glaubt mir oder lasst es bleiben, das ist mir völlig gleich. Ich weiß, was ich gesehen habe, und das reicht mir. Ich habe sofort meinen Agenten angerufen. Er musste aufstehen und zu mir kommen. Ich war panisch, vielleicht hatte ich sogar einen hysterischen Anfall, ich weiß es nicht. Jedenfalls behauptete er, ich sähe wie ein Wahnsinniger aus. Ich drückte ihn beinahe in den Sessel und zwang ihn, sich die Aufzeichnung anzuschauen. Als wir an die entsprechende Stelle kamen, blickte er mich an, als wäre ich verrückt geworden. Der Mann mit dem Lutscher war verschwunden. Da waren ich, Vicky und der Rest, aber der Mann im dunklen Anzug war nirgends mehr zu sehen.«

Als Sara seine Hand losließ, griff er zur Wasserflasche auf seinem Nachttisch und nahm einen langen Schluck. Er ließ uns Zeit, damit wir seine Geschichte verdauen konnten.

Eine Frage brannte mir auf der Zunge. Die Sache war absurd und unglaublich, und ihm die Frage zu stellen, bedeutete praktisch, dass ich ihm glaubte. Ich stellte ihm die Frage.

»Und der Mann mit dem Lutscher … hast du ihn jemals wiedergesehen?«

Walter ließ sich aufs Kissen zurücksinken, offenbar froh über die alte Regel, dass geteiltes Leid halbes Leid bedeutet.

»Nein, nie. Aber das eine Mal hat mir vollkommen gereicht. Noch jetzt träume ich manchmal davon und könnte gut darauf verzichten. Schon allein deshalb, weil so viele Leute dabei waren, aber nur Vicky und ich den Mann gesehen haben.«

Er ließ uns einen Moment Zeit zum Nachdenken, bevor er fortfuhr.

»Deswegen bin ich verschwunden. Am Tag danach bin ich zu einem befreundeten Notar gegangen, dem ich die Vollmacht erteilt habe, meinen gesamten Besitz zu verkaufen. Er hat meine Bankkonten aufgelöst und mein Geld auf ein Nummernkonto auf Barbados überwiesen, das ich über eine Bank in Monte Carlo eröffnet hatte. Über eine Organisation, die Menschen dabei hilft, zu verschwinden, ohne Spuren zu hinterlassen, bekam ich neue Dokumente, einen neuen Namen und einen Ort, an dem ich bleiben konnte. Den Rest kennt ihr. Es gibt aber eine Sache, derer ich mir absolut sicher bin: Mein Lebtag werde ich kein Fernsehstudio mehr betreten.«

Schweigen waberte über den Boden wie Trockeneis. Nur das Rauschen der Klimaanlage war zu hören. Sara erhob sich und umarmte Walter. Von der Unterhaltung, die sie mit ihrem Schweigen führten, war ich erneut ausgeschlossen.

Ich trat ans Fenster. Plötzlich kamen mir die Bougainvilleen nicht mehr so farbig vor und die Blätter nicht mehr so grün. Die Sonne schien, der Himmel über dem Dach war strahlend blau, doch das alles hatte seinen Reiz verloren.

Ich wusste nicht, was ich denken sollte. Mit einem bitteren Lächeln erinnerte ich mich an den Spruch von Li'l Abner, dass nichts so verwirrend ist wie die Verwirrung.

Ich hatte unbedingt den Klodeckel anheben wollen, und jetzt hing mir der Gestank von Scheiße in der Nase.

Als ich die Tür zu meiner Wohnung öffnete, war ich überrascht, alles so vorzufinden, wie ich es hinterlassen hatte. Allerdings hatte meine Putzfrau meine Abwesenheit genutzt, um meiner gewohnten Unordnung einen kräftigen Schlag zu versetzen. Ich würde eine ganze Woche brauchen, um herauszufinden, wo sie was hingetan hatte, doch alles in allem hatte ich nichts dagegen, endlich wieder eine Wohnung zu betreten, die von einem menschlichen Wesen bewohnt zu sein schien.

Sara war bei Walter Celi in Guadeloupe geblieben. Die

beiden wollten nach Walters Entlassung in sein Haus auf Marie-Galante ziehen.

Gemeinsam.

Vielleicht gibt es nicht die perfekte Liebe, aber was zwischen den beiden passierte, schien mir ein angemessener Ersatz zu sein, um es sich eine geraume Zeit lang gut gehen zu lassen. Schließlich ist das Leben, wie es ist, und als solches ein Risiko. Man kann sich nicht einfach ein Präservativ überstreifen wie bei anderen Gelegenheiten. Noch einmal anders ausgedrückt: Wenn man mit dem Motorrad unterwegs ist und es juckt einen am Kopf, dann nützt es nichts, sich am Helm zu kratzen.

Vor meiner Abreise hatte ich noch meinen Bruder und meine Schwägerin vom Flughafen abgeholt. Sie hatten, nachdem sie mit Sara telefoniert hatten, mit fliegenden Fahnen den Ozean überquert. Marzia hatte geweint und mein Bruder hatte geschwiegen, als sie erfahren hatten, dass ein Baby unterwegs war, doch am Ende hatte, wie im Film, die Gerechtigkeit gesiegt, und alles war sich gerührt in die Arme gefallen.

Amen.

Ich ließ den Koffer im Flur stehen und sog die Luft in meiner Wohnung ein. Aus dem angelehnten Fenster drang der Straßenlärm herein, und der Blick auf die Kuppel des Petersdoms hatte etwas Beruhigendes. Ich setzte mich an den Rechner, um die Nachrichten auf dem integrierten Anrufbeantworter abzuhören.

Es gab einige Nachrichten von hoffnungsvollen Anwärterinnen auf eine mögliche Verlobung, die Litanei von Manni, der nichts mehr von mir gehört hatte, eine Nachfrage eines Kollegen, der eine Adresse wissen wollte, eine Nachfrage der Sekretärin einer Agentur, die dringend eine Rechnung brauchte, und ein paar Nachrichten von Freunden, die sich fragten, was mit Riccardo Falchi geschehen war.

Dieselbe Frage ging auch mir durch den Kopf, als ich mir eine Zigarette anzündete und mich in einen Sessel sinken ließ. Vielleicht brauchte die Frage, die in meinem Hotelzimmer in Guadeloupe gehangen hatte, dringend eine Antwort, vielleicht rauchte ich zu viel, vielleicht wurde ich alt, vielleicht …

Ich blieb sitzen und rauchte, bis ich beschloss, dass es Zeit war, es zu tun. Ich erhob mich und ging in mein Zimmer, wo hinter dem zentralen Einrichtungsgegenstand, dem Bett, ein Vierzig-Zoll-Fernseher thronte, groß wie eine Kinoleinwand. Ich kramte in meinen Schubladen, bis ich fand, wonach ich suchte. Ich wusste, dass sie da war. Ich hatte die Sendung einprogrammiert und anschließend zu den anderen gelegt, ohne sie mir je anzusehen. Ich war mir sicher, dass ich sie nicht gelöscht hatte.

Dann saß ich auf dem Bett und blickte zur Kassette hinab wie auf einen Gegenstand, von dem ich nicht wusste, woher er stammt. Und allmählich kam die Erinnerung an jenen Abend wieder. Aus der Sicht eines unbeteiligten Zuschauers sah ich, wie meine Hand das Auto abschloss, wie ich bis zum Eingang des Studios ging, wie ich auf dem Flur verschiedene Personen grüßte, wie ich die mit den entsprechenden Namen versehenen Garderobenräume der Gäste und die offenen Türen von Kostümabteilung und Maske sah.

Und dann sah ich ihn.

Als ich das Studio betreten hatte, in dem die Show gerade begann, begegnete mir genau am Eingang dieser schräge Kerl mit dem dunklen Anzug, dem Stäbchen im Mundwinkel und der vom Lutscher gewölbten Wange. Einen Moment lang waren wir unentschlossen, wer wem den Vortritt lassen sollte, dann zwängten wir uns aneinander vorbei. Die Farbe des Hemds und des Kummerbunds mit dem Blumenmuster, das dreidimensional zu sein schien, tauchten in meiner Erinnerung nur als kurzer Blitz auf. Ich sah seine Augen direkt vor mir, genauso scharf wie beim ersten und einzigen Mal, da sich unsere Blicke gekreuzt hatten, so nah, dass ich sogar seine Iris erkennen konnte. Ihre Farbe schien unaufhörlich zu changieren. Es war, als beugte ich mich über einen Brunnen, in dem das Wasser mit dem Spiegelbild des Mondes keine ruhige Fläche bildete, sondern sich wie ein Strudel bewegte. Erst jetzt verstand ich das seltsame Gefühl, das dieser komische, pausbäckige Kerl in mir ausgelöst hatte. Damals war ich in Eile gewesen, um zu sehen, was ich sehen wollte, zu hören, was ich hören wollte, zu verstehen, was ich verstehen wollte. Es gibt immer einen Grund bei allem, was passiert. Man kann so tun, als wäre dem nicht so, und gehen und kommen und schlafen und denken und leben und den Kopf unter der Decke verstecken, bis jemand oder etwas kommt und einem klarmacht, dass es nichts nützt.

Ich schob die Kassette nicht hinein, weil es völlig überflüssig war. Ich dachte an Walter Celi, an Vicky Merlino und an mich und stand auf, um mir im Wohnzimmer etwas Alkoholisches einzuschenken. Drei Personen, vereint durch den Zufall und vielleicht durch die ungesunde Neugier, wissen zu wollen, wie dieser Lutscher schmeckt. Möglicherweise war es kein Zufall, dass gerade ich herausgefunden habe, wo sich Walter versteckt. Das war es, was ich herausfinden musste, auch wenn ich nicht gewusst hatte, wo ich suchen sollte. Ich hatte Zeit, vielleicht sogar zu viel Zeit, um es zu tun. Lust hatte ich nicht.

Es würde noch viele Tage und noch viele Nächte geben, und diejenigen, mit denen ich verkehrte, würden sich unweigerlich fragen, was mit mir passiert war, welches Schicksal diesen Menschen, den sie kannten und der mit seinen Witzen auch vor dem Teufel nicht Halt machte, ereilt hatte. Es würde nichts nützen, ihnen die Kassette zu zeigen. Ich war mir sicher, dass sie den Mann mit dem Lutscher und dem dunklen Anzug, anders als ich, nicht sehen würden.

Auf all diese Fragen konnte es nur eine Antwort geben.

Jetzt hatte ich Angst.

Auf den Leib geschrieben

»Stopp. Es reicht!«

Andrea Marchesini gab den Befehl aus, und die Schauspieler am Set brachen mitten in der Handlung ab. Der Kameraassistent ging mit der Halterung für die schwere Steadycam zum Kameramann und half ihm, sie von den Gurten zu lösen. Während der Aufnahme hatte alles stocksteif dagestanden, nun aber erwachten die Anwesenden wieder zum Leben und unterhielten sich miteinander. Der Maskenbildner ging zu der blonden Schauspielerin auf der Lichtung, um die Schminke für eine eventuelle nächste Klappe zu kontrollieren, und die Leute von der Requisite sortierten die Sachen, die während der Aufnahme verrückt worden waren.

Der Regisseur wandte sich an Samantha, das Skriptgirl. Sie saß, die Mappe mit ihren Notizen auf den Knien, hinter ihm auf einem Holzwürfel.

»Die hier drucken wir aus, und die zwölf nehmen wir als Reserve.«

»Du hast mir aber schon die zehn zum Ausdrucken gegeben.«

»Schon gut, die drucken wir auch aus. Ich schaue sie mir an, auch wenn ich überzeugt davon bin, dass die Letzte die Bessere ist.«

Aldo Pagella, der Produzent, lief mit Dario D'Atri, dem Chefkameramann, übers Set. Um Darios Hals hingen ein

Kontrastfilter und der Belichtungsmesser. Andrea warf Dario einen fragenden Blick zu.

»Und?«

»Das Licht ist nicht so, wie du es für den weiteren Verlauf der Szene brauchst. Bei der Einstellung, die dir vorschwebt, wäre der Effekt in der Gegenlichtaufnahme ein ganz anderer. In zehn Minuten ist die Sonne weg, dann läuft nichts mehr.«

Andrea schaute auf und sah, dass die Sonne hinter dem Gebirgskamm im Westen unterging, dann blickte er zu Pagella hinüber.

»Was machen wir?«

Die Antwort kannte er bereits. Es war die einzig logische Sache, die sie tun konnten, und die Entscheidung könnte er auch gut alleine treffen, doch er legte Wert darauf, dem Kaiser zu geben, was des Kaisers war, und dem Produzenten, was des Produzenten war.

Pagella vernahm den Unterton nicht und gab genau die Antwort, die Andrea erwartet hatte.

»Wenn du nicht weiterdrehst, könnte ich eine Pause ausrufen. Die vom Catering haben gerade angerufen und gesagt, dass sie in fünf Minuten das Abendessen bringen. Nach der Pause ist es dunkel, dann drehen wir Szene 47.«

Andrea schlug das Drehbuch auf, das Samantha ihm gereicht hatte, und suchte die Seite mit Szene 47, auf der er sich ein paar Notizen für die Einstellungen gemacht hatte.

»Sicher, dann hat Giacomo auch genügend Zeit für die Maske. Wie lange brauchst du, um die Lampen zu montieren?«

Dario blickte zuversichtlich zum Himmel hoch. Er war ein wortkarger Mensch und wirkte eher wie ein Bauer, der prüft, ob der Moment für die Aussaat günstig ist, und nicht wie einer der besten Kameramänner. Andrea hatte bereits Gelegenheit gehabt, einiges vom Filmmaterial zu sichten. Das Licht war ein wahres Meisterwerk.

»Ich würde sagen, dass wir alle Zeit der Welt haben. Die Maske wird schon eher Probleme bekommen. Aber wenn es Verzögerungen geben sollte …«

Pagella zog eine vielsagende Grimasse. Nachts zu drehen, bedeutete Überstunden, und eine Verzögerung bedeutete noch mehr Überstunden. Ein Regisseur mag vielleicht Kunst machen, das hängt vom subjektiven Standpunkt ab, doch ein Produzent ist für das Geld zuständig, und das hat mit Subjektivität nichts mehr zu tun. In dieser Hinsicht war Aldo Pagella ein wahrer Produzent.

»Wir könnten alle Nachtaufnahmen abarbeiten. Es ist Vollmond, und bei diesem klaren Himmel sind alle Einstellungen möglich.«

Pagella glich das mit seinen Berechnungen ab.

»Also gut, dann machen wir eine Pause. In einer Stunde muss Lawrence' Maske fertig sein. Sprich du mit Rinaldi, der vergöttert dich, und streu ihm ein bisschen Pfeffer in den Hintern. Was seine Arbeit angeht, ist er ein Phänomen, nur dass die Durchführung leider in Zeitlupe erfolgt.«

Pagella ging fort, ohne Andreas Zischen zu hören.

»Arschloch.«

Dario D'Atri lächelte unter seinem dünnen Schnurrbart. Zahlreiche feine Fältchen bildeten sich in seinen Augenwinkeln, während er aus seiner Lederjacke Tabak und Blättchen herauskramte. In aller Ruhe drehte er sich eine Zigarette und blies den Rauch in die leichte Brise der Abenddämmerung.

»Er ist dir nicht sympathisch, oder?«

Andrea zuckte mit den Schultern.

»Das ist eine Frage des Geschmacks und der Sichtweise. Wir haben nicht den gleichen Maßstab. Seiner Meinung nach produzieren wir nur Mist …«

Er deutete mit einer unbestimmten Handbewegung über das Set.

»Ein Haufen Leute und Geld, um Mist zu produzieren. Alles für einen Film, der es nie bis nach Cannes oder Venedig schaffen wird.«

Darios Lächeln wurde breiter, und die Asche der Zigarette, die in seinem Mundwinkel steckte, fiel zu Boden.

»Na ja, wenn er so gut läuft wie die anderen, wird er weltweit verkauft werden und eine Menge Geld einbringen.«

Andrea schob seine Hand in die Hosentasche und bewegte sie anzüglich.

»Meine Eier sind schon ganz platt, und ich glaube, Pagella geht es genauso. Aber das ist nicht der Punkt. Wir, du, ich, Rinaldi, die Schauspieler, können uns noch so sehr anstrengen, für diesen Mann ist ein Horrorfilm immer nur zweitklassige Scheiße, und die einzige Möglichkeit, den Gestank zu überdecken, besteht für ihn darin, eine Ladung Geld darüber auszuschütten.«

Andrea drehte seinen vierten Horrorfilm und galt als Meister des Genres. An den Kinokassen erzielten seine Filme immer höhere Einnahmen, und für einen Produzenten waren sie, zumindest im Moment, eine sichere Investition. Der aktuelle Film – Arbeitstitel: *Die Ketzerei des Mondes* –, handelte von einem Menschen, der sich in einen Werwolf verwandelte, und hatte eine vollkommen ungewöhnliche psychologische Dimension. Er bot alle Voraussetzungen, um an den vorherigen Erfolg anzuknüpfen. Das Drehbuch hatte Andrea selbst geschrieben. Aus einer zufälligen Idee, die bei einem Gespräch mit ein paar befreundeten Horrorfilmliebhabern entstanden war, hatte sich eine ganz besondere Inspiration entwickelt.

Robert Dunstall, der Kameramann, trat hinter sie. Mit den Gurten, an denen die Steadycam befestigt wurde, sah er aus wie ein Besatzungsmitglied des Raumschiffs aus *Alien*.

Er sprach in seinem gebrochenen Italienisch, obwohl sowohl Dario als auch Andrea ganz gut Englisch konnten.

»Jetzt wir machen ein *break*, aber nachher wenn wir drehen, braucht *overview*-Filter für dann, wenn Nacht kommt, oder?«

Dario deutete auf den Materialwagen.

»Haben wir. Auf dem Lastwagen. Zumindest habe ich gesagt, dass man sie zusätzlich zur normalen Ausstattung mitnehmen soll.«

Robert schüttelte seine dunkelblonde Mähne. Über sein kalifornisches Jungengesicht huschte ein Ausdruck beleidigter Professionalität. Lächelnd entschuldigte er sich für etwas, wofür er nichts konnte.

»Dann ist besser, du kommst, weil du bist Italiener wie sie und verstehst besser Tennisspiel das sie mit seiner Verantwortung machen …«

Sie sahen ihn verblüfft an. Er streckte eine Hand in ihre Richtung aus, die andere schwang er hin und her über den ausgestreckten Arm und schnipste mit den Fingern dazu.

»Hast du gewesen … hat er gewesen … hat er gewesen … habe ich gewesen …«

Roberts Humor entlockte ihnen ein Lächeln, auch wenn ihnen nicht danach zumute war.

D'Atri legte ihm eine Hand auf die Schulter.

»Du hast zu viele Filme mit Woody Allen gedreht, my friend. Lass uns gehen. Ich werde den Schiedsrichter spielen und schauen, wie das Spiel ausgeht.«

Andrea blieb alleine zurück. Ärger. Ob großer oder kleiner Ärger, es blieb Ärger. Dies war die Regel am Filmset, ob man nun einen Kolossalfilm mit einem Budget von mehreren Millionen Dollar drehte oder einen Film, dessen knappes Budget allen Beteiligten Zahnschmerzen bereitete. Er liebte diese beschissene Arbeit. Der Tag, an dem alles glatt über die Bühne gehen würde, wäre das Ende des Kinos. Er stemmte seine Hände in die Hüfte, beugte sich nach hinten und wartete darauf, dass sein schmerzender Rücken knirschte. Sein Arzt hatte sich beim Anblick der Röntgenbilder in der üblichen geheimnisvollen Weise ausgedrückt.

»Wenn ich L4 und L5 sage, was sagst du dann?«

»Schiffchen versenkt?«

Sein Freund hatte gelächelt.

»Nein, mein Lieber. Wirbelsäule versenkt! Du hast einen Bandscheibenvorfall zwischen dem vierten und fünften Lendenwirbel. Im Moment ist kein chirurgischer Eingriff nötig, aber ich bitte dich inständig, meine Anweisungen zu befolgen und die Sache nicht zu unterschätzen, andernfalls sieht's scheiße aus.«

Leider hatte er nicht immer die Möglichkeit, die Anweisungen zu befolgen, und demzufolge sah es hin und wieder scheiße aus.

Wie jetzt.

Er wandte sich an Samantha, welche einen der Plastikbeutel, die man hier hartnäckig Picknickkorb nannte, in der Hand hielt.

»Sam, ich geh in den Wohnwagen und lege mich ein bisschen hin. Gib Valeria Bescheid, sie soll dafür sorgen, dass man mich eine halbe Stunde in Frieden lässt.«

Valeria war dafür zuständig, ihn so gut wie möglich von den tausend täglichen Plagen abzuschirmen.

»Soll ich dir einen Picknickkorb bringen?«

Andrea erschauderte bei dem Gedanken an die verkochten Nudeln und das übliche Plastikhuhn auf ungenießbarem, unter Dampf gegartem Gemüse.

»Nein danke, ich habe keinen Hunger. Stell's auf die Seite, falls ich später welchen bekomme.«

Er tat so, als hätte er ihren augenzwinkernden Blick nicht bemerkt. Vermutlich wäre sie glücklich gewesen, hätte er sie gebeten, mit ihm im Wohnwagen zu essen und so weiter und so fort. Andrea ließ sich, während er einen Film drehte, nie mit jemandem ein, und er hatte nicht die Absicht, von dieser Regel abzuweichen. Und dann auch noch mit einer Frau …

Er ging über die Lichtung, wo die Außenaufnahmen gedreht wurden, zu seinem Wohnwagen, der zwischen zwei riesigen, schattenspendenden Bäumen stand. Die Sonne war bereits hinter den Bergen verschwunden und bereitete den Wald ringsum auf die Nacht vor. Der Schatten kroch aus seinem Versteck, um für die kurze Zeit einer weiteren Nacht Besitz von der Welt zu ergreifen. In Umbrien hatten sie einen Drehort gefunden, der an Transsilvanien erinnerte, eine grandiose, finstere Region, die das Pech hatte, Teil eines viel zu sonnigen Landes zu sein. Wäre Dracula in Italien geboren, hätte er vielleicht einen Ferienbauernhof eröffnet und in einem Sarg voller Kassenzettel geschlafen.

Quatsch.

So war es nicht, zumindest nicht für ihn. Er öffnete die Wohnwagentür, stieg die beiden Stufen hinauf und schaltete das Licht ein. Auf dem Tisch zwischen den beiden Bänken gleich hinter dem Fahrersitz lagen eine Reihe Zeichnungen und Fotos. Er setzte sich und blätterte sie durch. Sofort vergaß er, wie schäbig und abgenutzt der gemietete

Wohnwagen war, und tauchte in die beunruhigende Atmosphäre des Films ein. Seines Films.

Giacomo Rinaldi war zweifellos die absolute Nummer eins, was die Kreativität und die Umsetzung von Masken betraf. Er hatte die perfekte Schnauze eines Werwolfs kreiert, zu Andreas großer Freude und zum großen Missfallen von Lawrence Kasdian, dem Hauptdarsteller. Der hatte nämlich mehr als eine Stunde lang ausharren müssen, bis Giacomo den Abdruck aus Alginat fertig hatte, einem Material für Dentalabdrücke, aus dem nur zwei Röhrchen zum Luftholen herausgeragt hatten. Um mit seiner Umwelt zu kommunizieren, hatte er blind mit einem Kuli auf einen Notizblock geschrieben. Auf der Grundlage dieses Abdrucks hatte Rinaldi mit einem Speziallatex die Prothesen geformt, die dem Schauspieler in aufwändigen, aber wirkungsvollen Sitzungen mit einem Spezialkleber ins Gesicht geklebt wurden. Das Ergebnis war fürchterlich. Lawrence brauchte nur einen Muskel zu bewegen, damit sich die Bewegung auf die Teile übertrug. Zwar bestand immer die Gefahr, ins Lächerliche abzugleiten, doch was Rinaldi vollbracht hatte, war meilenweit davon entfernt. Ein außergewöhnlich echt wirkender Werwolf, angefangen von den langen Reißzähnen, die perfekt auf die Zähne des Schauspielers aufgesetzt wurden. Die Übergänge während der Verwandlung wurden nach und nach mit dem Rechner umgesetzt, auch wenn Andrea den übermäßigen Einsatz von Elektronik verabscheute und nicht zuließ, dass sie die manuelle Fertigkeit von Fachleuten ersetzte. Das aus beiden Faktoren kombinierte Ergebnis war umwerfend. Jetzt waren die Filmmonster echte Monster, und die Raumschiffe flogen tatsächlich durch einen Weltraum voller Sterne. Die Masken der heutigen Zeit waren von denen der Fünfziger-

und Sechzigerjahre Lichtjahre entfernt, und so groß auch deren Sammlerwert sein mochte, schienen sie zeitlich viel länger zurückzuliegen, als sie es in Wirklichkeit taten, wenn man von ein paar Geniestreichen wie den Animationen von Ray Harryhausen mal absah.

Aufmerksam betrachtete er die Probeaufnahmen von Lawrence Kasdian. Der Schauspieler hatte sich nur schweren Herzens mit der Idee angefreundet, jedes Mal fünf Stunden in der Maske sitzen zu müssen, um zu einem perfekten Werwolf zu mutieren, doch er war der Erste gewesen, der über das Ergebnis verblüfft gewesen war. Immer wieder hatte er sich im Spiegel bewundert. Seine Begeisterung war auch auf den Fotos zu erkennen. Es gelang ihm, die Muskel- und Nervenspannung eines solchen Wesens nachzuempfinden und mit seinem Körper Positionen einzunehmen, die den Menschen in der Bestie offenbarten. Oder umgekehrt. Andrea spürte eine angenehme Wärme in der Magengegend. Nach dem Film würde er vielleicht mit Lawrence …

Mit Samantha sicherlich nicht, aber mit Lawrence …

Andrea war homosexuell, auch wenn er alles tat, damit es niemand merkte.

Seine Sorge war nicht die Furcht vor einem vorschnellen Urteil oder einem abgedroschenen Witz. Er lebte in einer Welt, in der alles möglich und nichts wirklich wichtig war, außer der Fiktion und der Fähigkeit, diese in Szene zu setzen. Darin war er über jeden Zweifel erhaben. Andrea gefiel sein Anderssein, und ihm gefiel seine Heimlichtuerei, als hätte er eine verborgene Identität und trüge unter der weißen Kapuze des Domino eine dunkle Maske. Das war seine verdrehte Vorstellung von Karneval. Er hatte sich in ein Gefängnis begeben, aber den Schlüssel behalten, um auf eigenes Risiko den riskanten, aber befriedigenden Ausbruch aus den Konventionen zu wagen. Seine Interpretation hatte etwas Glorreiches – die Transformation im richtigen Moment, dieses Ausbrechen aus sich selbst, der Anblick der auf dem Boden verstreuten Bruchstücke seiner Verwandlung. Die demonstrative Geste: »Seht, das bin ich.«

Das war im Wesentlichen die Grundlage seines Andersseins. Die erste Klappe war Zufall gewesen, doch die Verwandlung war sein Werk, ausschließlich seines.

Deswegen liebte er seine fantastischen und monströsen Filmgestalten. Sie entsprangen Albträumen, die in der eigenen Fantasie zu erleben nur wenige das Privileg hatten. Die meisten Zuschauer setzten sich in einen dunklen Kinosaal und erlebten die Emotionen und die Angst nur passiv, all diesen Ekel, den die Leinwand, das Blut, die abgehackten Köpfe und die Augenhöhlen der lebendigen Toten, aus denen Würmer herauskrabbelten, bei ihnen auslösten. Sie erlitten das alles, teilten es aber nicht. Während andere sich daran erinnern mussten, dass es sich nur um einen Film handelte, war genau dies der Grund für seine Qual. Er hasste die platte Realität, die Abwesenheit von Schatten. Seine verdrehte Art, sich zu verstecken und sich zu zeigen, war sein Ersatz für das, was er sich in der Realität wünschte: die tatsächliche Transformation einer seiner Kreaturen, die er jetzt dort auf den Fotos sah. Schon die zweidimensionale Reproduktion gab ihnen Kraft, enthob ihn selbst der Realität. Er hätte alles gegeben, um nur ein einziges Mal den Triumph der Verwandlung erleben zu dürfen.

Bei Vollmond hinausgehen und fühlen, wie sich die Menschheit verliert und wie ein kranker, mit der Axt des übernatürlichen Instinkts gefällter Baum umstürzt. Die Muskeln spüren, die wenigen menschlichen Muskeln, wie sie der Kraft des Untiers und dem Pelz und den Reißzähnen und der Einsamkeit Platz machen, dieser grandiosen Einsamkeit des seltenen, wenn nicht gar einzigartigen Wesens. In die Nacht eintauchen und Gerüche wahrnehmen, an die sich kein Mensch erinnern kann, weil er sie noch nie als Bestie gerochen hat. Den Geschmack von Wasser mit dem Maul eines Wolfs und den Geschmack von Blut mit dem Mund eines Menschen schmecken, und die Augen, mein Gott, nur einmal durch diese Augen sehen, die so scharf sind, dass sie die Dunkelheit wie mit einem Messer durchschneiden.

Er betrachtete wieder die Zeichnungen und verglich sie mit den Fotos. Illusionen. Arme, dumme, perfekte Illusionen. Lawrence hatte so gerade eben daran gerührt, hatte einen winzigen Schritt der Verwandlung vollzogen, weil sein Körper für ihn sprach. Aus diesem Grund hatte er ihn für den Film und für die Zeit nach dem Film ausgewählt. Es würde nicht dasselbe sein, doch es kam der Sache, die er nicht war und die er niemals sein würde, am nächsten.

In seinem Rücken spürte er einen Stich, der ihn an das Elend des menschlichen Daseins erinnerte.

Er legte sich aufs Sofa, schaltete das Licht aus und träumte in der Dunkelheit vom Mond.

Das Klingeln des Handys zwang ihn, die Augen zu öffnen. Von draußen drang samtig silbriges Licht herein. Im Halbdunkel setzte er sich auf und ließ sich vom blinkenden Licht des Ladegeräts leiten. Als er das Handy nahm, blickte er auf die Leuchtanzeige der Uhr. Er hatte mehr als eine Stunde geschlafen.

»Hallo?«

»Du bist ein Arschloch, Andrea.«

Sein Mund klebte noch, seine Augen brannten, und er hatte wenig Lust auf Scherze und Beleidigungen. Er hatte noch nicht einmal Lust, sich zu entscheiden, um was es sich in diesem Fall handelte.

»Verdammt, wer ist da?«

»Hier ist Lojacono, und was mich betrifft, bist und bleibst du ein Arschloch und total taub auf den Ohren.«

Er hatte die Stimme seines Agenten nicht erkannt. Er fühlte sich wie betäubt. Die Dreharbeiten hatten erst vor einer Woche begonnen, und er war jetzt schon so müde, als arbeiteten sie schon seit Monaten an dem Film.

»Entschuldige, Francesco, aber wir haben Pause. Ich bin im Wohnwagen eingeschl…«

»Heute war Giorgio Vassini bei mir.«

Andreas Magen zog sich vor Wut zusammen, und er spürte das Verlangen, das Telefon gegen die maroden Wände des Wohnwagens zu schleudern.

Nein, bitte nicht schon wieder diese Geschichte …

»Sag nicht, du fängst schon wieder davon an.«

»Sicher! Ist ja nicht so wichtig, dass ich auch sein Agent bin.«

Lojacono betonte das »auch« mit einer besonderen Spitze.

»Du bist ja ziemlich hinterfotzig zu ihm gewesen. Wie du weißt, bin ich der Letzte, der dafür plädiert, dass man bei dieser Arbeit irgendjemandem in die Augen schauen können muss …«

Jedenfalls keinem Hurensohn, dachte Andrea, sagte es aber nicht. Lojacono fuhr fort.

»… aber du kannst einem Kerl wie ihm nicht die Hauptrolle in einem Film versprechen, der ja nicht der Film von irgendwem ist, sondern ein Film von Andrea Marchesini, und ihm diese Rolle zwei Wochen vor Beginn der Dreharbeiten wieder wegnehmen. Heute war er bei mir, und ich hatte schon die Befürchtung, er würde Selbstmord begehen. Ist im Büro auf und ab marschiert wie ein Wahnsinniger. Und hat erreicht, dass ich mich wie ein Haufen Scheiße fühle, und das hat seit Jahren keiner mehr geschafft.«

»Wer weiß, wie oft du ein Haufen Scheiße warst, ohne dich so zu fühlen. Es wird Jahrhunderte dauern, bis das ausgeglichen ist.«

»Ich brauche deine Hilfe, Andrea.«

Er kannte Lojacono wie seine eigene Westentasche. Er kannte seine nörgelnde Stimme, wenn er plötzlich andere Saiten aufzog und zu dem Mann-der-dich-ganz-dringend-braucht wurde.

»Was willst du?«

»Als Erstes gibst du mir die Erlaubnis, ihm zu sagen, dass du ihn für deinen nächsten Film nimmst. Er ist ein hervorragender Schauspieler, er hat ein wunderschönes Gesicht, und in deine Geschichten passt er wie die Faust aufs Auge. Dann …«

»Dann?«

»Dann gibst du mir die Erlaubnis, zu glauben, dass du es wirklich tust und ihm nicht wieder eine Abfuhr erteilst.«

Andrea hätte alles versprochen, um dieses Telefonat zu beenden.

»Tu, was du für richtig hältst. Ich weiß sehr wohl, dass er ein toller Schauspieler ist und ein hübsches Gesicht hat. Letztlich hatte ich mich ja für ihn entschieden. Aber jetzt lass mich in Ruhe den Film zu Ende drehen, dann reden wir weiter.«

»In Ordnung. Aber ich frage mich immer noch, was du an diesem Fischgesicht Kasdian findest.«

»Er wurde mir von der Produktion vorgesetzt.«

Das hatte Andrea ohne allzu viel Überzeugung von sich gegeben. Am anderen Ende, weit entfernt, lachte Lojacono.

»Das schreibe ich mir auf und erzähle es heute Abend meinen Enkelkindern, damit sie schön einschlafen. Das Märchen der Woche.«

»Du hast keine Enkelkinder, und wenn du heute Abend eine deiner Nutten mit nach Hause nimmst, versuch, schön wach zu bleiben, damit die nicht einschläft. Angenehmen Abend noch, Francesco.«

Er beendete das Gespräch, als sein Agent versuchte, Protest einzulegen. Was Kasdian anging, hatte er gar nicht so Unrecht. Kasdian war ein durchschnittlicher Schauspieler mit einem wunderschönen, nichtssagenden amerikanischen Gesicht. Doch von allen Körpern, die er bisher gesehen hatte, kam seiner dem Tier am nächsten, und wenn er geschminkt war und in die Rolle eintauchte, war er einfach nur hinreißend. Giorgio Vassini, ein außergewöhnlicher Schauspieler mit einem wahren Filmgesicht, hatte nicht die Körpersprache, die Kasdian aus dem Nichts hervorzauberte. Andrea hatte eine Gänsehaut bekommen, als sich Kasdian das erste Mal in der Maske des Werwolfes bewegt hatte, als er tatsächlich ein Werwolf geworden war, so echt, dass Valeria und Rinaldis Assistentinnen einen spitzen Schrei ausgestoßen hatten, als er auf sie zugegangen war.

Er hatte sogar das Manuskript umgeschrieben. Er hatte den Szenen, in denen sich Kasdian in einen Werwolf verwandelte, mehr Gewicht verliehen, und überhaupt die Zeit, in denen er als Werwolf auftrat, verlängert.

Er streckte die Hand aus und schaltete das Licht ein.

Wieder fiel sein Blick auf die Fotos, und wieder war er sich sicher, die richtige Wahl getroffen zu haben.

Für den Film und für hinterher.

Wer weiß, ob Lawrence …

Dieser Gedanke trieb wieder das Gefühl von Wärme in seinen Bauch.

Es klopfte an der Tür.

»Herein.«

Der Türgriff drehte sich, und Samanthas Gesicht erschien. An ihrem zerknitterten Gesicht merkte er, dass auch sie geschlafen hatte.

»Entschuldige, aber ich habe Licht brennen sehen und …«

»Schon in Ordnung, Sam. Komm rein.«

Alles Anzügliche war verschwunden, und sie strahlte wieder Sachlichkeit und Professionalität aus. Vielleicht hatte sie verstanden, dass es für die Katzen nichts zu naschen gab, und nun wusste sie nicht, wie sie zum Hund werden sollte.

»D'Atri sagt, das Licht ist fertig. Er hat schon die Aufnahmen vom aufgehenden Mond gemacht, die du wolltest. Seiner Meinung nach sind sie perfekt.«

»Wenn er das sagt, wird es stimmen. Ist Rinaldi mit der Maske fertig?«

»Sicher. Er ist bei den letzten Pinselstrichen, mit einem dunklen Puder, der wie Kaffeesatz aussieht. Ich glaube, Lawrence will es nachher von dir begutachten lassen. Es ist unglaublich, wie echt er wirkt.«

Samantha konnte nicht verbergen, dass sie erschauderte. Andrea geriet beinahe in einen Freudentaumel. Wenn die Schminke schon aus der Nähe für Gänsehaut sorgte, musste die Wirkung auf der Leinwand, wo die unvermeidlichen Fehler nicht mehr auffielen, umso verheerender sein. Samantha bestätigte seine Vermutung erneut.

»Es ist eine Sache, ihn in Rom im Studio zu sehen, aber eine ganz andere, wenn er hier bei Vollmond durch den Wald läuft.«

Durch die offene Tür hörten sie das Laub rascheln, Schritte näherten sich. Der Wohnwagen wackelte leicht unter Lawrence Kasdians Gewicht, als er, gefolgt von Giacomo Rinaldi, die Stufen hinaufstieg.

Im matten Licht wurde der Wohnwagen erfüllt von der Präsenz des durch die Schminke vollkommen verwandelten Schauspielers. Auch in diesem engen Raum bewegte er sich so, als wären Körper und Kopf geradezu dafür geschaffen, Teil des gleichen Organismus zu sein, als hätten Gesicht und Kopf des Schauspielers Kasdian nie existiert und als wäre dies hier sein wahres Äußeres, seine wahre Natur. Andreas inneres Hochgefühl suchte sich einen Ausweg in einem Schrei. Nie in seinem Leben hatte er etwas derart Perfektes gesehen.

»Toll, Giacomo. Du hast ihn noch perfektioniert.«

»Ja, seit den ersten Malen haben wir einiges verändert. Ich habe eine andere Grundierung und einen Leim ausprobiert, der sich dünner auftragen lässt, so dass die Ansätze seitlich an der Nase fast unsichtbar sind. Um ein einheitliches Bild zu bekommen, habe ich zum ersten Mal einen undurchsichtigen Puder aufgetragen.«

»Eine Arbeit, die deinem Ruf mehr als gerecht wird, wenn das überhaupt möglich ist.«

Rinaldi gab sich gleichgültig, aber man sah ihm an, dass er stolz auf seine Arbeit war und sich über die Anerkennung freute. Andrea hatte sich oft gefragt, woher dieser unbedeutende Kerl seine Fantasie und die Fähigkeit zu einer so genauen Arbeit nahm.

Sicher, jetzt, wo sich Lawrence vor ihm ins Licht gesetzt hatte, sah man unter den akkurat angeklebten Haaren und der mit manischer Geduld aufgetragenen Schminke, wo seine Haut aufhörte und die künstliche begann. So fähig die Hand des Menschen auch sein mochte, war es ihm noch nicht gelungen, die Natur einzuholen. Das wussten nicht zuletzt die unzähligen römischen Damen, die mit Silikonlippen à la Daisy Duck herumliefen oder am Strand von Fregene nackte Brüste zur Schau stellten, die man auch als Airbag benutzen konnte.

In diesem Fall hatte Rinaldi in seine Arbeit mit aufnehmen müssen, was nur in der Vorstellung der Zuschauer existierte.

»Also, ich gehe. Ich ruf dich, wenn wir fertig sind.«

Andrea vermeinte, Erleichterung aus Samanthas Stimme herauszuhören. Sie hatte die ganze Zeit versucht, sich so weit weg wie möglich von Kasdian zu halten. Rinaldi wandte sich ebenfalls zur Tür, doch Lawrence blieb sitzen.

»Kann ich kurz mit dir reden, Andrea?«

Er sprach gut Italienisch, mit dem unvermeidlichen amerikanischen Akzent zwar, doch mit einem beachtlichen Wortschatz. Andrea, der auch ganz gut Englisch sprach, tat es längst nicht so versiert.

»Sicher.«

Lawrence schien ein Gespräch unter vier Augen zu wünschen. Samantha und Rinaldi verließen den Wohnwagen und schlossen die Tür hinter sich.

Als sie allein waren, erhob sich Andrea, um ein anderes Licht einzuschalten, so dass er Lawrence besser sehen konnte. Eingehend betrachtete er sein Gesicht. Ein Haarbüschel an der rechten Wange löste sich. Der Puder und die Schminke an der Stirn mussten erneuert werden. Seitlich von der Nase, wo die Latexschnauze angebracht war, bildeten sich bereits winzige Falten. Normal. Vor jeder Klappe wurde die Maske überarbeitet. Perfektion ist nicht von dieser Welt.

Lawrence war klar, dass Andrea ihn einer Prüfung unterzog, und wartete. Als Andrea ihm in die Augen blickte, die unter der Schminke als die eines Menschen zu erkennen waren, begann er zu sprechen.

»Ich wollte dir etwas wegen einer Sache aus dem Drehbuch sagen.«

Andrea konnte nicht verhindern, dass sich eine Augenbraue hob. Eine solche mimische Entgleisung hätte er bei seinen Schauspielern scharf kritisiert und die Aufnahme sofort abgebrochen. Mit sich selbst war er nachsichtiger, schließlich saßen sie hier im echten Leben, nicht in einem Film.

»In welcher Hinsicht?«

Lawrence wirkte verlegen.

»Nun, du bist der Autor, und ich möchte nicht … Also, ich habe im Vergleich zur vorherigen Fassung Änderungen festgestellt. Du hast Passagen gestrichen, in denen ich normal bin, und noch mehr Passagen eingefügt, in denen ich so bin wie …

Er deutete auf sein mit Schminke getarntes Gesicht. Andrea war jetzt wachsam, was Lawrence jedoch nicht auffiel. Nachdem er erst einmal in Fahrt gekommen war, wurde er lockerer.

»Ich hatte den Verdacht, dass dir etwas an mir … nun ja … dass dir an meinem Gesicht etwas nicht passt. Oder dass ich nicht der Schauspieler bin, den du für diese Rolle wirklich willst …«

Andrea betrachtete seine Hände. Schauspieler. Immer

vor einem Spiegel, um ein Problem zu sehen, das es nicht gab, ohne die zu sehen, die es tatsächlich gab. Er blickte Lawrence direkt in die Augen. Sie wirkten niedergeschlagen, und das Gesicht des Werwolfs hatte etwas Melancholisches.

»Das war nicht der Grund.«

Andrea erhob sich und deutete durch das kleine Plexiglasfenster auf den hell leuchtenden Mond am dunklen Abendhimmel.

»Hättest du Lust, ein Stück spazieren zu gehen? Ich würde gerne etwas frische Luft schnappen und dich draußen im natürlichen Licht sehen.«

Als Lawrence sich erhob, stieß er gegen den Klapptisch. Er war ein Stück größer als Andrea, aber schlanker und athletischer gebaut. Die im Sportstudio verbrachten Stunden hatten seinen fließenden Bewegungen allerdings nicht geschadet. Er gehörte nicht zu den vielen Fotomodellen mit Waschbrettbauch, die sich wie Karikaturen von John Wayne bewegen.

»Okay.«

Aus diesem Okay hörte Andrea einen schweren texanischen Akzent heraus.

Wer als Cowboy geboren wird …

Sie traten ins Freie, unter das Licht des Mondes, der wie eine Lampe den Wald um sie herum beleuchtete und Kontraste, Schatten und Umrisse erzeugte, die Andrea unbedingt auf seinem Film haben wollte. Er ging einige Schritte voraus und drehte sich um, weil er Lawrence auf sich zukommen sehen wollte. Der bewegte sich völlig unbefangen in dem perfekten Licht, das wie durch einen mit silbriger Seide überzogenen Lampenschirm schimmerte. Mit seinen fließenden, räuberischen, nächtlichen Bewegungen schien er der Nacht anzugehören, der er sich näherte. Andrea wusste, dass er geschminkt war, dass er nichts Übernatürliches hatte. Er hatte die kleinen Schäden, den abbröckelnden Puder, die nachzubessernden Stellen gesehen, doch in diesem so günstigen, so angemessenen Licht wirkte er absolut echt.

Gut.

Lawrence holte ihn ein und lief zusammen mit ihm in Richtung einer kleinen Anhöhe, die vom Mond beschienen und mit glitzerndem Gestrüpp bedeckt war.

»Mach dir keine Sorgen, Lawrence. Die Passagen im Drehbuch habe ich aus einem ganz anderen Grund geändert, als du denkst.«

Er wandte sich dem Wolf zu, der auf Menschenbeinen neben ihm herging und schwieg und gespannt auf seine Worte lauschte. Also fuhr er fort.

»Ich hatte allein aufgrund deiner Bewegungen das richtige Gefühl bei dir. Dein Gesicht kannst du in jedem beliebigen Film zeigen, egal in welchem Genre, doch nur in diesem Film kannst du etwas Besonderes tun. Du kannst dein Bestes geben, indem du dich einfach nur bewegst. Wenn das, was ich denke, stimmt und wir daran arbeiten, kann dies die beste Interpretation eines Werwolfs werden, die man je gesehen hat.«

Im Halbdunkel sah er, wie sich Lawrence' Schultern unmerklich strafften. Er hatte das stärkste Aufputschmittel für den Stolz eines Schauspielers verwendet und an seine Depression den Hebel der Schmeichelei angesetzt.

»Meinst du?«

Andrea gestattete sich in der Dunkelheit ein Lächeln.

»Ich bin mir absolut sicher. Ich hätte dich nicht ausgesucht, wenn ich das nicht denken würde.«

Sie hatten die Hügelkuppe erreicht. Unter ihnen leuchteten die Lichter vom Set, schüchterne, künstliche Flämmchen im Vergleich zum kalten Feuer des Mondes über ihnen. Sie bogen nach links ab und wurden von Bäumen verdeckt. Andrea drehte sich um und blieb vor Lawrence stehen.

»Vom ersten Moment an, in dem ich dich geschminkt gesehen habe, dachte ich, dass du der Einzige bist, der …«

Unvermittelt hob Lawrence die Hand und strich über Andreas Gesicht.

»Ich habe etwas Ähnliches gedacht, als ich dich gesehen habe. Du kannst jedem was vormachen, aber nicht mir.«

Andrea spürte, dass er rot wurde. Da war sie, seine Verwandlung, der Moment, in dem der Mond beobachten konnte, wie sein verborgener Teil an die Oberfläche trat und in der Dunkelheit sein konnte, was das Licht verbarg. Sein Mond war in diesem Moment die Hand seines Gegenübers, die seine Wange streichelte. Er spürte, wie sich seine Hose spannte, und schob die Hand in Lawrence' offenes Hemd. Dort ließ er sie über den muskulösen Oberkörper mit der sanften Haut und dem seidigen Brusthaar gleiten.

Lawrence zog ihn an sich, bis sich ihr Becken berührte. Er spürte den warmen, schnellen Atem und erkannte im Verlangen des anderen sein eigenes. Wie mit einem Dolch fuhr er in diese Qual des Fleisches, indem er sich aus der Umarmung löste.

»Hinterher.«

»Wie hinterher?«

»Hinterher, wenn alles vorbei ist. Der Film, die Maske, die Schweinwerfer. Wir zwei, weit weg von hier.«

Lawrence' Augen funkelten im düsteren Licht, funkelten abwartend. Andrea gedachte, eine Möglichkeit zu finden, ihn während der Aufnahmen zu erregen und dieses Leuchten wieder in seinen Blick zu zaubern.

Lawrence löste sich von ihm, ohne ihn aus den Augen zu lassen. Sein weißes Hemd schillerte silbern und schenkte der Dunkelheit das Licht zurück, das er von oben erhielt.

»Also gut, hinterher. Wenn alles vorbei ist.«

Er drehte sich um und verschwand hinter einem dicken Baumstamm. Andrea sah durchs Laub hindurch, wie er widerwillig den Weg entlanglief, den sie eigens für diesen Film angelegt hatten. Sein weißes Hemd leuchtete wie ein Glühwürmchen.

Er atmete tief ein. Die Spannung des Spiels war perfekt. Die ganze Zeit während der Aufnahmen würde er Lawrence hinterherjagen, er würde ihn hetzen, würde ihn drängen, anzugreifen und zu fliehen, und der Trick der Fiktion würde dem Film mehr Kraft verleihen als die, die er auf dem Bildschirm festhalten musste. Er würde aufhören, ein zum Wolf geschminkter Mensch zu sein, würde zumindest für die Dauer der Vorführung ein echter Wolf werden.

Hinter ihm raschelte das Laub. Einen Moment lang glaubte er, Lawrence hätte sich entschlossen zurückzukehren. Doch Lawrence hätte nicht die Zeit gehabt, die weite Strecke zurückzulegen, um sich von der anderen Seite wieder zu nähern. Im selben Moment, als er diesen Gedanken dachte, öffneten sich die Büsche, und eine Gestalt trat heraus. Andrea erkannte Giorgio Vassini, den Schauspieler, der durch Lawrence ersetzt worden war. Die Worte blieben ihm im Halse stecken. Giorgio baute sich breitbeinig vor ihm auf.

»Das war also der Grund.«

»Was für ein Grund wofür?«

Andrea war über den schrillen Klang seiner Stimme

selbst überrascht. Giorgio trat einen Schritt auf ihn zu. Seine Kiefermuskeln zogen sich zusammen, und seine Augen sprühten vor Wut.

»Der Grund, warum du mich abserviert und den anderen genommen hast. Der Film und die Arbeit eines Schauspielers haben gar keine Rolle gespielt. Es geht nur um eine schäbige Geschichte zwischen zwei Schwuchteln.«

Nun spürte auch Andrea Wut in sich aufsteigen. Nicht die Anspielung auf seine Sexualität empfand er als Beleidigung, das war ihm egal. Aber niemand auf der Welt durfte behaupten, dass das, was in seinem Schlafzimmer geschah, in irgendeiner Weise Einfluss auf seine Arbeit hatte. Verächtlich zischte er seinem Gegenüber seine Antwort ins Gesicht.

»Nein, mein Freund. Das, was hier geschehen ist, hat nichts mit der Sache zu tun. Ich habe mich aus einem ganz einfachen Grund nicht für dich entschieden: Ich habe einen anderen gefunden, der besser ist. Du bist ein großartiger Schauspieler, das weiß ich, aber hier brauche ich eine Art der Körperbeherrschung, über die du nicht verfügst. Ich brauche jemanden, der auf eine Weise geht und sich bewegt, die einem auf keiner Schauspielschule dieser Welt gezeigt wird und die du nicht von dir aus mitbringst.«

Vassini lauschte, schwieg. Jedes Wort war ein Schlag ins Gesicht, und Andrea machte entschlossen weiter.

»Mit dir war die Wahl nicht auf den Besten gefallen. Ich hatte nur das am wenigsten Schlechte gewählt. Und als ich auf eine bessere Alternative gestoßen bin, habe ich zugegriffen. Du hättest nie vollbracht, was Kasdian mit einer einzigen Geste seines Armes schafft.«

Vassini lächelte in der Dunkelheit.

»Armer Idiot.«

Das Mitleid, das Andrea aus seiner Stimme heraushörte, traf ihn. Vassinis Reaktion konnte nicht eingeübt sein, sie drückte aus, was er tief im Innern für Andrea empfand. Kein Schauspieler war so gut, dass er so etwas vortäuschen konnte.

»Armer, dummer Idiot. Du bist so eingebildet, so selbstsicher, so von deiner Rolle eingenommen, dass du keinen Fingerbreit über deine Nasenspitze hinausguckst. Ich bin der Einzige, der für diese Rolle geeignet ist, ich und kein anderer.«

Andrea überwand seine Verlegenheit und spürte, wie seine Wangen vor Wut purpurrot wurden. Er entfernte sich ein paar Schritte, dann drehte er sich plötzlich um.

»Ich soll der eingebildete Idiot sein? Du, ausgerechnet du, hast den Mut, mir so etwas zu sagen? Wer glaubst du denn, wer du bist? Du kommst hierher wie ein aufgeblasener, hochmütiger Gauner und verlangst, dass ich dir glaube, dass du der einzige Mensch auf der Welt …«

Giorgio Vassinis Stimme erreichte ihn aus einer Tiefe, die nicht mehr menschlich zu sein schien. Nie hatte Andrea einen so tiefen, so bedrohlichen Ton gehört.

Nie.

»Ich will nicht, dass du es glaubst, ich will, dass du es siehst.«

Er blickte zum Mond auf. Im Gegenlicht zeichnete sich perfekt sein Profil ab. Der Kopf schwankte leicht hin und her. Ohne jeden Grund spürte Andrea, dass er eine Gänsehaut bekam. Vassinis Wangen blähten sich auf, als würde der Atem von innen her Druck aufbauen. Aus seinem Mund, den er nun aufriss, drang ein langer, röchelnder Gurgellaut. Plötzlich wandte er sich Andrea zu, und seine Augen hatten in der Dunkelheit einen unnatürlichen Glanz.

Vor Andreas entsetzten und bewundernden Augen geschah das Wunder der Perfektion, es wurde wahr. Neid zerfraß seine Eingeweide. Vassinis Nase wurde von einem unsichtbaren Daumen platt gedrückt, sein Gesicht wurde länger und länger und formte sich im Halbschatten zur Schnauze eines Raubtiers, auf der wie nächtliche Pflanzen Haare sprossen. Im geöffneten Mund wurde das Licht von bedrohlichen Fangzähnen reflektiert, und Andrea hörte das Knistern – oder vermeinte, es zu hören –, als aus den plötzlich knotigen, ins Mondlicht gereckten Fingerspitzen Klauen sprossen. Die Verwandlung hatte nichts Schmerzhaftes. Sie war Ausdruck einer unbändigen Freude über die Freiheit, darüber, dass der Käfig sich öffnete und, nachdem sie tagsüber geschlafen hatte, die nächtliche Bestie herauskam und ihr Reich in Besitz nahm.

Die Bewunderung, die Andrea empfand, ließ keinen Raum für den Schrecken. Mit eigenen Augen sah er den Mann vollständig verwandelt und lebendig, wie er ihn bisher nur in seinen Träumen gesehen hatte. Der Mond schien noch heller zu scheinen, um seinen Sohn ins beste Licht zu rücken. Der war perfekt in seiner tierischen Art, so perfekt, dass er Millionen von Kilometern und Millionen von Jahren von der blassen Imitation entfernt war, die Lawrence mit seiner jämmerlichen Schminke darstellte. Der vorher ein Mann gewesen war, kam mit fließenden Bewegungen und in unwirklicher Geschwindigkeit auf Andrea zu. Einen Moment zuvor war er noch ein paar Schritte entfernt gewesen, den Bruchteil einer Sekunde später stand er wie eine Bedrohung direkt neben ihm. Mit seiner Klaue umklammerte er das Revers seiner Lederjacke.

Er zog ihn zu sich heran. Andrea spürte den Atem, der nach Wildheit roch, nach dem Geheimnis von Leben und Tod in den Falten der Nacht.

»Verstehst du jetzt, du elender, blinder Mensch, was ich sagen will? Dein Leben lang hast du das hier gesucht, und als es vor dir stand, hast du es nicht erkannt.«

Ohne sichtliche Anstrengung hob er Andrea vom Boden hoch und ließ seine Beine zwanzig Zentimeter über der Erde in der Luft baumeln. Der körperliche Schmerz, sofern Andrea welchen spürte, blieb hinter dem zurück, was er in sich anschwellen spürte. Der Wolf ließ ihn wieder hinab, damit ihre Augen auf gleicher Höhe waren.

»Ich hätte dich zu dem machen können, was ich bin. Ich hätte dir einen Teil der Welt zeigen können, den du im Traum nicht erahnt hast, sosehr du dich mit deiner elenden Fantasie auch anstrengen mochtest. Du hättest ewig leben können. Stattdessen hast du dich entschieden, nur ein einziges Mal zu sterben.«

Andreas Augen waren tränennass. Er schaute zum gleichgültigen Mond auf, der ihn nicht hatte haben wollen. Die Klaue schnellte von oben herab und zerfetzte seine Kehle. Warmes, dampfendes Blut spritzte ins Gestrüpp. Fast wurde sein Kopf vom Hals abgetrennt, als sein Körper wie ein Zweig geschüttelt und von der Wut der Bestie zerteilt wurde.

Er stieß keinen Schrei aus, spürte keinen Schmerz.

Als der Wolf ihn tötete, war er in Wirklichkeit bereits tot.

Dank

Meine Dankesrunde muss ich bei Personen beginnen, die nichts mit der Verfertigung dieses Buchs zu tun haben, sondern auf ihre Weise dazu beigetragen haben, dass es in diesem Moment in allen Buchhandlungen ausliegt.

Ich beziehe mich auf die Ärzte der kardiologischen Abteilung des Krankenhauses von Asti, Chefarzt Professor Gaita, Dr. Scaglione, Dr. Alciati, Dr. Buscemi, Dr. De Filippi und die ganze restliche Mannschaft, die mich im letzten Moment geschnappt und aus meinem betagten Taktgeber sowohl in körperlicher als auch in emotionaler Hinsicht ein neues Herz gemacht haben.

Ihre Professionalität hat meine Frau davor bewahrt, als Witwe einen Scheck für ein Beerdigungsinstitut ausstellen zu müssen. Geld ist mir nicht sonderlich wichtig, aber ich denke, nicht missverstanden zu werden, wenn ich sage, dass mich diese kleine Einsparung freut.

Als Nächstes möchte ich zwei ewigen Freunden danken. Paolo Fresu, Maler und Bildhauer von unbändiger Inspiration, und Nino Ghiazza, Artdirector, der in Hollywood seine Zelte aufgeschlagen hat. Mit ihrem bewundernswerten grafischen Talent, um das ich sie seit meiner Kindheit beneide, waren sie eine hervorragende Vorlage für die Figur des Marco Barison in *Ein Radiergummi und ein Bleistift*.

Für *Der letzte Freitag der Signora Kliemann* danke ich den echten Personen, die Namen und Taten zur Verfügung gestellt haben und neben den rein fiktiven Personen auftauchen. Wollen Sie wissen, wer es ist, müssen Sie schon selbst auf Elba eine kleine Erkundungstour unternehmen.

Schließlich gilt mein besonderer Dank dem genialen Antonio Ricci, ein brüderlicher Freund seit Anfang des Films …

Dieser Liste füge ich zum unendlichsten Mal die Menschen hinzu, mit denen ich seit geraumer Zeit zusammenarbeite:

– die Multigrafik-Spezialistin Mara Scanavino, die es jedes Mal schafft, mich mit ihren Ideen und ihrem Werk zu überraschen;

– die kühne und aufreizende Antonella Fassi, die meine fragwürdige Prosa immer wieder aus dem Hinterhalt beschießt;

– den räuberischen Francesco Colombo, meinen Lektor, der – gemäß strenger, in mir verwurzelter Prinzipien – zwei unverzeihliche Mängel in sich vereint: Er ist sehr jung, und er ist sehr gut. Mein perfides Wesen hätte mich längst zum Verleger geführt, um ihm die schicksalhafte Frage zu stellen: er oder ich. Nur der begründete Verdacht, dass die prompte Antwort »Er!« lauten würde, hat mich bislang davon abgehalten;

– die zwitschernden Press Sisters, Chiara Codeluppi und Alessandra Santangelo, die es jedes Mal schaffen, mich der Welt vorzustellen, als wäre ich ein echter Schriftsteller;

– Alessandro Dalai, der wegen seiner schlauen und einträglichen Leitung des Unternehmens »Dalai Grana« genannt wird, Herr der Knete.

Aus Platzgründen fasse ich die anderen Mitarbeiter des Verlags Baldini Castoldi Dalai in einer Umarmung zusammen. Ihnen danke ich für ihre Unterstützung und Zuneigung, mit der sie mir das Gefühl geben, ein wichtiger Mensch zu sein.

Piergiorgio Nicolazzini, meinem legendären Literaturagenten, danke ich für seine Freundschaft und den sorgfältigen Schutz einer Karriere, die manch einer, und ich als Allererster, beharrlich als Missbrauch einstuft.

Und zum Schluss ein Dank mit Verneigung und gezogenem Hut an jeden, der diese Worte liest. Wenn er bis an diese Stelle gelangt ist, hat er als leidenschaftlicher Leser meine Zuneigung und meine Anerkennung verdient.

Und natürlich so schnell wie möglich ein neues Buch.